权威·前沿·原创

皮书系列为
"十二五""十三五""十四五"时期国家重点出版物出版专项规划项目

BLUE BOOK

智 库 成 果 出 版 与 传 播 平 台

黑龙江蓝皮书

BLUE BOOK OF HEILONGJIANG

黑龙江文学发展报告（2023）

ANNUAL REPORT ON LITERATURE DEVELOPMENT OF HEILONGJIANG (2023)

主　编／黄　红　　郭淑梅

社会科学文献出版社
SOCIAL SCIENCES ACADEMIC PRESS (CHINA)

图书在版编目（CIP）数据

黑龙江文学发展报告 . 2023 ／ 黄红，郭淑梅主编
. --北京：社会科学文献出版社，2023.9
（黑龙江蓝皮书）
ISBN 978-7-5228-2524-3

Ⅰ.①黑…　Ⅱ.①黄…②郭…　Ⅲ.①当代文学-文
学研究-研究报告-黑龙江省-2023　Ⅳ.①I206.7

中国国家版本馆 CIP 数据核字（2023）第 179942 号

黑龙江蓝皮书
黑龙江文学发展报告（2023）

主　　编／黄　红　郭淑梅

出 版 人／冀祥德
组稿编辑／任文武
责任编辑／王玉霞
责任印制／王京美

出　　版／社会科学文献出版社·城市和绿色发展分社（010）59367143
　　　　　地址：北京市北三环中路甲 29 号院华龙大厦　邮编：100029
　　　　　网址：www.ssap.com.cn
发　　行／社会科学文献出版社（010）59367028
印　　装／天津千鹤文化传播有限公司

规　　格／开　本：787mm×1092mm　1/16
　　　　　印　张：20.75　字　数：310 千字
版　　次／2023 年 9 月第 1 版　2023 年 9 月第 1 次印刷
书　　号／ISBN 978-7-5228-2524-3
定　　价／138.00 元

读者服务电话：4008918866

主 编 简 介

黄　红　黑龙江省社会科学院副院长、教授，民政部首批专业社会工作领军人才，首批高级社会工作师。现担任中国社会工作教育学会常务理事、儿童社会工作专委会副主任、中国社会工作教育协会社会工作督导专业委员会副主任、医务社会工作专委会副主任，黑龙江省社会工作协会会长、黑龙江省社会学会副会长，黑龙江省社会工作学会副会长等职。主持国家社科基金项目、省部级项目十余项。荣获省部级以上奖励成果5项。参与编著学术著作多部，在国家级、省级学术刊物、报纸发表论文30余篇，多项智库研究成果获各级批示和采纳。

郭淑梅　黑龙江省社会科学院二级研究员，省级领军人才梯队学术带头人，艺术社会学硕士研究生导师。享受国务院、省政府特殊津贴专家，黑龙江省文化名家。主要研究方向为现当代文学、少数民族文学、文化艺术与产业。主持国家社科基金项目及省社科规划项目、省艺术科学规划项目15项，主持省委宣传部等党委和地方政府委托项目25项。主持第二届中国女性文学奖颁奖典礼暨第六届中国女性文学学术研讨会，主持纪念萧红诞辰百年学术研讨会。赴香港浸会大学中文系做访问学者，从事"萧红在香港"学术研究。出版学术著作15部。在《文学评论》《光明日报》《民族文学研究》等报刊发表论文多篇，其中多篇在《中国社会科学文摘》《文摘报》等报刊全文转载。获中国女性文学研究优秀成果表彰奖1项，获第十五届中国民间文艺山花奖·优秀民间文艺学术著作入围奖1项。获黑龙江省社会科学优秀成果一等奖2项，获"黑龙江省文艺奖"（文艺理论评论类）一等奖1项，获首届"黑龙江文艺大奖"1项。

摘　要

《黑龙江文学发展报告（2023）》对2022年度黑龙江文学发展动态，对黑龙江文学界举办党的二十大各种主题活动，黑龙江文学馆、萧红故居纪念馆以及基层文学馆全力以赴推进公共文化服务体系建设，对黑龙江迎来"五个一工程"奖3项大奖和首届黑龙江文艺大奖评奖活动，对分布在全省各行各业的作家持续在文学领域深耕不辍，对省作协加大青年作家培养力度、举办"一对一"中青年作家作品研讨会、建立青年作家"一对一"培育机制、出版"野草莓丛书"等进行了全方位多角度的回顾。

2022年，黑龙江作家在党的二十大精神鼓舞下，投身地域文学创作，步伐扎实稳健。为讲好黑龙江故事，传承黑龙江地域精神，广大作家从历史文化资源中汲取创作营养，从现实生活中提炼素材，建构起一系列崭新的叙事空间，推出了一批独具黑龙江特色的精品力作。

2022年，黑龙江文学发展动向主要有如下几个方面。

第一，青年作家杨知寒小说创作势头看涨。2022年，专事小说创作的"90后"作家杨知寒，其作品频频获奖、转载、上榜。尤其是中短篇小说集《一团坚冰》几乎霸屏了国内文学榜单，一时声名鹊起，引发文坛热议。在黑龙江众多"80后""90后"作家中，杨知寒的纯文学创作正以扎实稳健步伐获得当代文坛的广泛关注。

第二，个性化写作呈现良好态势。2022年，跻身年度热点作家作品行列的是儿童文学作家秦萤亮和散文作家闫语。两位作家的创作都具有鲜明个性化特征。秦萤亮短篇小说《眉峰碧》《春水煎茶》《狐狸哥哥与杜梨妹妹》、童话作品集《时间的森林》同时推出。这些作品涉猎不同题材体裁，汇聚起万花筒般的艺术空间。秦莹亮比较明显的创作动态是《眉峰碧》转向写实空间。闫语散文集《你自己就是每个人》充满哲学省思，情感丰沛，语言独特，展示出作者与时间庸常对抗的写作风格。两位作家让叙事走向哲学场域，从而使作品没有流俗，没有被众多速成写作淹没，而独具精神产品的高级感。

第三，电视剧《超越》《青山不墨》创作三种生产趋向。一是强化顶层设计。2022 年，电视剧《超越》《青山不墨》创造了近年黑龙江电视剧最好成绩。省委宣传部主抓电视剧创作时，遵循的是"以中宣部精神文明'五个一工程'奖为引领，以国家级文艺评奖为示范牵动，以满足人民群众精神审美需求为落点"原则，强化顶层设计。

二是采取"借船出海"与"本土打造"两种模式。《超越》是由国家广电总局顶层设计全程指导，黑龙江与上海联合拍摄的重大主题电视剧，其效果是收视和口碑双赢。《青山不墨》是"本土打造"模式，从立项创作到出品全权由黑龙江独立完成，也获得收视和口碑双赢。

三是创作前端与播出终端对接。省委宣传部主动提升创作生产组织化程度。在"创推"两字上下功夫，加强创作前端与播出终端的对接。对《青山不墨》建立起从选题、立项、孵化、创作到播出、评论的全流程参与机制。

这一时段，黑龙江文学创作也存在一些需要关注提升的领域。

一是关注基层文学馆的专业化发展。在黑龙江文学馆拉动效应下，基层作协等文学机构也开始将目光投向地方文学馆建设。建议在专家研讨论证基础上进行展陈，以便保证基层文学馆的定位、展陈人物、展陈内容提法的客观性。

二是关注青年作家进入纪实文学领域。目前从事纪实文学创作的多半是卓有成就的中老年作家，青年作家鲜少进入该领域。建议充分发挥省作协报告文学委员会作用，积极开展相关学术活动，推进这一创作门类再创佳绩。

　　三是关注网络文学潜在价值开发。2022 年，在耳根等一批老牌网络作家持续发力下，青年网络作家也显示出不错的竞争力。在 IP 影响力上，在 IP 改编上，成绩不俗。建议关注网络文学潜在价值开发，从而将创作与现实生活、与市场有效对接起来，使黑龙江网络文学保持持续走高态势。

Abstract

The Heilongjiang Literature Development Report (2023) contains various theme activities of the "The 20th Party Congress" for the development of Heilongjiang literature in 2022, and the Heilongjiang Literature Museum, Xiaohong's former residence memorial hall and grass-roots literature museum went all out to promote the construction of public cultural service system, winning three awards of the "Five-one project" and the first Heilongjiang Literature and Art Awards for Heilongjiang. Writers from all walks of life in the province have been deeply involved in the field of literature, and a series of measures such as the training young writers, "one-on-one" seminars on young and middle-aged writers' works, "one-on-one" training programs for young writers, and publishing "Wild Strawberry Series" have been reviewed from all angles.

In 2022, inspired by the spirit of the 20th National Congress of the Communist Party of China, Heilongjiang writers devoted themselves to the creation of regional literature at a steady pace. In order to tell thegood story of Heilongjiang and inherit the regional spirit, most writers draw creative inspirations from historical and cultural resources, extract materials from real life, construct a series of brand-new narrative spaces, and launch a number of excellent masterpieces with unique Heilongjiang characteristics.

In 2022, the development trend of Heilongjiang literature mainly includes the following aspects.

First, the young writer YangZhihan's novel creation momentum is bullish

In 2022, YangZhihan, a writer, born in the 1990s, specializes in novel creation, won many awards, reprinted and hit the top frequently. In particular, the collection of short stories "A Hard Ice Junk" almost dominated the best selling chart of domestic literature. He is phenomenal now which is a hot focus in the literary world. Among many writers born in 1980s and 1990s in Heilongjiang, Yang Zhihan's pure literary creation is gaining wide attention in contemporary literary circles with a solid and steady pace.

Second, personalized writing presents a good trend

In 2022, QinYingliang, a children's literature writer, and Yan Yu, a prose writer, were among the top writers of the year. Both of their creations have distinct personality characteristics. Qin Yingliang's short stories The Meifeng Peak Green, Tea Brewed in Spring Water, Brother Fox and Sister Birch-leaf Pear, and the collection of fairy tales The Forest of Time were released at the same time. These works dabble in different themes and genres, gathering a kaleidoscope of artistic space. The obvious creative trend of Qin Yingliang is that The Meifeng Peak Green turns to realistic space. Yan Yu's prose collection "You Are Everyone Else" is full of philosophical reflection, rich in emotion and unique in language, showing the author's writing style of constant confrontation with time. The two writers let the narratives into the philosophical field so that their works are not vulgar and spoiled by rushing the works, but have a unique sense of advanced spiritual products.

Third, there are three production trends of TV episodes, "Beyond" and "Green Hills"

The first is to strengthen the top-level design. The two TV series made the best achievement in Heilongjiang TV drama creation in 2022. When the Publicity Department of the Provincial Party Committee is in charge of the creation of TV dramas, it follows the principle of "taking the Publicity Department of the Communist Party of China Five—One Project Award for Spiritual Civilization as the guide, taking the national literary awards as the demonstration, and taking meeting people's spiritual aesthetic needs as the foothold" to strengthen the top-level design.

The second is to adopt two modes: "borrowing a boat to go to sea" and "building it locally". "Beyond" is written by the State Radio, Film and Television General Administration.

The top-level design of the bureau is guided by the whole process, and the major theme TV series jointlyfilmed by Heilongjiang and Shanghai has the effect of win-win ratings and good publicity. "Green Hills" is a "building-it-locally" model, which was independently completed by Heilongjiang from project creation to production, and also won a win-win audience reputation.

Third, the creative front end is connected with the broadcast terminal. ThePublicity Department of the Provincial Party Committee took the initiative to improve the organizational level of creative production. Work hard on the concept of "creative promotion" to strengthen the connections between the creative front end and the broadcast terminal. All teams established a whole process participation mechanism for "Green Hills" from topic selection, project establishment, incubation, creation to broadcast and comment.

During this period, there are also some areas that need to be improved in Heilongjiang literature creation.

I. Attention is paid to the professional development of grass-roots literature museums.

Under thepromoting effect of Heilongjiang Literature Museum, grass-roots writers' associations and other literary institutions have begun to focus on the construction of local literature museums. It is suggested that the exhibition be based on expertise to ensure the objectivity of the positioning, characters and contents of the grass-roots literature museums.

II. Attention is paid to young writers entering the field of documentary literature

At present, most of the writers engaged in documentary literature creation are middle-aged and elderly with outstanding achievements. Yet, young writers rarely enter this field. It is suggested that the Reportage Committee of the Provincial Writers Association be given full play to actively carry out relevant academic activities and promote this creative category to achieve new success.

III. Attention is paid to the potential value development of online literature

In 2022, with the continuous efforts of a group of established online writers such asErgen, young online writers also showed good competitiveness. In terms of IP influence and IP adaptation, the results are good. It is suggested that attention to the development of the potential value of online literature be paid to effectively connect the creation with real life and the market and to keep the online literature in Heilongjiang Province rising continuously.

目 录 ▶

Ⅰ 总报告

Ⅱ 分报告

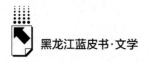
皮书数据库阅读 **使用指南**

CONTENTS ⤵

I General Report

II Sub-Report

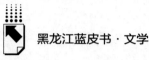
III　Hits

IV　Monograph

总 报 告
General Report

B.1

新时代新征程：创作地域文学精品
唱响文学惠民旋律

郭淑梅*

摘 要： 2022年，黑龙江文学是在中国共产党第二十次全国代表大会召开的氛围下展开新征程的。黑龙江文学界举办党的二十大各种主题活动，黑龙江文学馆、萧红故居纪念馆以及基层文学馆全力以赴推进公共文化服务体系建设，一系列文学惠民举措掀起文学面向大众服务社会的热潮。黑龙江迎来"五个一工程"奖3项大奖和首届黑龙江文艺大奖评奖。省作协加大青年作家培养力度，举办"一对一"中青年作家作品研讨会，建立青年作家"一对一"培育机制。

2022年，分布在全省各行各业的作家，以饱满的热情和对文学的挚爱，投身于地域文学创作中。中青年作家的创作成果以

---

* 郭淑梅，黑龙江省社会科学院二级研究员，研究方向为现当代文学、少数民族文学、文化艺术与产业。

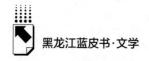
"野草莓丛书"集体亮相,他们持续在文学领域深耕不辍。文学各门类创作收获颇丰。

关键词: 黑龙江省　文学大事件　文学惠民　文学创作活动

一　黑龙江文学大事件

2022年,在党的二十大召开之际,黑龙江文学界以习近平新时代中国特色社会主义思想为指导,深入学习贯彻党的二十大精神和习近平总书记关于文艺工作的重要论述精神,全面落实省第十三次党代会精神和全国文艺工作创作部署,围绕新时代黑龙江全面振兴全方位振兴的奋斗目标,承担起举旗帜、聚民心、育新人、兴文化、展形象的社会责任。为提升黑龙江人的文化自信和文化自强,激发地域文化创新创造活力,铸就社会主义文化新辉煌,黑龙江文学界加大力度推进地域文学精品创作和成果转化工作。一系列优秀的文学作品和优质的文学惠民服务,在社会上产生了广泛热烈的反响,推动了全省公共文化服务事业长足发展。

(一)围绕党的二十大主题开展丰富多彩的实践活动

2022年,全省文学界围绕党的二十大主题,开展了一系列丰富多彩的文学创作活动。省作协将学习贯彻党的二十大精神作为首要政治任务,作为全年工作重中之重,与省委宣传部、黑龙江广播电视台共同主办"党旗在龙江大地飘扬"主题征文活动,经过专家评审,共有100篇作品分获一、二、三等奖和优秀奖,共计6家单位荣获团体会员最佳组织奖。一些优秀作品还通过报刊电台等媒体平台进一步扩大影响。此外,诗歌作为迎庆活动不可或缺的文学门类,庆祝党的二十大诗歌征文暨"龙江抒怀"诗歌朗诵活动成为一道亮丽的风景。为进一步深入领会党的二十大精神,省作协对广大会员进行了系统培训,如"'喜迎二十大'省作协新会员、基层文学工作者和新兴文学群体培训班"和"学习贯彻党的二十大精神省作协会员培训班"等。党的二十大精神专题培训超 400 人次。

黑龙江作协拥有庞大的创作群体，约有 3000 人活跃在创作领域，广泛分布在各大城市、农场、林场、油田、矿山、边境小镇等全省各地。这些来自基层的文学人才常年坚守在一线工作，凭借着对文学的一腔挚爱，投身到各门类文学创作活动中，与新时代同频共振，为黑土地唱颂赞歌。

在党的二十大主题活动中，基层团体会员单位积极组织作家和文学爱好者认真学习贯彻落实党的二十大精神。绥芬河、双鸭山等地作协组织会员通过电视等媒体收看党的二十大开幕式并进一步深入学习党的二十大精神，大兴安岭作协组织会员参加学习贯彻党的二十大精神座谈会，哈尔滨市作协组织多项"迎庆二十大"征文创作活动，齐齐哈尔市作协开展"建功新时代"喜迎二十大征文活动，大庆市作协开展"喜迎二十大　大庆人写大庆"征文活动，佳木斯市作协开展"喜迎二十大 青春著华章"征文活动，伊春市作协开展"喜迎二十大 文学展风采 奋进新征程"征文活动，绥化市作协开展"喜迎二十大 共建新绥化"征文活动，黑河市作协开展"第五届情书我心"喜迎二十大征文活动，金融作协开展"奋进金融路·喜迎二十大"征文活动，电力作协开展"喜迎二十大 永远跟党走"征文活动。基层团体会员单位的迎庆活动营造了迎接庆祝党的二十大召开的热烈气氛，激发了全省广大作家在二十大精神鼓舞下为时代讴歌的责任意识。

2022 年，省委宣传部文艺处紧扣迎庆党的二十大这一主题，营造团结奋进开创新局的浓厚氛围，规划储备了聚焦现实、讴歌党的辉煌历史、体现民族精神、彰显时代风貌、展示地域特色的舞台剧。其中大庆音乐剧《铁·人》、鸡西京剧《红灯记》、牡丹江京剧《智取威虎山》等 36 部作品入选《喜迎"党的二十大"舞台艺术创作名录》。省委宣传部主持全省院团创排演出党的二十大献礼剧，大型现代龙江剧《萧红》、评剧《女儿》、话剧《八百里高寒》等正式与观众见面。其中，哈尔滨话剧院以哈尔滨工业大学两院院士刘永坦为原型创排的话剧《坦先生》在北京、哈尔滨两地成功演出，佳木斯市演艺有限公司创排的反映从北大荒到北大仓辉煌创业历程的话剧《大粮仓》在云端献映。① 这些优秀作品高扬主旋律，激发正能量，运用各种艺术手段，创新新时代文艺表现形式，展示了精彩纷呈的黑龙江人文风貌，为党的二十大献上一份黑龙江人的厚礼。

2022年，省委宣传部电影处开展"喜迎二十大 奋进新征程"优秀影片展映展播活动。该活动分为农村公益放映、城市影院展映、《极光新闻》展播三个板块，通过城乡一体全覆盖的电影惠民举措，为黑龙江迎庆二十大胜利召开营造浓厚热烈的社会文化氛围。其中，农村公益放映片有《悬崖之上》《红海行动》《我和我的家乡》《中国医生》《攀登者》《流浪地球》《金刚川》《长津湖》《我和我的祖国》《夺冠》《穿过寒冬拥抱你》《长津湖之水门桥》《中国机长》《一点就到家》《1921》《奇迹·笨小孩》《守岛人》《我和我的父辈》《峰爆》《狙击手》20部主旋律电影，这些电影放映场次超过10万场，规模之庞大，史无前例。在黑龙江各大城市影院，主要展映了国内著名主旋律影片20部，以及黑龙江创作的电影《我心飞扬》《九妹》《天道王》《一起走过》《兴凯湖畔》等，共计放映超过1.1万场。② 迎庆党的二十大召开期间，黑龙江创作的电影深受观众欢迎，不仅宣传了独具特色的黑龙江历史文化资源，也将大美黑龙江、大美黑龙江人的精神风貌展示给世人。与此同时，《极光新闻》专为"喜迎二十大"开设了电影专栏，专栏的展播以黑龙江创作拍摄的《人间正道》《领袖情怀》《秀水河子歼灭战》《传奇将军赵尚志》《陈赓晋南大捷》5部影片为主。该电影栏目以"喜迎二十大"为切入点，全力推出黑龙江本土的精品力作，营造出健康向上的迎庆氛围，获得点击量36.4万余次。③

迎庆党的二十大期间，全省文学界、戏剧界、影视界以极大的热情投入文学艺术创作和文化惠民工程中，将一大批优秀的文学作品、舞台剧、影视剧通过各种媒体平台和渠道送到千家万户，为广大人民提供了优质精神食粮。

---

① 资料来源：中共黑龙江省委宣传部文艺处。
② 资料来源：中共黑龙江省委宣传部电影处。
③ 资料来源：中共黑龙江省委宣传部电影处。

（二）以文学馆为依托构建新时代文学惠民工程

1.发挥场地馆藏优势　组建志愿者团队　全方位服务社会

黑龙江文学馆位于哈尔滨市道里区柳树街 13 号，哈尔滨博物馆群 2 号楼馆区。哈尔滨博物馆群由原老市委建筑群组成，俗称"老市委楼"。馆区临近哈尔滨历史悠久的兆麟公园①，闹中取静且交通便利，四通八达。游人访客出入馆区非常方便，可步行通往中央大街、松花江畔等繁华地段，饱览享有"世界建筑艺术博物馆"之称的哈尔滨老建筑的华美风采，这也是哈尔滨文化旅游打卡地。

黑龙江文学馆馆藏丰富，集聚了黑龙江古代、近现代、当代文学的经典之作。馆内收藏有黑龙江现当代作家手稿、书信、照片、证书、字画、实物、音像制品等藏品 1 万余件。值得一提的是，萧红展柜独家收藏了萧红致萧军的第 17 封信、第 33 封信和萧军手稿等珍贵资料。黑龙江文学馆还独家收藏了 1947 年与马加②同在黑龙江省佳木斯市土改工作队工作的队员尹增昌致马加的两封信，而马加的土改名作中篇小说《江山村十日》就是以其在佳木斯土改工作队期间所见所闻为素材而创作的。

黑龙江文学馆于 2021 年 7 月 5 日开馆，至 2022 年 12 月，开馆仅一年多就整体提升了黑龙江文学在公共文化服务体系建设中的贡献力。该馆在展示黑龙江文脉走向、聚焦黑龙江文学成就、推介黑龙江文学精品、组织各种类型的文学交流活动等方面充分发挥了"公益、开放、互动、展演"等功能，不仅盘活了黑龙江文学资源，还利用文学馆场地、馆藏优势举办了

---

① 兆麟公园，位于哈尔滨市道里区友谊路 74 号，始建于 1906 年，曾称董事会公园、特别市公园、道里公园。萧红在散文《商市街》里提到的公园就是此园，这里是她与牵牛坊艺术家经常光顾的地方。1946 年，黑龙江抗日联军将领李兆麟被暗杀后葬于此园，黑龙江省政府为了纪念这位英雄将此园命名为兆麟公园。兆麟公园也是哈尔滨最早举办冰灯游园会的公园。

② 马加（1910~2004），原名白永丰，辽宁新民人，东北作家群代表作家之一。曾任黑龙江省桦川县土改工作团副团长、长发屯区委书记。1947 年，马加到黑龙江省佳木斯市江山村参加"平分土地运动"，根据所见所闻，创作了著名的土改小说《江山村十日》，反映了东北解放区土地改革所呈现的崭新风貌。

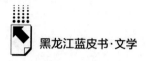

"龙江文学讲堂"之大众汇、名家坊、会客厅等品牌活动。大量集束式文学惠民活动提升了黑龙江文学的公共文化服务水平,一时间黑龙江文学馆人气大增。

2022年4月,黑龙江文学馆、黑龙江文学院举办的"龙江文学讲堂"系列活动获黑龙江省全民阅读工作领导小组表彰,被评为全民阅读优秀项目。黑龙江文学院被评为全民阅读工作先进单位,培训部主任周静被评为全民阅读工作先进个人。

2022年5月,黑龙江文学馆参与黑龙江广播电视台极光新闻App"全民悦读 邀您共度《人世间》"活动,以网络直播形式推出黑龙江优秀文学作品,观众累计超15万人次,点赞量超过20万。

在"龙江文学讲堂"基础上,黑龙江文学馆进一步将触角伸到社会各个层面,主动承担起志愿服务角色,将黑龙江文学送到千家万户。2022年6月25日,一支面向全社会的龙江文学志愿服务队建立。龙江文学志愿服务队走进黑龙江的幼儿园、大中小学校、部队军营等基层一线,开展文学公益讲座活动。首次文学活动是为省直机关第三幼儿园小朋友奉上黑龙江儿童文学精品,向小读者讲述科普故事。接下来,龙江文学志愿服务队又在八一建军节前夕走进中国人民武装警察部队哈尔滨支队执勤一大队执勤一中队,讲述黑龙江作家创作的军旅作品。而后在整个8月期间,该服务队利用大中小学校放暑假这一时间节点,将惠民服务拉回到文学馆场地,在极富文学情境和饱满诗书气氛的艺术空间里,打造亲子"沉浸式阅读体验"活动,以阅读指导、领读等方式服务读者超千人次。

为迎庆党的二十大召开,黑龙江文学馆于2022年10月13日举办了线上线下联动展,该展出活动共选出黑龙江经典文学作品10部加以导读。这些作品反映了新中国成立以来社会主义建设不同阶段的时代风貌,讲述了黑龙江在中国特色社会主义发展道路上所发生的生动鲜活故事。独具黑龙江地域魅力的叙事,深深地感染了广大读者。党的二十大召开后,围绕深入学习贯彻党的二十大精神,黑龙江文学馆举办了"龙江抒怀"诗歌朗诵会,广大诗人激情勃发,声情并茂地朗诵"龙江抒怀"诗歌征文、"党旗在龙江大地飘扬"主题征文获奖作品，回顾百年来中国社会翻天覆地的变迁，以及新时代以来中国人民所取得的辉煌成就，以切身感受抒发对党和国家的热爱，对伟大时代的讴歌。

黑龙江文学馆对外展示了黑龙江优秀文学形象，对内树立了黑龙江人文化自信，不仅吸引了八方来客，还迎来了各级领导的考察。2022 年 7 月 15 日，第十三届全国政协副主席刘奇葆率全国政协调研组到黑龙江文学馆参观考察，一同前往的还有第十三届全国政协文化文史和学习委员会副主任张昌尔、丁伟、吕世光、钱小芊、胡纪源、何平等。第十二届黑龙江省政协主席黄建盛，中国作协第十届全国委员会副主席、黑龙江省政协副主席、省作协主席迟子建陪同。10 月 10 日，省委常委、宣传部部长何良军到黑龙江文学馆考察，对展馆整体运行方案和具体文物的保护利用情况展开调研。

2022 年是黑龙江文学馆各项惠民工作全面铺开、大力推进黑龙江文学创作成果转化、组建志愿者团队送文学到千家万户、全方位服务社会的一年。黑龙江文学在黑龙江文学馆搭建的各种平台渠道系统整合、广泛传播的加持下，愈发凸显其地域文化的无穷魅力。这些惠民举措进一步提升了黑龙江文学界对全省公共文化服务体系建设的贡献水平。

2. 发挥萧红故居品牌力量　围绕党的二十大召开　推进文学惠民工作

萧红是黑龙江文化名人，其声名远播海内外。以萧红故居纪念馆为基地，目前形成《萧红全集》、萧红手稿珍藏、萧红电影、萧红电视剧、萧红纪录片、萧红歌剧、萧红《生死场》《呼兰河传》舞台剧及绘画二度创作、萧红传记等一系列萧红主题文化创作、演出、研究等成果，形成具有国际影响力的黑龙江文化旅游品牌。萧红故居纪念馆现为国家级德育教育基地、省级爱国主义教育基地、市级优秀爱国主义教育基地，每年参观量达数十万人次，是黑龙江对外文化交流窗口。

萧红故居纪念馆位于哈尔滨市呼兰区南二道街 1 号，由萧红纪念馆和萧红故居两部分组成。萧红故居始建于 1908 年，1986 年开始接待游人访客，由黑龙江省政府列为省级文物保护单位。2001 年萧红故居纪念馆被国家旅游局评定为 AA 级旅游景区，2007 年恢复原址全貌。萧红故居占地 7125 平方米，房屋 32 间，分东、西两院。东院系萧红本家居住，西院当年出租给租户。东院五间正房是萧红出生与成长地。萧红故居是中国传统四合院建筑群落与东北地方民居结合的典型代表，具有珍贵的历史和文物价值。萧红故居是萧红出生并留下深刻童年记忆的地方，这里春夏秋冬四季风光以及风土人情都为其文学创作提供了丰足的滋养，并成就了她的伟大名著《呼兰河传》《小城三月》《家族以外的人》等名作。萧红故居是萧红文学基因形成地之一，也是萧红研学考察的源头。萧红纪念馆于 2011 年萧红诞辰百年之际建成并对外开放，建筑面积 2050 平方米，共建有地上地下两层展区。展区面积 1600 平方米。展馆建筑的外观以灰色为主调，呈古朴庄重风格，与萧红故居互为辉映。展馆阶梯式窗户象征着书架，重叠的房盖和墙面青砖寓意一本翻开的大书，诉说着萧红一生的传奇故事。

2022 年，萧红故居纪念馆围绕着迎庆党的二十大召开，以"喜迎党的二十大 革命薪火代代传"[①] 为主题，开展了一系列文学惠民活动。

（1）4 月 23 日是第 26 个世界读书日，萧红故居纪念馆策划了"喜迎党的二十大 革命薪火代代传"系列活动之"4.23 世界读书日"线上精品展。活动以经典读物《呼兰河传》为主，面向居家上网课的孩子们，使其在家就可以欣赏到萧红作品。活动由"小小解说员"诵读《呼兰河传》，让孩子们的居家生活更为丰富多彩。同时，依托世界读书日，举办了"书香满校园 阅读伴成长"主题活动，有近百名师生参加经典作品尤其是萧红作品的诵读活动，他们通过将诵读视频和读后感上传网络，助力世界读书日，使经典作品以诵读方式进入校园。

（2）5 月 18 日是世界博物馆日，萧红故居纪念馆通过举办"博物馆的力量"主题活动，迎接党的二十大召开。萧红故居纪念馆以网络直播形式参与"博物馆的力量——哈尔滨文物的数字密码"活动，与"喜迎党的二十大 革命薪火代代传"的全年主题活动进行联动，通过直播增强和扩大公

---

① "喜迎党的二十大 革命薪火代代传"系列活动资料来源于微信公众号萧红故居纪念馆互动平台，引用于萧红故居纪念馆副馆长葛洪伟与王笛编辑的相关内容。

共文化服务的辐射力和覆盖面，构建线上线下融合体系。

（3）7月1日，萧红故居纪念馆举办了"喜迎党的二十大 革命薪火代代传"系列活动之"《生死场》主题艺术展"，展出陈行哲为《生死场》所作的水彩画51幅，并由荣获中国广播电视播音与主持政府奖一等奖、中国播音主持"金话筒奖"的主持人肖霞诵读《生死场》片段。

（4）7月17日，萧红故居纪念馆举办了"喜迎党的二十大 革命薪火代代传"系列之"走进故居 体验经典"活动。这一活动与"人人读城"亲子共读活动进行了联动。"人人读城"第三期哈尔滨站《呼兰河传》亲子共读的主题是"致敬萧红 传颂经典 亲子共读"。参与该体验日活动的共计20个家庭，这些家庭在萧红故居纪念馆讲解员的带领下，重温了萧红的文学创作岁月，以及童年时期她在后花园里的快乐生活。同时，母亲互助成长读书会的12位母亲带领孩子们，在萧红故居纪念馆现场诵读《呼兰河传》节选，加深了孩子们对萧红作品的理解，也为传承萧红文化精神打下了基础。

（5）7月25日，萧红故居纪念馆举办了"喜迎党的二十大 革命薪火代代传"系列活动之"青春心向党 奋进新时代"诗词朗诵会。朗诵者由金话筒艺术中心的孩子们组成。

（6）9月18日，萧红故居纪念馆举办"喜迎党的二十大 革命薪火代代传"系列活动之"铭记历史 勿忘国耻"诗文朗诵会，纪念中国人民不畏强暴浴血奋战，夺取了抗日战争的伟大胜利，为世界反法西斯战争做出了不可磨灭的贡献。

（7）十一国庆期间，萧红故居纪念馆举办"喜迎党的二十大 革命薪火代代传"系列活动之"党的光辉历程"图片展，纪念中国共产党从诞生之日起为中国人民谋福利、为中华民族伟大复兴赴汤蹈火的伟大历程，重温中华民族从站起来、富起来到强起来的历史性跨越，传承中国共产党优秀的红色文化基因。

2022年，黑龙江文学界依托场地馆藏优势，打造线上线下精品服务项目，以龙江文学志愿服务队延长文学"手臂"，服务社会服务大众，是文学惠民取得跨越性成就的一年。从黑龙江文学馆、萧红故居纪念馆面向社会的诸多惠民举措可以看出，文学馆在公共文化服务体系建设中的地位越来越重要。

近年来，一些基层文学团体也将目光转向文学馆建设。2020年，佳木斯市作协在佳木斯大学图书馆开设了佳木斯作家作品馆，收藏了近百名作家的近千部作品。2022年，绥化日报社启动猛犸象文学馆项目，该项目集展览展示、收藏保护、创作交流、学术研究等功能于一体，反映了绥化市文学发展脉络和文学成就。基层文学馆建设持续走热的趋势说明，黑龙江文学界的文化自信文化自强意识增强，也说明文学服务大众服务人民的渠道进一步拓宽。优秀的文学作品不再是评奖后束之高阁的"精神贵族"，而是滋养人民大众精神与心灵的养分。文学界将把更多的精力用于文学惠民，把文学这种宝贵的资源利用好成为黑龙江作家的普遍共识。

（三）黑龙江3部作品获第十六届精神文明建设"五个一工程"奖

2022年12月，中宣部主办的第十六届精神文明建设"五个一工程"奖获奖名单公布。中共黑龙江省委宣传部申报的电视剧《超越》、舞剧《铁人》、广播剧《北斗》3部作品进入获奖行列。在全国同行业的激烈竞争中，3部作品脱颖而出，是近年来黑龙江文学艺术领域极为少见的事情，为黑龙江文学艺术界在国家级平台展示黑龙江形象、传递黑龙江声音创造了良好机遇。

（四）创新人才培育机制　省作协实施"一对一"青年人才培养计划

2022年8月10日，为储备青年创作人才，省作协在全省范围内开展青年作家"一对一"培养工作，制定了《黑龙江省作家协会青年作家"一对一"培养工作方案》，选拔具有丰富的创作经验、在全国文学界有一定影响力、德艺双馨的黑龙江知名作家，与年龄在45周岁以下、创作成绩突出、具有良好发展潜质的青年作家，根据创作方向、创作题材等因素，结成培养对子。经省作协党政办公会研究，确定了首批11对培养对子。

（五）省作协在哈尔滨召开黑龙江中青年作家作品研讨会

2022年8月23日，由省作协党组成员、副主席赵儒军主持召开了黑龙江中青年作家作品研讨会。该研讨会沿袭惯例，由作家和评论家"一对一"展开对话研讨。参加此次研讨的作家有闫语、杨知寒、赵亚东、秦萤亮、沐清雨、吴半仙，相对应的评论家有郭淑梅、郭力、林超然、姜超、金钢、郑薇。

（六）省作协成立各专门委员会

2022年8月8日，省作协召开各专门委员会工作交流会。会议由省作协党组成员、副主席赵儒军主持，党组成员、副主席陈永恩出席并讲话。各专委会主任、副主任12人出席会议。

2022年5月23日，省作协发布了关于各专门委员会成立及换届决定，各专门委员会成立，标志着黑龙江作家队伍进入一个崭新的历史时期。在新老交替过程中，省作协通过成立专委会，重新布局老中青三代创作梯队，其中各专委会主任、副主任负责承担各门类创作推进工作。

（1）黑龙江省作家协会小说委员会

主　任：左泓、格日勒其木格·黑鹤、何凯旋

副主任：王鸿达、陈力娇、孙且、杨知寒

（2）黑龙江省作家协会诗歌委员会

主　任：李琦、包临轩

副主任：文乾义、冯晏、桑克

（3）黑龙江省作家协会散文委员会

主　任：张爱玲、王宏波、若楠

副主任：吕天琳、朱成玉、赵国春

（4）黑龙江省作家协会报告文学委员会

主　任：陈明、鲁微

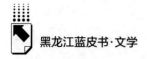

副主任：宋成君、高艳

（5）黑龙江省作家协会儿童文学委员会

主　任：常新港、鲁奇

副主任：廖少云、秦萤亮、大可

（6）黑龙江省作家协会文学理论批评委员会

主　任：韦健玮、郭淑梅、郭力

副主任：喻权中、林超然、姜超

（7）黑龙江省作家协会少数民族文学委员会

主　任：全勇先、陆少平

副主任：李洪奎、孙玉民、徐海丹

（8）黑龙江省作家协会影视文学委员会

主　任：乙福海、唐飙

副主任：刘跃利、朱宏宇、张建祺

（9）黑龙江省作家协会网络文学委员会

主　任：赵德信、耳根、鱼人二代

副主任：胜己、吴半仙、沐清雨、小刀锋利、梁不凡

（10）黑龙江省作家协会作家权益保障与职业道德委员会

主　任：司兆国、郑建强

副主任：邹国平、毛猛平、孙代君

（七）"野草莓丛书"（第六辑）在人民文学出版社出版

2022年12月，"野草莓丛书"（第六辑）在人民文学出版社出版。该辑收入黑龙江5位中青年作家作品，其中包括韩文友散文集《我的江山雪水温》、秦萤亮童话作品集《时间的森林》、杨知寒短篇小说集《借宿》、曹立光诗集《喜鹊邻居》、陆少平诗集《练习曲》。

"野草莓丛书"是省作协推出的一个品牌项目，2012年立项，以每两年一辑、每辑5位作家的方阵稳步推进。至2022年，共计出版30部作品集，成果宏富。十年来，该丛书通过国内著名评论家的推介以及"野草莓丛书"

研讨会等活动，为打造地域风格文学精品、传播黑龙江地域文化、培育黑龙江文学人才做出了很大贡献。

二　2022年黑龙江文学发展总体态势

2022年，黑龙江作家在党的二十大精神鼓舞下，投身地域文学创作，使黑龙江文学扎实稳健地发展。为讲好黑龙江故事、传承黑龙江地域精神，广大作家从历史文化资源中汲取创作营养，从现实生活中提炼素材，以超乎寻常的艺术想象力，建构起一系列崭新的叙事空间，推出了一批独具黑龙江特色的精品力作。

（一）经典作家青年作家跻身年度文学榜单

据不完全统计，2022年，黑龙江作家共计出版71部作品，在各级各类报刊及网络发表作品3000余件（篇），获各类文学奖项、入选重要文学榜单122项。

其中，迟子建的《白釉黑花罐与碑桥》（原载《钟山》2022年第3期）、杨知寒的《美味佳药》（原载《山西文学》2022年第4期）、袁炳发的《无痕》（原载《作品》2022年第3期）入选中国小说学会2022年度好小说榜单；迟子建的《白釉黑花罐与碑桥》、杨知寒的《美味佳药》入选《扬子江文学评论》2022年度文学排行榜；迟子建的《白釉黑花罐与碑桥》、杨知寒的《百花杀》（原载《当代》2022年第3期）入选2022年度中国当代文学最新作品排行榜；格日勒其木格·黑鹤的《叼狼·双子》（原载《民族文学》2022年第9期）、杨知寒的作品《塌指》（原载《民族文学》2022年第6期）双双获得2022年《民族文学》年度奖；沐清雨的《你是我的城池营垒》入选第八届中国网络文学影响力榜单；陈华的《寒葱河》获中国作家网2022年度"文学之星"一等奖。

2022年，首届"黑龙江文艺大奖"获奖名单公布，全勇先剧本《悬崖之上》、张雅文纪实文学《为你而生——刘永坦传》、王左泓儿童文学《巨熊卡罗》、杨知寒短篇小说《水漫蓝桥》、宋心海诗集《卜水者》、孙且长篇小说《有一个地方叫"偏脸子"》、闫语散文集《你自己就是每个人》、孔广钊短篇小说集《太平，太平》，共计 8 部文学作品获奖。

2022 年，张雅文报告文学《追梦人生——走进冬奥冠军的世界》、吴半仙长篇小说《丰碑》获中国作协重点作品扶持。王晶莹《你不来，花不开》、于析《法医河阳》入选全国文学作品著作权保护与开发平台影视转化重点推荐项目。鱼人二代现实题材长篇小说《故巷暖阳》入选国家新闻出版署 2021 年"优秀现实题材和历史题材网络文学出版工程"。王延才现实题材长篇小说《中国名片》入选中宣部 2022 年主题出版重点出版物选题。

（二）青年作家杨知寒小说创作势头强劲

2022 年，专事小说创作的"90 后"作家杨知寒作品频频获奖、转载、上榜。尤其是中短篇小说集《一团坚冰》几乎霸屏了国内文学榜单，一时声名鹊起，引发文坛热议。杨知寒出生于黑龙江省齐齐哈尔市，又南下杭州求学，她的写作涉及面极广，内容题材难以一言以蔽之。"杨知寒 19 岁开始写作，从青春期急于倾泻的狂风暴雨式表达，到现在不慌不忙却直抵人心的写作，她已长成文坛的一棵参天大树。对于自带文学气场也可以说天赋异禀的杨知寒而言，随着人生阅历和经验积累，她的创作还会有所精进。"① 对于青年作家来说，未来创作有无限可能。

从表 1 可以看出，2022 年杨知寒小说创作在国内文坛的影响力呈上升趋势。在纯文学领域，在当代中国庞大的写作群体中，文学创作年度获奖、转载或上榜，仅占有其中一项就很可观了。杨知寒这一年收获的却是一连串成果。2022 年，杨知寒小说创作成果赫然在目。在黑龙江众多"80 后""90 后"作家中，杨知寒的纯文学创作正以扎实稳健步伐前进，获得当代文坛的广泛关注。

---

① 郭淑梅：《年度热点作家：杨知寒的文学气场》，载王爱丽、郭淑梅主编《黑龙江文学发展报告（2020-2021）》，社会科学文献出版社，2021，第 147 页。

表 1　2022 年杨知寒小说作品发表或获奖等情况

序号	作品名称	发表期刊(出版单位)时间	获奖、转载或上榜
1	短篇《归人沙城》	《西湖》2022 年第 2 期	
2	短篇《起舞吧》	《西湖》2022 年第 2 期	《小说选刊》2022 年第 4 期转载
3	短篇《月涌大江流》	《湖南文学》2022 年第 3 期	
4	中篇《美味佳药》	《山西文学》2022 年第 4 期	《小说选刊》2022 年第 5 期、《小说月报》2022 年第 5 期、《北京文学·中篇小说月报》2022 年第 5 期转载
5	短篇《虎坟》	《中国作家》2022 年第 5 期	《长江文艺好小说》2022 年第 8 期转载
6	短篇《百花杀》	《当代》2022 年第 3 期	《小说月报》2022 年第 7 期转载；入选辽宁人民出版社《依云而上的人：2022 年中国短篇小说精选》；上榜 2022 年"收获文学榜"短篇小说榜；上榜《北京文学》2022 年度短篇小说榜
7	短篇《晚灯》	《北方文学》2022 年第 5 期	
8	短篇《金手先生》	《上海文学》2022 年第 6 期	
9	短篇《塌指》	《民族文学》2022 年第 6 期	获《民族文学》年度短篇小说奖
10	短篇《妖言惑众》	《大家》2022 年第 4 期	
11	短篇《水漫蓝桥》		2022 年获首届黑龙江文艺大奖
12	中篇《连环收缴》	《花城》2021 年第 6 期	《思南文学选刊》2022 年第 1 期转载；第四届《钟山》之星文学奖年度青年佳作奖
13	中短篇小说集《一团坚冰》	译林出版社,2022 年 7 月	文学好书榜2022 年7 月榜；《中国出版传媒商报》2022 年 7 月好书；探照灯书评人好书榜2022 年 7 月十大中外小说；《文学报》2022 年 8 月好书榜；腾讯好书 2022 年 8 月文学好书榜；天目好书 2022 年 8 月新书推荐榜；《新周刊》2022 年刀锋图书奖·秋季榜单虚构类十大好书；持微火者·女性文学好书榜秋季榜单；译林出版社 2022 年度好书

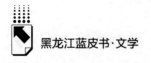

（三）个性化写作呈现良好态势

2022 年，跻身年度热点作家行列的是儿童文学作家秦萤亮和散文作家闫语。两位作家的创作都具有非常鲜明的个性化特征。秦萤亮在儿童文学领域算是获奖大户，其作品曾拿下《儿童文学》金近奖、第九届"周庄杯"全国儿童短篇小说大赛一等奖、"小十月文学奖"等奖项。她的关于人工智能的科幻小说《百万个明天》，斩获 2019 年陈伯吹国际儿童文学奖、第十届全球华语科幻星云奖少儿组金奖、第五届《儿童文学》金近奖等国内外重要奖项。

2022 年，秦萤亮短篇小说《眉峰碧》《春水煎茶》《狐狸哥哥与杜梨妹妹》，童话作品集《时间的森林》同时推出。这些作品涉猎不同题材体裁，汇聚起万花筒般的艺术空间，现实与超现实自如转换，人物与动植物随意通约，招之即来挥之即去的生命奇观，如同大千世界洞开，秦萤亮匠心独运的精妙创作广获好评，令其跻身年度热点作家行列。

该年度，秦萤亮比较明显的创作动态是《眉峰碧》转向写实空间，她以女孩口吻讲述奶奶的故事，将东北抗联的宏大叙事寓于奶奶的生命历程，一改以往现实与超现实自由往还的空间形构，专注于特定历史空间写作，这一转向使其潜在的写实能力浮出水面。

2022 年，闫语散文集《你自己就是每个人》获首届黑龙江文艺大奖，是该届文学类别中唯一获奖散文集。其散文作品充满哲学省思，情感丰沛，语言独特，展示出作者与时间庸常对抗的写作风格。这一年，她的散文创作延续了对古典音乐的心得，推出音乐随笔《在遮蔽我们的情感梦幻里慢跑》，以探秘手法求证坊间流传的杰奎琳·杜普蕾大提琴演奏曲《殇》是否为其原曲，质疑和辨析让散文更具戏剧性，作者与古典音乐共舞的精神取向，成就了散文灵魂飞升。

黑龙江作家的想象虚构能力一直都很强，而思辨性幻想能力，在两位作家身上都体现得非常明显。从日常细微处叩问生命，从感怀春秋到悲悯万物，推及更大范围的宇宙空间设定，让叙事必然走向哲学场域，因而作品没有流俗，没有被众多速成写作淹没，而是独具精神产品的高级感。

（四）电视剧《超越》《青山不墨》创作生产趋向

1. 电视剧创作生产方向

2022 年，电视剧《超越》《青山不墨》创造了近年来黑龙江电视剧最好成绩。省委宣传部主抓电视剧创作时，遵循的是"以中宣部精神文明'五个一工程'奖为引领，以国家级文艺评奖为示范牵动，以满足人民群众精神审美需求为落点"原则，强化顶层设计，"以组织化、集成化、项目化组合并用方式"，实施文艺精品工程。通过出台《全省优秀文艺作品创作生产三年行动计划》，启动专项扶持经费，推出具有黑龙江特色和中国精神的重大题材文艺作品创作生产。

2. 电视剧冲击央视一套黄金档和"五个一工程"奖

2022 年，电视剧《超越》在央视一套黄金档播出，获中央宣传部第十六届精神文明建设"五个一工程"奖优秀作品奖，获评中央广播电视总台首届中国电视剧年度盛典"年度优秀电视剧"荣誉，获评"剧耀东方·2023 电视剧品质盛典"品质剧作。这些成绩的取得说明，文学艺术精品若要出圈，必须"思想精深、艺术精湛、制作精良"，必须从创作生产的内在规律出发，跟随大众审美需求不断提升，在品质和细节上下功夫。

《超越》编剧团队仅一项采访资料的整理，就动用 100 多人次。在创作过程中，编剧并没有刻意突出某个人的成功，也没有将成功的定义局限在领奖台上的冠军，而是塑造了一系列冰雪运动员群像。这些人是冰雪运动场上的奋斗者，也是伤病者，或徘徊者，或失败者。冰雪运动员这些充满曲折的成长经历真实存在过，编剧通过再现冰雪运动员不同的人生轨迹以及运动员在访谈中倾吐的心声，将真实鲜活的冰雪生命体验全部传递给广大观众，从而形成了以观众为主体的接受美学风格，既赢得了荣誉也获得了市场。

3. 电视剧自觉聚焦重大主题和地域题材

重大主题电视剧创作任务标准极高，创作难度大，而地域题材又是树立黑龙江精神形象的必由之路。因此，省委宣传部以集中优势资源打造地域精品的方略运作《超越》《青山不墨》的推广发行。同时，对重大主题创作的扶持引导集中在历史与时代现场，打破常规，破圈升级。在《青山不墨》选题上，作为年代剧虽然题材并不新鲜，但故事常新常有。只有在这一立意上深挖细作，提炼生活、表达生活，全景式地展现生活，才能在平凡中见出伟大，在质朴中发现崇高。从黑龙江历史文化资源中寻求灵感，在对传统的继承中实现转化、创新和超越。

4. 电视剧采取"借船出海"与"本土打造"两种模式

《超越》是由国家广电总局全程指导，黑龙江与上海联合拍摄的重大主题电视剧，冬奥会开幕前在央视一套黄金档首播，爱奇艺、腾讯、优酷等网络平台同步推进，东方卫视、北京卫视黄金档跟播，黑龙江卫视二轮播出，其效果是收视和口碑双赢。《超越》注重从生活逻辑出发，用平实视角以小见大，把"强国路、冬奥情、中国梦"宏大主题融入冰雪运动员个体精神成长的叙事中，为电视剧观众塑造出一系列黑龙江冰雪运动员群像，将冰雪运动精神送达到观众心中，是一部有温度的令人感动的电视剧。

《青山不墨》是"本土打造"的模式。从立项创作到出品由黑龙江独立完成。该剧从编剧开始，集结了全省优秀创作生产团队，由主旋律电视剧导演李文岐执导。《青山不墨》以黑龙江林区伊春的全国劳动模范马永顺为创作原型，再现了黑龙江三代林业工人站在国家立场听从时代召唤，大胆进行创业、改革、转型发展的历程，是"思想精深、艺术精湛、制作精良"的具有黑龙江浓厚地域特色的年代剧，是一部有情怀的催人奋进的电视剧。

5. 电视剧创作前端与播出终端的对接

对于电视剧的打造，省委宣传部主动适应当下电视剧创作生产格局及产品传播方式的深刻变化，不断提升创作生产的组织化程度。在"创推"两字上下功夫，加强创作前端与播出终端的对接，从抓好"一剧之本"的剧本编剧开始，对《青山不墨》建立起从选题、立项、孵化、创作到播出、评论的全流程参与机制。

2022年4月6日，《青山不墨》定档央视一套黄金档首播，开播前央视《新闻联播》进行预热推介，获得开播后收视破一、全国收视率第二的好成绩。紧接着，省委宣传部邀请省社科院二级研究员郭淑梅撰写观剧评论，向观众推介《青山不墨》并加以导赏。4月12日，郭淑梅以《〈青山不墨〉：镌刻中国精神的时代丰碑》为题，从以重大历史转折为节点深化生态文明主题、以追求写真的艺术手法镌刻中国精神的时代丰碑、以现实主义创作自觉传承英雄文化基因三个维度，全面介绍了这部电视剧主题、创作手法以及对地域文化的传承贡献。该评论在《黑龙江日报·龙头新闻》三次连载，同时由《黑龙江日报》、省文联、伊春市委宣传部等部门单位和网络媒体全文转发，形成创作与推广双效促进，提升了电视剧传播力和影响力。

4月12日，郭淑梅《〈青山不墨〉：镌刻中国精神的时代丰碑》在学习强国平台推送。4月14日，国家广电总局《广电时评》发表郭淑梅《〈青山不墨〉：在时代的林海里，看青山常在》。4月16日，《黑龙江日报·天鹅》发表郭淑梅《〈青山不墨〉：生态文明视角下的"主旋律叙事"》，再次掀起评论热潮。该文指出："20世纪末，'天保工程'战略实施，旨在通过人工造林和自然恢复的途径，改造日益恶化的生态环境，从而将大小兴安岭纳入可持续发展体系，林业生态文明建设拉开大幕。《青山不墨》主题叙事并非聚焦在这一时间节点，而是追溯历史，定位在中国社会迎来翻天覆地重大转折，中国共产党领导中国人民全力以赴建设社会主义新家园。以建国初期开发建设为时间节点，深化生态文明主题，歌颂生态文明先驱，正是《青山不墨》对主旋律电视剧的贡献。"播剧期间，省委宣传部、国家广电总局、黑龙江日报报业集团、省文联等单位连续推出郭淑梅系列评论文章，通过文艺评论专业人士对该电视剧的全面解读、导赏，将该年代剧不断推向市场，拉近了与观众的距离，再现了黑龙江开发建设时期林业工人无私奉献精神，掀起一波又一波追剧热潮。

（五）电影《731》杀青

2022年初，由中共黑龙江省委宣传部、中共山东省委宣传部、中共吉林省委宣传部联合摄制，长春电影制片厂等单位联合出品的电影《731》杀青。这部影片选取抗战时期东北沦陷区那段黑暗历史为创作背景，聚焦侵华日军731部队反人类罪行，讲述了1933~1945年3000多名中国同胞和国际人士惨遭侵华日军731部队迫害的故事。这一重大历史事件的艺术再现，提醒世人哈尔滨平房侵华日军第731部队遗址上所发生的反人类罪行。日本侵华战争以日本失败告终，但警钟长鸣，前事不忘后事之师，正是这部取材黑龙江侵华日军731部队的电影宗旨所在，以此纪念抗日战争胜利和世界反法西斯战争胜利。

（六）话剧《坦先生》获好评

2022年4月，黑龙江话剧《坦先生》在北京、哈尔滨两地演出并引发强烈社会反响。这部由中共黑龙江省委宣传部、黑龙江省文化和旅游厅、中共哈尔滨市委宣传部、哈尔滨演艺影视集团联合出品，由哈尔滨话剧院承担演出任务的话剧《坦先生》一经演出就获得广大观众和在京专家的一致好评。

编剧谭博以国家最高科学技术奖获得者、两院院士、哈尔滨工业大学教授刘永坦为原型，通过将生活原型艺术化、典型化的手法，塑造了在中国对海探测新体制雷达领域，从零起步筑起海防长城的刘永坦及其科研团队的英雄群像。

作为表现黑龙江精神的现实题材剧作，该剧获黑龙江省北疆文化艺术奖——全省新剧目调演优秀剧目，入选文化和旅游部"新时代现实题材创作工程"和"新时代舞台艺术优秀剧目展演"，成为2022年度黑龙江戏剧创作的亮点。

三 存在的问题与对策建议

2022年，黑龙江文学界举办"党的二十大"各种主题活动，黑龙江文学馆、萧红故居纪念馆全力推进公共文化服务体系建设，文学惠民举措频频引发文学面向大众服务社会热潮。"五个一工程"奖、首届黑龙江文艺大奖等各类奖项收获满满，作品转载、上榜推动了黑龙江文学创作的精品化发展。省作协加大青年作家培养力度，举办"一对一"中青年作家作品研讨会，建立起青年作家"一对一"培育机制，为青年创作人才提供了广阔的施展空间。2022 年，尽管黑龙江文学界取得了很多成就，但还存在着一些问题，在以下领域需要投入更多的关注。

（一）需要关注基层文学馆的专业化发展

在黑龙江文学馆拉动效应下，基层作协等文学机构也开始将目光投向地方文学馆建设。文学馆建设对于文学服务社会、文学成果转化、文学辐射力提升等有实质性的推进作用，有助于提升文学惠民工程，这无疑是一件好事。但需要关注的是，基层文学馆亟待专业人士指导，建议在专家研讨论证基础上进行展陈，以便保证基层文学馆的定位、展陈人物、展陈内容规范准确。因此，相关部门应加大对基层文学馆专业督导力度，从而使其达到专业水准，具有"公益、开放、互动、展演"功能效果。

（二）需要引导青年作家进入纪实文学领域

黑龙江历史文化资源丰厚，是盛产精神文化成果的地方。对作家而言，书写拥有"四大精神"等丰富精神文化遗产的黑龙江，无论历史题材还是现实题材都有着广阔的探索空间。目前，从事纪实文学创作的多半是中老年作家，这些作家曾为黑龙江报告文学、纪实文学立下汗马功劳，创造了辉煌业绩，而青年作家鲜有进入该领域者。建议充分发挥省作协报告文学委员会作用，积极开展报告文学、纪实文学学术活动和青年人才培养活动，推进这一创作门类再创佳绩。

（三）需要关注网络文学潜在的价值开发

黑龙江网络文学久负盛名，诞生了一批白金、大神级作家，而一批青年作者也崭露头角，预示着黑龙江网络文学领域的创作优势和强大竞争力。

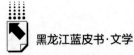
2022 年，在耳根等一批老牌网络作家持续发力的同时，青年网络作家也显示出不错的竞争力。在 IP 影响力上，中国作协发布第八届中国网络文学影响力榜，沐清雨《你是我的城池营垒》位列 IP 影响力榜第一名，《伪戒》入选新人榜。在 IP 改编上，以沐清雨小说《云过天空你过心》改编的电视剧《向风而行》，2022 年在央视 8 套播放，腾讯、爱奇艺、优酷视频同步播放。虽然网络文学取得的成绩很亮眼，但需要加大对网络作家作品的研讨，关注网络文学潜在的价值开发，从而将创作与现实生活、与市场有效地对接起来，使黑龙江网络文学保持持续走高态势。

分　报　告
Sub-Report

B.2

长篇小说：书写沧桑历史　聚焦法制生活

金　钢*

摘　要： 新冠肺炎疫情给生活按下了暂停键，让作家们能够更多地沉浸在虚构的世界里，思考生活的多种可能。书写历史仍是龙江长篇小说的一条主线，2022年，梁晓声连续推出了《中文桃李》《父父子子》两部长篇小说，《父父子子》写出了《人世间》前50年的"中华民族奋争史"。公安题材小说的大量涌现是2022年龙江长篇小说创作的另一重要现象，库玉祥的《幕后真凶》《弹壳》相继出版，库玉祥当过刑警、狱警，警察的生活经历让他对警察工作产生了深刻的思考。警察面对诱惑时若把持不住会掉队，面对危险时则有可能牺牲，库玉祥写出了人民警察真实的生活。

关键词： 地域历史　哈尔滨　公安题材小说

---

* 金钢，黑龙江省社会科学院文学研究所副研究员，研究方向为中国现当代文学。

优秀的长篇小说是对时代的记录，是社会生活的镜像。新冠肺炎疫情给生活按下了暂停键，让作家们能够更多地沉浸在虚构的世界里，思考生活的多种可能。"那被中断的生活只是'现实一种'，还有更多的'现实'被创造、阅读，并幻化为无形的与生活有关的力量"①。2022年，梁晓声连续推出了《中文桃李》《父父子子》两部长篇小说。库玉祥的《幕后真凶》《弹壳》相继出版。首届"黑龙江文艺大奖"2022年10月评出，长篇小说方面，孙且的《有一个地方叫"偏脸子"》获奖。2023年初，由黑龙江省文学艺术界联合会、黑龙江省作家协会共同组织开展的第二届"黑龙江省文学艺术英华奖"评选工作圆满结束。经过公开公平公正、科学规范严谨的评选，萧红青年文学奖共评选出5位获奖作家，黑龙江省少数民族文学奖共评选出6件获奖作品。长篇小说方面，陈伟忠的《如果我一去不回》、何久成的《白桦林中的誓言》、安世元的《老街往事》参评，最终安世元的《老街往事》获黑龙江少数民族文学奖三等奖。此外，2022年10月12日，第五届施耐庵文学奖新闻发布会在江苏兴化举办，迟子建的《烟火漫卷》获奖。

一 书写现代中国的沧桑历史

梁晓声是一位具有强烈历史责任感的作家，他的《这是一片神奇的土地》《雪城》《人世间》等作品都书写了中国东北的沧桑历史。《父父子子》是一部和梁晓声以往的小说差异相当大的作品，书里有很多小说构思上的新尝试，尤其是在《人世间》受到读者认同之后，《父父子子》写出了《人世间》前50年的"中华民族奋斗史"。两本书一起完整地再现了波澜壮阔的近百年中国现代史。梁晓声表示，每一座城市都有值得我们铭记的历史。《父父子子》比《人世间》的格局要大一些，历史的厚重感也比《人世间》

---

① 孟繁华：《夏天的阅读——近期长篇小说创作的几个方面》，《小说评论》2023年第2期，第159页。

更强。梁晓声解释了书名《父父子子》的含义："'父父子子'有着一种代代传承、继往开来的含义在内。传承优秀的同胞和国家的这种关系，传承的是一种爱国主义的情怀。"① 梁晓声在一些采访中谈道："《父父子子》大概是我最后一本长篇小说了，写完它我可能会封笔，只写些短篇、散文之类的，毕竟我已经73岁，体力实在跟不上了。这次《父父子子》在叙事上我就采取了不断切换视角，尽量在不破坏情节的流畅性下压缩篇幅，有诸多遗憾，但不得不做一些妥协，不然又得百十万字来书写，格子爬不动了。"② 看得出来梁晓声已然将《父父子子》作为他告别长篇小说创作的封山之作，他想尽力将这个句号画得圆满一些。《父父子子》以东北高氏、纽约赵氏等四个家族四代人的命运为线索，串联起20世纪30~80年代的时空：从抗日战争、解放战争及抗美援朝，到曾经的革命者成为首批"北大荒人"垦荒拓野。小说采用跨国视角，以哈尔滨和纽约为空间坐标，呈现国人和海外侨胞异地同心的"双城记"。小说结束在1984年，四家人再团聚，父父子子，继往开来。

《中文桃李》原名《执否》，出版社在出版时将小说更名为《中文桃李》，是一部聚焦"80后"中文系大学生成长的长篇小说。小说出版后，《中国当代文学研究》2023年第1期发表了《中文桃李》研究专辑，专辑中除了梁晓声的《中文的"痛"与"非痛"——〈中文桃李〉创作谈》，还有张涛的《人生处处可文学——〈中文桃李〉阅读札记》，周冉冉、席云舒的《"80后"青年的主体意识、现实困境及幸福观——评梁晓声长篇新作〈中文桃李〉》，刘雨薇的《论梁晓声长篇小说〈中文桃李〉的价值立场》，张新的《论梁晓声长篇小说〈中文桃李〉中的"浪漫意识"》四篇评论文章。这些评论文章从不同角度肯定了梁晓声对当下青年生活的关注，其中周冉冉、席云舒的文章指出，"《中文桃李》尝试在关切年轻人的真实

---

① 李想：《梁晓声长篇〈父父子子〉：一部"五十年中华民族奋争史"》，中国青年报客户端，http://news.youth.cn/jsxw/202302/t20230228_14351801.htm，2023年2月28日。
② 姚琛：《梁晓声新作〈父父子子〉创作背后的故事——从此慢度日常生活》，《北京晚报》2023年1月20日。

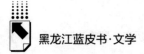

生活和反拨畸变的社会心理及重塑社会价值的意义上作出努力，一如既往地体现了梁晓声的理想主义立场，这种立场在现实层面也构成了一种积极力量"①。路文彬对《中文桃李》也给出了很高的评价，认为"这不是献给已逝时光的缅怀和执着，乃是献给永恒文学的缅怀和执着"②。不过，也有评论者认为，"小说中涉及'中文'的话语并不悦目，过多的语言堆积，让小说被这些庞杂的知识阻塞了气脉"③。

何久成的《白桦林中的誓言》聚焦20世纪六七十年代的工程兵建筑部队生活，把那段被岁月尘封、鲜为人知的工程兵建筑部队为构筑国防战备工事浴血奋战在深山大川的英雄壮举，进行了真实的再现。小说塑造了林峻峰、雷万钧、祝长海、晋相和、沈国民、王国柱、朱富贵、王福根等一批工程连队干部、战士的人物群像，特别是着重叙写了林峻峰加入工程兵队伍后的心路历程、思想转变和理想追求。小说弘扬了工程兵敢打必胜精神，并把这种精神融入了工程兵的日常生活，进行了淋漓尽致的抒写。小说没有战争年代的烽火硝烟，却有工程兵的壮烈牺牲，有工程兵之间的生死情谊。小说还着重描写了工程兵的家庭婚姻、情感与事业的矛盾冲突，讴歌了主人公始终胸怀国家大目标的人生价值取向。小说出版后受到读者好评，特别是当年有过共同经历的老战友老同事都纷纷以各种方式发表读后感。《燕赵都市报》2016年9月3日"悦读周刊版"及黑龙江省作家协会会刊《黑龙江作家》发表了赵宪臣的评论《工程兵的风骨和精神》；《鹤城晚报》（生活·阅读）及（副刊）版先后用两个版面向读者介绍该作品；河北省秦皇岛市新华书店开展的"惠民阅读周暨2019惠民书市系列活动"中，专门为《白桦林中的誓言》举行了读者见面会；2017年"八一"建军节期间，燕山大学出版社为庆祝建军九十周年，在互联网推出"建军节特别推荐——

---

① 周冉冉、席云舒：《"80后"青年的主体意识、现实困境及幸福观——评梁晓声长篇新作〈中文桃李〉》，《中国当代文学研究》2023年第1期，第98页。

② 路文彬：《为文学招魂——评梁晓声长篇新作〈中文桃李〉》，《群言》2022年第10期，第52页。

③ 祁泽宇：《〈中文桃李〉的乏力与缺失》，《文学自由谈》2022年第4期，第120页。

《白桦林中的誓言》"好书推荐专题；由作者撰写的《白桦林中的誓言——呼唤和传承中国精神》一文分别在"今日头条"（东北网）公众号和"佳木斯日报"发表。

安世元的《老街往事》中，董连海和关凤英青梅竹马，本应有美满的爱情、婚姻和家庭，然而九一八事变改变了一切。军人出身的董连海携全家逃进深山避难，仍然摆脱不了日伪汉奸的追杀和迫害，董连海携妻儿再一次逃难。途中，董连海偶遇抗联人员便加入抗联并从事情报工作。董连海的家人被汉奸迫害导致家破人亡，弟弟董连湖与长工张铁柱杀汉奸报仇，而后董连湖浪迹江湖杀富济贫，坚持抗日，张铁柱独自一人看护董家。抗战胜利前夕董连海意外被捕，不久关凤英得知董连海被害的消息。为了生存，关凤英带着孩子们返回董家，并与张铁柱结成夫妻。多年以后，死里逃生的董连海出现在关凤英和张铁柱面前。

《风眼》是绥芬河作家张伟东根据红色特工赵兴东的英雄事迹进行加工、提炼和艺术创作，耗时三年完成的一部近30万字的长篇红色历史题材小说。该小说是2019年度中国作家协会定点深入生活项目。《风眼》的写作背景是20世纪上半叶中俄边境城市绥芬河。故事围绕红色国际秘密交通线特定的历史事件展开，表现了革命者赵兴东短暂而传奇的战斗人生。小说着重描写了九一八事变后，东北全境沦陷，赵九龙之子赵兴东继承父辈遗志，投身革命洪流，淬炼成我党情报战线上的一名铁血特工。他以铁路电务段工人身份作为掩护，长期潜伏在日本关东军武装统治下的边城绥芬河，将获取的日寇军事情报，经红色国际秘密交通线，源源不断地提供给党组织。因遭汉奸告密，赵兴东被捕后在日伪监狱壮烈牺牲。张伟东以细腻的笔触生动展现了我党地下情报员坚守崇高理想和革命信仰，至死不渝，用生命和热血铺就一条红色通道的高尚品格，谱写出了一段可歌可泣的铁血传奇。

二　公安题材小说的大量涌现

库玉祥当过刑警、狱警，警察的生活经历让他对警察工作产生了深刻的思考。警察面对诱惑时若把持不住会掉队，面对危险时则有可能牺牲，库玉祥写出了警察真实的生活。库玉祥的《幕后真凶》是一部公安法治题材的长篇小说。东林市知名企业家程坤江被害，副市长兼公安局局长刘玉东指派刑侦支队长顾盛宽负责侦破此案，嫌疑人锁定与死者妻子马文秀有暧昧关系的新概念酒店总经理商克峰。然而商克峰轻而易举地脱离干系，顾盛宽却因一起没查实的违纪案被免职。是商克峰的父亲市委书记商兆明袒护其子，还是另有隐情？案情变得扑朔迷离。在省公安厅的支持下，正邪艰难的博弈随即展开，顾盛宽承受着对手揭开他内心伤疤的打击，逐渐逼近真相，最终将凶手绳之以法。

库玉祥的《弹壳》是以20世纪90年代发生在牡丹江市爱民区诸多大案为素材创作的，此书是用文学记录牡丹江公安的一段历史，更是讲述作者刻骨铭心的一段人生。1992年7月5日凌晨，爱民分局刑警庞学智抓捕抢劫案犯罪嫌疑人时被打成重伤，枪支被抢。曾目睹当警察的父亲被杀，又见战友受伤倒地的孟鹏飞，内心被恐惧笼罩。刑警大队长杨桂林带人在侦办案件的过程中，屡遭挫折，犯罪嫌疑人意外死亡，孟鹏飞枪支误伤他人……孟鹏飞经过调查，发现了杀害父亲的凶手和打伤庞学智抢走枪支的犯罪嫌疑人夏林成。他借故搜查夏林成家，以期能缴获庞学智被抢的枪支，然而证据没找到，却挨了处分，但他仍没放弃对夏林成的怀疑。1994年4月27日晚，杨桂林等三名警察在北山体育场遭枪杀，孟鹏飞头部受伤失忆。造成惊天大案所用的枪支，就是庞学智被抢的枪支。刑警把夏林成列为嫌疑人将其抓获，可因没找到其作案用的枪支，只得将其解除审查。在派出所工作的杨桂林的儿子杨晓冬，加入专案侦破中。孟鹏飞可否恢复记忆？案犯和枪支该如何人赃俱获？一场警方与罪犯之间的鏖战再次展开。

齐齐哈尔作家葛辉的《警察与小偷》，讲述了以郑东风为代表的人民警察群体与犯罪团伙斗争的故事。葛辉曾长期工作在政法战线，他扎根警营，笔耕不辍，著有长篇小说《断罪》《是非功过》《黑帮白道》，纪实文学《锋芒》《天网》《脚印》和诗集、电影剧本等大量政法题材作品。《警察与小偷》系统描写了反扒民警的工作与生活，记录了一段人民警察的历史。

主人公郑东风"羊倌儿"出身，虽然由于各种原因过早辍学，但始终没有放弃学习。在跟随师父放羊过程中还学会了"码踪"（根据作案现场足迹、步法，结合调查、访问，判断犯罪嫌疑人性别、年龄、身材、体态，并且能够追踪犯罪嫌疑人行踪）的技术，最终成为一名能在万千人中迅速识别"扒手"的"反扒神探"、在不同足迹中迅速辨识出犯罪嫌疑人的"足迹专家"。当下，因信息化和移动支付等的普及，"扒手"的生存空间被大大挤压。那些与"扒手"针锋相对的"反扒警察"数量也大幅减少——有的地方将其整合在刑侦队伍里，有的地方甚至取消了这支队伍。作为一名"老公安"，葛辉怀着记录与挽救一段历史的信念，创作了《警察与小偷》这部作品，通过讲故事的方式，记录了传统"反扒民警"的战斗历程。

《单行道》是贾新城根据真实案件改编的一部公安题材的长篇小说。在《单行道》中，边境小城的民警何东成功打入南方来边境小城制造毒品的犯罪团伙，掌握了证据后一举打掉该团伙。作者为保护卧底警察人身安全，除保留案件大框架和主要情节外，还进行了大量的文学创作，既保证事实逻辑性，又突出小说的文学性，对人物命运、人性的思考尤为深刻。《新华社内参》曾刊发该英雄事迹，卧底警察荣获"全国公安系统二级英雄模范"称号。

著名公安作家朱维坚在 2022 年推出了长篇小说《生死使命》。多年来，朱维坚完成《黑白道》《使命》《绝境》《深黑——一个公安局长的自述》《奉人民之命》《刑警的心》等长篇小说 13 部，并出版《朱维坚作品集》，五次荣获公安部金盾文学奖。他创作电视连续剧《水落石出Ⅱ》《水落石出Ⅲ》《水落石出Ⅳ》《黑白人生》《使命2：沉默》《水落石出之第一目标》等 6 部 140 余集，皆获高收视率，另有《使命》《绝境》等多部小说被改编为电视剧，长播不衰，引起广泛关注。朱维坚发表作品累计 800 余万字。其作品直面现实生活，多从侦破重大刑事案件入手，直指腐败黑恶势力，透视波诡云谲的社会现实。作品情节曲折、悬念迭起、出人意料却又真实可信，给人以深刻的启迪和强烈的震撼，在直视残酷的同时，也充溢着真挚动人的温馨情感。《生死使命》描写一个年轻的刑警，种种原因使他决心调出公安机关，可是，在写完调离报告后，他却出乎意料地接了一起疑难大案，当上了专案组组长。随着侦破的进展，案情的真相被一层层剥开，一连串残忍的血案浮现出来，同时，凶手开始了疯狂的报复，一个个无辜的人被害，震惊了他和战友，也震惊了世人。侦破中，他遇到了重重困难和阻力，也出乎意料地遇到了自己的另一半，收获了美好的爱情。侦查逐渐接近真相，他发誓要把凶手绳之以法，却没想到，凶手的枪口已经指向他和战友，他面临着从未有过的生死考验。

三 平民百姓的身世浮沉

《北京故人》是徐敏和丈夫乔柏梁共同撰写的家族自传小说。徐敏，笔名东方慧子、慧子，曾任《生活月刊》编辑、记者。乔柏梁，黑龙江省作家协会会员，长期担任文学期刊编辑，曾任黑龙江省委《奋斗》杂志社全媒体记者、《北方文学》副编审。金睿芝的原型，就是徐敏的奶奶，而她本人，则对应着故事中那个北漂多年、即将奔四却依然单身的姑娘阿茵。小说的第一主人公实际上是金睿芝，她的一生经历了清朝、民国、伪满洲国、新中国四个时期，她幼时曾是"格格"，享受锦衣玉食，后来却四处漂泊。阿茵也不仅仅是一个旁观者，她的北漂生活与奶奶的漂泊生涯遥相呼应，从她们的身上，我们能看出作者对女性爱情的思考，以及对女性个体独立的坚持，她们没有因为爱情和婚姻丧失自我。有评论者认为，"徐敏选择了历史的一个断面，深入进去，从女性的视角来思考在一场大的历史变迁中女性命运的沉浮，进而引起读者的共鸣"①。

任明珠的《我的六十一个脚印》以时间为轴，描述了作者从九岁童年时期至七十岁的人生历程，以写实手法，把所见所闻、所想所思加以文学创作，呈现给读者一个风云变幻、丰富多彩的林区历史长卷。书中以地点为主

---

① 丁伯慧：《当历史穿过现世——〈北京故人〉序》，见徐敏、乔柏梁《北京故人》，北京燕山出版社，2021，第3页。

线，每个地方都留有时代余温和岁月乡愁。书中以主人公林宏图为第一视角，加以兄弟四人奋发图强的寓意，体现了父一辈、子一辈林业人在林区建设、改革和发展浪潮中奋勇争先、不屈不挠的奋发精神。国有史，地有志，家有谱。整篇小说既展现了家国情怀，又体现了在不同时期背景下，不同地方区域自然、政治、经济、文化、社会生态。小说通篇感情真挚，叙事极具感染力。许多场景，让老一辈林区人感同身受，历历在目，读到动情处，潸然泪下。

申长荣的《生根》是一部反映当前东北煤矿普通工人感情生活和命运的长篇小说，讲述了农民矿工郭长民及其妻子二娥两位历经坎坷的小人物，从少小离家到进入城市打拼，最后叶落归根回到故乡，像野草一样扎根生存的故事。

"作家作品犹如'文化遗址'或地下矿藏，需要人们不断勘察和发掘"[①]。特别是在当下这个信息爆炸的时代，每年都有大量长篇小说涌现，但其中仅有少量作品能够获得广泛关注并流传下去，绝大多数作品恍如烟火瞬息即逝。尽量全面地展现年度龙江长篇小说创作的风貌，并留存下一份记录，是这篇研究报告的写作目的所在。

---

① 于树军：《"边缘"境地的别样风景》，《学术月刊》2021年第11期，第166页。

B.3
中篇小说：历史的诗意书写
与现实的深刻介入

宋宝伟*

摘　要： 2022 年黑龙江中篇小说创作呈现出多样化态势，多角度展现龙江大地的历史文化与现实生活的丰富面貌。在历史书写方面，小说穿越古今对历史文化进行深入探寻，营造具有诗意美感的艺术世界；在表现现实生活方面，既有对婚姻情感、家庭伦理做批判性的描写，也有对社会底层生活的深情瞩目；在小说的现代主义艺术表达方面，作家积极探索的脚步从未歇止，黑龙江中篇小说创作依然精彩。

关键词： 黑龙江　中篇小说　历史书写　底层写作

2022 年黑龙江中篇小说创作表现出一种平稳发展的态势，作品视角广泛，多层次、多侧面表现社会生活的丰富性与复杂性，如迟子建的《白釉黑花罐与碑桥》、梁小九（梁帅）的《撞墙》《马迭尔拾遗录》、薛喜君的《阳光灿烂》《布包里的日子》、杨中华的《刍狗》和杨知寒的《美味佳药》等。总体来说，中篇小说写作呈现出很强的地域性特征，文本中深蕴着作家丰富的情感，传达着社会生活复杂多变的信息和作家独特的审美观照，从中不难发现作家们非凡的艺术表现力。

---

* 宋宝伟，哈尔滨师范大学文学院副教授，研究方向为中国当代文学思潮、中国新诗。

一 传统文化视野中的历史书写

当代小说中的历史叙事，既有表现历史性命题和重大历史事件进程的宏大叙事，也有从侧面关注琐屑生活消解庞大历史的"还原真实"型小说写作，更有依托民间风土表达作家审美理想的"风俗"化书写。迟子建的《白釉黑花罐与碑桥》这部小说用魔幻现实主义的艺术手法，穿行于历史与现实、虚构与真实、文化与道德之间，营造出亦真亦幻的文学审美意境，深切传达自己对历史、文化、现实、道德、责任等方面的思考。小说中的"我"是一位文物鉴定专家，来到依兰县——曾囚禁北宋的赵佶赵桓二帝的五国城——寻古探幽，因夜晚漂流遇险而"意外"地与陪伴徽钦二帝的窑工的后代相遇，引出一段关于烧制白釉黑花罐的历史传奇。窑工的后人在此成为一名叙述者，讲述了自己祖上受宋徽宗之命，将徽宗的牙齿研磨成粉末入釉，烧制出润泽细腻、色彩绝伦的白釉黑花罐。这只白釉黑花罐记录着宋徽宗屈辱的岁月，承载着宋徽宗"南归"的绝望与悲戚，是宋徽宗魂魄的化身。与白釉黑花罐传奇故事相伴生的，是另一则关于宋徽宗与舒氏女相识相知的浪漫传奇故事。囚禁在五国城的宋徽宗与舒氏女相识，在舒氏女的帮助之下在西山的一块青石上留下一幅岩画，成为刻录赵佶耻辱岁月的人生之碑，是一段历史风云的永恒见证。

如果将这部小说理解成迟子建对一段历史和文化的回望与缅怀，就是对这部作品的简单化解读，甚至是一种误读。作家在这部小说里，不是单纯地通过文物浮现一段历史风云，不是对文化历史的猎奇，不是对消逝的如烟往事的追索，而是对一种精神——散落在民间大地上对生命自由的向往，对诸如情义、忠贞、坚强等精神的礼赞。韩少功曾言：小说"不是出于一种廉价的恋旧情绪和地方观念，不是对歇后语之类的浅薄爱好，而是一种对民族的重新认识，一种审美意识中潜在的历史因素的苏醒，一种把握人世无限感和永恒感的对象化表现。"[1] 历史得以留存，不单单是记录在浩繁卷帙之中

---

[1] 韩少功：《文学的"根"》，《作家》1985 年第 4 期。

冷冰冰的文字，还有在历史缝隙中那无数的可歌可泣的生命和他们活力迸射的生活，他们是历史演进的主体之一，是冷峻严肃历史的丰富而鲜活的补充。小说中无论是窑工的后代，还是舒氏女的传人，都传承着一种精神，一种在艰难苦痛中的不离不弃和率性自然的平等相待，而这些恰恰在失去权力和自由的宋徽宗身上深深地体现着，着实令人感动。迟子建借历史风物演绎世态人情，如果说随徽钦二帝北迁的窑工对皇帝的忠诚是一种"君臣"之间的"愚忠"，那么作为女真人的舒氏女与徽宗之间的关系则完完全全是不受束缚的自然本性的彰显，而这原始淳朴的本真之态给身陷囹圄的宋徽宗以莫大的精神慰藉。作家用大量笔墨描绘北方的风物与民情，充满人间烟火之气并且具有超功利的灵动之美。在这里，风土人情并非一般意义上的小说故事发生时的环境描写，也不是作家直接表现的对象，而是作为一种艺术审美精神存在于小说文本之中，它是一种充盈于文本之中的审美气韵与精神脉动。小说在历史与现实之间穿行，风土人情在时间长河里传承却不曾磨损，无论是窑工与祖先，还是渡娘与舒氏女，现实与历史传统之间有一条永恒的精神脉络，无法割裂的文化牵系。

白釉黑花罐与碑桥作为一种历史的风物，不单单表现一种文化的迁徙与传承，更多地承载着作家对民族融合的深切思考。设想，负载着宋徽宗"骨"与"气"的白釉黑花罐在北方大地上"落叶生根"，作为女真人舒氏女后代的渡娘坚守在宋徽宗碑桥之畔，这仅仅是对文化、道德的深情礼赞吗？不，绝不仅仅如此。笔者认为，迟子建在这里更多地表达对民族融合、南北方同根同气这一核心命题的艺术思考。这是一种双向奔赴的民族融合，本属于南方的制窑工艺传播到苦寒之地的北方并焕发生机与活力，本属于敌对阵营的民族因为艺术而铸剑为犁、水乳交融，一方面体现出民族艺术强大顽韧的生命力和因时而变的活力，另一方面更是对民族融合这一历史规律的诗意表现。白釉黑花罐和碑桥是历史的风物，是民族文化的精灵，是风云激荡的历史进程的有力见证，更是民族融合的坚定守护神，它们化身为苍鹭救助遇险的"我"就是一种最好的象征。

小说在叙事结构安排上也可谓独具匠心，迟子建并没有完全将笔墨集中于历史文化叙事之中，而是将历史与现实做双向投射与印证。小说开篇述说"我"因家庭破裂陷入对感情的怀疑而无法自拔，而后见证了货车司机夫妇之间相濡以沫的温馨生活，这一分一合的现实生活与宋徽宗和舒氏女之间的聚散构成一种对应关系，它更是一种情感的隐喻，令人感伤却也不失希望，这也是迟子建小说读后总能给人温暖的秘密所在。小说在叙事艺术上采用魔幻现实主义的手法，将历史空间和现实空间巧妙勾连在一起，情节离奇而不失真，神秘而不荒诞。"我"因午夜漂流遇险而陷入昏迷之中，而"灵魂"离身游历在历史长河之中，遇到窑工与舒氏女的传人倾听历史与文化的变迁，而后被救治苏醒，回到现实世界。历史与现实之间亦真亦幻难辨真假。另外，"我"在行车时惊起一只苍鹭，后来因苍鹭而获救，这中间的关联属实奇妙，却难有荒诞不经之感。这种魔幻现实主义手法既是被我们熟识的文学的传奇性叙事的一部分，也属于民族观念和传统文化惯常表现方式之一，是一种可以意会的"集体无意识"，读后毫无陌生荒诞之感。

二 底层视野下的城市生活书写

现实主义是小说的永恒的特征之一，尽管在小说中有意识流、荒诞、黑色幽默、魔幻现实主义等众多艺术表现手段，但小说往往要指向现实生活，将现实生活做艺术性归纳和提炼。完成一部有价值的小说，要求作家具备足够的勇气面对复杂多变的现实生活以及它所产生的诸多沉重的问题，"敢于直面惨淡的人生"，直刺生活残酷的真相并将目光投向那些需要温暖的人们，倾听他们的声音，让文学更具人文主义情怀而非自怨自艾式的浅吟低唱。城市生活书写一直具有强烈的现代意识，往往深藏作家对现代生活的焦虑性思索。作家成为现代生活的"预警者"和"批判者"，这是作家文学责任和写作伦理的一部分，尽管文学阐释现实的空间日益变窄，但文学依然要担负起对生活、人性、命运等问题的文学性和哲理性思考，这是作家义不容辞的职责所在。

梁小九（梁帅）的中篇小说《撞墙》聚焦都市男女的情感，表现婚姻生活中不得不面对的危机。小说细腻表现了都市男女的情感由浓转淡直至形同陌路的裂变过程，男女主人公之间的情感变化是渐进式的，看似无声无息却同样惊心动魄。夫妻之间渐行渐远，彼此没有了亲近和亲昵的冲动，简单的一次拥抱也变成一种无可奈何的"表演"，唯一维系他们关系的纽带只能是他俩共同抚育的孩子，以至于丈夫与孩子的亲热都让女人无比嫉妒。夫妻间情感由热变冷，问题究竟出在哪里？夫妻二人没有推心置腹的真诚交流，而是在彼此猜忌和自我怀疑中不断地煎熬自己。夫妻二人都需要释放自身的压力，但是没有选择彼此间的开诚布公的交流，而是沉浸在自我的世界里盲目找寻答案。女人幻想着身体出轨来释放自己的情感压力，而男人则不断用跑步宣泄自己的欲望。小说《撞墙》的题目就非常具有象征意义——生活是一堵墙，是困住彼此的牢笼。同时，墙又是一种隐喻，隐喻着夫妻之间无法调和的矛盾与隔膜。二人都想冲破这堵情感的高墙，但面对"厚重"生活之墙时，一切奋力的冲击换来的是更残酷的头破血流和无可逃离的绝望。

梁帅的小说似乎对观念、意识等略显"宏大"的问题不屑一顾，将文学的兴趣点落在生活的平面之上，带着一种生活原生态的躁动，对生活进行不加修饰的逼真叙事，这种"存在先于本质"的叙事让日常生活变得活力十足，无须提炼升华就能使读者感同身受。当代作家面临一个共同的命题，就是如何准确有力地介入当代生活，如何在缺乏本质特征的当代生活中叩询生活的真相和生命的意义，也就是惯常所说的生活的本质，这是一个悖论式的文学难题，梁帅的小说也许能为我们提供一种参考或接近生活真相的机会。

薛喜君的中篇小说《阳光灿烂》将目光聚焦都市中年人生活，表现出中年人面对情感、责任、家庭、代沟等诸多问题时的无奈与尴尬。杨雯笠中年离异，偶遇老霍后组成一个新家庭。二人相濡以沫，相互扶持"抱团取暖"，生活温馨而美好。然而天有不测风云，老霍突发心肌梗死撒手人寰，独留杨雯笠处理家庭内外各种问题。小说采用倒叙和正叙相结合的方法，将这个重组家庭问题的"前因后果"交代得非常清楚。作家这样安排小说情节可以多角度、多侧面展现中年夫妻的家庭生活矛盾，正所谓"不幸的家庭各有各的不幸"，或是因生病变得多疑焦虑而分道扬镳，或是因情感出轨而分崩离析，正是这些看似无聊的生活构成了"生命不能承受之轻"。小说充分表现了中年生活的各种艰难，主人公既要承受情感淡漠后的家庭裂变，又要面对孩子无端的猜忌和恶意的伤害，这些都将成为压倒中年人的"最后一根稻草"。

薛喜君的小说叙事虽然按照时间进展安排故事情节，大体呈现叙事时间的有序性，但每一个故事板块都将人物置于戏剧性突变之中，人心的险恶、乖戾的心态和多变的情绪等，都在小说中得以充分的展示。作家有意依靠突转式情节推进故事，使故事叙事跌宕有致且从容不迫。

薛喜君另外一篇小说《布包里的日子》更多地呈现出作家的人文情怀，将生活在社会底层的人们的艰辛生活表现得淋漓尽致，寄托作家无限同情和关怀。小说以黄英作为叙事视点，集中描绘了姑姑黄桂凄惨悲苦的命运。黄桂生活在乡下，过着清贫而快乐的生活，但是一场滔天洪水夺走了丈夫和三个孩子的生命，生活无着落，她只好寄人篱下与哥哥一家生活在一起。然而，嫂子乔暖暖却极为厌恶黄桂的到来，整日里冷眼相待，用冷言冷语进行无端嘲讽和叱骂。黄桂只能在哥哥黄河的保护下过着屈辱的生活。好在侄女黄英善解人意，给予姑姑更多的温暖和慰藉。由于黄桂无法摆脱失去亲人的痛苦，精神慢慢出了问题，尽管经过调治有所恢复，但再婚之后的孩子夭亡给她更沉重的打击，彻底击垮了黄桂，她只能在精神病院里度过余生。同时，小说还表现了黄河与乔暖暖之间出现的情感危机直至家庭的破碎。薛喜君通过女儿黄英的视角，展现了成人世界的生存不易和情感纠葛。小说有意味之处在于，小说的叙述者黄英带着一双"冷热眼"：一方面以极其同情悲悯的目光观照黄桂的生活，属于典型的"苦难"叙事；另一方面对父母之间的情感危机则表现出冷眼旁观的姿态，家庭在无休止的冷战中走向最终解体，属于典型的"客观化"叙事。这种"冷暖交汇"式的书写，可以说既有表现底层生活的叙事伦理，又兼具都市生活冷峻批判。究竟是嫂子的冷酷无情将黄桂推向绝望的深渊，还是黄桂的到来加速了哥哥家庭的分崩离析？这里面隐含着作家对当代生活一种深深的忧虑，冷漠不仅可以摧毁别人，同

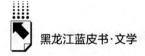
样也让自己伤痕累累陷入生活的绝境。缺少同情、关爱的现代生活究竟走向何方？拯救我们生活的彼岸究竟在哪里？这些问题引人深思，也许这正是作家薛喜君创作这篇小说的目的所在。

三 现代视角下的隐喻书写

当下的小说写作正面临着一种虚构的危机，而这种虚构的危机不单单来源于新型传播媒介——互联网、手机、自媒体等传播方式的冲击，更在于对文学本质，尤其是现实主义文学认知的动摇。虚构作为现实主义小说的核心特征，它追求的恰恰是小说的"真实性"，而小说的"真实性"远不及人们对娱乐新闻、奇闻轶事、纪实报道、流行杂志等的兴趣。因此，如何处理好真实与虚构的转换关系，使读者重新建立起对小说虚构的兴趣和信心，是当代作家要充分考虑的文学命题之一。现实主义小说发展到今天，早已打开了自我界限，充分融合了现代主义诸多表现手段，如对历史的重新审视，对人性深层次的直接观照和呈现，对现实生活的反本质书写等，都为小说的未来发展提供了有力支撑。

杨中华的中篇小说《刍狗》采用了多声部叙事手段，为故事安排了四重叙事视点，分别是杨扉、桑麻、桑葵和顾念。这种叙事方式，可以多角度多侧面观照人物，避免了全知视角的单调和片面。如果按照故事的逻辑演变，大致可以将小说分为三条线索。第一条线索以杨扉为主线展开叙事，杨扉是一名警察，在执行公务时意外遇到曾经与自己生活在同一个大院里的少年伙伴桑麻，而桑麻为了赡养父亲被迫从事非法职业。杨扉出于少年时期的情感四处寻找桑麻，希望她走上人间正道。第二条线索以桑葵为核心，讲述他与罗衿、桑麻"亡命天涯"四处漂泊的艰难生活。而第三条线索看似微不足道却也惊心动魄，顾念的父亲顾学民因嫖娼被抓，羞愧难当而自尽，顾念将愤怒发泄到警察——杨扉的身上，正欲刺杀杨扉时，被桑葵舍身抵挡，而桑葵恰恰是多年前抢劫杨扉父亲的凶手。小说如抽丝剥茧一般层层深入，逐渐接近事件的真相。故事的表层是一个警察"探案"故事，故事里有太多"犯罪"事件，"侦探"小说的惯常素材在这篇小说中都有表现，如抢劫、嫖娼等。然而深入小说的深层，则属于标准的"苦难叙事"。小说中三个家庭都属于社会的底层，他们过着清贫艰辛甚至颠沛流离的生活。尽管生活艰难，但是每个人都是善良的，违法或犯罪往往都是因为生活的艰难铤而走险，都存在"情有可原"的因素。小说最后救赎的完成，意味着作家带着深深的同情关注底层人们的生活，尽管作家并没有将苦难的原因归结于社会，但是这些充满悲剧意味的故事会触动每一位读者柔软的心，从而发出一声遗憾的叹息。

杨知寒的中篇小说《美味佳药》着力表现现代人弥漫心间挥之不去的孤独，这也是"苦难叙事"的一部分，是一种精神、情感的苦痛。小说的叙述者是赵乾，因常年饮用可乐而变得骨质疏松落下腿部残疾，心理乖张行为自我，与周围人产生极大的隔阂。这种拒绝交流的行为进而使他产生一种仇恨，因小说《牛虻》的主人公亚瑟同样有腿部残疾，于是赵乾想象自己像亚瑟一样对家庭成员进行复仇。后来赵乾做家庭教师结识朱秀秀和朱怀玉姐弟二人。三个都存在心理问题之人渐渐对彼此敞开心扉，相互慰藉，逐渐走出各自的心理障碍，完成自我拯救。小说在叙事层面上，采用一种互文式写作，小说《牛虻》在该书中成为一种映照，不仅照应人物，同时也照应故事的发展走向——旧我已经消亡，新我走出偏执重获自由。如果说，《美味佳药》是一篇悲剧小说，那么这种悲剧也是一种个人悲剧，是性格悲剧。作家在努力提醒读者，苦难不单单指向外部世界，有时也指向内心、指向精神，关注情感关注精神甚至灵魂同样是现代社会必须完成的任务之一。诚如作者所言："有时理解会来得那样迟，它的到来不折磨不改变什么，相比仇恨，理解的能力那样温和、寡淡，像个注定的殉道者。它只折磨良心，偶尔摧残你的记忆。"① 在作者看来，理解相对仇恨而言显得没有力量，但它是解决问题的"美味佳药"，无论是对待生活还是对待自己。

梁小九（梁帅）的中篇小说《马迭尔拾遗录》相比《美味佳药》互文

---

① 杨知寒：《创作谈·今日天气晴朗》，《北京文学·中篇小说月报》2022年第5期。

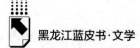
性手段更加丰富,书信、剧本、档案以及口述史等形成小说的多重互文叙事。小说围绕 1930 年代发生的"马迭尔绑架案"展开叙述,将与绑架案相关联的书信、传记、档案、口述史、舞台剧本等多种文学叙事手段巧妙配合,"真实"还原了绑架案发生时的"现场",将一段历史疑案完整而艺术地呈现出来。小说最令人称道之处在于作者梁帅调动多种叙事手段,颇有博尔赫斯风格,娴熟运用先锋小说艺术,努力营造小说的"非虚构"性,从而颠覆现实主义小说的"似真幻觉"。哈尔滨作为早期的"大都会",关于哈尔滨俄侨题材的作品很多,如何在当下将这一题材写出新意,对此作家梁帅可谓"煞费苦心",以接近"元叙事"的手法拆除"真实"与"虚构"之间的壁垒,小说中的人物小申——一位现实中的记者和作家出现在小说之中,同样是为了增强小说的"非虚构"性。经过 1980 年代先锋小说的披荆斩棘、勇开风气之先的叙事实验,先锋小说的叙事艺术已经落地生根,为后面的小说写作留下弥足珍贵的艺术经验,当下的小说作家因此可以娴熟地驾驭先锋艺术并有所推进,这是小说生生不息的原因之一。

2022 年黑龙江中篇小说创作单单从文本数量上看,是有所下降,但小说的质量没有降低。无论是历史文化叙事、现实生活的审美观照,还是具有先锋意味的文本实践,都呈现出非凡的气度,"因为坚持,所以爱",黑龙江中篇小说的创作值得我们真诚地期待。

B.4
短篇小说:"龙江故事"的
多维向度与叙述方式

孙胜杰*

摘　要： 黑龙江作家对地域、现实书写情有独钟,对底层百姓的爱恨情仇、悲欢离合有着与生俱来的悲悯,这构成了短篇小说讲述"龙江故事"的可能性。2022年短篇小说在思想和艺术方面都有了整体性的提高,按主题类型可分为三种:历史书写、现实表达、女性困境。写历史的作品是通过小人物承载历史书写;写现实的作品是努力挖掘表象背后的人性内涵;写女性的作品则是真实、艺术地表现女性在情感、思想层面的困境。此外,在艺术形式方面也进行了散文化、戏剧化、反讽等多种形式的探索实践。

关键词： 短篇小说　现实题材　女性形象　小人物

　　2022年黑龙江作家在短篇小说创作领域全面推进,无论是创作内容的丰富性还是艺术形式的创新性都进行了深耕细作。

　　历史题材领域创作,能够挖掘人性的复杂,以小人物形象承载历史书写,如阿成的《身缠谜障》、申志远的《1910抗疫往事》、张伟东的《我的特工爷爷》、司汉科的《1950,那个寒冷的冬天》、陈华的《寒葱河》等。

---

* 孙胜杰,哈尔滨学院副教授,主要研究方向为地域文化与中国现当代文学、河流文学、网络文学。

现实题材领域创作彰显出真正的现实主义精神，如乔迁的《大病》《冷饭》、杨知寒的《百花杀》《虎坟》、戈滨的《一棵树》、葛均义的《老梧桐树》、于秋月的《强子外传》、杨勇的《水中的马良》以及《后街》等。女性婚姻题材一直是短篇小说创作者关注的重点，2022年更加突出了当下女性困境表达，特别是夫妻矛盾、父母与儿女关系等问题，如杨知寒《塌指》《月涌大江流》《晚灯》《起舞吧》、陈力娇《大地之子》、廉世广的《农村青年陶生的爱情》、孙戈的《翻花线》《接风家宴》、赵仁庆的《当我们谈论女神时》、木糖的《少女罗娟的画像》等。公安题材的小说也有了新突破，比如贾新城的《关于郭来喜我能说的不多》《西厢记》等。在"故事"呈现和叙事艺术探索层面，一方面回到"讲故事"的传统，另一方面进行戏剧小说、散文小说等艺术尝试，如廉世广的《精神病院笔记》、孙彦良的《叨窝村好人》、何凯旋的《首长车队抵达村子》《康拜因》《夙愿》、李睿《冰雕的马拉多纳》等。回顾2022年，黑龙江作家在短篇小说创作领域与上一年度①相比还是有所突破的，但在文学介入现实的力度与深度方面还有待加强。

一　小人物承载历史书写

探幽历史，在历史中重新寻找建构一种有现实意义的精神信仰是近年来短篇小说创作的一种新趋向。阿成的文学书写基于日常经验与地域经验，有着对"地域文化之'根'的动荡性与流转性的深度揭示"②，地域经验、寻根意识与底层视角是阿成小说创作的三个显著特征。2022年阿成创作了《碎片中的花样人生》《身缠谜障》《爱情外传》《农民进城》等小说，文章老成，抑扬跌宕，沉郁顿挫。《碎片中的花样人生》充满盎然之趣，接续上

---

① 孙胜杰：《疫情之下"龙江故事"的文学叙述——2021年黑龙江短篇小说概观》，《文艺评论》2022年第5期，第84~91页。
② 喻超：《地域经验、寻根意识与底层视角——阿成小说创作论》，《烟台大学学报》（哲学社会科学版）2020年第1期，第53~60页。

了获 1988~1989 年全国优秀短篇小说奖的成名作《年关六赋》。《身缠谜障》讲述的是老童对自己出生地和出生年月的推衍，推衍的过程既是对个人身世的探索也是对历史记忆的追寻。

抗疫既是现在进行时也是百年前的哈尔滨往事，《1910 抗疫往事》（申志远）中的主人公是一名邮差，名为关石玉，无意中见证了中国医学史上首次病例解剖的事件。结合关石玉的巫师职业跳大神做法事和童年患病离奇痊愈的经历，中式传统习俗与西洋医学技术相遇，小说对瘟疫中的哈尔滨进行写实描写，压抑的气氛、温暖的人情味、真实的市井气和新科学的曙光和谐相融。采用非虚构的方式，以小人物视角叙述宏观历史是申志远小说创作非常显著的特色。

抗战时期东北的情报工作中有些真实的事件比影视剧还要传奇和精彩，《我的特工爷爷》（张伟东）讲述了我的爷爷"赵大胆"在绥芬河天长山要塞——被侵华日军称为"东方马其诺防线"的一部分，成功完成情报传递任务的故事。中东铁路在设计最初是沿着绥芬河谷进入中国境内，第五站就建在绥芬河，绥芬河当时叫五站。中东铁路通车后，俄、日、朝、英、法、意、美等国的使节齐至，商贾云集，带来了欧洲的商品、文化等。一时间，小小的镇子上同时飘扬着十八个国家的旗帜，时称"旗镇"。爷爷是旗镇上的一名普通电工，他以此身份作掩护，从事秘密工作。小说没有宏观战争和英雄主义叙事，只是普通人物的抗战故事，但在故事的讲述中依然呈现了当时斗争的残酷以及劳工命运的悲惨。

70 多年前的抗美援朝战争，应该是第二次世界大战后的一场国际性局部大战，是中国人民捍卫和平、反击侵略的正义之战。小说《1950，那个寒冷的冬天》（司汉科）以作者父亲为原型，塑造了以志愿军司淮生为连长的一众抗美援朝战士、美军战时指挥官伯格上校、卫生员陈捷和帮助过陈捷的金顺花母女等人物形象，为我们讲述了 70 多年前那场战争的惨烈。这些个性鲜明的人物，更加真实地反映了在那个寒冷的冬夜，志愿军战士们服从命令保家卫国，在极端恶劣环境下同敌人的艰苦作战。作品没有从宏大的正面战场描写，而是从"魂归故里、金玲子的回忆、父亲的回忆、伯格上校回忆、陈捷日记"等一些片段对这场战事进行了描述。对于在构思和情节处理上的特点，作者自己也有过总结：一是小角度、小切入去表现战争；二是通过不同国籍的战争亲历者多角度去感受和描写战争；三是描写战争的真实性和残酷性，增加可读性。

《寒葱河》（陈华）可以说是东北边境线上的"人世间"，以北方某城市工人子弟的生活轨迹为线索，叙述了近半个世纪的沧桑巨变，多角度、多方位、多层次地描写了中国社会的巨大变迁和百姓生活的跌宕起伏，艺术地再现了平民百姓向往美好生活的人生努力和生活中的辛酸往事。鲜活地塑造了来自山东和吉林的两个汉子——"我"爹和拉古叔的形象，以及他们一生在寒葱河边的遭际与选择、挣扎与坚持、得失与命运。作者陈华谈到《寒葱河》创作的缘起：看到了安阳林业小镇私人采伐树木的情景，"因为那个黄昏，那几车拳头粗的木头给我的心痛，我就想虽然手中小笔笨拙，但是记录真实的历史，探问人类心魂的迷茫，是一个写作者的使命。于是就有了《寒葱河》"①。"寒葱河像个弃妇，被孤零零地遗落在东北边境线上。"《寒葱河》把死亡作为伦理补偿，托上天把它赐给"我爹"的对手拉古叔，来平衡"我爹"被拉古叔夺走水莲的弱势。

二 现实主义的社会镜像

短篇小说是"一种不断生长的文体"，"它要求与时代、社会与时俱进，敏锐、及时地把现实生活转化成表现对象"②，特别是现实主义题材的小说是社会发展的镜像，黑龙江短篇小说在揭示现实的功能上始终保持着强劲的势头。

乔迁的作品擅长从小处着眼反映社会问题，文笔细腻幽默，《大病》和《冷饭》的题目都运用了"反语"的行文方式。《大病》中病人得了轻度感

---

① 陈华：《文学是一条不急不缓的小河》，中国作家网，2023年5月22日。
② 段崇轩：《短篇小说是一种生长的、"严苛"的文体——2021年短篇小说批评》，《粤港澳大湾区文学评论》2022年第2期，第75~83页。

冒，本是个小病吃药就好，可是家属非要住院，原因是贫困户医疗报销三百元以上才能用医保。多方吵闹说情，而医生坚持不让住院，场面一度僵持。小说的结尾是病人最终还是住了院，因为家属的闹腾，病人耽误了时间，没吃上药，因而加重了病情。感冒小病中其实正孕育着社会、人性的"大病"，小说极具讽刺性。

《百花杀》（杨知寒）通过小商品市场百花园中两个终日争斗的女商户的日常表现了普通平凡人的奋斗历程。徐英与顾秀华是百花园中两家经营同样生意项目的商户，她们视彼此为竞争对手，为争取买主两人采取各种斗法，都想在激烈的市场竞争中获得胜利。可让她们没想到的是无论自己怎样努力经营都摆脱不了在网络电商时代实体店铺所陷入的窘境，"她们一心想斗败对方，却在市场溃败之时，发现自己都被时代所败了"。职场拼杀过后的女性映衬着时代的落寞，"两个孤独的女人或依赖远方的儿子或依靠没影儿的婚姻，都在水泡似的缥缈愿景里茂茂摇摇，得过且过，真正称得上走心交流的还只有视若敌手的对方"。① 杨知寒《虎坟》具有时代挽歌的情调，由"老虎吃人"事件引出对行将没落的马戏团表演的忧虑，以及对以此为生的驯兽师陈寿、响马以及女友梦露三个人物命运的思考。

《一棵树》（戈滨）主要叙述了"我"的同学萧子静作为一名驻村扶贫干部在脱贫攻坚事业中所做出的贡献。文章内容具体包括"我"与萧子静的相识过程，以及他毕业后放弃了研究生的录取资格，选择前往脱贫一线成为一名驻村干部后的经历和所作所为，他关注百姓生活，自掏腰包补贴村民，为空巢老人义务修脚，四处奔走帮助残疾青年沈江河出版作品集，实现文学梦想……作者赞颂了萧子静以及那些像萧子静一样在基层扎根的扶贫干部一心为民的高尚精神。这种精神并不只表现在帮助贫困村摘掉贫困帽，实现经济上的富裕，更难能可贵的是关注到了村民精神文化上的缺失。葛均义是绥芬河市本土作家，文学特长是创作具有浓郁地域文化

---

① 《北京文学》编辑点评：2022 年度中国当代文学排行榜（中短篇小说），《北京文学》公众号，2023 年 2 月 7 日。

特色的乡土小说，但《老梧桐树》（葛均义）一改乡土小说写作，主要聚焦城市，通过作家兼记者的老孙职场起伏揭露社会问题。刘波是黑龙江大庆作家，2016 年开始小说创作，目前凸显不俗的笔力，《另一条河流》（刘波）讲述了一列由北京开往大庆的火车上两个陌生人之间的一次聊天，谈起童年往事，共同的身世飘零和坎坷经历，让两个人倾心交流，互相救赎。现实是一条苦难之河，而另一条河流则是幸福。《水中的马良》（杨勇）故事采用倒叙的叙述方式，刻画出一个从小孩子何平的视角中看到的虚伪世界。他从小接受的是"我们生活在新中国""社会主义好""人民公社好""我们是未来的接班人"这样正统的教育，却在一个被雷声惊醒的夜晚，无意间窥见了成人世界的秘密，看到了成人世界的虚伪，在理想破灭、被学校开除与内心矛盾斗争的多重因素下，何平最终选择了投河，小说揭示了被残酷的成人世界抹杀的理想和天真。

《强子外传》（于秋月）揭示了东北社会层面的"候鸟人"现象，传主强子和"我"都是候鸟人，不同的是强子现在长居南方，而"我"则是每年冬去春归，这也是东北一部分条件优渥的人的生活现状。除此之外，小说通过强子的奋斗史揭示了东北由计划经济到市场经济转型期的社会发展情况。《后街》聚焦的是城市拆迁问题，主要讲述后街被拆迁后遗留的四户人家（失去亲人的寡妇，丈夫在外地且女儿远嫁的老年女人，小女孩和瘫痪在床的父亲以及无人照顾的智力障碍者）的故事。四户人家都在社会底层且面临着生活困境，他们是城镇化浪潮的弃子，成为高楼繁华的小镇上最碍眼的存在。《后街》既反映出社会城镇化发展中出现诸多问题，也通过后街拆迁前后的变化，反映面对金钱和权力人性所显现的贪婪与丑恶。

贾新城 2022 年创作颇丰，主要有《西厢记》《打金枝》《关于郭来喜我能说的不多》《对花枪》《铡美案》等。公安文学是他小说创作中很重要的类型，《关于郭来喜我能说的不多》主要讲述了多年不见的初中同学郭来喜的故事。小说由我的同乡朱乾向我询问郭来喜拿刀捅人事件开始，而我和郭来喜虽然是初中同学，但毕业三十年后也才联系上八个月，关于郭来喜捅人事件我知之甚少。他是繁华镇铁锅靠大鹅的原料供应商，但有关他为什么如此潦倒，是否成家,又为何拿刀捅一个陌生女人等问题都是道听途说。案子没有结果,郭来喜的形象具有不确定性,这是公安小说人物形象塑造的一大特点。

三 情感婚姻与女性困境的揭示

女性情感以及精神世界矛盾变化是 2022 年短篇小说关注的重要领域,杨知寒、陈力娇、孙戈等作家的创作是其代表。

杨知寒是"90 后"作家,不同于东北"80 后"作家工厂、下岗的书写,她更倾向于关注女性与婚姻的话题,虽然是年轻的"90 后"作家,但是其创作中已经显露出不属于她这个年龄的成熟老辣。2022 年杨知寒的短篇小说创作颇丰,主要包括《塌指》《妖言惑众》《百花杀》《月涌大江流》《晚灯》《虎坟》《美味佳药》《金手先生》《归人沙城》等,而且关注点比较集中:一是女性的生存困境;二是父母与子女的关系;三是婚姻家庭。杨知寒的小说经常出现一个名字叫"李芜"的女人,"李芜"偶尔是主人公,偶尔也是次要人物,从她的多篇作品中可以勾勒出"李芜"的整体形象,"李芜"的系列短篇小说的叙事特色,主要表现于文本中并存的互文性与差异性,"主题、统一的地点、重复出现的人物等因素在体现文本内在互文性的同时,也在故事之间造成差异性"①。《归人沙城》的写法类似于余华的《十八岁出门远行》,孤独的李芜整日与布偶为伴,与塔米相约做一次十六岁"远行"——去哈尔滨,以逃离现实,但这种逃离亦真亦幻,最终李芜和塔米在哈尔滨的游荡连她自己也弄不清楚是现实还是梦。《塌指》主要讲述了钢琴教师陈朴的爱情婚姻。陈朴与李芜的婚姻走到了尽头,虽然陈朴心有不甘,但已经无法挽回,为了不让儿子游游情感受到伤害,两人选择了隐瞒离婚事实。陈朴是一个在婚姻中无力、爱情上游移的男人,与好友郑九州互相取暖。《塌指》更多关注的是离异后,父母和儿女的相处问题。《月涌

---

① 李方木、丁志强:《系列短篇小说的缀段性与互文性》,《探索与批评》2022 年第 2 期,第 74~86 页。

大江流》中的李芜是吴鲤的初恋，让吴鲤难以忘怀。年近五十的吴鲤上无父母，妻子程晓已经准备另嫁他人，儿子渐渐成人，不用再过多关注。吴鲤可谓求得了人生的自由，开始酗酒，不分昼夜，除此之外，还想做的一件事就是赶在人生苍老之前写出一部长篇小说，以此作为对自己一生的交代，但可惜直到死亡，其创作长篇小说的愿望也没有实现。《晚灯》是一部有关夫妻之间矛盾关系的小说，"晚灯"顾名思义"夜晚的灯光"，是一个名叫李芜的女人彻夜等待丈夫归家的灯光。张齐和李芜之间有一段濒临破灭的婚姻，张齐为躲避李芜，和一个叫豆子的网游朋友在烧烤摊相约喝酒，正巧老板也是东北人，聊得尽兴，张齐竟把一直在"夺命连环 call"的妻子李芜完全忽略，导致李芜最终下定决心离开张齐，其间作者将张齐和李芜从结婚到情感淡漠的过程依靠回忆和日记的形式穿插叙述。《起舞吧》是对女性困惑的书写，在渴望自由与规训传统之间矛盾纠结，每个人都想活在起舞中，但总有现实的羁绊无法割舍，即"在获得自由自在人生的同时，失去情感的牵绊和被需要"。主人公"我"和前夫郑逍由结婚到离婚历经四年，结婚后的第二年生下女儿迟迟。离婚后"我"净身出户，虽然争取过女儿的抚养权，但和前夫郑逍相比，无论是经济实力还是感情付出都受指摘，为了所谓的"期望"放弃了婚姻和女儿迟迟，和"艺术商人"张辽同居，过上了所谓"自由"的生活，"我想和张辽在一起，只因为他让我感到快乐"。这种生活是理想所向，但偶而也渴望回归生活，所以，"我"努力修复一直以来忽略的亲情，尝试各种方法和女儿迟迟相处，女儿在她不断的"你到底喜不喜欢妈妈"的逼问下，一边答应一边抗拒，最终总是不欢而散。按照普通人想法，这是一个手里握着王炸的牌却把它打得稀烂的"作女"，但杨知寒认为"主人公是一个真正洒脱的女人，搞砸一切，仍没搞砸她的生命力。我内心羡慕，更深入"。她主要"写人间所有的可能性。我信有人是这样去实现自己的生活，在注定了的遗憾中放声去笑，去跳舞，去在卷子上"1+1=?"的回答处，工工整整写下 3。"①

---

① 杨知寒：《娃娃、手影和钝角》，《西湖》2022 年第 2 期，第 21~22 页。

　　关注底层的苦难，苦难中彰显女性的力量，可见其悲悯情怀和对纯真自由的呼唤，这是陈力娇近年小说创作的重要主题。《大地之子》（陈力娇）主要讲述了出身农村的王无奈和王无农兄弟二人为脱"农门"有一个城市户口而付出的人生代价，写尽了农民进城谋生的艰辛坎坷。想要逃离农村，为了城市户口，王无农参军转业后娶了城市的疯姑娘"我"，在城市做抬板工，其实无论是婚姻还是工作都不是他心甘情愿的，都是为了能够进城而委曲求全的选择。王无奈冻掉脚趾，就是乞讨也要在城市立足。随着时代的变迁，当初视若珍宝的城市户口变得一文不值。他们懦弱、抗争、失败，每一步都展现出了人性与世俗冲突下的迷茫焦虑与无所适从。女儿九子和十八子两位女性则是大地顽强生命力的代表，九子虽有生理缺陷，是生活中的弱者，但她为母则刚，为了治好女儿的病在陡峭寒风中寻找解药。十八子从小机灵懂事，她不卑不亢替父母来开家长会。她的所作所为感动了其他的家长和老师。她明白父母的难处，发誓要学医来治好他们。十八子的成长和所作所为是九子一家在艰难的探寻中发现的一束光，这个角色将一众人物引领向新时代。陈力娇关注小人物的苦难和困难，以有力的笔触还原了背景中弱势群体的生存环境，展现了底层人民的顽强不甘与正直坦率，让我们看到普通人的命运，以及他们的精神面貌的变化和正在发生巨大改变的时代。她以现实的思维关注人们的情感，她没有详尽地描绘社会转型时期的大起大落，反而是用一种淡定且富有同情心的情感去探索每个人人生的价值点。她认为悲悯情怀是人的天性，每个人都有着对土地、对苦难、对沧江斜日独到的情思。这是一种忠诚的姿态，这是一种扎根大地的情怀，这是她用对生命的悲悯之心和革新文学的时代精神构建的一个小人物的精神家园。

　　孙戈的小说文字细腻，2022年其主要创作了短篇小说《翻花线》《接风家宴》《光芒街轶事》等，内容上写得最多的是亲情和婚姻。《翻花线》中的"我"人到中年，家庭的负担格外沉重，无暇照顾老人。母亲因为患病和父亲的去世受到沉重的打击，开始痴呆，即使"我"自己是医生也颇感无力。《翻花线》以第一人称讲述了我和父母平凡而又温馨的小故事，通过回忆和插叙的方式使文章的情节更加丰富和完整，揭示了现代中年人的生存状态。《接风家宴》主要写了一场同学聚会引出的中年婚姻现状，方春晓和吴兵本是让人称羡的夫妻，吴兵是市委书记，方春晓提前退休照顾儿子，工作繁忙的吴兵忽略了方春晓，在外人看来衣食无忧、爱情家庭兼得的方春晓实则并不快乐。

《农村青年陶生的爱情》（廉世广）讲述了陶生的三段爱情故事，涉及三位女性。其中晓慧的人物形象是时髦的、洋气的，却不能为陶生父亲所接受，体现了陶生父亲骨子里的农本思想和对于外来新兴事物的抗拒。许颖的人物形象是纯粹的本地女孩，有些斜楞眼，陶生相信"相由心生"，认为她心不正。第三位女性是娜塔莎，她是来中国赚钱的俄罗斯女孩，娜塔莎在俄语里的寓意是祝福，天然、可亲又有羞涩之美，娜塔莎返回俄罗斯时大家都认为她可能是个骗子，但陶生仍然坚持自己的选择，事实证明娜塔莎如同其名字是天然而美好的存在。

《当我们谈论女神时》（赵仁庆）对当下"女神"进行重新定义，曲春娇就是这样拥有清晰的人生态度，不畏他人的闲言碎语，依靠自己努力一步步前进的新时代独立女性。《少女罗娟的画像》（木糖）讲述了下乡青年梁舍、窦小蔻和乡村姑娘罗娟的故事。北京知青梁舍给乡村姑娘罗娟画了一幅画像，导致全村的人认为梁舍喜欢罗娟，也让本就喜欢文化人的乡村姑娘罗娟执着地爱上了他，而梁舍实际喜欢的是同是知青的窦小蔻。在特定的年代，窦小蔻为了让自己无愧于心地回城，将两人分手的责任都推给了梁舍。罗娟为了让梁舍留在自己身边，不但骗梁舍假怀孕，还假扮贼人打折了梁舍的腿。最后梁舍被迫留下与罗娟结婚。罗娟为了给梁舍开一次画展去北京请求已经成名的画家窦小蔻，多年的恩怨最终化解，但罗娟在寻求老教授的途中被卡车撞伤而亡。这是一个悲伤残酷的故事，但结尾处作者进行了浪漫化的处理，失明的梁舍在安葬妻子罗娟后来到落花河畔，那个他给罗娟初次画像的地方，"摊开画纸，一笔一笔地画下去。尽管身在冰天雪地之中，梁舍的笔下，却出现了一个久别重逢的春日，还有罗娟，那个爱过他的女人"。

四　多种艺术形式的探索

　　短篇小说因其内容和思想的丰富多变必然会不断发生叙事方法和形式的变革，所以，短篇小说文体特别注重内容驱动下的形式变革。黑龙江短篇小说在艺术形式上继续创新探索，进行了多种文学表现形式的尝试，如何凯旋、孙彦良、廉世广、李睿等作家在艺术形式探索方面都表现得很活跃。廉世广是一位非常擅长讲故事的作家，他的《精神病院笔记》分为三个片段——黑白错觉、隐形视觉、片段化幻觉，用"笔记"的形式分别讲述了精神病院中病人、护士长和保安的三个故事。《天赐金》（廉世广）用极具魔幻的叙事方式讲述了宋老大第一代闯关东人的家族生活。《叼窝村好人》（孙彦良）主要写了叼窝村好人周松勃的故事，通过周松勃与二舅和他救助过的患者之间的故事，运用幽默荒诞的叙事手法表现了周松勃的"善"，这种"善"温暖人间，感人于无形。何凯旋在戏剧、小说领域都有着不斐的成绩，也许是二者兼顾的原因，他的小说具有戏剧性特征，并且不断进行艺术上的创新性实践，最低程度的叙述和丰富的人物对话是何凯旋创作的有效技法，《首长车队抵达村子》《康拜因》《夙愿》等小说堪称代表。在戏剧中，对话用来塑造人物、推动情节发展。何凯旋将其在戏剧创作实践中积累的经验运用到小说创作中，通过对话构成戏剧性场面，将故事如同戏剧般展示在读者面前，正如作家在"益访谈"中对"对话"作用的揭示："对话的指向丰富：个性化、潜台词、动作感，都在对话中完成，提醒小说中的对话可以更加凝练而灵动"。[①] 小说创作始终以民间的日常生活为主要书写对象，讲述小人物的悲欢离合，揭示民间底层民众的真实生存状态，"扑面而来的印象是他对人性冷漠与荒寒的揭示和批判"[②]，何凯旋在还原民间琐碎艰辛的日常图景，展现民间藏污纳垢和生存韧性的同时，建构了自己独有的文学

---

① 何凯旋：《现实诡异多变，早已成为了虚构的现实》，中国作家网，2021 年 9 月 29 日。
② 孟繁华：《荒寒人性的揭示与批判——评何凯旋的小说集〈永无回归之路〉》，《文艺评论》2012 年第 9 期，第 53~54 页。

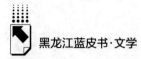

审美空间——北大荒兴凯湖，那里有他童年的记忆，也是其文学创作的出发地。《冰雕的马拉多纳》（李睿）用"散文式小说"的写法，用十一小段来进行故事叙述，每个段落要么是一个小故事，要么是多个独立的叙述结合在一起，在内容和结构上它们看似是分开的，但是每一个段落的故事与叙事又紧紧围绕"马拉多纳的冰雕"这个可谓贯穿全文的主题线索来展开叙述的，每一段要表达的感情与思想都与这一主题难以割舍，做到了散文的"形散而神不散"，最后又以"欧·亨利式"写法进行结尾，可谓意料之外，情理之中，耐人寻味。

B.5
小小说：笔耕不辍 深耕生活

彭晓川 纪丽*

摘 要： 2022 年黑龙江小小说创作与以往有所不同，龙江小小说作家在主题风格等方面不断尝试创新。有以回顾历史、传递价值观为主题的，有以引入自然与人文环境相融合展开写作的，有以书写普通人生活点滴情感变化为内容的，这些都营造出很强的地域文化氛围，拓宽了小小说写作领域，丰富了小小说创作内容和形式。新时代，小小说创作已经成为广大文学爱好者的新宠，其发展势头迅猛，内容不断翻新，新思维层出不穷。文学作品的创作素材多来源于作者亲身经历，通过作品发出内心的呐喊，释放情感，书写人性的善与恶，凸显心灵的美与丑，充满着人性的光辉和生命的力量。

关键词： 小小说 主题风格 多元化

2022 年虽然受到新冠肺炎疫情的影响，但黑龙江小小说的创作者仍然深入生活，笔耕不辍，取得了很好的成绩。袁炳发创作的作品《无痕》入选 2022 年度好小说榜单；安石榴的《好兄弟》、田洪波的《冷面斩》、于秋月的《中医老赵》分别入选《尘世疆界：2022 中国小小说精选》；陈力娇小小说《暗佑》（2019）入选《中国微型小说读库》；田洪波《苏雅的过去》被选入邢台市高三下学期语文第三次质量检测试卷；隋荣的小小说

---

* 彭晓川，黑龙江省社会科学院文学研究所副研究员，研究方向为城市文学、城市文化；纪丽，黑龙江省社会科学院文学研究所研究实习员，研究方向为当代文学、少数民族文学。

《云上的羊群》被《微型小说选刊》《小小说选刊》转载；于博《张根据》获今世缘·国缘全国首届推理小小说大赛一等奖。另外，以城市题材为主进行创作的作家阿成有小小说《人间烟火》《梨树街0号》，以自然题材与人文精神相结合的作家王哲发表了《冬季的爱情》《快乐的记忆》，还有王立红《天空》、柴雅娟《重生》、廉世广《第一书记的扫帚》、孙戈《煎蛋》《天真》、警喻《掌鞋的杨底》、高振霞《三儿与小木匠》等多篇优秀作品，成就了2022年黑龙江小小说强大阵容，也承载了地域文化的传承和延续。

随着中国经济的快速发展，人们生活水平与文化素养不断提高，文学创作变得越来越重要。在文学领域中，小小说创作已经成为一种新兴文学体裁，它不但能够传递思想，而且能使读者获得很高的审美享受。

2022年，小小说作品开始普及化，越来越多的专业作家和业余作家进入该领域。一些小小说创作平台也逐渐走向理性化和专业化，通过举办线上线下各种形式的活动，吸引更多的写作者纷纷加入。一些优秀的小小说作品也得到了社会大众的认可和赞誉，一部分作品的影响力甚至开始逐渐扩大。小小说作品借助其短小精悍、内容丰富、寓意深远、亲民化的特点，也逐渐进入中国教育体系，如进入高中试卷中，这一趋势受到了文学界的关注。

在这种大环境下，黑龙江小小说创作得到社会各界的关注和认可，因其创作充满地域性特征，内容涉猎范围广泛，吸引了全省各地文学爱好者的热情参与，呈现出蓬勃发展的趋势。

2022年，黑龙江小小说创作充满活力和创新精神，作品质量随着作家写作功力的提高逐渐得到保证，很多作品展现出创作者很高的文学素养、思想深度和对人类生命的理解。2022年，在龙江小小说领域中，我们还看到有很多新生代的青年作家涌现，他们用独特的视角和对生活的感悟，描绘出一个个鲜活的人物形象和动人的故事情节。以下将从六个方面展开探讨，提炼2022年黑龙江小小说的特点和亮点。

一　对人物的细腻描写和刻画

黑龙江省 13 个地市各具特征的地理风貌和民族多样性使得当地文化和文学在形式和思想方面都呈现出了多元化的特点。在小小说创作中，作家们不断尝试创新主题、风格和技巧，充分发挥自己的创作想象力和表现力，展现出丰富多彩的文学样貌。

安石榴，原名邵玫英，是一位优秀的黑龙江小小说作家，其小小说创作中有着自己独特的写作风格：没有华丽的语言，叙述平淡，故事节奏缓慢，叙述中很少有起伏不定的情节波动，而是在波澜不惊的舒缓中记录下百姓生活中的点点滴滴，却又处处写出人间的生活细微和无尽喜悦。

2022 年她的作品《中秋忆旧》就是一篇非常朴实和温馨的小小说，讲述一对夫妇在中秋节时的家庭生活景象，她将日常生活中的点点滴滴铺陈在读者面前，没有过多地运用华丽的语言，而是使用平实的叙述方式，记录下主人公在中秋节这一天的种种感受和经历。"妈妈指着我说不出来话，爸爸的牙齿颤动着白光，奶奶不知从哪里又掏出一块手帕，在鼻子眼睛上来来回回乱擦，姐姐愣了一小会儿，一头拱进奶奶的怀里，奶奶就一只胳膊搂紧她，抚着她的后背。我们一家笑成一团啦！""我起身离开窗子坐进妈妈的怀里，爸爸双手探过来把我抱过去。我从妈妈的怀里飞向爸爸怀抱的时候，一抬头，哇，月亮也咧着嘴笑呢！"虽然安石榴所叙述的故事情节并没有过多的惊险和曲折，但是通过细腻丰沛的生活描写，成功地展现了人与人之间的感情活动，展现了人们在生活中所体验到的喜悦和幸福感。这让作品读起来非常轻松自然，也让人感到十分舒适和温馨。

安石榴的小小说作品是充满浓郁地域特色的，她从多个角度展现出黑龙江独特的风土人情和人文背景，让读者能够深入地了解她在小说中构建的这个地方。其作品总是能够涉及人性的各个层面，表现出人性的美好和丑陋。

通过对人物的细腻描写和刻画，安石榴成功地展现了人们在生活中流露的种种情感，让人们深刻地感受到人生的意义和价值。她在小小说作品

《祝福三题——〈豆腐坊〉》中这样写道："真实的生活是不是藏着一些简单的要义？或者还有一些容易解释又没人解释的东西？反正你在某些朋友那里看到命运的多变和不确定性，或许有个朋友婚都离了三次了。在这个角落里，有一种淳朴的稳定存在。我当然也知道那不是生活的全部。"她的故事讲述着生活中平凡的点点滴滴，那些普通的生活场景，也许是太普通了，作品反而显得更具有烟火气息和人情味。在《祝福三题——〈蔬菜店〉》里，她写道："我觉得他只有一种表情：茫然。比如他生气了，还是一脸茫然。他就茫然着脸跟我说过，你们都爱去超市买菜，超市的菜能跟我的菜比吗？就差那么毛八分的，你们那么在意吗？"寥寥数语就活化出菜老板的样貌，情景一下子就活灵活现了。她在《祝福三题——〈馒头铺〉》中写道："你每天蒸上一锅，一天别落，用不了多久啥啥就都妥了。"语言平实，却被生活化。安石榴用笔独特，她能够用简练而又生动的语言，表达出更加深刻的生活内涵。其作品中经常出现幽默而又深刻的描写和对话，让读者在欣赏之余也能体会到其中蕴含的思考和思想。2022 年，安石榴奉献的小小说作品还有《好兄弟》《在卧铺车厢》《那一天老张坐上了天台外沿儿》《小说素材》《参悟》《密江》等，这一系列作品，都完整地记录下她这一年的创作轨迹，不事张扬却稳步推进。

二　为阅读预留了很大想象空间

黑龙江小小说中的每个故事都有着丰富多彩的人物形象设定。这些人物由作家从现实生活中提取然后进行定型化的塑造，他们具有一定的代表性，同时又与黑龙江地域特点紧密相连。

袁炳发小小说《无痕》讲述的是久别重逢的老朋友在一片欢笑中见面了，而因为一句不恰当的"玩笑话"，双方陷入尴尬之中。作者写道："我有些不悦，十多年未见，好朋友一起合个影，这是很正常的一件事。我像从前那样开玩笑似地说：'别扯了，是不是怕卖假石犯事，警方能找到你的图像资料？'大坤就对我一句暴吼：'你不懂我们这行的规矩，就别乱放屁！'

大坤的这一句吼叫，让我的嗓子似乎一下被什么噎住了，半天无语。接下来的气氛有点不尴不尬。因为我刚才的那句话，大坤的脸色一直阴沉着。我们吃饭时，谁都不言语，大坤一直用筷子头一下一下扎着螃蟹的盖，气氛很沉闷。"这个故事隐性地反映出在如今的社会上，很多人外表光鲜，快乐轻松，其实内心却隐藏着自己许多的苦衷和无奈，情绪可能就在那一瞬间被激发出来。袁炳发通过描绘生动的人物形象，成功营造了一个富有情感的故事，并对作品阅读预留了很大的思考空间，让读者在享受文学愉悦的同时，也能对社会上不同类型的人物有更加深刻的认识和理解。

袁炳发是龙江小小说创作的领军人物，其创作已经完全摒弃追求写作数量，而是从本心出发，听从心的召唤。2022 年袁炳发创作的小小说作品还有《旅伴老柳》《小小说二题——〈恋〉、〈蓝〉》等，这些作品体现出他所追求的遵从内心表达的小小说创作旨归。

三　对历史的震撼性书写

陈力娇是一位作品极具独特魅力的龙江作家。2022 年，她在作品《海的眼泪》的最后这样写道："不用害怕，我这有药，你吃一粒做下预防吧。于是就从兜子里拿出一个黑药丸，递到小田切的嘴边，说了声，吃了就不会像他们那样死掉。他一手给药，一手递水，小田切早已经又渴了，只是不好意思再向他张口。""药吃了，水也喝了，小田切也如那个孩子，蹬了几下腿，死了。""眼前的人将小男孩的书（《伤寒记》）装在（自己）包里，自语道，越珍贵的东西，越得有个好主人啊。"就在这一刻，人性的黑暗被无限地暴露出来。陈力娇的作品中时常透露出一种强烈的人文关怀和深入人心的情感，令人心生感动，同时也让人深刻反思着人性的脆弱和对生命的漠视。2022 年，她创作的同一历史背景的小小说作品还有《洗澡的夫妻》《复仇》《羞愧》《出嫁》《生死站台》《为自己送终》《选妈妈》等，这些小说对历史的发掘从某种意义上说，承载了作家对战争与人性的深刻思考，对读者心灵的震撼是强烈的。

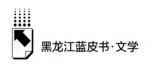

四 自然与人文的交融

由于黑龙江地域的特殊性，黑龙江作家小小说创作经常涉及农场、林区、煤矿以及江河湖海等大自然环境。冰天雪地的自然环境、丰富的人文历史、多元的文化传承等，都成为黑龙江小小说创作的灵感来源和创作素材，作家们往往将人物和自然环境进行有机的结合，刻画出更加立体鲜活的故事情节。

2022年小小说作家王哲发表的作品《冬季的爱情》就是一篇将自然风光和人文情感交融的精彩之作。小说中，王哲用大量篇幅描绘哈尔滨的雪景，恰到好处地烘托出佳宁和越越这对年轻情侣的爱情。在这样寒冷的氛围里，他们的感情更显得柔软而温暖。"越越说，我告诉你，只有晚上的雪才能让哈尔滨的冬天更有魅力，然后你会因为对这座城市的感情更加离不开我。""（佳宁）知道他们的感情完全是因为对雪的迷恋和对雪的理解与抒情。越越喜欢在晚上看雪，在路灯的光照下看雪花落地凝成雪幕的一瞬间。看雪以奉献者的姿态静穆地小心翼翼地卫护这座城市，用他的话说，每一片雪花都是有生命的，她们的使命就是集体牺牲，就是为了让这座城市更加安详，更加静谧，也更加神秘。"小说中的雪景描写充满着神秘而迷人的气息。作者用诗一般的语言，生动地刻画出了雪花飘飘的画面，每一个场景都让人想要置身其中。这种情景化的手法，把读者带入图画般美好的哈尔滨，让我们感觉到大自然的魅力是无穷无尽的。

除了自然美，小说更加突出了人文情感。"越越说，其实我要说的不是它的温度，而是它的神秘。你不觉得这个城市现在有些神秘吗？""被雪覆盖以后这座城市就会衍生出许多的故事""哈尔滨冬天的味道是雪香。（佳宁）回味和越越的约会，佳宁觉得自己的身上还有雪香的味道。""佳宁说，我不是不想跟你结婚，只是我们面临的未知太多，我怕伤害到你。越越说，如果爱一个人注定要伤害，那我宁愿你伤害我！"作者通过佳宁和越越两位主角的爱情述说，生动地刻画出了年轻人的情感世界，也把爱情升华到了另一个高度。这种人与人之间的情感互动，让整个故事充满了温情和感动。《冬季的爱情》展示了作者对自然和人文的深刻感悟，这种自然与人文相融合的创作风格，给人以深深的感触，同时也让我们更加珍惜生命，体味自然的美好和人与人之间的情感。

在小小说创作中，自然与人文的交融成为一种独特的表现手法，为黑龙江小小说创作增添了另一种维度。2022年王哲还创作了小小说《快乐的记忆》。

五　多元化发展的文学风格

作为文学领域的一个细分类别，小小说具有多元化的文学风格。而在黑龙江小小说中，我们也看到了不同作家在风格上有所差异，有些作家注重细节和情感的表达，令人倍感温馨和感动；而另一些作家则善于以轻松幽默的方式，让读者在欢笑中体验到生活的快乐。

田洪波是黑龙江省一位非常知名的小小说创作者，其作品经常被选作国内高中语文考试阅读材料。2022年他创作成果丰厚，发表有《冷面斩》（入选2022年中国小小说精选）、《邻家九章》、《苏雅的过去》（邢台市高三下学期语文第三次质量检测试卷、湖南省部分学校高一基础学科知识竞赛语文试题）、《污点》（入选2022年中国微型小说精选）、《不差钱》、《暗夜》、《她说》、《瑟瑟的夜》、《莽昆仑》等以及《旧日时光》之系列十余部小小说作品。

田洪波的小小说主题广泛，既包括现实题材、历史题材，也涉及人物刻画、情感描写等多个方面。其作品用语简洁、寓意深刻、情感真挚。同时，田洪波的作品是非常具有启发性和思考性的，它让读者思考人生观、价值观、社会观等重要问题，有很强的教育意义和文化价值，这可能就是其作品经常被国内高中用作语文试题的原因之一。2022年《苏雅的过去》在邢台市高三下学期语文第三次质量检测试卷中使用。《苏雅的过去》以一个明星苏雅的回忆为主线，讲述苏雅年轻时要去参加高考，却要从当地歌舞团离职并赔付违约金10万元，身为工人的父亲，为了圆孩子的梦想，东奔西走到处去借钱的故事。故事以主人公苏雅口语自叙的讲述方式，真实、感人地展现了主人公的心理活动和感受，故事人物形象饱满生动，读者代入感强烈。"那几天，兜兜转转的，我父亲带回家的总是压抑不住地叹息。有时，他站在窗前看天，一支烟掐灭又点燃一支。另外我发现，他不再与我眼神碰撞，话越来越少。甚至，又端起了久违的酒杯。""那天晚上吃饭时，我把筷子在碗里杵了许久，迟疑着说，要不我还回歌舞团吧？父亲诧异着看向我，半天笑一下说，姑娘，高考是正经事，爸肯定不会让你失望的。我还有一些朋友没去找，而且工地上还有那么多工友呢？你完全不用担心。说着父亲仰脖喝干了杯中的酒。我无言以对，我知道那酒杯里盛着的，一定是复杂的涟漪。""他会去找王阿姨吗？或者会去找那些上夜班的工友？""他会坐公交车吗？他受伤的腿会发作疼痛吗？……他也许连饭都舍不得在外面吃吧？"故事情节中苏雅所表现出来的内心各种猜测，都让读者联想到父亲借钱过程中可能遇到的困难，富含深意的"脸上堆积的情感语言""那酒杯里盛着的，一定是复杂的涟漪"，都体现出父爱的无声和伟大。终于等到父亲借款归来，"我喊了一声爸，给了他一个久违的拥抱，眼泪喷涌而出。我父亲成就感爆棚，他把书包摘下说，三万元凑齐了，凑齐了！你今天就去交费吧，我在家等你好消息。""我哽咽着点头。就在这一瞬间，我看到父亲的白衬衫上都是土，头发上也都是灰，于是下意识用手去拂。父亲微笑着，不急不急，回家洗洗就行了。我的手停在了他的头发上，怎么拂也拂不去灰，定睛一看，我的天！哪是灰啊，那分明是一夜间泛出的茬茬白发！扑通一声，我跪下了，把头狠命地磕在地上，声嘶力竭喊出一声'爸'！""苏雅说，我现在可以告诉你，那是一九九三年。那个凌晨，我和父亲哭抱在一起的情景至今历历在目。我就是在那一夜间长大的。"父亲借钱回来，一夜白头，苏雅也不再抱怨贫穷的父亲，而是为父亲的付出而感动，为自己的行为而感到无比愧疚。在经历那一夜之后，苏雅意识到父亲已经老了，她决定肩负起责任，不辜负父亲的付出，并最终将小爱变成大爱。总的来说，田洪波许多小小说作品具有强烈的思想性、艺术性和文化性，是非常值得推广和阅读的文学作品。

六　龙江文学的深厚底蕴

黑龙江小小说创作的繁荣是地域文学底蕴深厚的体现。在诸多作家的努力下，黑龙江小小说在不断丰富和发展，为当地文学做出了突出的贡献。

哈尔滨人阿成是一位才华横溢的老作家，擅长创作关于哈尔滨城市的作品。2022年，他创作的小小说有《干部体检》《人间烟火（三题）》《梨树街0号》，很好地描述了哈尔滨城市生活和普通人物的生活体验。他的作品《人间烟火》是一部具有强烈人情味的小小说，通过故事主人公的感情剪影描写，表现了人情世故、生活常态相交织的现代城市生活，小说的情节展开和角色刻画都非常细腻。"我问，什么意思？老徐说，我的意思是，并不是所有的杀人犯都没有人性，最好的人也有不好的一面，最坏的人也有好的一面。老徐这句话到今天我也没有忘。""老徐死了，我知道，韩青怎么去年也死了，你知道吗？我非常惊讶，说不知道。朋友说，这他妈的，'归来故人半成鬼'呀。说着呜咽起来。""我流泪，我无言……有时候，静下心来一个人喝茶的时候，在想这些人，他们的确都是各方面的人才。如果他们生逢盛世，那个个都是国家的栋梁啊。"作品《梨树街0号》描写的是主人公年轻时与一帮朋友在梨树街0号大院里经常相聚的情景。这里成为他们留下美好回忆的地方，也成为集体记忆中的传奇，是他作品中极具感染力的地方。阿成是以创作哈尔滨城市故事为主的作家，他的作品充满着对城市、对人生、对命运的热爱和探索，充满了烟火气、人情味和文化底蕴，很好地展现了城市生活的多样性和丰富性。

龙江小小说作家孙戈的作品以描写普通人生活细节为主，在平淡的叙述中，让读者去深思、去感悟人生。作品《煎蛋》以"煎蛋"这一简单而又重复的动作为主线，阐释出平淡人生，岁月易逝，但同学间真挚的友情经久不衰，纯真永驻。"她用纤细的手指，轻轻地，一下一下地把挂在蛋壳上的蛋液刮净，落在锅底的蛋液上，样子很可爱。我静静地看着她有条不紊的动作，仿佛熟悉了她不为人知的另一面。戴玲莞尔一笑，用铲子拨弄定型的煎蛋，问我，要两边熟吗？""我说，和你一样吧！"30年后同学聚会两位主人公再次相见；"她看着我，岁月对你很吝啬，没啥变化。""我看着她，岁月对你很无奈，你更漂亮了。"随着岁月的推移，每个人的生活都有了新变化，他们见证着彼此的成长。"我说，你还答应过要给我画像呢！""荒废掉了，和岁月一起流淌了。"岁月的流逝是很多人的无奈，但作品反映出人与人之间那份深藏于心底的思念和友情不会因为岁月流逝而被遗忘。作品通过"煎蛋"这一普通动作，展现生活中平淡的重复和时间的流逝，但同时也阐释了人与人之间的感情是可以经久不衰的。虽然每个人已不再是那个年代的同学，但"煎蛋"却成为联系他们的纽带，并延续着他们之间纯真的友情。总之，孙戈的作品《煎蛋》是一篇值得深思和感悟的小小说。

于博作为龙江深耕多年的小小说作家，他的作品以反映县城、农村人文生活故事为主，作家以细腻动人的笔触，描绘了人们生活中的温馨、苦涩、喜怒哀乐。他善于把握人物的性格特点，把人物的生命力表现得淋漓尽致。作品《"神探"张根据》中，他把小人物张根据的形象性格、言行举止、思想感情描写得具有较高的可信度和感染力。2022年，他发表的小小说作品还有《面事》《奎县记忆二题》《茶事》《最成功的手术》《招手》《金马驹》《山里红》等多篇。

王立红也是一位非常有才华的龙江小小说女作家，她的作品主要从女性视角出发对文中女性和儿童的刻画非常生动，她用情感丰富的笔触将人物神韵刻画得非常真实。2022年，她创作的作品有《天空》《放排的女人》《东北女人（二题）》《蝴蝶的女孩》。在风格上，王立红的小小说不追求华丽的文字或疯狂的情节，而是通过平实的文字和细致的描写让读者沉浸在角色内心的世界中，让读者更深刻地了解到每个人物的独特性格和思想情感。比如，《蝴蝶的女孩》中描写道："一只蝴蝶落到黄安的头上。'别动！'胡小蝶说。黄安蜷着腿，胡小蝶俯身，张嘴轻轻地一吹，蝴蝶飞起来了。黄安忽然懂了。他懂得了胡小蝶。他知道，胡小蝶就是一只蝴蝶。大学毕业季也是分手季。夕阳西下，胡小蝶痴痴地数着蝴蝶。爱人亲了亲胡小蝶的发丝，说道：'谁的人生轨迹里没有一段美好的时光呢？'"

另外，龙江小小说作家隋荣 2022 年创作的作品有《麻杆的云朵》《密塞寻魂》《云上的羊群》，他的作品都能给人留下深刻的印象，读者在阅读时，不仅能够感受到作家对人性的洞察，而且会在思考中找到更多的共鸣。龙江散文作家于秋月，近年来也开始涉足小小说的创作，2022 年她发表了有关医护人员生活情景的故事篇章，发表小小说作品《土霉素加去痛片》《中医老赵》等。还有廉世广创作的反映农村第一书记工作题材的人物作品《第一书记的扫帚》，柴雅娟创作的《平衡》《老穆》《纪念》《老大》《重生》《一头猪的婚姻》，高振霞的《三儿与小木匠》，孙戈的《风景》《天真》《煎蛋》以及申志远的《军号》，葛勇的《来自天堂的承诺》，警喻的《掌鞋的杨底》等多部小小说作品都很有特点，给人留下深刻印象。

2022 年，黑龙江小小说创作从数量、内容、质量方面都取得了较大的进展。为当地文学的繁荣发展注入了新的创新动力。小小说作为新文学体裁，所表达出来的正是文学所释放出来的精神力量——动力之源，它正逐步打破传统阶级差异和障碍，将成为社会主流阶层中的精神补给之一，对人类生命和社会美的追求和完善具有重要的意义。对于龙江小小说的发展，我们还可以鼓励创作更多样化，在小小说的创作上，不仅可以关注生活点滴、情感与人性的呈现，更应着眼于社会问题、历史题材等更加广阔的创作领域，只有多元化的主题和风格，才能吸引更多的读者。

随着小小说创作的逐渐繁荣，一些问题亟待解决。首先是小小说创作的质量参差不齐，许多作品仅在形式上模仿小小说，但内容空洞单薄，甚至违背伦理道德。这需要提升作家的审美素养，加强小小说作家的培训以及对小小说发表和出版进行更为严格的审查，以期营造一个良好的创作生态环境。其次，小小说创作还需要加强与时俱进的理念，要贴近当下生活，反映现实社会，传播正能量。这对于作家对社会的准确把握、深入研究和正确表达有更高的要求，需要不断提高文学修养，加深对社会现实的认识，用深刻的笔触描绘社会生活的方方面面，从而以小见大，体现出小小说的魅力。

总之，黑龙江小小说作为一个新兴的文学领域，已经取得了不错的成绩，为我们呈现了一个丰富多彩的文学画卷。与其说小小说是平民艺术，不如说是亲民艺术，龙江小小说的创作更加接地气，符合与大众之间的情感呼应。龙江小小说作家把文学创意和自身的文学底蕴与当地文化和传统完美地融合在一起，展现出一个别具特色的黑龙江小小说版图。相信黑龙江小小说在未来会更加蓬勃发展，作为黑龙江文学品牌的一部分，在全国文学舞台上呈现出更加独特精彩的样貌。

B.6

散文：龙江散文 历久弥新

王 威*

摘　要： 2022 年黑龙江散文，延续了以往以记录故乡、记录北大荒、记录生活为主题的特点。在于秋月的作品集《城里的人们》中，所有的散文记录着故乡的人与事，记录故乡的历史风物以及他们的前世今生。以赵国春等为代表的一批在北大荒成长起来的老作家依然活跃在散文创作的前端，笔耕不辍，2022 年发表了诸多的散文作品，赞美生于斯长于斯的北大荒。2022 年"70后""80后"仍然是黑龙江散文创作的主力军，12 月，作家韩文友的散文集《我的江山雪水温》在人民文学出版社出版，这是其第一部散文集，也是其多年散文创作的精华所在。同为"80后"的作家王飞和邓佳音，2022 年分别出版了散文集《幸福悄悄来临》和《愿有岁月可回首》，为自己 2022 年的散文创作画上了一个美丽的句点。2022 年，少数民族作家也开始创作散文。赫哲族作家孙玉民在讲述民族故事的小说创作之余也开始了散文创作，并在《民族文汇》上发表。综观 2022 年黑龙江散文，有老酒有新茶，创作内容更加丰富，作家群体也更加蓬勃向上。

关键词： 故乡　北大荒　母爱　家国情怀

---

* 王威，黑龙江省社会科学院文学研究所副研究员，研究方向为少数民族文学。

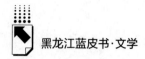

散文历来是记录生活的主要文学方式之一，古已有之。南朝梁时期刘勰在《文心雕龙·明诗》中写道："观其结体散文，直而不野，婉转附物，怊怅切情；实五言之冠冕也。"[①] 2022 年，黑龙江散文开始进入故乡、北大荒、母爱和家国情怀的书写。

一　关于故乡那座城

故乡之于每一个人，是牵念，亦是灵魂的归宿。诗歌中，思乡是永恒的主题；散文里，故乡亦是每个作家抒写必不可少的主题。故乡，无论是城市，还是乡村，都是每个人内心最柔软的角落；无论是留在故乡的人，还是远在他乡的游子，用散文描写故乡的草木风景，记录故乡的人物风俗，用来抚慰自己灵魂，带着记忆，充满温情。

于秋月在她的作品《城里的人们》中，讲述了她的故乡北国冰城哈尔滨——这座充满欧陆风情的城市一年四季；从街路到大院，从校园到景区，一个人、一株丁香甚至一个餐厅的故事。"城市史话"中的《冰情雪韵哈尔滨》，从闻名遐迩的哈尔滨冰灯讲起："1963 年开始举办的哈尔滨冰灯游园会也是目前世界上形成时间最早，规模最大，并已成为地方传统项目的大型室外露天冰灯艺术展。"哈尔滨的冰灯在每一个哈尔滨人心中都有它不同的样子、不同的美。从 1963 年 2 月 7 日第一届冰灯游园会的"广告色涂饰，装上蜡烛"挂在山坡、树上，到 1964 年第二届冰灯游园会上出现的冰雕，到 1979 年被停掉的冰灯游园会重新开园，再到 1999 年的中国"哈尔滨冰雪大世界"，直至如今的每一个冬天，哈尔滨国际冰雪节与日本札幌冰雪节和挪威奥斯陆滑雪节并称世界三大冰雪节。冰雪融入每一个哈尔滨人的骨血，无论多久，只要想到故乡哈尔滨，冰雪就会在头脑中闪现，冰雪不仅是哈尔滨的符号，也是每一个哈尔滨人赋予故乡、赋予自己的文化符号。

---

① 刘勰：《文心雕龙》卷二《明诗》第六。

20 世纪 80 年代一首《太阳岛上》风靡全国，让人们知晓了在北国哈尔滨有这样一个地方——它留下了每个哈尔滨人童年的足迹。作家于秋月将太阳岛与丁香花这两个哈尔滨的文化标志糅合在自己的散文中，在太阳岛上寻觅到故乡的第一株丁香。丁香花干净、奢华，每到春天，哈尔滨满城皆是丁香花，每个角落都弥漫着丁香沁人心脾的香气。作家从一本书中得到信息，去太阳岛寻找一株由白俄罗斯人带来的、哈尔滨现存最早的丁香。"远远望去，它就像一位饱经风霜的老人，坐在小土丘上，不卑不亢，以一种淡然的姿势在角落里盘踞。尽管它的主干已经无力撑起偌大的世界，但它仍傲然地抬着头，让它的子子孙孙沿袭着它的血脉，向上、向着天空、向着太阳伸展。"这是一株见证了哈尔滨历史的丁香，它见证了沿着中东铁路而来的俄罗斯人在哈尔滨的工作、生活，也见证了哈尔滨百年的兴衰成长。它的子子孙孙繁衍在哈尔滨许许多多的角落，盛开在每一个哈尔滨人的心里。

1903 年中东铁路的建成，让哈尔滨成为中国开埠最早的城市之一，这里的城市建设，人们的服饰习惯、饮食习惯、生活习惯等，都可见异域风情。如果想看卢浮宫，就去看哈尔滨的制药六厂；埃菲尔铁塔下的烤苞米、三蹦子和东北话；吃俄式西餐出国很麻烦，那就去趟哈尔滨吧！于秋月用散文的笔触给读者展现了"江畔餐厅的前世今生"、"浪漫而忧伤的塔道斯"和"龙门贵宾楼的百年风采"，这三个具有代表性的俄式西餐厅承载着哈尔滨几代人的记忆，也共同见证了哈尔滨的发展。

坐落在松花江边的江畔餐厅是日本籍建筑师大古周送给其俄罗斯籍爱妻的礼物。作为俄罗斯古典的木结构建筑，红顶、黄墙、绿瓦、白柱和独特的雕花，"屋、亭、廊、榭，浑然一体，衔接流畅自然，屋脊高低错落，棱角分明，色彩夺目，给人明快田园风光的感觉"。无论是没事去"江沿儿"的哈尔滨人，还是外来游客，江畔餐厅是他们畅游松花江畔必定打卡的景点之一。于秋月笔下的江畔餐厅不仅是童年的回忆，还充满了妈妈的味道，更是岁月划过的痕迹，"贡献过她对这个城市的热情，也见证了一切的过往"。

现代作家萧红的短篇小说《商市街》，让我们记住了在中央大街的旁边曾经有这样一条热闹而又人事驳杂的街路。在这条街上至今仍然存在着一个名叫"TATOC（塔道斯）"的西餐厅。作家将时间定格在20世纪20年代的某一天，一个阳光明媚的午后，哈尔滨中国大街（现中央大街）和商市街（现西五道街）的半地下室，一个叫"塔道斯"的西餐厅半掩着小门，里面飘出若隐若现的钢琴声。这座西餐厅的历史与中东铁路的历史同步，它的创办者，当年那位忧郁的亚美尼亚年轻人也未曾想过，他的餐厅能经历一个多世纪，依然矗立在它最初出现的地方。塔道斯不仅是老哈尔滨人常去的地方，也是当下哈尔滨青年男女约会的好地方，更是当地人乐于推荐给游客的美食空间。它是百年中央大街上的一张美食名片，也是哈尔滨的一张历史文化名片。

龙门贵宾楼就像一颗璀璨的明珠，伫立在红军街上，从哈尔滨火车站出来，抬头即可见到带着蓝色遮雨棚的它，安静、沉稳得像一个历经世事的老人。1903年2月落成的龙门贵宾楼是那个时代哈尔滨最豪华的酒店，中东铁路的通车晚了它五个月，老哈尔滨火车站的使用晚了它一年。从中东铁路宾馆到北满铁路理事会再到苏军司令部，乃至新中国成立后哈尔滨军事工程学院招待所，现在的龙门贵宾楼酒店，经历了岁月洗礼的老建筑不动声色地记录了哈尔滨的世事变迁。作家在散文中记述了龙门贵宾楼的历史趣事与文化传承；作家将龙门贵宾楼喻作装着哈尔滨无数节点的镜子，为每一个来到这里的人，呈现哈尔滨的历史文化风采。

于秋月在《城里的人们》中，不仅为读者带来了哈尔滨标志性的建筑与餐厅，这里的一草一木，度过的一个节日、一位德高望重的老师，甚至是一个与自己有过交集的人，都成为作家抒写故乡的元素，字里行间渗透着作家对故乡的爱与眷恋。于秋月是土生土长且未远赴他乡，日常细碎的生活并未影响作家对故乡的关注与热爱，作品每一篇都流露着作家对故乡哈尔滨深沉而真挚的情感。

如果说于秋月关于故乡的抒写是一座城，那么张红艳关于故乡的记忆则是田野深处的小村庄。2022年，张红艳将自己的散文创作集中在对故乡的抒怀。2022年8月和11月，作家分别在《北大荒日报》上发表了作品《我心中的农家小院》和《晶莹的露珠里记住乡愁》，在《潇湘文学》2022 年第 11 期发表了散文《花朵，田野深处的小村庄》，回忆自己儿时的故乡，回忆着大肚子的烟囱和被袅袅炊烟缠绕着的小村庄。乡愁可以是邮票，也可以是露珠，是春天南山上达子香绽开的笑脸。

作家张丽在《雪花》2022 年第 2 期发表了散文《生命里的河》，将游子对故乡思念之情寄托于故乡的山川草木。作家思念故乡一条小小的、无名的河，伴随着她在每天的上学路上。清晨，旭日映射在河上，让周围的一切看上去都充满了蓬勃的生机；夜晚，下晚自习的路上，伴随着叮咚流淌的小河，少年的作家忘却了一天的烦恼和躁动。即使远赴他乡，每当遇到河，作家都会想起故乡那条伴随着自己成长的小河。

作家刘宏在 2022 年 5 月 29 日《黑龙江日报》"天鹅"副刊发表了散文《家乡的野菜》，借"婆婆丁"这一东北春天遍地可见的野菜抒写故乡的清苦、平淡、温馨的生活。"外表弱小的婆婆丁，有着令人惊奇的顽强生命力。"就像故乡的人，在那个并不富裕的时代，顽强、乐观地生活着。

作家陈杰发表于 2022 年第 5 期《中国农垦》的《故乡是个奶牛场》，回忆了儿时故乡的牧场生活。牧场里，作为经济支柱的奶牛有着至高无上的地位，奶牛的牛舍比一般职工的住宅都要好，牧场人将一年又一年的希望寄托在奶牛身上。而那些小公牛犊降生几天之内就会被杀掉，在那个物资极度贫乏的年代，改善了职工的膳食。我们熟悉的大庆奶粉就来自于陈杰的故乡，虽然作家离开故乡已久，但每当看到大庆奶粉，总会情不自禁地想起家乡的牧场和故乡的人。

二　根植黑土的北大荒情结

曾经的北大荒，如今的北大仓，是无数北大荒人用青春和汗水换来的成果。生于斯长于斯的北大荒人，无法忘记那段艰苦却激情澎湃的岁月，经过六十多年的开发建设，如今的北大仓是富庶、温暖的，是一代人精神的寄托。2022 年对北大荒的吟诵与讴歌仍然是黑龙江散文的重头戏。越来越多

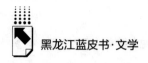

的北大荒人，拿起纸笔，抒写自己对这片土地的思恋与热爱。

一直笔耕不辍的北大荒人、作家赵国春，2022 年依然用笔抒写着自己的北大荒情怀，在《北大荒文化》上发表散文五篇，在《雪花》、《黑河日报》（副刊）、《岁月》、《黑龙江作家》等文学期刊发表多篇散文作品。《梦回故乡佳木斯》被收录在 2022 年 7 月出版的《2021 年中国文学佳作选散文卷》。赵国春延续了过去细腻、淡雅的笔法，为读者回忆、描述着作家记忆中、现实中的北大荒。

发表于 2022 年 2 月《黑河日报》副刊的《亲亲我的馒头》，向读者讲述了 20 世纪 60 年代初期发生的事，幼年时期的作家正赶上三年自然灾害，吃馒头在那个年代简直是一种奢望；幼小的孩童感觉馒头是世界上最好吃的东西，却因为担心吃得太多伤了身体，而被拒绝。事情虽然过去了五十多年，很多事情都已经忘却，但这件吃馒头的事一直令作家记忆犹新。作家引用阿成在散文《六只小狼》中写的"在全国人民都挨饿的年代，粮食就是中国人的纲，就是民族的魂，就是每一个人的生命和情感的全部"。60 年代后期，把有限的好麦子交给国家，剩下相对较差的麦子就成了当地人的主粮，这些粮食要一直支撑着他们度过寒冷的冬天，这就是北大荒"顾全大局"的精神吧。

发表于 2022 年第 5 期《北大荒文化》的《朝着太阳初升的地方行走》，讲述了新时期建三江农场翻天覆地的变化，现代农业文明之光、智慧农业之光在这里熠熠生辉。北大荒智慧农业农机中心，占地 14 万平方米，无人化农机作业试验区 80 亩，承担着农机信息化管理、大田物联网平台应用、农机科技培训、农机具试验示范与推广、农机新技术联合研发、农机科创孵化器、农机无人化应用示范等功能。2019 年垦区首批 5G 基站在园区内开通，建有固定差分站、千兆光纤网络、大田物联网综合管理服务平台（200 处高清摄像头及环境传感器、20 处农业气象站、20 处地下水位监测点、70 处病虫害监测点、100 套农机作业监测设备，"3S"技术链接食品质量安全追溯系统，12 个管理软件），实现信息技术与农业各环节的有效融合……北大荒现代化的日新月异跃然纸上。作家回想自己在北大荒时的"早上三点半，地里三顿饭，晚上看不见"的生活情景，如今的北大荒是祖国农业科技迅猛发展的最好见证，是祖国农业强大、国力强盛的最好见证。

发表于 2022 年第 6 期《北大荒文化》的《我的母校北大荒》，讲述了作家赵国春那一代人求学的复杂经历。作家的小学、初中和高中都是在故乡黑龙江省九三农场读的，恢复高考后，已经工作了三年的他被一所垦区的中专师范学校录取，但由于家庭的特殊情况，最终放弃了入学，从此进入了"社会大学"这所没有围墙的特殊大学。一边工作一边学习是那个时代很多人的选择，作家自己也不例外，在繁忙的工作之余，他参加了自学考试，并且取得了毕业证书。1990 年夏天，赶上哈尔滨师范大学在九三管理局举办的函授班。这时已经被调到九三报社工作 3 年多的赵国春又报考了哈师大这个班，参加了在齐齐哈尔组织的全国成人统一入学考试，被录取后，又参加了两年的函授学习。2006 年秋天，已经在北大荒博物馆当馆长的赵国春被派到南开大学，参加国家文物局举办的全国（第四期）省级博物馆馆长培训班学习，在南开大学历史学院文博系参加了为期 35 天的学习。在这一个多月的时间里，他佩戴着南开大学的校徽，过起了短暂而珍贵的大学校园生活。从自学考试到各种培训班，作家珍惜每一次学习的机会，这就是北大荒人不屈不挠、求学上进精神的体现。但"北大荒"才是开启他人生教育的母校。它教给了北大荒人许多做人做文的本事，教给了北大荒人"自力更生，艰苦创业，勇于开拓，甘于奉献"的精神信仰。

除了赵国春，作家刘宏发表在《黑龙江日报》2022 年 4 月"天鹅"副刊上的《此心安何处》，讲述了自家在农场的小院生活。小院不小，红砖铺地，西南角站着两棵树，一棵是柳树，一棵是沙果树。每逢有亲朋到访，作家都忍不住去树上摘果子来招待，有一次被纯天然果种的黑虫惊到，那滑稽的画面被描绘得令人忍俊不禁。南面的菜园里不仅有蔬菜、玉米，还有在晾衣绳上打秋千的蜻蜓，一副田园景象在眼前铺开，这就是今天的北大荒，富裕、宁静，家家都是令城里人羡慕的"榆柳荫后檐，桃李罗堂前"的景象。然而，时过境迁，作家离开农场移居省城多年，农场的小院已经变成一片水汪汪的稻田，成为作家记忆中最美好的那一抹色彩。

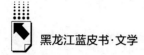

刘宏发表在《黑龙江日报》2022 年 10 月 21 日 "天鹅"副刊上的另一篇散文《秋风起蟹脚肥》，讲述了作家参观农垦牡丹江分公司 856 农场蟹稻种养基地的所见所闻。曾几何时，养蟹是南方人的专利，对于北大荒人来说，吃蟹的历史也不是很长，而且都是从市场上买来的从南方运输过来的蟹。随着现代农业技术的发展，北大荒人大力推广生态农业建设。856 农场的蟹稻基地占地 3 万亩，位于农场第 15 管理区的中俄界河边境地带，松阿察河、小黑河等自然水系环绕其间。河水种稻，稻田养蟹，生态种养，绿色营养，蟹稻大米口感醇香，是市场上的抢手货，农场打造的 "界湖"稻田蟹品牌更是结束了东北气候寒冷不宜养蟹的历史。北大荒人用自己的聪明才智和勤劳肯干在黑土地上创下了一个又一个令人振奋的成就。

张丽在《北大荒文化》2002 年第 6 期上发表了散文《荒原之恋》，这里的荒原不是 1922 年艾略特笔下的荒原，而是北大荒的原野。作家的童年和青春是在北大荒的建设兵团和现代化农场度过的，血液中流淌着北大荒人坚忍不拔、乐观拼搏的基因。作家在散文中描绘了现代北大荒的壮丽景象，赞美北大荒人，赞美他们战天斗地、敢为人先、艰苦奋斗、甘于奉献的精神；赞美他们无私奉献、默默耕耘，将北大荒变成北大仓的革命乐观主义精神；怀念 "棒打狍子瓢舀鱼，野鸡飞到饭锅里"的北大荒，讴歌从亘古荒原到如今的国家重要的产粮基地，从原来的沼泽遍布、杳无人烟，到如今的绿树掩映、鸟语花香、风景如画的现代北大荒。

三　深沉永恒的母爱

母爱像爱情一样，是这个世界上永恒的主题，人类文明经历了多久，对母爱的赞美就持续了多久。母爱配得上这个世界上任何美好、华丽的辞藻。2022 年黑龙江散文创作中，母爱的话题仍然占据着不少篇幅。王飞 2022 年 2 月出版的散文集《幸福悄悄来临》收录了近 80 篇散文，其中 "父母亲情"收录了 23 篇关于父亲和母亲这对平凡夫妻对儿女的爱的散文。开篇《鹅绒椅垫》，描写了母亲杀掉家里仅有的两只大鹅，用自己的烫绒大衣给

"我"做了一个鹅绒椅垫。在那个艰苦的岁月里，母亲为了儿女的健康，把家里值钱的东西都换成了孩子需要的物品，虽然只是一个椅垫，但细腻、深沉的爱就蕴藏在这一针一线缝起来的椅垫中。《战国策·触龙说赵太后》中有这样一句话："父母之爱子，则为之计深远。"为了给儿女凑足2000块钱的学费，借贷无门的父亲杀了家里的老马，凑足了孩子们的学费。从此，作家记住了当年那沾染了鲜血的学费，是父母对兄妹二人最大的支持和最无私的爱。《母亲的善良》中，作家讲述了作为文化人的母亲乐于助人的美好品质，作家也从母亲那里传承了"赠人玫瑰手留余香"的乐观、助人的精神。《母亲的针线活》中，讲述了虽然母亲不擅女红，但即使年纪大了，眼睛花了，也仍然坚持为儿女缝缝补补，仍然一针一线地为儿女操劳，"慈母手中线，游子身上衣"，中华民族的优秀传统在两代人之间默默地传承。

与王飞同样是"80后"的作家邓佳音2022年2月出版了散文集《愿有岁月可回首》，整部散文集弥漫着女性作家细腻而又温暖的情感色彩，每篇散文都像一个女孩，在你面前娓娓道来。在这部散文集中，邓佳音专门开设了"氤氲亲情"辑（第三辑），抒发自己对父母之爱的感恩之情。诚如作家在辑首语中写道："家是母亲的叮咛，萦绕耳畔；家是父亲的脊背，宽厚而安全。"在《母爱绵长》中，作家讲述了母亲怀"我"的时候，因家里条件不好，依然做着体力活，使"我"生下来的时候只有四斤多，比爷爷那43号的鞋大不了多少。从小体弱多病的"我"在母亲"先天不足，后天补"的努力下一天天长大，家里的营养品母亲全部留给"我"吃。除了生活上无微不至的关怀照顾，学习上，母亲更是全力支持，在那样一个知识匮乏的年代，母亲"用她的不放弃、用她的耐心、用她特有的关怀和爱成就了如今的我，阳光上进、积极乐观、身体健康"。在《父爱无言》中，作者讲述了自己已经快四十的人还在父亲的庇护下成长，是一件何等幸福的事情。"从小父亲就是我头上的那片天，无论什么困难只要有他在就会迎刃而解。"父母对儿女的爱是无私的，在爱中长大的孩子对父母的信任则是坚不可摧的。

高产作家朱玉成2022年发表散文22篇，其中发表在《品读》2022年第 4 期的《世界上所有的母亲》和 2022 年第 8 期的《虚构的祖母》，描写了两代人、六位母亲，平凡又伟大的母爱，感人至深。在《世界上所有的母亲》中，作家用洗练的笔法刻画了五位母亲。一位身材高大的"女汉子"在得知自己得了绝症之后，蜷缩着双腿坐在床上，默默地陪伴着另一个房间里正在努力学习准备高考的儿子；泼辣、不肯吃一点亏的李桂花，被丈夫狠狠打了一巴掌后，沉默地躺了一下午，依然起来为孩子们认真地准备晚饭；大哥家养了一只"伟大"的母羊，它生了一只又一只的小羊，而它的乳房却从没空过，用滔滔不绝的乳汁喂养着、抚慰着它的每一个孩子；小区里的疯女人做着种种怪异的事情和行为，却总是重复着那句："宝贝，天冷了，你穿棉袄了吗？你啥时候回来啊，妈妈想你……"；眼盲的母亲，指尖儿是她唯一的"明亮"，轻轻地触碰我们，只一下，就认得出谁是谁。她做得最多的动作，就是不停地去按墙壁上灯的开关，她想给我们更多的光明。爱，是她唯一的明亮。在《虚构的祖母》中，干净利索的祖母总是把家里、院子里的每个角落收拾得干净、整齐；一把年纪的祖母，总是操心着季节的变换，担心我们着凉，总是缝些小垫子让我们坐在下面……"女子本弱，为母则刚。"无论是人还是动物，无论是在哪一个时代，母亲给予儿女后辈的都是自己的全部，而从未要求过任何回报。

高翠萍发表在《北方文学》2022 年第 10 期的《母亲和她的朋友》，讲述了四位母亲在生活中的互帮互助。艰难度日的母亲为了养家糊口，找了一份装车的工作，并且在这里遇到了英姨，帮助母亲度过了最难的时刻。母亲为了自己的四个孩子选择了一份沉重的工作，而英姨也同样为了自己的几个儿女做着同样的工作，坚强的母亲们在贫穷且困难的时候结下了一辈子的友谊。而英姨却在家庭条件好转的时候受到了来自丈夫的伤害，从此患上重度抑郁症，最后凄惨地离世。大梁是母亲第二份工作中遇到的朋友，与英姨不同，大梁是一个喝酒抽烟、办事能力强的女汉子，虽然在家庭生活中也遭到了丈夫的背叛，但她有着自己的骄傲，不会为了孩子委屈自己。大梁就是世俗中的一个普通女子，辛苦把儿女养大，与儿媳之间有着这样那样的矛盾，琐碎而又平淡。言娘是和母亲彼此陪伴的朋友，养大了孩子，还要为不成器的儿子继续养孙子。尽管如此，她还经常受到儿媳的抱怨，言娘与儿女的关系都不好，养大的儿女成家之后，都离她而去，她心里的苦也只能找母亲倾诉。作品中四位性格迥异的母亲被作家串联在一起，在那一代人里，孩子生得多是生活的常态，而没人帮忙照顾也是常态，母亲是每个家庭里最苦最累的那一个，到了晚年，母亲却不一定是安享晚年的那一个。作家在散文中真实地展现了现实生活中关于母亲、关于母爱的另一个真实、缺少诗意的层面。

四　家国情怀雪水温

2022 年 12 月，作家韩文友的散文集《我的江山雪水温》在人民文学出版社出版。这是韩文友的第一本书，也是倾注了作家诸多心血和情怀的一本散文集。全书分为五辑，共收录散文近一百篇，是作家多年创作的精华所在。散文集将故乡小村庄置于江山这一巨大的空间，既表明作家从小处走来却胸怀天下的豪情，也表明小村庄却是作家的大天地，是作家在文学天地里安身立命的根基。诚如邢海珍在序言中写的那样："读韩文友的散文，几乎找不到激情澎湃的豪言壮语，没有那些大词、大话的虚妄和空洞，但他的小文章却写出了大境界。"

辑一中的《虚无之途》指出，当今从乡村出来的人已经不像祖辈那样善于稼穑，曾经充满生机的大地在作家心中已经呈现萧瑟之貌。曾经村路两旁的树不见了，都变成了丁香，路还是那条路，却失去了往日的灵魂。离乡多年的人曾经在遥远的他乡仿佛遇到过熟悉的树，而故乡已经没有了那份熟悉，离乡之后的作家就像失去树的村庄，"但记忆这东西，有一个密码，只要时间、场景和情绪组合恰当，无论尘封多久"，都会赫然重现在脑海之中。

辑二中的《有些雨不小心落在了未来》，讲述了作家求学时候在报社广告部打工的经历。一个从乡村来到城市读书的大学生，带着对未来的憧憬，在城市里工作、生活，为签下的每一单广告而激动不已，为没人在乎的三十元广告费而紧张犹豫。直到离开的时刻，老总在电话里的夸赞与鼓励让内心坚强的青年哭得像个六岁孩子，将大学三年的困顿与苦闷全部宣泄出来。从乡村到城市，在青年眼中充满了希望和迷茫，作家感谢自己当初的决定，也感谢自己以努力换来这个城市的认可，小小的个人，在这个大大的城市中实现了精神的涅槃。

辑三中的《遇见》，从简单而充满哲理的相遇落笔，"两个不同轨迹里的人，于命运的种种摆弄之间，恰好在同一个时间、同一个地点相遇了，好比一颗星星，穿越浩瀚的阳光，经历漫长的等候，遇到了另一颗闪闪发亮的星星。"相遇是一种奇妙的过程，早一分钟、晚一分钟都会错过，作家从曾经的知青间懵懂的爱情着墨，用再平淡不过的语气讲述了遗憾中带着伤感的故事，这也是作家创作的特点之一，于无声处，引人感怀。

余光中说："真正的抒情高手往往寓情于叙事、写景、状物之中，才显得自然。"辑四中的《香皂的味道》，描述了父子两代人对运动会的不同感受。在父亲的心中，参加运动会是充满仪式感的光荣时刻，在田径场上拼搏不仅是为班级争光，也是为自己争光，所以当一场雨让父亲所有努力付诸东流的时候，童年的父亲是沮丧的。而对于儿子来说，运动会就是一次平常的体育比赛，比他们更紧张的是门口那些伸长脖子观看的家长。时间在作品中穿插，同样的运动会在两代人之间形成了鲜明的对照，儿子的运动会是拿着小零食坐在那里观看，父亲的运动会则因为一块奖励的香皂而令人难忘，香味长久地萦绕在曾经那个少年的鼻间。

在那个媒体不发达的年代，信件成为联系远方亲人、朋友的情感纽带，辑五中《念给你的声音》是作家写给天堂中父亲的文字。曾经思念的时候可以写信，有事的时候可以写信，今天思念只能念给父亲，因为天堂和人间还无法通信。整篇散文充满作家对父亲的思念，没有激情的抒怀，也没有失去亲人的哭泣，作家用淡然的语调娓娓道来，对父亲诉说着思念的感伤。

韩文友的整部散文集语言丰富鲜活，或自如舒展，或隽永悠长，于多维度的语言表述中展现了作家深厚的文学功底。韩文友的散文，从小处落笔，整部作品集都看不到大开大合的豪言壮语和壮怀激烈，但正是这样的小村庄、小事情、小人物，才是作家安身立命的大江山、大天地。

五　文海拾零

2022 年的黑龙江散文，除了上述主题，散文家们也从不同之处着笔，抒写自己的情怀与日常生活。开江鱼对于每一个黑龙江人来说都是一个特殊的存在，经历半年甚至大半年的冰天雪地，开江预示着春天的到来，开江鱼也经过大半年的休养生息而养得肥美。齐光瑞 2022 年 5 月在《黑河日报》副刊发表的散文《寒春暖品开江鱼》，全文围绕着"品"字，讲述了打鱼学问与品开江鱼的乐趣。

于德深在 2022 年的《北大荒日报》上分别发表了三篇散文：《渐进的鸟影》、《葫芦的仙气》和《心中的白桦树》。作家寓情于物，并从中得到启迪。在《渐进的鸟影》中，作家通过自己的亲身经历明白了人与自然的关系。在《葫芦的仙气》中，讲述了儿时母亲种葫芦的趣事，母亲认为只要葫芦发芽了，家中就有了仙气，理由是葫芦只入仙人家。母亲的话从作家儿时起一直伴随着他的成长，直到多年之后，作家才明白，母亲说的"葫芦仙气"是一种愿望也是一种美好，让人懂得彼此之间不仅需要沟通，更多的是和谐相处。白桦树是小兴安岭中常见的树木，它高大挺拔，汁液可食用，树皮可制作各种器具用品，大到一艘小船，小到一个盒子都可以用桦树皮制作而成。于德深在《心中的白桦树》里表达了自己对白桦树刻骨铭心的喜爱，因为白桦树将自己生命的过程绚丽为纯真的爱，爱巍巍青山、悠悠绿水和黑黑的沃土。

孙玉民是黑龙江著名的赫哲族作家，2022 年，他在《民族文汇》第 6 期上发表了散文《冰凌花》，描写了作家母亲——赫哲族妇女勤劳朴实的形象。和大多数人一样，孩提时的孙玉民回家的第一件事就是寻找妈妈，"妈呢？"是无数孩子甚至是大人回家时的第一声询问。作家的母亲是"大宅院"里的儿媳，在生产的前一天还在冰天雪地的黑龙江上捕鱼。母亲身世凄苦，12 岁时母亲的母亲被日本人杀害，母亲的父亲冒着生命危险把她从勤得利送到了百余里外的街津口，从此母亲在那里开始了自己童养媳的一生。母亲勤劳勇敢，爱自己的孩子，爱自己的家，在作家的心中，冰凌花就是母亲的化身，在冰天雪地中、在恶劣的自然环境中顽强地盛开。

综观 2022 年的黑龙江散文，依旧延续着之前的创作主题，但倾注了作家们更多的激情与创作灵感。黑土地的作家将黑土地的风土人情和身边的一草一木，皆融入自己的文学血液中。2022 年，黑龙江散文家集体发力，在生于斯长于斯的黑土地上歌颂故乡、歌颂北大荒、歌颂母亲、歌颂自己的根与魂。

纪实文学：紧扣时代脉搏
讲好龙江故事

庄鸿雁*

摘　要： 2022 年是全国人民喜迎二十大、砥砺新征程的一年。黑龙江纪实文学创作涌现出了一批感人至深的优秀作品。这些作品立足龙江大地，紧扣时代脉搏，传承红色基因，丰富英雄谱系，展现了龙江儿女生生不息的奋斗精神和家国情怀。2022 年黑龙江纪实文学以非虚构的方式，讲好龙江故事，彰显龙江力量，发挥了文学的"轻骑兵"作用。

关键词： 纪实文学　龙江故事　龙江力量

新时代以来，习近平总书记强调，"源于人民、为了人民、属于人民，是社会主义文艺的根本立场，也是社会主义文艺繁荣发展的动力所在"。① 2022 年是全国人民喜迎二十大、砥砺新征程的一年。党的二十大报告提出"推进文化自信自强，铸就社会主义文化新辉煌"。如何展现时代精神的高度，描绘新时代新征程的恢宏气象，书写生生不息的人民史诗，是新时代文学面临的根本命题。2022 年，黑龙江报告文学和纪实文学创作，立足龙江大地，紧扣时代脉搏，以非虚构的方式，讲好龙江故事，彰显龙江力量，发挥着文学"轻骑兵"的作用。

＊　庄鸿雁，黑龙江省社会科学院文学研究所研究员，研究方向为地域文化。
① 《习近平重要讲话单行本》，人民出版社，2022，第 177 页。

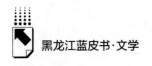

一 植根红色沃土 讲好龙江故事

黑龙江是一片"红色"沃土，它不仅是中国 14 年抗日战争的爆发地，也是解放战争和抗美援朝战争的根据地、大后方。黑龙江人民为抗日战争、解放战争和抗美援朝战争的胜利做出了巨大贡献。为纪念建党百年，喜迎二十大胜利召开，2022 年，董岐山的《新中国空军从这里起飞》、子时的《烽火列车》、尹栋的《寻枪北纬 48.3 度》以纪实文学的形式再现了发生在龙江大地上的解放战争和抗美援朝时期解放军空军的建立，讲述了龙江人民为解放军、志愿军提供武器保障和铁路运输保障的故事。

黑龙江是新中国空军成长的摇篮，《新中国空军从这里起飞》是董岐山 2021 年发表的《峥嵘岁月——中国空军的摇篮·牡丹江篇》的姊妹篇。这部作品讲述的是中国人民解放军第一所航空学校根据形势的需要从牡丹江迁往中苏边境密山后的故事。在这部纪实文学中，作者描述了航校全体学员和教员在校长常乾坤的带领下，克服重重困难，为新中国培养出第一批战斗机飞行员的艰难而光荣的历程。

子时的《烽火列车》讲述了解放战争时期，哈尔滨、齐齐哈尔、沈阳等地的铁路工人冒着敌人的炮火，开着火车为前线运送军需物资的故事。在这部纪实文学作品中，既展现了陈云、罗荣桓、吕正操等在东北解放战争中指挥家的运筹帷幄，也塑造了像刘居英、郭洪涛、陈大凡、黄铎这样的军中实干家形象，更有郭树德、范永这样冒着枪林弹雨勇往直前的火车司机和铁路工人。可以说，这部全景式的作品是一幅反映东北铁路工人修复开通千里铁路运输线保障东北解放战争全面胜利的生动画卷。

尹栋的《寻枪北纬 48.3 度》讲述的是发生在有着"小延安"之称的北安庆华工具厂（626 厂）的故事。北安素有"北国枪城""塞外延安"之称，虽然如今工厂已走进历史深处，成为庆华军工遗址博物馆，但走过半个多世纪峥嵘岁月的庆华厂的历史却深深地镌刻在庆华人集体记忆之中。当作家尹栋走进庆华军工历史博物馆时，就被一件件文物、一幅幅照片感染，

"仿佛穿越历史时空，感动于庆华人当年的艰苦奋斗、无私奉献的豪迈激情"。

"北有 626，南有 296"，简称 626 厂的庆华厂曾是中国枪械生产行业的龙头，走过了 69 个春秋。在抗美援朝战争中，庆华厂迁至北安为前线生产冲锋枪，被前线战士称为"好战友""功勋枪"，庆华厂的工人师傅被志愿军战士称为"功勋枪"背后的无名英雄。进入和平时期，庆华厂生产的手枪被改良为运动手枪，曾帮助 13 名射击运动员夺得金牌。

如今庆华工具厂已完成了它的历史使命，走进了历史博物馆，但读者可通过《寻枪北纬 48.3 度》穿越时空隧道，重新体味其激情岁月的荣光。

石油工业是共和国的血脉，大庆精神、铁人精神是激励中国人民不畏艰难、勇往直前的精神力量。半个多世纪以来，大庆出现了三代铁人，他们用自己的拼搏为共和国石油工业的发展做出了卓越的贡献。新时代大庆石油人继续发扬大庆精神和铁人精神，续写出新时代石油人改革创新的壮丽篇章。红雪创作的长篇报告文学《头雁》表现了大庆油田第一采油矿中四采油队在六十多年里坚持大庆"三老四严"的优良传统，努力为祖国献石油的感人事迹。刻画了一组在生产困难和自然灾害面前，敢于战斗、勇于奉献的新时代石油工人群像。

曾荣获中国作协"深入生活、扎根人民"先进个人荣誉称号的大庆作家崔英春多年来扎根油田，坚持以"铁人精神"写石油人。2022 年，她创作发表了以大庆石油人为书写对象的报告文学《铁人队里的年轻人》《无限春风来井上》《风展红卷美如画》《抽油机里飞出欢乐的歌》等作品。崔英春常年深入大庆一线采油队、钻井队、生产试验现场采访和体验生活，与石油工人同吃同住同上钻塔，与井队日常无缝连接，因此，她的报告文学贴近生活，塑造的人物形象有血有肉。

大庆所处的松嫩平原是一片美丽的草原，它不仅盛产石油，还是黑白花奶牛的故乡。在这个牛奶飘香的草原有一个名叫新星火牧场（原红色草原牧场）的绿色生态牧场，它建于 1947 年，是新中国最早的国营牧场之一，是伊利、蒙牛等知名乳业的优质奶源基地。

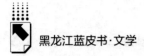

在红色草原牧场有这样一群人，他们中有 1947 年从延安干部团来这里建场的老牧人，也有大学毕业就来到这里安家的新牧人。崔英春的报告文学《红色草原牛奶飘香》写的就是工作生活在这个牧场里的人和发生在这个牧场的鲜为人知的故事。作品塑造了以畜牧专家黄国卿、季长青等为代表的牧场人的集体群像，他们为龙江的畜牧事业的发展奉献了一生。红色草原牧场也是作者崔英春父辈工作生活的地方，作品融入了作者深厚的感情，读来令人备感亲切。

新时代新农村新变化，聚焦乡村振兴也是 2022 年黑龙江报告文学的主题之一。刘福申的报告文学《唐家岗，一个透过鲜花开满月亮的地方——来自乡村振兴一线的报告》，描写了乡村振兴中黑龙江省兰西县乡村发生的巨变。孙代君的报告文学《对大山的一个许诺——记汤原县食用菌办公室主任许敬山》，向读者展示了一位自觉把一份许诺当作党性考验的基层干部形象。

冷菊贞的自传体纪实作品《第一书记和她的村庄纪实》，则记录了她在饶河小南河村作驻村第一书记期间，带领村民致富，改变村庄面貌的事迹，同时也记录了自己从一个机关宣传干部、摄影爱好者转变为农民的致富带头人、全国"三八红旗手"、全国"人民满意的公务员"的心路历程。

二 聚焦冬奥精神，彰显龙江力量

黑龙江被誉为中国冰雪体育运动的摇篮。现代冰雪体育运动早在 20 世纪初就在黑龙江这片神奇的土地上生根发芽，有着广泛群众基础和浓厚冰雪运动文化的黑龙江为国家培养了大批冰雪运动人才，从这里走出了杨扬、王濛、申雪、赵宏博等众多冬奥冠军和世界冠军。历届冬奥会中国队荣获的 22 枚金牌中，有 13 枚由黑龙江运动员夺得。在 2022 年北京冬奥会上，龙江冰雪健儿更是大放异彩。武大靖、范可新、任子威、曲春雨、高亭宇、隋文静、张雨婷、韩聪等纷纷登上冬奥领奖台，不仅吸引了众多媒体的聚光灯，也吸引了报告文学作家的目光，他们纷纷将目光投向龙江大地，追寻冬奥冠军成长的足迹，寻根生成冰雪运动文化基因。

在黑龙江报告文学作家中，不仅有张雅文、蒋巍等报告文学宿将，也有齐志、崔英春等中年作家。冠军之城七台河的本土作家齐志先人一步，他创作的长篇报告文学《冬奥冠军之路》于 2022 年 10 月由黑龙江人民出版社出版。这部 54 万字的作品，第一次全景式、多视角、立体化展现了七台河的冰雪体育事业和冠军文化等整体形象，真情书写了张杰、杨扬、刘秋红、王濛、孙琳琳、范可新等 12 名冬奥短道速滑冠军和世界冠军奋力拼搏、为国争光，实现冬奥金牌梦的故事，也展现了以孟庆余为代表的四代教练员为培养短道速滑人才呕心沥血励精图治的艰难历程。

齐志是七台河一位勤奋的中年作家。2022 年，除了这部全景式的报告文学长篇，他还发表了《托起冬奥冠军的人》《冬奥冠军之城》《范可新——冰面上的铿锵玫瑰》《倭肯河畔冠军城》《冰上逐梦，从这里开始》等一系列聚焦冬奥精神的报告文学作品，这些饱蘸深情的作品展现了七台河这座以出产煤炭著称的小城是如何蝶变成冰雪奥运冠军摇篮的。

已定居北京的年近八旬的黑龙江女作家张雅文在 20 世纪 60 年代也是一名健将级滑冰运动员，她被家乡冬奥健儿的拼搏精神深深感染和激励。北京冬奥会闭幕后，张雅文决定写一部关于冬奥冠军成长历程的长篇报告文学。2022 年，曾经做过心脏搭桥手术的她，不辞辛苦，几次回到黑龙江采访。从 2022 年 7 月始，她先后在《人民日报》《光明日报》和《人民文学》发表了三篇以龙江冰雪奥运为书写对象的报告文学作品，分别为《黑龙江，冰雪冠军的摇篮》、《逐梦人生》和《托起冠军的人》。张雅文在黑龙江采访时被一个人深深感动，他就是已故七台河短道速滑教练孟庆余。孟庆余是杨扬、张杰、王蒙、孙琳琳、刘秋红等世界冠军的启蒙教练，他培养的运动员共斩获了 177 枚世界级冠军，16 次打破世界纪录，中国运动员获得的 22 枚冬奥金牌中有 8 枚来自他的弟子。张雅文在《托起冠军的人》后记中写道："他并不是一位体育明星。他就像一块黑金的煤炭，燃烧着自己，却给他人带来了温暖与能量。他更像一座大山，默默地耸立在中国北方边陲黑龙江——这块寒冷的黑土地上，他把平凡而伟大的一生无私地献给了他所酷爱

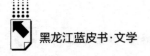

的滑冰事业，献给了那些叱咤在世界冰坛的运动健儿……他已过世多年，但在采访奥运冠军的过程中，我却听到好多有关他的故事。在他身上所发生的感人事迹，深深地打动了我这个老运动员的心。于是，我决定把这位身居基层、已故去多年的老教练写进我的冬奥冠军录里，让年轻人从这位老追梦人身上，看到人类最宝贵、最执着、最不可战胜的追梦精神。虽然孟庆余的名字乏人知晓，但他所培养的运动员却家喻户晓、驰名世界。这些响亮的奥运冠军的名字让鲜艳的五星红旗一次次在世界冰坛上空升起，让中华人民共和国国歌一次次响彻世界，令国人在百年复兴的大道上感到无比振奋和自豪。"

张雅文创作的报告文学集《无悔的冰雪人生——走进中国冬奥冠军世界》作为中国作协 2022 年重点扶持项目，将由黑龙江人民出版社出版。

此外，崔英春在《北方文学》发表了报告文学《短道传奇 冰上远方》《坚守"冰上执教"的初心》《赵小兵的月亮》《喜欢背手滑冰的小男孩》等作品，其中《赵小兵的月亮》被学习强国和中国作家网转发。

三 传承红色基因，丰富英雄谱系

龙江大地，英雄辈出。罗大全的《赵一曼的家国情怀》、胥得意的《杨子荣：生命与春天的绝唱》、陈伟忠的《寻找张宗兰》、漠北的《忠魂无语昭日月——怀念英雄曹发庆》讲述的都是在黑龙江这片红色沃土上出现的可歌可泣的英雄事迹。

抗日民族英雄赵一曼的故事家喻户晓，半个多世纪以来，众多文学作品和影视作品再现了赵一曼在白山黑水之间跃马横枪抗击日本侵略者和被捕后面对敌人的严刑拷打宁死不屈的英雄事迹。罗大全的纪实文学《赵一曼的家国情怀》引领读者走进赵一曼丰富的内心世界，细腻地刻画出女英雄的家国情怀。

与赵一曼一样，张宗兰也是一位为抗击日本侵略者献出了年轻生命的女英雄。但与赵一曼不同的是，张宗兰的英雄故事湮没于历史的尘埃中，鲜为人知。

　　张宗兰是黑龙江省双城人，为早期中共佳木斯市委妇女部部长。张宗兰在中共党员二哥张耕野和二嫂金凤英的影响下，17岁加入中国共产党，18岁打入日伪机关。她智勇双全，在隐蔽战线的战斗中她多次搜集获取敌人的重要情报。1938年，在传递一份党的重要文件时，张宗兰和二嫂金凤英不幸被捕，二人同时壮烈牺牲。张宗兰牺牲时年仅20岁。时隔80多年，黑龙江诗人陈伟忠经过10年走访追寻，呕心沥血创作出的长篇非虚构作品《如果我一去不回》出版，让这位隐没于历史深处的抗日英雄形象开始逐渐变得清晰与鲜活起来。而发表于《北方文学》2022年第3期的《寻找张宗兰》则是陈伟忠长篇非虚构作品《如果我一去不回》的第一部分，可以说是对全部作品的序言式解读，讲述了作者"我"与张宗兰在时间与空间中建立的因果联系，以及作者寻找与创作的心路历程。

　　陈伟忠也是双城人，是一位现代诗人。十多年前，当他在双城早市地摊的一本书上偶然发现了张宗兰的一张黑白小照片时，就被这位年轻女孩坚毅的目光吸引，更被她为抗日献出年轻生命的精神感动。陈伟忠想到了刘胡兰，他决定为这位为民族大义献身的女英雄写一首长诗，赞美她为信仰英勇赴死的大无畏精神。但这张照片所配的文字仅短短几行，无法支撑他的长诗创作，于是他"先把种子埋藏起来"，开始了在历史资料和茫茫人海中艰难寻找张宗兰英雄足迹的历程。在这一过程中，"诗的芽在血液里流淌"，他的构思不断变化，成为多种文体的叠加，最后成就《如果我一去不回》这部长篇报告文学。作者通过文学真实和历史真实相结合的手法，还原张宗兰短暂而辉煌的一生。同时，作品文本呈现一种开放的状态，让读者在阅读的过程中参与其中，走进英雄的内心世界和灵魂深处，读来催人泪下。

　　解放战争时期，多次参加黑龙江地区剿匪战斗的孤胆英雄杨子荣的故事随着小说《林海雪原》和电影《智取威虎山》的传播家喻户晓，电影更是多次翻拍，半个多世纪经久不衰，英雄也在这些文学影视作品中得到永生。胥得意的非虚构纪实作品《杨子荣：生命与春天的绝唱》则以文学的想象再现了英雄杨子荣的生前身后事，同时，以细腻的笔触对杨子荣内心世界进

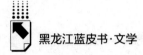
行了描述，使英雄人物形象更加生动和丰满。这也是对小说《林海雪原》等文学作品的补充和延伸。

漠北的《忠魂无语昭日月——怀念英雄曹发庆》则是作者为一位无名英雄立传。《忠魂无语昭日月——怀念英雄曹发庆》中的主人公曹发庆是一位有着赫赫战功的退伍军人，他和杨子荣一样参加过抗日战争、解放战争，在上百场战斗中，荣获过9枚英雄勋章，并被东北野战军总部授予"战斗英雄"和"独胆英雄"称号。但与杨子荣不同的是，他又参加了抗美援朝战争。在他的军旅生涯中，从东北打到海南，从云南打到朝鲜，多次身负重伤，九死一生。他曾因伤失去记忆，被部队误以为牺牲，其所在连队为纪念他还被命名为"曹发庆连"。他伤愈后，听说国家建设需要木材，正在开发大兴安岭时，于是转业后来到了大兴安岭林区最北端的呼玛十八站林业局的一个林场。从此，他将军功章藏起来。在这里，没人知道他是一名在战争中立下赫赫战功的国家功臣，只知道他是一名级别最低的股级干部，而且在林区建设中，哪里需要他就去哪里，他当过运送物资的纤夫，当过食堂的伙夫，还当过粮库的更夫，可以说，前半生为新中国成立九死一生，后半生为林区建设奉献一生。晚年，他因白内障双目失明，在黑暗中度过了20余年。即使这样他也没有向组织提出过任何要求。曹发庆的故事和人格魅力在作者心中萦绕了20年，终于在2022年写成这篇报告文学，以此来纪念这位为共和国默默奉献一生的无名英雄。

张喜的长篇报告文学《最美的木兰花》作为中国作家协会2020年度定点深入生活扶持项目于2022年8月由黑龙江人民出版社出版。这部作品讲述的是2018年"感动中国人物"——年近九旬的老军人马旭将自己和老伴颜学庸节俭积攒下来的1000万元捐献给家乡的故事。

2018年，马旭将捐款从湖北武汉转账汇给黑龙江省木兰县教育局，支持家乡教育事业。这一消息一经传出，立即感动了千千万万的人们，其中就包括作家张喜。2020年，张喜几次赴武汉采访马旭和颜学庸老人，他被两位老人生活的简朴和无疆大爱深深震撼。经过一年多的精心创作，几易其稿，终于在2022年出版。评论家李炳银评价这部作品："作家张喜的这部报告文学《最美的木兰花》，就是对这个深情感人故事的文学跟进再现，是对这棵浓荫婆娑大树的用心靠近和真切感受描写。非常及时，价值恒远。张喜的作品，拉近了我们和马旭、颜学庸老人的距离，给我们在更切近的地方接触和感受他们的机会，也是从文学引导的角度观察认识他们的特殊渠道。"①

此外，王宏波创作的报告文学《情怀》《茫茫林海，两代人的瞭望与相守》则记录了新时代林业工人为保护国家生态安全做出的贡献，也是一部以新时代平凡英雄为书写对象的作品。旅居海南的黑龙江报告文学作家艾前进创作出版了《踏遍山河绘丹青》和《二次追梦》等纪实文学作品。《踏遍山河绘丹青》全书以98个故事展现了国家几代林调人从冰天雪地的黑龙江到人迹罕至的青藏高原实现绿水青山中国梦的故事。《二次追梦》则记录了全国一批优秀的退役军人二次创业的感人事迹。

2022年黑龙江纪实文学作品中还有一部非虚构作品值得一提，那就是绥化学院教师张爱玲（笔者：艾苓）创作的非虚构作品《我教过的苦孩子》。

艾苓在黑龙江绥化学院任教近20年，从2017年开始，她采访了从2000年到2020年的21届毕业生上百名，从中选出56名出身贫困的学生，追踪了他们从出生到上学，从毕业到工作、成家等人生关键阶段的遭遇与选择。作者以动情的笔触，记录他们泥泞中努力摸爬，一步步突破层级的故事。故事直戳人心，催人泪下。艾苓在作品的后记中写道："我是绥化学院1987届历史系毕业生，做过中学老师、公务员、记者，凭借写作上的成绩，2005年回到母校教写作。从教17年，我接触的学生超过3000人，至少三分之一是贫困生。临近退休，我终于完成应该做的一件事：追踪贫困生成长，为贫困生立传。因为，他们值得，这些泥泞中的摸爬者很少发出自己的声音。"

此外，赵国春、姜红伟等还创作发表了《艾青在八五二农场》《丁玲在黑龙江的文学活动》《〈人世间〉作者的成名作》《冰心的龙江缘分》等诗

---

① 李炳银：《留美在人间》，《张喜报告文学〈最美木兰花〉序》。

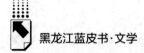

人作家在黑龙江工作生活的故事，为黑龙江纪实文学园地增添了新的色彩。其中赵国春发表于《北方文学》的《丁玲在黑龙江的文学活动》被多家媒体转载。

报告文学评论家李全朝在总结 2022 年中国文学状况时指出："作为一种重要的体裁，优秀的报告文学应该是思想性和艺术性的高度统一，应该是时代主题、新鲜故事和典型人物的完美展现，具备对于现实中国、现实世界的深切关注及对现实社会、现实生活的有效参与。这是一个伟大的时代，报告文学是能够产生大作力作的。与时代和人民同行的报告文学创作，应该有能力透过现象、直抵本质，把握历史主动，揭示历史发展的潮流和规律，为这个时代留下与其相匹配的作品。"综观 2022 年黑龙江报告文学（纪实文学）作品，虽然取得了一定的成就，但缺少振聋发聩的精品力作，也没有作品进入 2022 年由中国报告文学学会主办的"2022 年中国报告文学排行榜"榜单。曾有着辉煌历史的黑龙江报告文学近年来在创作上乏力的原因除了报告文学整体参与现实的能力下降外，报告文学人才的断档也是其中重要的原因。在"90 后"开始成为其他文体创作主力时，报告文学创作主体还在依靠中年及以上的作家苦苦支撑。希望有关部门重视这个问题，发现新人培养新人，为新时代创作出优秀的报告文学（纪实文学）作品。

B.8
诗歌：如椽诗笔书写摄人温情

包晰莹*

摘　要： 寻访 2022 年黑龙江新诗创作的足迹，现实层面上身陷一室的窘境从未曾阻挡诗意的四海云游，新诗创作及发表的数量抑或质量仍旧呈现出双优的可喜局面，诗人们用不断撷取的诗意及日臻成熟的诗艺一遍遍擦亮龙江新诗创作的专属名片。领军诗人锐气不减，后起之秀奋勇向前，乘借新媒体的东风，诗歌创作与发表齐飞。诗人们在坚持既有创作走向的前提之下，让暖意与温情在诗行中漫溢，2022 年龙江新诗的温情攻势值得瞩目。

关键词： 黑龙江　新诗创作　诗人

2022 年度，黑龙江诗人佳作频出，作品散见于《北方文学》《诗林》《诗刊》《诗歌月刊》《扬子江诗刊》《岁月》《星星》《中国新诗年选》《中国诗人》《新大陆》《西部》《中国校园文学》《西湖》《牡丹》《清明》《天津文学》《作品》《北京文学》《山东文学》《当代人》《莽原》《星火》《安徽文学》《作家》等文学期刊，诗思遍布各地，传递龙江声音。乘借新媒体的东风，网络发表与传播正当其时，诸如"猛犸象诗刊""黑龙江诗人""黑龙江文学馆""诗探索""岁月杂志""北方文学杂志"等微信公众号，黑龙江作家网、东北网、中国作家网、中国诗歌网、《黑龙江日报》、《绥化晚报》等网络媒体平台，纷纷化身闪耀舞台，以供龙江诗人大显身手。诗

---

* 包晰莹，哈尔滨师范大学中国现当代文学博士研究生，研究方向为当代诗歌。

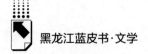

歌活动与时俱进，承载龙江荣耀，2022年10月28日，由黑龙江省作家协会诗歌委员会、黑龙江文学馆联合主办的"龙江抒怀"诗歌朗诵会在黑龙江文学馆举行，表彰新力量，抒发爱乡情，尽展写作者情怀。

龙江多雪，寒冷是永恒的地域底色，与生俱来的地缘优势塑造了龙江诗人外冷内热的诗歌性格，语言的冷静与情感的火热始终在诗行中做着此消彼长的角斗。诗如此，人亦然，面对越写越有限的题材，拿出越写越来劲的势头，龙江诗人用坚持书写的热情在诗行中持续突围，只待"旧貌换新颜"，2022年黑龙江新诗依旧以其浓浓暖意完成着治愈之举。

一　温情在哲思书写中隐伏

诗人包临轩谈及诗歌写作的荣耀："诗歌写作就是一种精神上的呼吸，自然而亲切。""诗歌所要求的互动是内在的，是心有灵犀的息息相通，而非外在的热闹。"他以亲历者身份见证一桩桩事件与一个个场景，以诗歌自性完成着现实体认，用哲思升华日常之物。他的《自燃》被选为考试真题以检验考生对于诗歌意象的把握能力，从一辆当街自燃的老式轿车里获得生存的思索："火熄了，隐身于内部的钢铁骨架/摆脱了积压太久的重负/直立起来/像一组惊叹号跳出最后的灰烬。"繁华落尽见真淳，剥除外在有本真，充满劝慰的诗行自然少不了温情之思的滋润。

诗人冯晏的诗魅力依然，2022年《诗林》第1期的对话栏目刊载了她与胡桑的一则对谈，在二人饶有趣味的对话中，胡桑以自身的阅读感受为出发点，不断重申着冯晏诗歌的独特气质："冯晏的诗歌里面还有一种力量，这种力量是一般的诗人写不出来的，就是狠劲和刺痛感。"这种刺痛感常常会隐迹在诗行中，不时提醒着诗歌读者保持阅读钝感。在《仿佛自述》中，她写道："写诗如细胞内词语分娩，代言随时可能。"恰如分娩这种人世间最伟大的壮举，却在写作中一次次被完成，诗人建功之伟，由此得以见证；《虚拟晚秋》中"嗖嗖穿过西伯利亚的冷空气越变越尖/脸和手臂一阵阵被针刺痛"的痛感传递，读来更是感同身受，以"我痛故我在"的别有新意引领读者不断在诗行中进行存在确认，醉过方知酒浓，也正因有词语之痛，才让诗歌温情更显可贵。2022 年第 10 期《作家》，冯晏携组诗《位置》登上头条诗人之宝座，用不同的情绪注入为笔下诗行定位，也在其中完成着视角的转变，从哲思之地到此在之所，"感受身旁和远方的物之律动"（张光昕），"我祷告 2022，胜过从 2019 到 2021 总和"（冯晏《位置·绕不开错觉的泡沫》）。她尝试用镜头讲故事，故事里有《年三十叙事》中的与时俱进："身边是母亲，换上了红毛衣，金项链/用力剥橘子，手背跳动着斑/她额前垂下一缕银发，青丝上有微风/身边是温馨，疫情不影响微信红包/与儿子视频，短信拜年替换了礼花和鞭炮。"有《2022 清明节》中的意味深长："哦，清明节，我还准备了小白菊/密密麻麻的意念唤回了晨曦隐去于池塘的/猎户和北斗，我隔空在网上粘贴着/是疫情背面的故人让我隔空祭奠遇见了/体内一片白月光。我的漩涡/在北纬 43.8 度的情感中心搅动一江春水。"更有《位置》中的现实体认："早发出几根绿豆芽。你触摸蓝/抓住荒野的手酸痛，对空旷死死地不放/你居家，日光原生态蹲在你的手心。"词语的锐度与诗歌的智性不减，人间温情与安慰之语递增。"写作没有捷径，语言的准确和细节对诗人的要求涉及的领域越来越宽阔。"（冯晏、崔丽娟《写诗是对揭示和隐藏的辨认》）她坚持诠释诗歌的魅力，在讲述中不断加深读者对于黑龙江诗歌及诗人的认知："生活在哈尔滨对于写作是幸运的。""在这里，我学到的最有价值的习惯或许就是视写作为宗教般地付出认真和虔诚。"深情款款，令人动容。

诗人杨勇创作势头正劲，捧出组诗《奔向老年的诗艺》，刊载于 2022 年第 2 期《清明》，以对话之姿探讨诗艺的"老之将至"。人生如逆旅，你我皆行人，在诗歌《在期待之中——给西蒙娜·薇依》《奔向老年的诗艺——纪念亚当·扎加耶夫斯基》《尼采》中将哲思深寄，在《登高——仿杜甫》中弹奏古意，于诗行中穿梭中西，进而完成一场跨时空之旅。"冷言冷语"中不乏温情之迹："写诗，无形之手在捍卫热情。"这是一种共同的坚持。他也带我们共吹《三月的风》（《当代人》2022 年第 6 期），风吹出字里行间的欣喜，也吹出娓娓道来的诗情："被文字蛊惑的孩子/沉浸在风里/奔跑在奔跑中。"不断向我们展现诗歌语言的魅力，也用温情的蛊惑让诗歌读者深陷其中。

诗人赵亚东锐气不减，2022 年 4 月长江文艺出版社出版其诗集《稻米与星辰》，在诗歌中回望与细数曾经，黑土地的稻米与远空的精神星辰遥相照应，挚爱与哲思并存，暖意自然流淌其间。他凭借《虎啸》一诗荣登2022 年 9 月 2 日《绥化晚报》头条诗人专栏，以卓然的诗意与虔诚的诗心获得推荐人李黎与姜超的佳评。"赵亚东似一位优秀射击运动员，在扣动扳机前，调控好呼吸，尽量让气息均衡，如此才能聚合精力，打出好成绩。"这是对他诗歌创作技艺的肯定，更是对他匠心独运的赞誉。他慧眼独具，识得万物有灵，"耳得之而为声，目遇之而成色"，芦苇、丹顶鹤、龙江山水、雪、寒夜、乡情、亲情……都可以被他请入诗行中做客，用带有体谅的温情释放暖意，进而感受生活与自然的馈赠。2022 年 1 月《诗刊》刊出他的诗歌《告别》，2022 年《绥化晚报》刊载赵亚东与姜超的对谈《但凭诗酒养精神》，展现思想锐度，生发独到见解，预留思忖空间，无论诗醉还是酒醉，都是在呼唤本真，以本真入诗，方有诗意卓然。对谈之末，以期许之语尽展温情："我始终相信，只要我们始终善良，始终努力，就一定能走出漆黑的夜色，过上好的生活，有吃不完的苹果。"（赵亚东）"愿一切写诗人身心愉快，诗酒相携共天涯。"（姜超）

诗人桑克延续写实风格，"诗永远和今天有关，和个人有关，即使是风景诗"（桑克）2022 年 6 月桑克出版随笔集《我站在奥登一边》，袒露阅读的心路历程，用写作直抒己见。2022 年第 1 期《北方文学》刊载桑克的诗歌《在早晨的薄雾中》。这已不是雾在他诗作中第一次出现，此前，有《雾中风景》，朦胧中激发好奇与想象的因子，虽然雾的出现往往被视为一种干扰，但反而增添了未可知的乐趣，"穿黄毛衣的老虎？"瑰丽新奇的想象让他的诗常常语出惊人，处处留心的他笔下的资源库更是五花八门。2022 年第 2 期西湖刊载了《桑克的诗》，视角各异的组诗熔感动与哲思为一炉。《妈妈的树叶》一诗读来令人潸然："昨天去颐乐养老院看妈妈/她的手，薄如银杏的叶子/但是暖暖的，好像抹了阳光的油脂。"伸手捡起银杏叶，犹如重握母亲温暖之手，美好旧时光的追忆总是令人动容；《向我敞开的世界》一诗满含现实关切："活着是值得的——/面具或口罩引领新的/时尚，人们早已忘记/它们最初的目的。"对公众事件的关切让诗人的创作永恒保鲜；《水域》一诗妙趣横生："那鸟走投无路，正好返回教室复读。"诗人创作之精心，由此可见一斑。2022 年第 4 期《诗林》刊载了一则名为《诗歌就是记录、表达和创造》的对谈，在与崔丽娟的交谈中，诗人桑克谈及自己与诗歌的机缘："喜欢，就是因为喜欢。"桑克也谈及了自己的诗观："记录我看到的听到的感受到的思考到的。表达我想表达的一切（潜台词就是突破限制试图抵达一切）。创造新世界哪怕仅仅是一个美学的世界，哪怕仅仅是只有一个单字的世界。"不断突破，才有笔耕不辍。

诗人杨河山秉持"诗人为自己写作"的诗观，"写干净的诗"，在诗歌中用心铭记。2022 年 10 月美国《新大陆》刊载他的《诗人五线谱音符跳跃》："每一个音符，以其独特的声音方式/诠释，诗即经验，叙述，/与讴歌，或者某种强烈情感的自然流露。"用诗行探寻写作奥秘；4 月《新大陆》刊出《雨中的一面玻璃》及《雨中的蒸汽火车》，朦胧的雨中即景带来的观感与思索总是不同往常的，"或许是这个城市的最后一列蒸汽火车/水淋淋的，美丽而悲伤。"劝君莫惜金缕衣，当应记取现在时。景中情，情中思，温情流淌在干干净净的诗行间。

诗人张曙光坚守叙述，2022 年 9 月《诗潮》头条诗人板块跃动他的身影，讲故事的诗人在诗行中组织话语，一首《在快餐店里度过的中午》充满对时光流逝的惋惜："我更希望它能够回流/这样我会见到当年的亲人和朋友，同他们/心无芥蒂地交谈，或喝上几杯啤酒。/我会让一切重新开始，避开我因愚蠢/而犯下的错误。/我的诗也会变得年轻/充满希望，而不再是迟疑和忧伤。"在诗歌中假设，在假设中重回往日，进而引起共情；在《朋友》一诗中借怀念旧友而慨叹人生："但事实上，时间和我们/一同变老了，谁都无法安稳。"在《小野洋子》的末尾赞叹诗意无所不在："你推着一辆空空的婴儿车/走过城市，里面盛满洗衣粉的月光。"在《扎加耶夫斯基》里盛赞"诗歌不死"：但死亡撤销了这一切，只剩下/你的诗，它们仍顽强地活着/并试图延续着你的生命。《天空中》展现出虚无之感："但最终只是移动，什么都没有发生"，与韩东《有关大雁塔》中"我们爬上去/看看四周的风景/然后再下来"的冷静别无二致。在《诗》中，他以诙谐的语言展示诗人面对诗歌时的无可奈何；他也会把诗思寄托于一把椅子，以我观物，试图使物着我之色彩，进而关乎本心。逡行在张曙光的诗行中，读者会发现寻常生活的另一个侧面，哪怕本无意于此的人，往往是听着听着就入迷。感受生活，才能享受生活，诗人做到了，更是掩护日常生活的温情在诗行中蛰伏。

二　温情在亲缘书写中传递

诗人李琦醉心亲情，2022年7月《扬子江》头条诗人板块传递她的温情，首首回忆之诗如一封封家信，寄给亲情，也寄给难以忘怀的曾经：在《美人母亲》中对"岁月从不败美人"一语进行验证，"她确实漂亮/眼睛清澈而有光芒，还有一种/现世已经稀缺的羞涩和纯净。"读罢不禁让人想起"北方有佳人，绝世而独立"的赞扬；在《清明看父母》中用动情之言打开缺口，让诗行决堤，让温情流淌肺腑："我一切都好，你们走后，我移居他乡/只是瘦了许多，已有一些白发，长在两鬓。"天人两隔，年华老去，这是永远无法弥合的人生之憾；在《轮回》中忆往昔、看今朝："当时，只觉得这是平淡的家常时光/不知道那一时刻，已凝固为琥珀/一瞬永恒，定格为人间珍贵的画面。"用无限温柔的话语对读者进行有关珍惜的奉劝；在《整理母亲遗物》中完成身为女儿的忏悔："一切已经不能重来，妈妈/你不知道，我有多后悔当年的轻慢"；在《父母家的电话》中借物传情："那部座机，不知被谁罩上一块手帕/好像它也在黯然神伤/要遮住满脸泪痕"。父母之恩重，总是为人子女心中最敏感而柔软的痛点，诗人李琦从白雪意象中短暂抽身，在父母亲情中流连，也在用诗意的暖流抚慰普天下儿女的心灵。2022年4月《绥化晚报》头条诗人同样看到李琦的"身影"，在推荐人李犁的推荐语中她的创作个性再次被肯定："李琦是真挚诗学的践行者，她写诗就是掏心，及情及物及义又直指真相和真理。而且语气像聊天和自语，没有雷霆，却让你漫不经心中被浸染，感动、哽咽，似有钝器戳心。"真诚永远是必杀技，诗歌如此，诗人亦然。

诗人郭富山倾心而作，2022 年 2 月《绥化晚报》刊出他的一组《与世说》，首首小诗字字珠玑，与子说担当，与女话善良，诗行里满载期许与嘱托："对于飞翔，粗壮的翅膀更重要"。与妻说懊悔："这一辈子，我们按照自己的模样/雕刻着对方，男人的心好粗啊/一不小心，就刻得你泪流满面。"与母忆往常："后来我回想起你的一双旧鞋。已穿了多年。"与友讲仁义："你，好像被我欺负过/但我发誓不让别人欺负你。"与世讲经历："有人喝彩与无人喝彩，你都得谢幕。"推荐人姜超捕捉到了其诗中的温情之意："源于日常，归于终极关怀，起落之间似有大道。"平静的叙述之下有情感的波涛暗涌，于简言中见真情。

温情穿越时空莅临诗歌，诗人曹立光用一首《最想叫你姐姐》记录师恩难忘："阳光下的串红在疯长/没有受伤的天空上，有云/一声老师走到今天/而我最想叫你——姐姐。"《一则发生在春天的新闻》让诗人红雪难忘，也让他在祈愿中尽展人间温情："但愿春风冒芽，小花探头/一树的灿烂，掩埋住冬天的獠牙。"诗人潘永翔侧重来自生活的感受，让诗行成为情感担当，2022 年第 2 期《北方文学》刊载潘永翔诗歌《弟弟》，手足亲情是人生割不断的纽带。2022 年《中国好诗年选》刊出他的诗歌《通过》："时间宽恕了一切/包括死亡和恩怨。"丰沛的情感一次次途经诗行；诗人雪鸮在《街灯（外二首）》中另类"啃老"，父母亲缘是这世界上最难以言说的注脚；安海茵在《豆角花的蓝色屋顶》中亲历与物之缘："屋子里的人都睡了/玻璃窗总是心软，为内外同频的睡意/完成毛茸茸的置换。"温情与诗意总在不经意间款款而来。

面对亲缘的情感直抒，女性仿佛天生更胜一筹。2022 年陆少平出版诗集《练习曲》（人民文学出版社），放眼日常，赋予生活以温情诗意，把诗思投入《玻璃器皿》，道给秋夜与冬雪，说给《下午四点的雨》，一事一物，皆有所期；作为"90 后"的后起之秀，陈陈相因于 2022 年荣获第十二届复旦大学"光华诗歌奖",始终坚守在诗歌现场的她,在《"她者"的启示》一文中对"90后"女诗人及其创作抽丝剥茧,带来了新鲜的力量与"青年经验";女诗人潘虹莉在《安德烈的小镇(组诗)》中展现陌生之缘的威力:"我像失忆的人,那么容易爱上别人/那些与我擦肩而过的人,那些/给过我温暖的人,我那么/容易爱上他们,爱上他们的不可能。"女诗人梁潇霏在《家乡的雪》中寻觅家乡亲缘:"谁就回到了家乡/回到了朋友们的中间。"女诗人左远红在《站在过道的镜子前》一诗中寻访遥远而未知的神秘:"她有自己的名字啊,她的名字叫雪/三十年前,她给我写信的落款就是这个字。"寻觅一股时光暖流,流过岁月,淌进心底。

三 温情在地域书写中遁形

生长之所将永远是钟情之人最想守护的软肋,地域书写也将是展现诗人独特诗歌品质的最好的范本。漫长的冬季、无瑕的白雪、豪放的山水、广袤的黑土地……一以贯之的"冷峻"主色调反复申明着龙江特色,环境上的"物极"造就性格上的"必反",因为自己淋过雨,所以想给别人撑把伞,为此,龙江诗人们总是竭力在诗行中传递情与暖。在地域书写与亲近自然中体认温情,龙江诗人的诗作一定是少不了的见证。

诗人宋心海十年磨一剑,携诗集《卜水者》重回诗歌现场,载誉颇丰,该诗集荣获首届"黑龙江文艺大奖"(2022)。其对生长之所的留恋之情常常在精心构思的诗行中悄然流露:"家乡的山冈,最安稳的座椅/每次临水而坐,都感觉/进入了一座宫殿/我和风都是这里的仆人。"这份甘心,无疑是最令人动容的地域温情;2022年诗人曹立光出版诗集《喜鹊邻居》(人民文学出版社),以油城大庆为出发点进行多角度观察,进而触动思考,凝练诗行,阿木塔、大庆博物馆、龙凤湿地、黎明湖畔……凭借地域深情为家乡的每一处地标填写独一无二的诗歌注脚;霜扣儿在《故乡的白月光(组诗)》中隐匿故园深情:"多好的世界,多好的人间/白月光走在我的故乡/明明万籁俱静,却又深藏万物的诵唱。"袁永苹在《雪的承诺》中戴上冰冷的语言面具："这里的冬季如此漫长，/像历史，迟钝、含混而悲痛。/雪，这没完没了的诅咒/将变了形的语言撒下。"外冷内热，潜藏的同样是地域钟情；逯春生以一首《绥化放歌》（2022年10月18日《绥化晚报》）展现黑土地对其子民的滋养与儿女反哺的深情："大豆玉米开成绿色花/稻子在庆安的沃野长成甜甜的霞/北方的黑土地/每一株庄稼都如此美丽。""父母在过年有家/兄弟亲四海也不远/杯酒震得住江湖水/豪爽实在的绥化人。"带着自豪推介一个非一般的绥化。邢海珍更是用一篇《赤子之心，以灵魂拥抱故土》赞颂其故土深情，有诗有评，共同见证；张静波用一组《北纬45°的哈尔滨》极言哈尔滨的独特魅力；张永波在《入冬》中"困兽犹斗"："我们以举手表决的方式/留住一点绿色/这样春天就会有希望。"布日古德在《石子（外一首）》中表露心迹："我是一粒/亦大亦小的石子/静下心来挨着老祖坟/挨着一棵老榆树。"朴素之语里承载扎根乡土的守望；诗人阎逸以一首《松花江上》尽展思索："水不知道水的历史"，可诗人却深知地域对于江水性格养成的塑造之力；林建勋的兴安岭书写特色鲜明，家乡荣耀与地域情思深蕴其中；李一泰荣获第十届白天鹅诗歌奖全国诗歌大赛"十年功勋奖"，在他的诗歌《与黑土地相伴（组诗）》中，极言对黑土地的眷恋及仰慕之情："与黑土地为伴/我生命的整个过程/都有炊烟和稻穗的飘香。"鲜明的地域温情书写由此可见一斑；蓝格子在《谜底（组诗）》中诠释欲言又止："只有几棵玉米秸还站在广阔的空地里/坚持着。落日/隔着车窗，向西滚动/有什么，正从胸口不断涌出？"地域温情的抚慰之力总让人如鲠在喉。

诗人梁久明醉心乡土，用持续书写展现内心的钟情，他用一支细腻的诗笔赋予事物及生活场景以诗理，从《劈木头》中觅得踏实之道："还有什么漏洞？无论多么细小/都不敢马虎放过。"在《秋后的蚂蚱》中为一只小生灵力挽狂澜："在冻僵之前，他还要/谈一场恋爱。"2022年《诗探索》呈现诗人梁久明的专访，在访谈中他也直言生活与诗歌写作的紧密关联："生活孕育着诗歌，尤其是早年的生活，是诗歌需要不断挖掘的一座富矿，植根于生活的诗歌总是让人心里踏实。"正是凭借这种踏实的诗观，他以躬身实

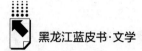

践在创作中不断走向生活，贴近生活，赞颂生活："我创作的诗歌基本来源于某个事或某个场景，也主要是通过叙事或描摹以呈现的方式表达，与其说表达的是什么发现，不如说是情怀，有时是对世间万物抱有的爱意和关怀，有时是内心深处美妙的感觉。"

除了关注到生长之所，诗思对于远方的钟情也从未减少半分。诗人鲁微不仅钟情于大兴安岭，更是凭借《天台七日（组诗）》荣膺第四届中国徐霞客诗歌奖特等奖，诗作中满溢的丰沛情感让人读来向往："如果某一天/注定要离去/每一颗无法寄托的灵魂/都该在这里静静地安放。"地域深情应是博大爱意的代称，不只爱自己脚下的故土，更是能以诗人之目光与思考放眼大千世界，进而让诗行见证优秀诗人的使命，也在其中倾注博爱温情。

地域深情里身影常新，2022 年开展的"党旗在龙江大地飘扬"主题征文活动涌现优秀的龙江诗人，综观获奖诗歌作品，无一不展现对龙江大地的倾心与故园情深：梁甜甜《黑土地与金色花》、石巍《我常常想起稻子》、刘心惠《谈谈春天，谈谈好天气》、杨海军《扶贫情》、庞景英《党旗在龙江大地上飘扬》、冷雪《等春风》、李波《旗帜》、王平《村支书》、张梦婷《故事》、李进才《春"燕"衔来好春光》、李洪波《"大白"胸前的那枚党徽》、李载丰《我们行走在龙江大地上》、姜钟晓《家乡颂歌》、包锡刚《出征》、何学明《老张》、臧洋《旗帜在飘扬》、王建岭《老党员是一面旗》。后起之秀奋勇向前，用片片诚心为诗歌烙上鲜明的龙江之印。

也许诗心如焰，时常会让诗人体会难耐的烧灼。2022 年，龙江诗人用诗歌之技呼应着诗歌之道，以此两全之法在诗行中架火，让靠近诗歌的人同样能体会一种温情的烧灼。他们用哲思之语营构温情，用亲缘之念传递温情，用地域之恋倾诉温情，用如椽诗笔谱就 2022 年龙江诗歌爱与美的温情长卷。"心似双丝网，中有千千结"，唯愿温情常摄人，进而念念不忘，必有回响，伴随龙江诗歌佳篇迭出，风采常新。

B.9
儿童文学：刻绘时代图景
写好龙江儿童故事

张珊珊*

摘　要： 2022 年的黑龙江儿童文学创作，秉持着儿童性、时代性与地域性的创作底色，以塑造中国美好儿童形象为创作旨归。较之上年，黑龙江儿童文学的文体类型更为丰富多元，成长小说取得新拓展，动物文学"走出去"成果卓著，图画书、儿童散文等之前发展相对薄弱的文体取得新突破，整体面貌呈现各文体均衡发展的态势；在主题内容、童书出版等方面彰显"本土化"自觉；"儿童文学的大庆方阵"文学品牌建设如火如荼，展现了别具特色的龙江风貌。

关键词： 儿童性　时代性　地域性　文体类型　文学品牌建设

　　"少年儿童是祖国的未来，是中华民族的希望。新时代中国儿童应该是有志向、有梦想，爱学习、爱劳动，懂感恩、懂友善，敢创新、敢奋斗，德智体美劳全面发展的好儿童。"这是习近平总书记对中国少年儿童的谆谆寄语，更是对新时代中国少年儿童的殷殷期许。黑龙江儿童文学作为黑龙江省文学创作的强项之一，聚焦现实主义，紧扣生态文明，关注儿童成长和美好未来，以儿童性、时代性、地域性为创作底色，以塑造中国美好儿童形象为创作旨归。2022 年的黑龙江儿童文学就其整体创作景观而言，创作力更为

---

　　* 张珊珊，黑龙江省社会科学院文学研究所副研究员，研究方向为现当代文学、东北地方文化。

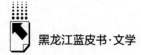

旺盛，文体类型丰富，在儿童小说、动物文学、童话等优势文体之外，图画书、儿童散文等之前发展相对薄弱的文体取得新突破。在主题内容、童书出版、文学品牌建设等方面彰显"本土化"自觉，展现了龙江儿童文学的别样风貌。

一　出版与评奖：彰显"本土化"自觉

黑龙江儿童文学省级出版与评奖，更为集中地彰显了一种"本土化"的自觉，对于助力儿童文学发展发挥培根铸魂作用，"培养担当民族复兴大任的时代新人"，形成了多方合力同频共鸣的文化场域与集体共识。在黑龙江省全民阅读工作领导小组、中共黑龙江省委宣传部最近两年发布的"龙江好书"推荐书单中，儿童文学都占有很大比例。"2022 年度黑龙江省'龙江好书'推荐书单"，从数千本图书中优选 14 部精品图书，其中儿童文学有 4 部：李少君、林翔的《中国有福：新时代地方童谣》，张菱儿的《爸爸的口琴》，刘兴诗的《古诗文中的科学》，刘慈欣、王晋康的《国际科幻大奖青少科学启蒙系列》。《巨熊卡罗》（左泓）、《男孩子的河流》（任永恒）荣获首届"黑龙江文艺大奖"。

黑龙江本土出版社持续为儿童文学发展助力，助推黑龙江儿童文学创作与出版再创佳绩。黑龙江教育出版社出版的《长毛象生态童话系列——复活的猛犸象》（王如）和《魔术师有三只手》成功入选 2023 年首届千校荐书"百部童书榜单"。第九届"上海好童书"，全国共 30 种童书入选本届榜单。其中，黑龙江教育出版社的《长毛象生态童话系列——复活的猛犸象》（王如）、黑龙江少年儿童出版社的《爸爸的口琴》（张菱儿）、黑龙江美术出版社《安徒莫日根——赫哲族英雄传说故事》（丁思尧、赵玉琢主编）、黑龙江科学技术出版社的《年轮的故事：变变变》（胡娟）成功入选。黑龙江出版传媒股份有限公司大力加强黑龙江儿童文学重点出版项目建设，《写给孩子的自然灾害科普书》（4 册）6 种图书入选 2022 年度国家出版基金资助项目。《中国冰雪儿童文学》等 31 种图书和数字出版项目入选 2022 年黑龙江省精品出版工程。少儿科普图书《我的小情绪》（10 册）版权成功输出越南，科普绘本《小笨熊这就是数理化（12 册）》入选 2022 年全国优秀科普作品。黑龙江科学技术出版社精心打造少儿科幻产品线，以优秀少儿科幻作品向广大儿童、青少年传播科普知识，帮助其锻炼科学思维、培养创新力和想象力，以图书和数字产品双轨模式，深入贯彻落实《全民科学素质行动规划纲要（2021-2035 年）》，加快推动前沿科技创新成果与文学科普的深度融合转化。2022 年 6 月，黑龙江科学技术出版社策划的"让未来照进现实，给想象插上翅膀——以青少年科幻提升青少年科学素养"专家沙龙活动成功入选中国科普作家协会"2022 年度科普中国专家沙龙系列活动"。黑龙江科学技术出版社制作的科幻冒险小说《超侠恐小龙》系列图书（10 册），讲述未来世界中，一个勇气少年与恐龙、外星人、异能人、机械怪等小伙伴踏上了一段充满坎坷和悬疑的冒险之路，并逐步了解了世界的真相。大量科普知识、中国传统文化贯穿文本，具有极强的科学性。

由中共黑龙江省委宣传部等发起，中国儿童文学研究会、黑龙江出版传媒股份有限公司主办的"第二届大自然原创儿童文学作品征集活动颁奖典礼暨第三届大自然原创儿童文学作品征集活动启动仪式"惊艳亮相第二十九届北京国际图书博览会（BIBF）。"大自然原创儿童文学作品征集活动"是国内首个从专业聚焦的角度设立的垂直型奖项。该活动旨在通过儿童文学这一表达形式，帮助广大儿童及家长树立敬畏生命、爱护自然、热爱生活的良好观念，为社会的和谐发展奠定良好基础，推动儿童文学创作进一步繁荣。本次活动截至 2022 年 6 月 27 日，共收到来自全国各地的作品 400 余部。历经三轮评审最终评选出，文字作品"鸿雁奖"1 个，鹿鸣的《鄂温克草原》；"黑熊奖"2 个，廖少云的《群山静寂》、张菱儿的《再勇敢一次》；"白桦奖"5 个，张琳的《沙娃娃的万花筒》、涂元伟的《如果来日方长》、曾志宏的《山精灵》、许俊文的《北上的象群》、周国恒的《夏天的暴风雪》。图画书"风信子奖"1 个，黄奇伟的《小木木》；"薰衣草奖"4 个，李姗姗、陈松的《我和爷爷的森林》，李海生、齐海潮的《还想做什么》，彭柳蓉《虎》，翟英琴、胖蛇《葵花跳跳》。另有 13 部优秀作品收录

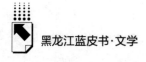

大自然文库。

2022年8月，黑龙江美术出版社副社长胡亮亮在《文学报·中国童年》刊发《聆听赫哲语故事中的经典性与世界性》，黑龙江教育出版社社长、总编辑侯擘刊发《黑土地上的童书创作》，两篇文章分别从保护传承赫哲族少数民族文化与挖掘本土地域文化资源等角度，共同表达了未来"将地域性儿童文学的策划和出版工作坚持下去，继续挖掘本土创作资源，以多种题材将美丽的黑龙江讲给孩子们听，为黑土地上的儿童文学持续健康发展尽一份绵薄之力"① 的出版初心与发展目标。可以预见，具有高辨识度与鲜明地域文化特色的黑龙江儿童文学，将有着更为璀璨的发展前景。

二 图画书与儿童诗歌：中华优秀传统
文化的创新性表达

"图画书"是儿童文学非常有代表性的文体，是深受儿童喜爱的"视觉化文本"，是最能调动儿童感官的艺术，英文称为"Picture Book"，日本称作"绘本"。"图画书是以儿童为主要对象的一种特殊的儿童文学样式，是绘画和语言相结合的一种艺术形式。它的基本特点是以图画为主，文字为辅，文字大都简短、浅近。"② 原创图画书创作是本年度儿童文学创作的一大亮点，较之以往相对滞后的发展局面，在创作人数、作品数量、文本质量方面，都有很大提升，这也从另一个侧面说明，中国本土原创图画书的勃发上扬之势对边疆地区具有辐射带动作用。"承载和传递各个国家与地区，各民族的多元文化，是世界图画书创作的重要价值取向与趋向，也是中国图画书走向世界的基础条件与优势。"③ 2022年度黑龙江儿童文学图画书与儿童诗歌创作的一大亮点，是对中国元素的呈现与表达，汲取中国传统文化的因子，以图文并茂又易被儿童接受的表达方式将中华优秀传统文化予以创造性

---

① 侯擘：《黑土地上的童书创作》，《文学报》2022年10月20日，第10版。
② 王泉根主编《儿童文学教程》，北京师范大学出版社，2009，第253页。
③ 陈晖：《中国图画书创作的理论与实践》，湖南少年儿童出版社，2020，第80页。

转化与创新性发展，既秉承民间艺术的传统又有现代绘画意义的创新，具有浓郁的中国特色和龙江风情。

边庆祝的《儿童戏曲故事启蒙绘本系列》取材自中国经典戏曲文本《真假美猴王》《花木兰》《穆桂英挂帅》《三岔口》《空城计》《白蛇传》《霸王别姬》《苏武牧羊》8部作品，是专为3~12岁少年儿童进行戏曲启蒙和欣赏阅读的中国戏曲启蒙故事绘本。作品色彩斑斓，精美华丽，通过图文叙事的视觉化讲述方式，令小读者沉浸式感受精巧的戏曲故事、华美的戏曲服饰与精美的人物脸谱，将大美国粹春风化雨般融入儿童的日常生活，继而让小读者深刻体悟中国传统文化的博大精深、中国传统艺术的瑰丽多姿，在润物无声中传承东方美学，育化儿童心灵。

由丁思尧、赵玉琢主编的图画书《赫哲族英雄传说故事》（全7册），包括《希尔达鲁莫日根》《安徒莫日根》《满都莫日根》《香叟莫日根》《希特莫日根》《木都力莫日根》《沙伦莫日根》，故事以传诵在黑龙江流域的世界级非物质文化遗产赫哲族英雄史诗"伊玛堪"为前文本，创造性传承中华优秀传统文化与龙江特色地域文化，让儿童从图画书中感受到中国表达的丰富与深刻。本套丛书入选"国家民文出版资助项目"，其中《安徒莫日根》入选第九届"上海好童书"，《安徒莫日根》《沙伦莫日根》《希尔达鲁莫日根》入选"中国经典民间故事动漫创作出版工程"等国家级项目。

由格日勒其木格·黑鹤著、李赞谦绘的《黑龙江正在说》作为"美丽中国·从家乡出发"系列图画书之一，是"十三五"国家重点出版物出版规划项目、2019年主题出版重点出版物，中宣部审定的收藏级中华民族人文科普启蒙读物。文本以"黑龙江"第一人称的口吻和日记的形式，带领小读者走进龙江四季，介绍黑龙江的自然奇景、现代化建设、风土人情，带领读者走进黑龙江，了解黑龙江，培养儿童的家国情怀。

本年度的图画书还有"梁晓声亲子半小时美绘本"，这是梁晓声专为3~6岁儿童创作的美育图画书，包括5部独立的短篇童话故事：《花花和它的花儿》（乌猫绘）、《葵花王子》（赵光宇绘）、《小海燕历险》（麻辣蒲蒲

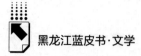
子绘)、《草上飞的故事》（左近绘）、《一天上午的声音》（个桂圆绘）。作品以小橘猫花花、小黑兔、小海燕、小乌龟、小青蛙等小动物为主人公，讲述了坚持的故事、接纳的故事、勇敢的故事、友爱的故事、比赛的故事，作者通过惟妙惟肖的描述语言，抓住儿童的心理特征与兴趣爱好，用寓教于乐的方式，在孩子心里种下善良的种子。本系列作品，画面五彩斑斓、构图精妙，将教育性和趣味性融为一体，充满审美质感。由黑龙江教育出版社出版的《儿童成长守护系列绘本》之《魔术师有三只手》，入选2023年首届千校荐书"百部童书榜单"，讲述了魔术师叔叔经常会使用"魔术道具手"跟故事中的主人公一山开玩笑，一山发现了叔叔的魔术假手，并发现叔叔拥有"勤洗手"的良好的卫生习惯。一山通过和叔叔一起玩"用手"游戏判定叔叔的魔术假手从而赢得游戏。通过绘本故事向儿童传达平时要养成勤洗手的好习惯的理念。

儿童诗是最为切近儿童本心的文体样式，"温柔敦厚，诗教也"的诗教传统更是古已有之。由李少君主编、林翔编绘的新时代地方童谣《中国有福》，由黑龙江少年儿童出版社出版。本书包括"北京元素、大美龙江、吉祥之地幸福长、辽宁自逍遥、福到天津、黄河绿 酒飘香、新疆亚克西、宁夏川、青海青、兰州谣、三秦颂、西藏谣、巴蜀谣、说山城、在瀑布拥抱的贵州、春城谣、山西是个宝、春风今朝过燕赵、齐鲁谣、河南歌、皖南童调、秦淮流芳、外滩谣、湖北谣、潇湘新曲、秀美庐山、西湖之水、默娘、台湾岛、八桂谣、说三亚、广州塔、香江之歌、大三巴牌坊"34首童谣，以中国23个省、5个自治区、4个直辖市和2个特别行政区，共34个地域的美好生活和民风民俗为歌颂对象，根据不同地域文化特色设计的34个"福"字作为封面和每首童谣的插图，旨在反映新时代带来的人民社会生活的新变化，寓意人民幸福，中国有福。特别值得一提的是，"福"字是由著名设计师林翔编绘的，他曾担任中央电视台《国家宝藏》栏目的签约设计师、故宫文创项目艺术顾问等职，善于表现中国传统文化。全书配图的中国红"福"字，设计匠心独运、构思精妙、意蕴深远。例如，北京"福"的设计元素为京剧脸谱和北京故宫，黑龙江"福"的设计元素是索菲亚教堂和冰雪，香港"福"的设计元素是维多利亚港和紫荆花，"福"字丰富的文化底蕴与朗朗上口充满节奏感和韵律感的儿童歌谣完美融合，在童趣童真中传承中国艺术传统。

三　成长书写：新发展与新作为

四获"全国优秀儿童文学奖"的常新港，是儿童成长小说的顶流作家，是黑龙江儿童文学发展史上的里程碑。多年来他不断突破自我，从成长小说到幻想文学、动物小说，从北大荒到大都市，他以不断拓新的作品内容和文体风格，践行着鲁迅的"为了新的孩子们，是一定要给他新作品，使他向着变化不停的新世界，不断地发荣滋长的。"不变的是，他以深刻的儿童本位意识、深沉的悲悯情怀，直面少年成长的困境与褶皱，关注边缘儿童，从身体到心灵引领少年儿童实现成长的突围。常新港本年度贡献了两部长篇小说和两部中篇小说新作。长篇小说力作《一万种你》以二十几个有名有姓的孩子群像作为千万孩子的成长缩影。小说的"特别之处表现为对长篇儿童小说艺术中的人物塑造、语言风格、结构形式等的新拓展。使得这部小说虽然选材于今日儿童所熟悉的日常生活内容……但在思想意蕴上则具有相当深邃的现代意识"①。其另一部长篇小说《开往梦草坊的列车》是一部关于心灵成长的小说。一个疏离周围环境孤独的女孩，偶然坐上一列驶往神秘地方的列车，这次心灵之旅使她打开心扉，获得重生。作品观照到心灵受伤的孩子，如何完成从身体到心灵的成长和救赎。"青崖少年文丛"《我心苗壮》《庄稼伟大》，是常新港中篇小说新作，适读年龄 8~14 岁。《我心苗壮》讲述了青春期少年樊冰试图用沉默不语、讽刺挖苦等逆反行为对抗大人，结果却失败了，直到遇到坚强懂事的同校女生陈影，在她的帮助下终于打破代际隔膜。《庄稼伟大》描写了金沙农场几个孩子的成长故事，他们像庄稼一样

---

① 徐妍：《用心"理解"儿童——读长篇儿童小说〈一万种你〉》，《光明日报》2023 年 5 月24 日，第 14 版。

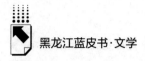

蓬勃生长，却又像沙果树一样长大后离开，只有"大胃"还在种地，却成为大家最深的思念和依恋。

品质历经时间考验，文学作品经典化的过程需要名篇佳作历史性地持续传播，常新港名篇再版的经典传播，本年度主要有以下力作。"少年的你·成长派系列"适合10~16岁少年儿童，包括长篇小说《我们》《空气是免费的》《伤花落地》《笨狗如树》，作品以广阔的社会视角展现了都市校园和乡村孩子成长生活的喜怒哀乐。"致敬经典：儿童文学名家精选丛书"短篇小说集《麦山的黄昏》是专为6~12岁小读者打造的优秀读本，是一套引领孩子热爱阅读、陪伴孩子成长的经典读物，收录了《咬人的夏天》《迷途的故事》《火》《荒火的辉煌》《冬天里的故事》《化妆的冬天》《光明树》《血肉故乡》《雪幕的后面》《一九六九年的雪》《球王龙山》《山那边，有一片草地》《北大荒的声音》《一个普通少年的冬日》《白山林》《麦山的黄昏》《独船》17篇经典短篇。此外，还有全国优秀儿童文学奖获奖作家书系，长篇小说《狂奔穿越黑夜》；全国优秀儿童文学大奖书系，长篇小说《陈土的六根头发》；新时代儿童文学获奖大系，长篇小说《尼克代表我》。另外，朝鲜文版"常新港动物小说系列"是一套以动物为主角的幻想文学，包括《了不起的变身虎》《土鸡大冒险》《爱唱歌的大嘴牛》《兔子英雄灰灰》，由延边人民出版社出版；维吾尔文版《我想长成一棵葱》（历年《大众喜爱的50种图书》文学作品译丛）由新疆文化出版社出版。

有生命质感的成长书写，离不开现实主义的创作底色，黑龙江儿童文学作家以饱满的社会责任感，以儿童文学参与当代叙事，展现真实的社会图景，砥砺生存意志。著名儿童文学作家、编剧、导演左泓的《遇见你》，以真挚细腻的笔触描写了援藏教师依竹和同学们发生的平凡感人故事。一场自行车追逐赛，让洛桑提前认识了来洛瓦镇支教的依竹老师，在依竹老师的温柔感召下，洛桑从一个羞涩的少年成长为合唱团的骨干力量。合唱团在大家的共同努力下走出乡村，大放异彩。不幸的是，学生们最敬爱的校长却发生了意外，面对可爱的同学们，依竹老师毅然决然留在了这里。作品人物塑造立体生动，有温柔坚毅的支教女老师依竹，果敢机智的藏族男老师索朗和性格各异的洛桑、扎西等学生形象，故事表达细腻感人，读者在润物无声中感受偏远地区孩子们的天真可爱和教师的大爱情怀。

陈伯吹国际儿童文学奖、黑龙江"萧红青年文学奖"获得者秦萤亮《春水煎茶》的成长书写堪称惊艳。故事篇幅短小，构思精妙，以真切细腻的笔触用寥寥几千字，写生死写别离，写尽七八年间少女小山从小学时爸爸再婚到高二时妈妈重病将逝的艰难成长。作者以娴熟的叙事技巧，建构起残酷青春的现实空间和以茶为隐喻的心灵空间，以小中见大的深意，在多重叙事空间中铺陈情绪，令两个对立空间实现完美融合，文本丰富的层次感油然而生。作品语言清丽淡雅充满中国风韵，对茶道（心灵）空间古典主义的美学表达，冲淡了现实空间的沉重悲伤，令这个发生在荒寒北国的悲凉故事，在茶香缭绕中哀而不伤，呈现恬淡安宁的氛围，是一篇儿童性、文学性与艺术性兼具的短篇佳作。作品集《时间的森林》汇集了秦萤亮各类风格的代表作，包括《时间的森林》《礼物》《莫比乌斯少女》《精灵图书馆》《洪荒故事》《百万个明天》等，展示了她文学创作的探索历程和丰富多元的创作主题。

多样的成长书写，还有经由美好故乡培育爱国情怀的迟慧《我和我的家乡》，作品由 6 名孩子和各自家乡的故事组成。孩子们的家乡有的在已脱贫的大凉山，有的在游客都流连忘返的西安，有的在鱼皮画的故乡松花江畔……不同的故事共同展示了新时代祖国的时代风貌和少年儿童的家乡情、爱国情，让小读者在阅读的过程中，切身体会爱人、爱己、爱家乡的思想感情。陈伯吹国际儿童文学奖得主任永恒的儿童长篇小说《表针停摆的世界》，讲述了一个小学生无意中闯入一个没有时间流动的"天坑"世界，两个小朋友互为镜像世界，一个想见识外面的世界，一个想要没有时间的生活，在彼此的投射中找寻成长的意义，充满哲思的况味。"90 后"作家常笑予的成长书写以幻想故事和鲜明的"自我"意识为特色。其长篇小说新作《多奇的世界》通过充满想象、构思巧妙的悬疑故事，刻画了一个叫林多奇的男孩，追随蛛丝马迹和小伙伴踏上了一条奇幻的解谜之旅。小说把孩子成长中的迷茫和好奇具象化为另一个世界，而抽丝剥茧揭秘真相的过程，就是一次成长的蜕变之旅。

非虚构写作是近年来较为流行的写作风尚，儿童散文以兼具个人性、真实性、自由性和趣味性的文学表达丰富着儿童文学的创作花园。《慈母和我的书》是茅盾文学奖得主梁晓声献给孩子们的成长散文集，作品从"家庭与成长""人物与社会""动物与人生""意义与价值"四个维度选本，在给孩子讲述历史与故事的同时，引领孩子面对成长中的窘境，树立正确的人生价值观。散文集中《父亲的演员生涯》《大象小象和人》《老妪》《我与儿子》《心灵的花园》等 37 篇文章入选中小学语文教材和考试试题。彩色插图版"梁晓声作品精选：少年版"包含《老水车旁的风景》《种子的力量》《慈母情深》，以散文和短篇小说为主，作品语言朴实，情感深切，思想深刻，字里行间是真挚的泪与笑，是严肃动人的思考和体悟。作品体现了深厚的亲情，也含有对社会现象的思考和深切的人文关怀，给小读者的心灵种下善良、坚强、尊严等美好的种子，对提升小学生写作能力和文学启蒙具有现实意义和指导价值。

四 动物文学："走出去"的中国风景

动物文学是儿童文学的标志性文体，"动物小说之所以比其他小说更有吸引力，是因为这个题材最容易穿透人类文化的外壳、礼仪的粉饰、道德的束缚和文明社会种种虚伪的表象，可以毫无遮掩地直接表现丑陋与美丽融为一体的原生态的生命。"[①] 以蒙古族自然文学与儿童文学作家格日勒其木格·黑鹤为代表创作的动物小说是黑龙江儿童文学的标志性文本。黑鹤作为动物小说新一代的领军人物，随着作品《黑焰》《鄂温克的驼鹿》等接连获得国际奖项，将黑龙江的动物小说创作从经典化带到国际化的新高度，其作品展现的独树一帜的审美风貌与承载的"生态中心主义"的价值观，使之

---

① 沈石溪：《残狼灰满》，中国作家出版社，1997，第 6 页。

成为各大出版社争相出版的热门。据"国家出版发行信息公共服务平台"检索结果，在 2009~2022 年出版的 835 部动物小说中，黑鹤的作品多达 140 余部。

黑鹤是黑龙江儿童文学"走出去"的重要代表作家。2014 年，在意大利博洛尼亚国际少儿图书博览会上，"黑鹤动物文学"系列、"黑鹤动物文学美绘版"系列、《动物小说名家系列：琴姆且》等作品惊艳亮相，并获得 2014 年"经典中国国际出版工程"翻译资助，成为博览会上一道绮丽的中国风景。"黑鹤动物文学"系列，是一部由天边的篝火和北国浩荡的风涛谱写而成的草原史诗，书写了雪域高原蒙古族的旷野传奇；"黑鹤动物文学美绘版"系列配有精美插图，专为 7~9 岁儿童创作；《动物小说名家系列：琴姆且》描写了蒙古草地牧羊犬琴姆且跌宕起伏的一生，充满了草原山林原生态的野性气息。2020 年，黑鹤的图画书《鄂温克的驼鹿》入选第一届"中日韩三国分会共享书单"，"中日韩三国分会共享书目活动"由国际儿童读物联盟中国分会（CBBY）、国际儿童读物联盟日本分会（JBBY）及国际儿童读物联盟韩国分会（KBBY）联合发起，每年确定主题，经由各个国家推荐图书，目前已举办三届。

2022 年 9 月 25 日，俄罗斯"中国文学读者俱乐部"在中国作家协会、中国接力出版社和俄罗斯儿童时光出版社的支持下，在线举办了中国作家黑鹤的长篇小说《黑焰》俄文版首发式。[①]《黑焰》是黑鹤的第一部长篇动物小说，自 2005 年出版以来，获得国内外众多重要奖项，包括第十五届冰心儿童文学奖、第七届全国优秀儿童文学奖、第三届"比安基国际文学奖"小说大奖等，国内累计销量 35 万册，版权输出至世界多个国家和地区，现已被翻译成法语、英语、韩语、阿拉伯语、德语、越南语、尼泊尔语、俄语等多种语言，是中国自然文学成功"走出去"的重要作品之一。《黑焰》作为俄罗斯儿童时光出版社出版的第一部中国文学作品，标志着中俄儿童文学

---

① 《俄罗斯"中国文学读者俱乐部"在线举办黑鹤长篇小说〈黑焰〉俄文版首发式》，http://www.chinawriter.com.cn/n1/2022/0926/c404090-32534337.html。

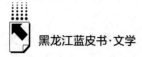

交流进入了新的发展阶段。

本年度黑鹤的创作如下。原创首发的中篇小说《驯鹿营地的驱熊犬》，小说以细腻生动、苍劲有力的笔触，展现了广袤的大兴安岭森林深处，鄂温克驯鹿营地中两代驱熊犬协助狩猎、护卫营地的英勇一生，表达了对生命与忠诚的礼赞。黑鹤影像故事《小狗的旅程》采用真实的镜头语言，纪实性讲述了一只小牧羊犬从草原去往森林的旅程。作品采用多重工艺的大 12 开精美装帧，每一幅图片又是艺术性颇高的摄影作品。《森林深处的故事》是绿刺猬生态儿童文学丛书中的一本，为 7~15 岁儿童创作，包含《犴》《美丽世界的孤儿》《驯鹿之国》3 部作品，讲述了在远离都市的大兴安岭莽莽林海深处，驼鹿、驯鹿、狼、熊等各种野生动物与鄂温克人共享自然的神秘故事。专为 5~8 岁儿童创作的桥梁书"黑鹤童年里的动物故事"（注音版）全 4 册，包括《驯鹿的脚印》《我的牧羊犬》《和麻雀做邻居》《草原巧克力》《驯鹿营地的驱熊犬》，每册都是独立的短篇故事，本系列用诗意的文笔、真挚的感情描绘了人与自然、动物的联系，传递每一个自然生灵都是平等的和尊重自然的理念。活泼明快的水彩插图展现了大自然的野性与美好，有助于培养孩子的想象力。中小学课外阅读指导丛书《黑鹤动物小说集》收录《甘珠尔猛犬》等 11 篇动物小说，采用读前名师导读、读中监测阅读习惯、读后有所获有所用等先进阅读理念，指导儿童阅读。儿童短篇小说集"黑鹤给孩子的生命智慧"系列围绕少年群体成长中的忠诚、爱、勇敢、机敏、坚韧五个主题精选的动物小说，包括以"机智和坚韧"为主题的《冰上的狼辙》、以"爱和感恩"为主题的《穿越世界的呼唤》、以"忠诚和敬畏"为主题的《天鹅牧场》、以"自由和责任"为主题的《迎风的白影》、以"忠诚和勇气"为主题的《暴风雪中的等待》。中短篇作品集"神奇动物系列小说"，包括《克尔伦之狐》和《睡床垫的熊》。大自然无国界，以生态系统整体利益为最高价值的生态观，具有超越性，黑鹤的动物小说故事精彩，文字有力，意蕴万千，相信未来在更高更大的舞台也能看到黑土地"走出去"的大自然作家的身影。

五　文学品牌建设："儿童文学的大庆矩阵"

大庆市儿童文学协会作为黑龙江省第一家儿童文学协会，自2018年6月成立以来，一直以高质量、多元化的创作实绩在儿童文学的舞台熠熠生辉。以大庆市儿童文学协会主席王如为领军人物，以黑鹤、王芳、秦莹亮、木糖、赵春宏、初八、隋荣等为代表的大庆儿童文学作家团队系列化、主题化作品的推出，标志着黑龙江儿童文学步入"集群式"创作、品牌化发展的新模式。如为庆祝建党百年创作的红色少年儿童群像的"少年英雄红色儿童小说系列"、为庆祝新中国成立70周年及油田发现60周年打造的"油娃成长儿童小说系列"、为助力地方文旅产业发展创作的"冰雪童话系列"和"长毛象生态童话系列"、为关爱特殊儿童群体打造的"温情疗愈儿童小说系列"、具有新突破的"花鸟鱼虫童诗系列"等长篇小说、长篇童话、儿童诗集和图画书150余部、电视剧20集，一系列多元主题作品的推出为大庆儿童文学作家走向全国奠定了坚实基础。

上海大学创意写作博士生导师、鲁迅文学奖获得者、著名儿童文学作家谭旭东，把大庆儿童文学作家队伍称为"东北军"①。短短几年间，大庆市儿童文学协会发展会员341人，其中，中国作家协会会员9人、中国儿童文学研究会会员23人、中国纪实文学研究会会员12人、黑龙江省作家协会会员39人、黑龙江省科普作家协会会员9人。大庆市儿童文学协会的快速发展离不开协会首任主席王如的统筹规划、匠心设计，也离不开协会成员的同心合力。王如作为儿童文学的跨界作家，是创作的多面手，在小说、诗歌、报告文学、电视剧等方面皆有成就。这也使得协会发展不拘泥于单纯的优质作品输出，也包括打造儿童文学的新媒体矩阵、"童话之乡"文旅发展等多样态、多面向的黑龙江儿童文学发展新格局。

大庆儿童文学协会还非常注重培育文学新秀，系列作品大多采用名家领

---

① 谭旭东：《产业调整期的稳定发展：2018年童书出版观察》，《编辑之友》2019年第2期。

航、培育新人的二级创作梯队方式，为黑龙江儿童文学新人的茁壮成长创造有利条件，为黑龙江儿童文学创作队伍的蓬勃壮大储备生力军。

大庆儿童文学协会注重现实主义题材创作，在展现当代儿童多姿多彩的现实生活中，令儿童感受精神成长的力量。"东方儿童文学网"是大庆市儿童文学协会创办的东北首个儿童文学新媒体阵地，通过搭建线上、线下互动平台，举办征文大赛、专题采访、集体采风、文学沙龙、儿童诗会、理论研讨、扶贫助残、投身抗疫、以文促旅等丰富多彩的文化活动，助力儿童文学阅读推广。2021年，林甸县依托协会优异的创作成果和首届"林甸童话节"开幕式暨首届"林甸杯"全国儿童文学大赛等活动的圆满举办，成功入选"中国童话之乡"，为实践全域旅游和童话旅游等文创产业的未来发展奠定良好基础。

2022年大庆儿童文学协会佳作不断，出版有"常春藤儿童文学馆"长篇小说系列：王如的《大瑶山的孩子》是一部关于成长与传承的小说，讲述山村女孩金秀儿在支教老师陆瑶瑶的帮助下重返学校，并成为民族优秀文化传承人的故事；王芳的《爸爸的森林》是关于逃离城市的8岁女孩雨濛，最终在爸爸的木屋森林重新找回自己的故事；初八的《小茉莉的布衣骑士》讲述了两个小学生——爱做梦的小女孩茉莉和有骑士梦的男孩哑树，经历磨难终于用爱感化大脚趾魔王，最终唤醒大人们失去的童心的有趣故事。"史记帮忙馆"中篇小说系列，是专为小学一二年级学生打造的课外读物，融科幻与历史于一体，以古人穿越到当代校园，帮小朋友解决成长的烦恼为主线，包括王如的《"全优小宝"变形记》、王芳的《谁来当班长》、木糖的《闪亮吧，小星星》等作品。特别值得一提的是，秦萤亮的《春水煎茶》荣获第十一届"周庄杯"全国儿童文学短篇小说大赛特等奖。光明网《博览群书》"六一"专栏"拾起童心"，推出王芳的《床头有〈瓦尔登湖〉，心头有〈爸爸的森林〉——"拾起童心"之一》、秦萤亮的《我想知道人能达到的远方有多远——"拾起童心"之二》、木糖的《我没有孩子，但有〈甜孩子〉——"拾起童心"之三》和王如的《一次特殊的旅行与〈大瑶山的孩子〉——"拾起童心"之四》，从不同角度讲述了儿童文学作品创作动机的来源，为下一步大庆市儿童文学创作的高质量发展明晰了创作初心。

党的二十大报告提出对"时代新人"的培养；《中国儿童发展纲要（2021—2030 年）》专门提出"加强亲子阅读指导，培养儿童良好阅读习惯"；《义务教育语文课程标准（2022 年版）》提出课外阅读总量不少于405 万字。这些举措都指向需要有高品质的童书创作，帮助儿童"扣好人生第一粒扣子"。期待黑龙江儿童文学的前辈作家再续经典，后起之秀更上一层楼，前浪作家、后浪作家一起扎根龙江大地，共同绘就黑龙江儿童文学"稻菽千重浪"的丰收胜景。

B.10

影视文学：讲述龙江故事
展现中国之治

丁　媛*

摘　要： 2022 年的黑龙江电视剧创作在主题表达、形式创新、观众服务
意识以及工业化生产能力方面都获得了明显的提升，对当下的人
民生活做出崭新的书写。电视剧《人世间》书写了改革开放历
史，以文学形式回应了东北振兴重要战略；《超越》《冬奥一家
人》对世界级的体育盛事做出积极响应；《青山不墨》热情地讴
歌了三代林区人对大山、对祖国执着热爱的不渝初心；网剧
《摇滚狂花》在创作上的创新尝试为破解女性题材作品遭遇的困
境提供了思考的空间；电影《海边升起一座悬崖》则运用中国
元素表达了共通情感。

关键词： 百姓故事　冬奥题材　女性创作

2022 年是我泱泱大国迈出雄健步履、昂首阔步追逐复兴之梦的第十
年，也是中华民族开启第二个百年奋斗征程之年。2022 年的黑龙江电视
剧创作在主题表达、形式创新、观众服务意识以及工业化生产能力方面
都获得了明显的提升，一批在风格呈现、类型展现、题材书写等方面均
有不同程度突破的优秀剧作跃然荧屏，如年度爆款现实主义题材巨著
《人世间》、聚焦短道速滑以弘扬冬奥精神的《超越》《东奥一家人》、反

---

* 丁媛，黑龙江省社会科学院文学研究所助理研究员，研究方向为影视文化、地方文化。

映东北林业生态文明建设的主旋律佳作《青山不墨》等。这些剧作深植于新时代中国社会文化发展的崭新境遇，通过一个个龙江故事的精彩讲述，自觉承载起了反映时代巨变、弘扬中国之进、表达人民心声的艺术使命。这些龙江电视剧创作以历史真实为底色，立足现实，在审美规律的探索上孜孜不倦、求索创新，不仅于主流话语和商业话语之间达成了某种契合，也满足了观众的期待，构成了中国电视剧由高原向高峰抵达的重要力量。

2022 年对于中国电影来说，堪称"低谷期"。在多重因素制约下，2022 年度中国电影产量下降，电影市场急剧萎缩，已经蝉联两年全球第一的中国电影市场被北美市场取代。可以说，对于中国电影人来说，2022 年度极不友好。黑龙江的电影创作虽然也不容乐观，表现却还可圈可点。这一年，新锐导演哈尔滨人陈剑莹执导的《海边升起一座悬崖》获得第 75 届戛纳国际电影节短片金棕榈奖，花香海外；乙福海的《永远的记忆之血战黎明前》延续了龙江电影创作始终坚守的抗战主题，作品在央视六套播出，是纪念中国人民抗日战争暨世界反法西斯战争胜利 77 周年、庆祝中国人民解放军建军 95 周年的主旋律献礼佳作，显现出深刻的社会意义和时代价值。

一　《人世间》：向善向暖，一路向前

2022 年新春刚过，央视综合频道在黄金时段重磅推出 58 集电视连续剧《人世间》，成为 2022 年的开年大剧。该剧甫一开播，即创下央视八年来收视纪录新高①，且在结局播出当晚，酷云等播放平台收视率破 3%。随着收视率的持续飙升，该剧同时引发社会热议，成为 2022 年的现象级作品。电视剧《人世间》改编自哈尔滨作家梁晓声历经数载创作的同名长篇小

---

① 王妍：《平民史诗〈人世间〉：一部新时代国民剧集的诞生》［EB/OL］，http：//www. artdesign. org. cn/article/view/id/64237，2022 年 3 月 27 日。

说。原著曾荣获第十届茅盾文学奖，为电视剧版的成功改编奠定了扎实的文本基础。《人世间》以东北某省会城市吉春为场景，以周氏三兄妹的人生轨迹为线索，从20世纪70年代的上山下乡运动开始行至改革开放后的21世纪，在历史发展的维度上从不同层面、多元视角描写了中国社会的快速发展和巨大变迁，以百姓史诗展现出转型中的中国社会波澜壮阔的发展历史。

（一）调亮生活的底色，做撑起人世间的脊梁

"草木会发芽，孩子会长大。岁月的列车，不为谁停下。"伴随着主题曲旋律的缓慢荡漾，《人世间》从家庭叙事的平凡空间向浪潮起伏的时代变化空间慢慢延展，在现实主义的叙事表达中向当代社会输入真诚的抚慰和充满能量的价值观念，以一种中国百姓特有的向善向暖的温情力量，令无数观众动容。

"于人间烟火处彰显道义和担当，在悲欢离合中抒写情怀和热望。"这是《人世间》原著的封面题词。"道义"和"担当"的突出无疑是对中国百姓应对生活的态度和逻辑的强调。朴素岁月的质感在日常流转的时光中显现，人间的沧桑于平凡岁月的流淌里消弭，人性的光芒在主人公以热切的情感拥抱生活琐屑和磨砺的过程中散发出来。题词中所蕴藉的上述格调在《人世间》的人物塑造和情节推进上充分体现出来。周秉昆是周家兄妹中最小的一个，他资质平平，不及哥哥位高权重，也不如姐姐才华横溢，普通得和电视机前的观众所熟悉的身边人一样，却是穿插编织起剧中父母亲朋、兄弟姐妹、邻里同事间所有关系网的关键人物。他没有远大的志向，也无需要建设的伟业，他只是陪伴着父母、照顾着家人、帮衬着朋友，做着最平凡的日常琐事。住大一点的房子、干有编制的工作、获得父亲的认可，这些都是他卑微的心愿。可是，刚刚住进大房子的喜悦还未散尽，房子就被房管局收回，一家人还要回到局促的原住地；兢兢业业爱岗敬业试图换来有编制的岗位更是一波三折；新春佳节全家团聚，哥哥姐姐是父亲的骄傲，自己的默默付出却被父亲忽略；在生活刚刚松口气的时候他失手致人死亡，银铛入狱；

含辛茹苦养大的继子年纪轻轻殒命他乡……观众们因周秉昆的遭际感慨、惋惜，却也不得不承认这一人物身上所折射出的自己的影子：普通平凡，忙碌却微不足道，不足以光耀门楣，不断遭受生活的鞭笞。但与此同时，他默默支撑起了一个家庭。周秉昆勤恳朴实甚至有些许懦弱，却在悄然间成为支撑人世间硬朗的脊梁！对这一人物的价值书写，梁晓声在《人世间》里没有如普通年代剧一般赋予他英雄的叙事，并以此与历史变迁融合交杂，而是通过对无数个周秉昆似的不完美、非传奇式的普通者的刻画，让观众从中获得共情。

《人世间》中富有悲情意味的叙事模式比比皆是：秉昆两次入狱、周母长达两年的不省人事、仕途平顺家庭美满的周秉义没有子嗣、舍家追爱的理想主义者周蓉遭遇丈夫背叛和女儿的不理解……这样的编排似乎暗含着作家对生活的认知：也许苍凉和遗憾造成的满目疮痍才是生活本来的样子！可是《人世间》的叙事并未沉浸于这种悲情而仅仅停留于赚取观众的眼泪，博取他们的同情，而是通过人物之于厄运的回应中所呈现出的向阳而生、向善向暖的选择表达出一种温暖又熟悉的生活态度。那就是看破生活的苦难底色，却仍旧挚爱，并愿为其添加别样的色彩！郑娟角色的塑造即是如此。她是《人世间》中最为聚焦人文关怀的女性角色。郑娟文化不高又遇人不淑，柔弱且有一定的依附性。但就是这样一位女性，却在爱人入狱后冬天卖烤红薯、夏天卖冰棍，用柔韧双肩挑起一家生活的重担，守护家人的周全。她面对生活不卑不亢，既能够接受朋友的帮助，也会在被需要时不吝于予人玫瑰。在《人世间》中，郑娟的形象是中国传统劳动妇女刘慧芳式的贤良淑德品质的典型代表。但观众予以这一形象的认同并非仅仅是同情、怜惜的情感，一句"别人能过得去，我郑娟也过得去"令观众震撼于其所表达出的良善和坚韧，即普通女性在生活重压下展现出的品质力量。应该说，如郑娟，如秉昆，这些极具个性的群像塑造，这些人物在生活历练中所呈现出的烟火气息和独有的人性光芒正是《人世间》对中国社会中人伦情感关系的典型写照，是作家对经历人生坎坷之后希望尚存、追求不懈的现实性内涵的真实表达。也正是源于这份对人心的真诚抚慰和深切关怀，《人世间》令

"70后""80后""90后"等不同年龄段的观众集体破防，引发了巨大共鸣。"电视剧的终极诉求即是正向价值观的导向力量。而这一诉求实现的前提是观众心理层面之于角色、情节、情感的认同。观众唯有愿意设身处地、感同身受，方可产生移情。"①《人世间》正是通过丰满精细的人物雕琢，孝悌伦常价值理念的输出所牵引出的一路向前的力量，满足了这一诉求。

（二）书写改革开放历史，以文学回应东北振兴重要战略

对于《人世间》的社会功能，作者梁晓声曾表达出这样的期待："给予当代年轻人以两方面的思考，一是关于善的教育；一是关于中国改革开放以来年轻人之于历史的认知。"② 可以说，前者已然通过观众对人物和情节的共情获得满足。而关于后者，《人世间》同样在历史长度的跨越和视野纵深的挖掘中，以普通人叙事的方式完成了对共和国半个世纪的转型历史的表述。尤其是在一组东北与深圳两个地域的起伏叙事中，共和国长子经济地位的衰落和经济特区的蓬勃崛起于电视的光影中清晰地展现了出来，堪称对共和国改革开放历史的总览性和完整性的表达。未经历史的年轻的观众正是在《人世间》所构建的"现实世界"里，通过似乎距离他们并不遥远的"五十年中国百姓生活史"的日常生活叙事，穿越岁月，在关于改革开放记忆的形塑中，形成对这段共和国宏阔历史的认知和了解。

《人世间》对共和国1969~2016年这段历史的表达基于如下的标志性事件形成的线索：20世纪六七十年代的知青运动、国家的大三线建设；70年代末期的恢复高考；1978年实行改革开放以及由此引发的诸多"阵痛"，如国企改制、官员腐败、工人下岗等。以上历史叙事线索的勾连在工人、知识分子、政府官员、企业家等社会不同阶层的人物面目的转换和命运的辗转中完成，共和国的转型历史也以周家这一寻常百姓家为圆心开始辐射，从冬梅父母这样的官员家庭，到工厂中的工人社群，再到整个"光字片"这些

---

① 秦俊香：《影视艺术心理学》，中国广播影视出版社，2018，第203页。
② 张涵：《梁晓声：用文字笑看人世间》，《新民晚报》2022年2月28日．https：//baijiahao. baidu.com/s？id＝1725954657768163381&wfr＝spider&for＝pc。

"泛家庭"的本位叙事。值得玩味的是，这些大的历史事项在《人世间》的平民视角下是"买得起自行车"和"找不回自行车"的欣喜和懊恼，是以之为家的工厂的倒闭、工友们的下岗等与世俗意义上的"好日子"密切相关的琐碎事件。这说明，作家在沉淀这段历史的时候，已经不再一味地追求曾经的"革命"或"前进"语境下的"崇高意味"，而是回归了恒常的、具有当下性的日常生活，这也是对广大人民的生活的关照。

在空间上，电视剧《人世间》选择了东北和深圳这两个在中国改革开放历史上极具代表性的地域作为历史表达的场域。事实上，深圳是编剧的有意添加而并非原著所有，在编剧的意图里，深圳崛起的展现是原著中东北由辉煌至没落过程的对立面的呈现，二者因相对应的存在而显现出改革开放的完整性。① 电视剧《人世间》将东北和深圳这两个独特的改革开放历史上的地域在地方层面、时代层面的局部历史，转化为具有普遍性、全域性的当代历史，并引发了超越时空界限的电视机前观众的共情，这是全剧半数以上的"改革开放叙事"的成功所在。② 1980 年代初期，"铁饭碗"的金贵让秉昆为编制而四处奔走；在 80 年代中期"铁饭碗"被打破后，大多数工人买断工龄，吕川、向阳等则通过上大学而实现了阶层跃升；90 年代初期，改革开放下的东北改革阵痛全面爆发：因住房紧张而频频爆发的家庭矛盾、亲人在寒夜中冻毙、汽配厂在市场经济下遭遇骗局……与此同时，深圳特区叙事里骆氏商业集团的建立、姚立松倒卖生产资料而致富、周秉义在灯红酒绿的深圳舞厅里的无措和不解、骆士宾的摇身一变……这些工人群像的塑造、工人命运衰落的展现、改革浪潮中幸运的民营个体的兴起在对比下无不意味着经济结构调整过程中东北地区的衰落！

当然，"将沉重苦难主题意味的文学作品调整成明亮且充满希望的电视剧作品"③ 作为电视剧《人世间》的改编策略被始终如一地贯彻着，于是，

---

① 卡生：《王海鸰：时代洪流下，个体的"难"》，《三联生活周刊》2022 年第 13 期。
② 程格格：《平民立场与转型中国——作为现实主义史诗剧的〈人世间〉》，《文艺理论与批评》2023 年第 1 期。
③ 卡生：《王海鸰：时代洪流下，个体的"难"》，《三联生活周刊》2022 年第 13 期。

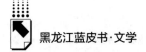

电视剧的结局是"光字片"棚户区改造后居民新生活的有序开始，曾经的六小君子在惯常的初三聚会上庆祝着他们各自生活的喜事。终于，工人群体在新的时代语境下找回了自己的位置，共和国长子也在新时代下重新昂扬激进，谋求振兴之路，这也体现出梁晓声及编剧对当下我们的党和国家实施的"振兴东北老工业基地"重要战略的文学回应。

二 《超越》《冬奥一家人》：冰雪激情展扬冬奥风采

随着北京冬奥会的成功举办，一批与冬奥主题相关的影视作品在观众的期待中走上电视荧屏，对这一世界级的体育盛事做出积极响应。电视剧《超越》《陪你逐风飞翔》首批获播，《冰雪之名》《冰球少年》《冬奥一家人》《我将喜欢告诉你》等作品随后上线。其中，讲述黑龙江省短道速滑队建队历程的《超越》喜获豆瓣高评 8.2 分，由哈尔滨导演邓迎海执导的《冬奥一家人》无论在热度还是话题度上都在微博上稳居前列。可以说，在喜迎国之盛事、讲好中国故事方面，黑龙江影视文学创作又递交了一份令人满意的答卷。

（一）《超越》：在传承中实现超越

《超越》是"我们新时代"主题剧创作的重点项目，该剧聚焦我国短道速滑事业，以黑龙江和青岛短道速滑队伍的建队发展为线索，用影像书写了一个关于成长与传承的中国体育故事。

1.《超越》是竞技的超越

体育的核心精神在于"超越"，它可以指速度，也可以指力量，还可以指距离、指高度……竞技的超越是人类不断向自身心理生理发出挑战、寻求突破的过程。正是基于这一体育的本质，体育类题材电视剧的创作离不开竞技场面描绘和输赢主题的表达，通过竞技影像彰显出体育"更高、更快、更强"的奥林匹克格言包含的价值意蕴。电视剧《超越》与同类题材剧创作一致，对短道速滑项目的竞技场面给予了丰富的展现。在剧作中，正面影像表达不同规模的竞赛十余场，其中既包括专业奥运积分赛，也有队员之间小范围内的速度较量，既有专门的速度上的竞技书写，也有竞技心理的开掘。在倒计时的紧迫、名额争夺的冲突、队内淘汰的残酷等不同戏剧冲突的设计里，运用多个视角对短道速滑竞技场面实现了高度的还原，你追我赶的竞速和超越在影像还原中获得了动人心魄的展现，观众于屏气凝神的沉浸式观剧中生成了身临其境的审美体验。

2.《超越》是人物对自身的超越

如果说竞技意义上的"超越"更多地强调人类以有限的生命力、有限的身体、有限的力量向自然发起不断的征服与挑战，它终归会陷入有限的能力与无限愿望达成的困境中，而使人类终归看清自身有限性的本质。那么，人格意义上的超越则具有了相对的完满性和无限性。电视剧《超越》在表达竞技层面的"超越"这一体育精神的核心要义的同时，也在人格层面上将"超越"不同凡响的存在价值表达出来。例如，富二代队员罗竹君在生活中冷漠孤傲，冰场上训练刻苦，自我中心意识明显，缺乏团队合作精神。曾经在比赛中为了超越老对手而自作主张不按原定战术行事，最终使青岛队败北。直至她倾吐心事，队员们才了解到其敏感又自卑的性格源自其原生家庭中父母的离异。而罗竹君也在解开心结后回归平和的心态、重拾自信、学会合作。这是人物对原生家庭局限的超越。再比如年轻时期的陈敬业在给天赋型队友郑凯新记录计时成绩时，私自将秒表归零，却在面临选择时，放弃优势局面，为郑凯新让出赛道，在他看来，自己让的不是队友，而是团队，是国家，是集体的荣誉。这是人物对身为普通人的自身弱点的超越；本剧的主人公陈冕，因韩国对手的小动作与更好的成绩失之交臂。她擦去遗憾的泪水，潇洒地剪去长发，在自由滑行的畅快中找回投入短道速滑项目的初心，最终赢得了对手。这是人物对自我心灵桎梏的超越。

3.《超越》是对同类题材电视剧创作的超越

从 20 世纪 50 年代的《中国姑娘》开始，体育题材类影视作品的创作在复合竞技之外的多类型剧元素的基础上，保持了强劲的创作活力。不仅在题材发掘上愈发丰满，创作规模上亦愈发显现出蔚然之势。前者体现在传记之外的成长及多元化情感的表达，后者则表现在对时代背景的呼应和时代精神的反映上。尽管如此，体育题材类影视创作仍显现出明显的局限性。依据学界分析，专业竞技质感的模糊、故事表达的同质化娱乐化对体育题材价值的掩盖、体育精神阐释不足等是当下体育类题材影视剧创作的固有弊病。但电视剧《超越》的创作针对以上弊病做出了尝试性的突破，通过对短道速滑项目极具专业性的影像表达，在双线时空交错叙事中实现了对体育精神的阐释，对家国一体观念的构建，对多元化情感的表达。具体而言，首先，在体育剧竞技项目与影视叙事相结合的层面上，《超越》以情境代入的方式将关于短道速滑项目的竞赛规则、国家政策、赛制体系等信息融入具体的剧情，以达到宣传、科普短道速滑项目的目的。例如，"北冰南展"的国家政策在郑凯新的工作转换中获得解释；陈冕在比赛中的不断突破过程，也是观众了解短道速滑选手选拔、赛制规则的过程等。在竞技场面的拍摄中，《超越》使用国家级媒体专门的转播技术，让运动员这种专业人士充当摄影师①，极大地增强了竞技场面的画面质感。这是对同类题材剧还原竞技场面难度大、真实性表达难度高的超越。其次，《超越》对情感的表现十分丰富，既有亦师亦友的师徒情，也有惺惺相惜的对手情，还有青年男女的情感萌动等。对于这些情感的具体描摹，《超越》采用了双时空双线叙事的方式。一个是20世纪80年代黑龙江短道速滑队建立，一个是新世纪下青岛速滑队的发展，两个时空的叙事在前者向后者的逐渐贴近中，融合在一起。在这样的融合中，短道速滑项目的发展简史清晰地显现出来，而师徒与父女之间理想的传承、为理想拼搏的情感底色、代际精神共性也在双时空双线叙事营造的时代变迁中凸显出来，丰富的情感也于代际互文叙事里获得了更为广阔纵深的展演视域。这是对以往同类题材电视剧在大众文化影响下泛娱乐化而过度挤压宏大叙事和精神性建设的超越。再次，《超越》对体育精神的阐

---

① 王彦：《冬奥题材电视剧〈超越〉1月9日央视开播》，《文汇报》2022年1月7日，第1版。

释体现为家国情怀底色下的普通者的英雄梦想。夺冠是每个体育人渴望企及的目标，也是众多体育类题材影视剧着重打造的关键性情节，它与家国荣誉捆绑在一起而成为国人的"集体无意识"①，通过竞技比赛的摘金夺银、纪录突破、千钧一发的强者对决等戏剧冲突成为体育题材影视剧的叙事核心。《超越》同样以夺冠意识为塑造人物的关键性要素，但当这种夺冠意识与家国荣誉联系在一起的时候，剧作并未仅仅着墨于冠军一类佼佼者的塑造，而是将镜头聚焦那些在个人荣誉与家国荣誉发生矛盾的时候甘于退让、乐于奉献、敢于牺牲、可能一生也无缘冠军却被运动改变人生轨迹的普通运动员，并在对这些带有遗憾的情感的表达和普通运动员的个性塑造里，完成了对体育精神更深层次的阐释：家国情怀中普通者的奋斗、热爱、超越！在剧中，陈敬业甘愿让出赛道给天赋型队友郑凯新，是因为后者更有奥运夺冠的希望；向北带伤上场，以自己未来的职业生涯为赌注，只为为中国队争取满员参奥的入场机会；徐朵朵、侯思源等受限于自身的能力，永远无法成为世俗意义上的成功者，他们甘当队友陪练、浇冰道、拭冰刀，在幕后为每一场比赛默默无闻地竭力奉献……

（二）《冬奥一家人》：国家与小家的双向奔赴

2015 年，北京申办冬奥会成功，时至今日，在此背景下的优秀体育题材影视作品层出不穷。2018 年，国家体育总局颁布实施《"带动三亿人参与冰雪运动"实施纲要（2018-2022 年）》，以此为契机，以冰雪运动为基本话题的影视类作品蔚然成势，不仅为即将到来的北京冬奥会做足了宣传，同时也在大小荧幕上奉献了一批佳作。2019 年，国家明确地将体育作为强健国体、增强国民素质的重要事业，颁布实施了《体育强国建设纲要》。在此《纲要》中，国家将 2050 年作为时间节点，提出在此之前将我们的国家全面建成社会主义现代化体育强国的目标，并倡导全民参与。自此以后，体育题材影视作品的创作对内将会进一步发挥其宣传导向作用，全面激发群众对

---

① 刘宏球：《体育：民族、家国与爱情——论谢晋的体育电影》，《当代电影》2008 年第 3 期。

体育事业的参与和建设热情；对外，也将作为讲述中国故事的重要载体，助力中国文化在国际舞台大放异彩，彰显泱泱大国之国家形象。

《冬奥一家人》作为经过国际奥委会与北京冬奥组委会特别授权创作的冬奥献礼剧目，正是影视文学创作对以上时代风貌的有力展现。相比于《超越》对短道速滑运动员生活与赛场的聚焦，《冬奥一家人》则积极回应了国家对"全民参与""带动三亿人参与冰雪运动"的倡导，选取了普通百姓的日常生活为关注角度，讲述着冰场之下的冬奥故事：短道速滑培训中心教练程一凡始终保持着对短道速滑的热情，雄心不老，一心想要寻找一个短道速滑的好苗子，把他培养成世界冠军，让他在即将到来的冬奥会上为国争光。他无意中发现刚刚从国外回来的孙子程果子极具短道速滑天赋。奈何在年龄、思维、性格、爱好等诸多方面的差异，二人在朝夕相处中矛盾丛生，由此引发了一连串的有趣故事。最终，程果子在和爷爷的斗智斗勇过程中，对短道速滑运动重新认识并热爱，也终于了解了爷爷的光辉历史和未了夙愿。于是，爷爷的梦想也成为自己的梦想。在一家人的关爱和陪伴下，数年后，程果子终于成长为一名优秀的短道速滑运动员，获得了世界比赛的冠军，同时也终于圆了爷爷的梦。

《冬奥一家人》以寻常百姓为对象，将冰雪话题、冬奥精神融入民众生活故事，将家国一体的宏大叙事从"小家"之于"大家"的奔赴中表现出来，这是以往体育题材影视创作鲜有涉及的。"在家尽孝、为国尽忠是中华民族的优良传统。我们要在全社会大力弘扬家国情怀，培育和践行社会主义核心价值观，弘扬爱国主义、集体主义、社会主义精神，提倡爱家爱国相统一，让每个人、每个家庭都为中华民族大家庭作出贡献。"① 国是天下之本，国之本则在家。奥运赛场上驰骋奋斗的运动健儿，不仅代表其个人参赛，还代表国家参赛。他的身后是一个家庭的支持，是一个团队的培育，承载着社会和国家的情怀与希望。《冬奥一家人》将北京胡同百姓家庭中发生的与冬

---

① "习近平：在2019年春节团拜会上的讲话"，新华社，http://www.gov.cn/xinwen/2019-02/03/content_ 5363743.htm，2019年2月3日。

奥有关的故事作为创作基点，将家庭看做与国家民族休戚相关的细胞，充分强调了家庭同国家民族之间那同气连枝、同命相依的紧密关系，即个人前途与国家命运同频共振，家国情怀本一体！这一视角的选择，进一步丰富了体育题材影视创作的内涵和价值。

三　《青山不墨》：绿水青山永留　致敬林业英雄

电视剧《青山不墨》作为国家广电总局 2018～2022 年批次的重点电视剧项目，由中央电视台、中共黑龙江省委宣传部、黑龙江省林业和草原局、中共伊春市委宣传部、伊春市人民政府、伊春森工集团有限责任公司等单位联合出品摄制，央视一套黄金档甫一上映，即引起社会广泛关注。该剧以新中国成立后小兴安岭林区在创业建设、改革发展、绿色转型的不同历史时期的发展轨迹为线索，以马永顺、张子良、孙海军等普通林业工人的模范事迹、命运走向为基本素材，将林区建设者们无私奉献、敢于创新的传奇故事展示出来，热情地讴歌了三代林区人对大山、对祖国执着热爱的不渝初心。

青山常在永续利用，绿水长流护佑万代子孙。这是《青山不墨》作为主旋律创作剧目的亮点和之于社会导向的最大贡献。20 世纪末期，国家实施"天保工程"战略，依赖人工造林和自然恢复的双向驱动，打造包括小兴安岭林区在内的可持续发展体系，以期有效防止生态环境的持续恶化。该剧以此为时间节点，回溯历史，展现了为支援国家建设而拼尽全力的第一代林业工人艰苦奋斗的卓越事迹。在粮食短缺、机械化作业尚未普及的新中国建设时期，以马永祥为代表的林业建设者们克服重重困难，凝神聚力，发明了四季锉锯法、流水作业法、安全伐木法等一线作业方法，加快了生产效能的提升。当下，"与自然同声共气，播撒生态文明的种子"成为国际共识，生态先驱们重新思索对自然利用与保护的价值所在。于是，林业工人、技术人员、林区干部展开突出重围、破解难题，经过了大刀阔斧地改革、转型，最终取得了胜利。在这一叙事框架内，环保理念伴随着情节推进逐渐深入人心。观众也在观剧过程中对当下我们国家实施的"推动绿色发展，促进人

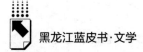

与自然和谐共生""加快生态文明体制改革，建设美丽中国"的生态文明战略更加理解和支持。

《青山不墨》刚柔兼济的风格是该剧呈现出独特的美学韵致。在人物设计上，该剧围绕生态环保主题既有对男性英雄阳刚之美的呈现，也不乏对女子柔性之美的表达。如贯穿全剧始终的男主人公马永祥，他是国家建设时期的伐木模范，也是国家倡导环境保护时期的植树英雄。在他的形象上，观众看到的是在林区保护这一事关国家生态安全的大事上的责任与担当，从审美的角度而言，领略到的是其男性的力量之美。而知识分子华青的形象，则以女子的柔性韵致，为该剧注入了一股安静的力量。华青是来到林区工作的第一位大学生，她以专业的知识、战略性的眼光为热爱的大山贡献着自己的力量，以正直刚毅的性格和高尚无私的品质感染着周围的人，将生态环保的种子植入每个人的心里。而这一切的发生，宛如静水流深，润物无声，令观众感受到一位知信女性对大山温柔且坚定的坚守。不仅如此，电视剧中，热火朝天的林中砍伐、高亢激扬的"顺山倒"与委婉动人的音乐童谣"咱的林子咱的山，咱的头顶蓝蓝的天，小河流水大河满，花开花落又一年"交相呼应，使生态环保意识的主题在刚柔兼济、富有质感的音画中深深地打动着观众。

四 《摇滚狂花》：对女性题材电视剧创作的新突破

2022年10月末，由黑龙江省著名"80后"作家张建祺编剧的12集网剧《摇滚狂花》由爱奇艺出品，精彩上线。该剧讲述了曾经红极一时的女子摇滚乐队"狂花"主唱蓬莱因遭遇情感背叛，离开6岁的女儿而远走他乡。异地漂泊12年后，前夫去世，未在美国唱响的蓬莱黯然回国。音乐梦想未竟的蓬莱，回国之后继续追求音乐梦。但人至中年的蓬莱与19岁的叛逆女儿朝夕相对，矛盾不断，最终母女俩在共同的摇滚梦想的追求下尽释前嫌，母女携手，奔向前路。

当下，在"她经济"的影响下，女性题材创作火爆大小荧幕，覆盖了电影、电视剧、综艺、文化等方面，并引发了此起彼伏的话题讨论。不可否认的是，这些作品数量虽多，但达到爆款级别的屈指可数，更多的虽是以女性主义为旗帜，却存在着伪现实、同质化，创作流于表面而无法获取观众的情感共鸣的问题。电视剧《摇滚狂花》虽以摇滚流行文化为外在表现形式，但实际的内核仍是都市女性故事的演绎，它在创作上的创新尝试为我们破解同类题材作品遭遇的困境提供了思考的空间。

另辟蹊径的题材选择。当下的女性题材电视剧创作遭遇的最大困境即是题材重叠过度。综观荧幕，无非是职场霸总情场失意、小白一路打怪成长、大女主故事等，对女性生活挖掘的深刻性不足，对来自不同阶层、命运女性形象展现不足。因此，应从题材选择上展现出更广阔的视野。《摇滚狂花》塑造的女主角蓬莱，在传统视角审视下是一个情场、事业、家庭皆失败的女性形象。她酗酒吸烟、行为冲动，全无女性的温柔体贴；她是抛弃稚子的母亲，是生活落魄的女人，是与荧屏上现有女主形象背道而驰的"边缘化"女性。这类女性的生活和成长对于观众来说无疑是具有吸引力的。

坚强独立的女性观念。很多女性题材电视剧中女性形象的塑造事实上还是依据男权逻辑在运作。她们或在叙事中表现为"食利者"或"被凝视者"；或在背后男权的助力、霸总的保护下被拯救；或在两性关系中，与男性互为附庸……总之，在男权逻辑的运作下，女性自身个性丧失、形象模糊。《摇滚狂花》则并未过多地着墨在男女情感故事上，而是将"非典型化"的母女关系、对摇滚梦想的执着追求作为全剧的看点，而两性关系的描写，剧集中也有涉及，如遭遇前夫背叛愤而出国的情节，但是它们的存在只是作为矛盾的铺陈。《摇滚狂花》中对于这种传统女性题材作品中"爱情牵引思想"进行淡化，为女主自我个性的展演腾挪出更大的空间。同时，中年摇滚爱好者蓬莱的形象塑造也显现出女性与男性平等、坚强独立的观念意识。她精神上不受拘束、行动上不随波逐流，自我意识充沛，女性主体性突出，是截然不同于同类题材电视剧中的传统女性形象的。

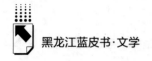

五 《海边升起一座悬崖》：中国故事"花香海外"

在 2022 年 5 月第 75 届戛纳国际电影节上，中国哈尔滨籍女导演陈剑莹执导的短片《海边升起一座悬崖》荣获短片竞赛单元金棕榈奖。在此之前，这位哈尔滨姑娘已然表现不俗：2016 年由她编剧并执导的短片《她的眼光》获得好莱坞国际电影节最佳短片奖，入围华盛顿国际电影节短片单元等多个国际电影节；2017 年编剧并执导短片《水下美人鱼》，获挪威国际电影节最佳国际短片、洛杉矶独立电影节最佳学生短片、欧洲电影节最佳学生短片奖，并同时包揽五洲国际电影节最佳导演、最佳短片、最佳编剧、最佳男女主角等奖项，可谓"花香海外"。

《海边升起一座悬崖》讲述了一个关于离别的故事，也引发了观众关于离别的思考。故事讲述了在陨石即将撞击地球而引发海底地震的前夕，海边小镇将要面临被海水倒灌淹没的灾难。于是，小镇居民纷纷撤离。小女孩念念也不得不搬离这里。在离开前的一天，念念与好友们作别，也意外地与小镇上的人们相遇。于是，关于离别的感念生发开来。整部影片中氤氲着人对故乡故土难离的情感，弥漫着由中国元素构成的诗情画意般的浪漫情怀。

这部短片中关于离别情感的辩证思考正是作品之所以能够"花香海外"，引发不同民族和地域人们情感共鸣的重要因素。陈剑莹从 18 岁开始即辗转于不同的国家，在不同的剧组生活并工作。正是在不断地与人、与地域的告别中，导演陈剑莹感怀道："在某段时间相遇的人事实上只能陪伴我走人生的一段路。于是，赫然发现原来我的人生就是不断地漂泊，不断地告别。"这也成为她拍摄这部短片时最为深刻的情感感受。于是，在这种生命体验的感召和情感冲动的推动下，陈剑莹以"末日与离别"作为创作契机，用艺术的方式开始思考人类获得永恒共存的方式：既然离别经常不期而遇，那么请别辜负这份不得不消逝却无法割舍的记忆深情。观影过后，一位身为母亲的评委为影片所打动而泪洒当场，她不忍下一代面对如此的离别；有的观众则表示，影片中久违的平和之感，令其万分感动。这也说明，尽管电影中"陨石撞击地球引发海啸"的设定本身是超现实的，但情感的通约性并不妨碍其在处于不同文化环境的观众间引发共鸣。

如果说，关于离别情感的共通性使得影片触发了异国观众的普遍思考，那么影片中弥漫着的包含着中国元素的诗意画面则引发观众审美惊异，同时也是该作品独特审美价值所在。这部短片取景中国宜宾小城，小城中自然景观与人文景观的巧妙勾连经由导演光影的选择和设计后，充满现实质感与超现实质感共同营造的张力美感。关于这一点，陈剑莹导演深情地表达，正是中国这片土地无法复制的特色和传递出的诗意，令其作品在国际舞台有机会展示魅力。可见，只有民族的才是世界的。当艺术家对本民族、本国家怀有无限深情、热爱和眷恋的时候，其艺术作品才会具有持久的生命力和感染力，才会成就感动世界人民的经典。

中国已经走上了中国特色现代化的征程，新的时代召唤着黑龙江影视文学创作在原有经验基础上通过具有创新意识的表现力对当下的人民生活做出崭新的形塑。当下，讲好中国故事并使之成为世界故事，继续拓展影视创作现实主义的深度和广度，促进不同类型的影视作品交汇，应对新媒体环境为当代影视人提供的机遇和挑战。回望 2022 年，我们能够观往知来，期待龙江影视工作者创作更多的佳作，以优异的创作实绩助推大美龙江的文化振兴，见证中华民族的伟大复兴。

B.11
网络文学：讴歌新时代 展示中国气象

郑 薇*

摘 要： 网络文学与时代同呼吸共命运，2022年，黑龙江省的网络文学发展整体上延续以往的态势，在敏锐感知现实的变化后做出了一些适应性的调整，也涌现出一批反映时代风貌、为读者喜闻乐见的优秀作品。特别是现实题材作品，不仅以真实具体、真挚炽热的感情引发读者共鸣，更成为行业变迁和时代风貌的文学性转化和艺术切面，是以网络为载体的当代中国故事的全方位立体展现。

关键词： 现实题材 中国故事 版权保护

一 网络作家跻身主流文学创作

2022年，中国共产党第二十次全国代表大会胜利召开，中国特色社会主义迈进新征程，社会经济文化进入"中国式现代化"发展的新阶段。在多姿多彩、欣欣向荣的大众文化生活中，网络文学以其彰显中华智慧的原创性力量，继续发挥传播主流价值、引领时代风尚、激发文化活力的重大作用。历经约三十年的发展，网络文学生产机制基本成熟，对文学生产关系的结构性影响已经趋于稳定，相比于快速发展时期频现的热点现象和搅动全行业的重大事件，本年度内网络文学表现出沉静、稳健

---

* 郑薇，黑龙江省社会科学院文学研究所副研究员，研究方向为地方文化、网络文学。

的发展态势。

2022 年，在行业政策和市场引导、社会综合治理、平台和作者的自觉自律之下，网络文学的主流化程度得到显著加强，继续保持强大的社会影响力。2022 年网络文学用户规模达 4.92 亿，网络文学作家数量累计超过 2278 万，延续了读者和作者年轻化的趋势。现实题材和科幻题材创作持续走热，脱贫攻坚和乡村振兴、中国制造、科教兴国、"非遗"等优秀传统文化传承、"一带一路"等成为网络文学讲好中国故事的重要内容。

网络作家的文化自觉不断增强，带动网络文学主流化进程显著提速。创作主题持续拓宽，在专业化、多元化的道路上探索现实题材精品化路径，渗透着对国家发展、民族复兴和人类命运等重大问题的关注与思索，借助网络文学大众创作、全民阅读、模式创新、中国故事等文化优势，努力为当代文学呈现更丰富的中国式现代化文化样本。奋斗、职场、乡村、时代、婚姻等成为网文平台现实题材创作排名靠前的关键词。更多的创作者将个体发展与国家民族复兴的进程关联起来，以特定行业为背景，将主人公的职业发展道路与时代变迁相结合，全面反映国家社会经济建设等各方面突飞猛进的时代风貌。《一抹匠心瑶琴传》（渔人二代）、《燃烧》（沐清雨）、《守鹤人》（吴半仙）、《警察与小偷》（葛辉）等一系列精品创作，展现非凡的历史成就和中国气象，讴歌新时代人民的奋斗和创造。网络作家逐步拥有了较为理性的文化自觉与文化自信，自觉承担起了传播正能量、弘扬社会主义核心价值观的使命。

二　优秀现实题材作品竞相推出

网络文学与时代同呼吸共命运，2022 年，黑龙江省的网络文学发展整体上延续以往的态势，在敏锐感知现实的变化后做出了一些适应性的调整，也涌现出一批反映时代风貌、为读者喜闻乐见的优秀作品。特别是现实题材作品，不仅以真实具体、真挚炽热的感情引发读者共鸣，更成为行业变迁和时代风貌的文学性转化和艺术切面，是以网络为载体的当代中国故事的全方

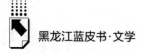

位立体展现。

吴半仙曾经凭借《月满长街》《守鹤人》获得中国作协的重点扶持项目,《丰碑》再次获得扶持,说明他打通了商业买点与传播主旋律正能量之间的壁垒,赢得不同层面的关注与认可,也实现了从灵异类型小说创作到现实主义题材创作的成功转型。这几部作品之所以能够获得官方的重点扶持,不仅是好读有趣,更是契合了当下官方倡导的现实题材创作与主流价值观的传达。另外,在故事好看的基础上,有地域文化和民族精神的传承与展示,有提倡环保、引发人们思考人与动物之间关系的寓意,大大增强和提升了小说的思想性和艺术高度。

《丰碑》是为烈士寻亲的故事,写得更有气势,涉及东北抗联历史事件、人物、地名等,从中看出作者花了很大工夫查阅资料。作者在一次采访中介绍,这是一部"以年轻人的视角、严谨态度书写的历史,试图通过正确历史价值观,引导年轻人关注红色历史,激发年轻一代的爱国热忱"。

吴半仙的小说都有比较明显的地域特色,我们知道,地域是传统文学中不可或缺的写作元素,乡愁往往是作者表达的重点,但在网络文学中,地域性可能不那么明显,实际上我们在作品中还是能通过地名、事件、人物的语言习惯甚至是方言等,感受到地域性的特征,吴半仙的写作依托地域文化,起到了传承和展示地域文化的作用。

葛辉的《警察与小偷》讲述了以郑东风为代表的人民警察群体与犯罪团伙斗争的故事,获得"中国法治文学网络作品征文"二等奖。作者长期工作在政法战线,采集了丰富生动的素材和创作资料,发现和挖掘出公安反扒斗争中的典型人物和典型事例。在特定的历史时间坐标系上,公安警察对党忠诚、扎根人民、执着事业、践行承诺的立体形象,赋予作品以历史的纵深感和空间的宽广度。作品将小故事与大叙事结合,将现实与历史结合,将个体与群体结合,将个人命运与国家命运结合,有表有里、有血有肉地将人民警察群体与犯罪团伙作斗争的故事进行了深刻表达,让读者在愉快的阅读体验中增进了对反扒警察的理解和尊重。

三　IP 改编成绩凸显

在 IP 转换、游戏改编等商业价值方面也取得不错的成绩。中国作协发布的第八届中国网络文学影响力榜（2021 年度）榜单中，沐清雨的《你是我的城池营垒》位列 IP 影响榜第一名、伪戒入选新人榜。伪戒凭借科幻题材小说《第九特区》获得第三届泛华文网络文学金键盘奖最佳故事创意作品奖。吴半仙的《丰碑》获得了 2022 年中国作协网络文学作品重点扶持项目。沐清雨、吴琼（梧桐私语）获得第二届"黑龙江省文学艺术英华奖"萧红青年文学奖。

IP 改编方面，由沐清雨小说《云过天空你过心》改编的电视剧《向风而行》2022 年在央视 8 套播放，腾讯、爱奇艺、优酷视频同步播放。沐清雨一直以行业文见长，人民网评论该剧"以民航业发展为题材的职场类型剧，特别是从剧情结构和人物设计方面来看，女性飞行员所带来的新奇感，让该剧恰到好处地带动观众们的情感共鸣，并给予观众许多想象的空间。该剧运用真实案例勾画的民航人形象，收到了年轻受众的有力回响和共振。且该剧不追求反常，专注于民航人日常，加上有着良好的专业的内容创作以及演员实力使得有了更好的成绩"。沐清雨的另外一部短篇小说《燃烧》2022 年发布于晋江文学城，是以民间救援职业为背景的故事，讲述轻快简洁，却情感丰富，展现出平凡小事背后的人性美。

由耳根小说《三寸人间》改编的同名动画 2022 年 7 月在哔哩哔哩播出。

与现实题材崛起同样具有标志性意义的是，"科幻文"成为年度题材。在 2022 起点中文网年度月票榜中，多部包含科幻元素的作品强势登顶，且精品化、题材细分化等趋势明显，显现出科幻题材网文由量的爆发向质的提升转变，受到广大读者的支持与肯定。起点中文网白金作家育的《九星之主》《偷偷养只小金乌》、伪戒的《风起龙城》都是科幻题材的优秀作品。如果说以《庆余年》为代表的早期玄幻作品，探讨的是"启蒙精神在网文

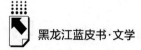

时代的一种回响"，当前幻想作品则着力彰显强国、富民、奋斗，以及依靠科技和工业实现"修齐治平"宏大愿景的当代现实价值观。富民、强国、科技、工业、奋斗等，正成为网文作品的常用标签。这类作品以挖掘传统宝库、传播文化魅力为价值落点，依托丰富的元素和深入的笔触，加深了网络文学审美形态在"中国故事"叙事体系中的主流化脉络。

上海市新闻出版局、阅文集团联合发布的《2022现实题材网络文学发展趋势报告》显示，现实题材年轻化趋势显著，"90后"创作者成长为中坚力量，占比达43.5%。从全国范围看，行业数据显示，"95后""00后"已成为原创主力军：阅文集团2022年新增注册作家中"00后"占比六成，年度作家指数TOP500的新面孔中，"00后"占比提升10个百分点；番茄小说发布的《2022年原创年度报告》显示，"90后"在当年入驻该平台的原创作者中占比高达65%；"2022七猫原创盘点"也表明，该平台49%为新生代作家。但是从黑龙江省的情况来看，新作者数量有一定的增长，但是能出圈、取得较好成绩的仍然是以老作者为主，仍旧是成名多年的老牌大神当道，显示出他们惊人持久的创作力和影响力。耳根《光阴之外》、小刀锋利《第九关》《真实世界》、梁不凡《王牌大高手》、蓝盔之恋《百年官膳》、胜己《我的靠山好几座》、真熊初墨《回到2022当医生》《治愈系医生》、张饭否《我的人生满屏弹幕》、三行的书《这个诅咒太棒了》《无尽天赋，却只能靠师妹养活》、花都大少《神级龙帝》、一纸虚妄《战神怒》、梧桐私语《我带魔君做捕快》等仙侠、都市类型小说在起点中文网等各大网文平台的成绩都相当不错。

四 版权保护助力网络文学持续发展

在网络文学规范化、健康化发展的进程中，盗版始终是制约其发展质量和发展效益的一大障碍。保护版权，不仅是保护作家的创新成果和创新动力，更是在维护整个产业的分配公平和分配效率。对于网络作者来说，盗版问题仍然是大多数作者和网络平台面临的头疼问题。2022年，多部门联合展开了声势浩大的打击盗版行动，把反盗版推向新高度，网文头部平台积极探索和提升新技术的应用，融合多方力量，探索版权治理的中国方案。2022年5月，中国版权协会、20家省市网络作协、12个网文平台，522名网文作家（包括黑龙江作家沐清雨、行者有三、花都大少、胜己、伪戒）共同发起《保护网络文学版权的联合倡议书》，呼吁搜索引擎严格履行平台责任，及时清理、屏蔽"笔趣阁"等盗版站点，这是网文行业在盗版问题上最大规模的一次集体发声。

2022年，互联网技术迭代推动网络文学发展环境和生态格局不断调整。伴随5G、人工智能技术的推广普及和元宇宙等虚拟环境的创设，高图像化、高流动性和高互动性的互联网应用群峰迭起，推动网络文学持续形成新业态。改革开放以来，活力四射的中国社会经济文化生活为文学创作提供了取之不尽、用之不竭的素材和题材，大众精神世界与网络空间的相互映照与对话成就了网络文学的崭新面貌。中国社会科学院文学所发布的《2022中国网络文学发展研究报告》指出："网络文学是推进文化自信自强的重要力量。"推进文化自信自强，铸就社会主义文化新辉煌，是网络文学的现实责任和历史使命。在实现中华民族伟大复兴的征程中，高扬时代风帆，饱含深挚情感，摹画时代生活全息风貌，彰显昂扬向上的时代精神，网络文学必将书写出更加绚丽的华章！

B.12

文学理论与批评：主体意识·文化自觉·地域特色

蒋叶 修磊[*]

摘 要： 2022 年，黑龙江文学理论和文学评论工作较上一年度有了更多维度的发展。持续深化对马克思主义中国化的研究，建设具有当代特色的马克思主义文学理论学科体系。关注"俄苏文学对中国现当代文学的影响"，开阔了五四作家的视野，构成了五四文学的重要维度与内容。对当代诗学话语关系与审美价值进行多维度探索，关注个人命运与时代的纠缠，见证时代的发展演变。通过对"新东北作家群"的讨论，开始改写关于东北形象的刻板认知，东北文艺从文化场域的边缘走向中心，展现出黑龙江文学理论浓厚的地域特色。文学理论与文学批评界也主动承担起时代使命，在历史的真实与文学的想象中发掘新时代文学的美感与价值，文学传统被赋予新意义，实现文学与历史的双重启发和关照，体现出龙江文学批评本土性、反思性、深刻性、创新性、多样性的特征。

关键词： 主体意识 文化自觉 地域特色

2022 年，中国共产党第二十次全国代表大会胜利召开，习近平总书记

---

* 蒋叶，黑龙江省社会科学院文学研究所研究实习员；修磊，黑龙江省社会科学院学习与探索杂志社编审。

在大会报告中提出要"推进文化自信自强，铸就社会主义文化新辉煌"。无论时代如何更迭，建设社会主义文化强国，"发展面向现代化、面向世界、面向未来的，民族的科学的大众的社会主义文化"，始终是广大文学工作者的历史任务和时代使命。文学发展的脚步从不停歇，始终与时代精神和社会发展同频共振，息息相通。文学理论与文学批评是文学发展脉络的筋骨，是促进文学生产、传播、发展的重要途径，是连接文学作品审美体验与社会实践的桥梁，我们需要透过多种文学样式与载体繁荣的表象，不断探索与思辨，发现文学发展的新特征，把握文学发展的总方向，总结文学发展的总态势，以期推动文学理论体系进一步完善。

一　马克思主义文学理论中国化研究的持续深化

世界社会主义发展错综复杂，需要找寻原因、总结经验。马克思主义文学理论中国化研究有助于我们紧跟时代潮流，研究新理论，形成新观点，开辟新境界，有助于我们更好地运用方法论指导、建设有当代中国特色的马克思主义文艺学。2022 年中国马克思主义文学理论中国化研究方面成果丰硕，对相关领域重要问题进行研究，进一步推动了学术体系建设。

（一）西方文学理论研究不断向深处挖掘

我国当代著名马克思主义文学理论家、批评家冯毓云数十年来始终在马克思主义文学理论领域笔耕不辍，2022 年在《马克思主义美学研究》第 25 卷第 1 期刊发文章《西方马克思主义艺术生产方式理论的创新性》①，对西方马克思主义艺术理论中艺术生产方式理论的创新与建构进行历史的梳理反思，认为艺术理论生产方式"既是一种观念与思想的独创性生产，又是有

---

① 冯毓云：《西方马克思主义艺术生产方式理论的创新性》，《马克思主义美学研究》2022 年第 1 期。

关文学艺术观念和思想的生产方式"。① 西方理论家阿尔都塞等对马克思主义艺术生产方式理论进行了创新性研究，"赋予艺术生产以物质性与精神性的双重品格，将艺术生产纳入艺术关系再生产总问题的思想体系之中，考察艺术生产作为意识形态生产和商品生产的结构图示、生产要素和功能价值，为当代日新月异的科学技术变革和消费时代文学艺术的突变提供了认知图式"②。文章以历时性的眼光，总结了在马克思主义的历史唯物主义原理基础上，西方理论学家对于艺术生产方式理论的创新和建构。这意味着在艺术生产关系再生产的条件下，艺术生产不是对艺术对象的简单复制和再现，而是一种创造性的社会再生产，它"既规约了艺术生产的目的、活动轨迹和发展趋势，又为艺术生产关系的重组、建构提供了创造性本源和创新机制"。③

作为西方马克思主义的代表人物和社会批判理论的奠基者，阿多诺的美学和文艺思想标举艺术的自律性，同时蕴含着强烈的现实关怀和伦理指向。学者曹颖哲在《阿多诺文艺观的伦理指向》中阐释道，"人的自由、平等、尊严和解放"是阿多诺文艺观中伦理指向的具体体现，其核心内涵是"公正对待异质性"。阿多诺深刻认识到同一性哲学对异质性的吞噬和消解并对此开展批判，个体性、差异性、丰富性应当被公正地对待。然而，"奥斯威辛之后"，现代艺术陷入了伦理困境，他认为"愉悦的艺术"、介入艺术和"诗化"的艺术是应当被谴责的，艺术的创作陷入一种伦理困境，这种困境的根本原因在于"同一性是不真实的"，是不对称和非统一的。阿多诺提出通过表明艺术公平对待异质性的伦理意图，并通过形式的介入，来救赎陷入困境的艺术，寻求现代艺术的伦理路径。

---

① 冯毓云：《西方马克思主义艺术生产方式理论的创新性》，《马克思主义美学研究》2022年第1期。

② 冯毓云：《西方马克思主义艺术生产方式理论的创新性》，《马克思主义美学研究》2022年第1期。

③ 冯毓云：《西方马克思主义艺术生产方式理论的创新性》，《马克思主义美学研究》2022年第1期。

（二）关于文学理论学科发展的反思

进入 21 世纪以来，文学理论研究获得增量式发展，呈现出一些新趋势，文学理论研究处于一种迷茫之中，出现例如学科意识不足、中国语境与西方文论研究不对称、缺乏在地化研究等问题。2022 年，对于文学理论学科的发展和跨学科研究，冯毓云发表文章《文艺学理论的改造与重塑》《文学理论的跨学科性》，强调文学理论反映当代文学艺术发展诉求，破除理论的绝对性，建构相对性，实现由"文学价值"的语义阐释转换为"文学价值的判断"，同时认为文学理论的概念要破除单一性、精确性和恒定性，应当对其进行历史性的、反思性的和生成性的补充，从而能够回应社会现实和理论现实中出现的问题。同时，她认为文学理论的学科发展从来都不是单一的和绝对的，而是具有跨学科性的，强调多学科知识体系交叉、融合。正因为如此，文学的自主性、社会性、意识形态性以及文学的内外研究等诸多方面的关系才得以用一种开放和广阔的视野开展研究，从而促使文学理论获得更深广的良性发展空间。

二　现代文学史传统的溯源与清流

"俄苏文学对中国现当代文学的影响"是横贯一个世纪的经典问题，对此学界已有一定研究，但依然有很多问题值得探讨，尤其在新文学发生阶段，对俄罗斯文学现实主义和人道主义的借鉴，其"为人生"的主题，大大开阔了五四作家的视野，直接影响了他们的思想和创作，更构成了五四文学的重要维度与内容。正如于文秀、李慧在《俄罗斯文学对五四文学的影响》一文中指出的："俄罗斯的现实主义和人道主义文学影响五四文学最直接的表征是确立'为人生'的文学理念，引发了'血与泪'的题材书写。"[①] 作品描写底层小人物的血泪，关注小人物的命运，充满深切的人文

---

① 于文秀、李慧：《俄罗斯文学对五四文学的影响》，《中国社会科学报》2021 年 12 月 6 日。

关怀。俄罗斯文学影响了五四文学，也参与了整个中国现代文学演进历程，反映五四作家深刻的时代使命，为其带来希望和启示。该论文鉴于以前研究中存在的问题，拒绝政治化言说，也拒绝在完全超历史、去政治的层面上做所谓纯文学的审美品评和秩序建设，而是从中国现代文学的发展源头入手，深入意义生产层面，回到历史现场，力图理清中国现代文学同俄苏文学关系发展的历史脉络，研究中国现代文学在时代精神、政治理想、民族意识、身份认同等意义生产谱系建构中如何将俄苏文学理念与本土文化结合。

三　当代诗学话语与审美经验的纵深探讨

（一）当代诗学话语关系与审美价值的讨论

从根本上讲，文学观念的嬗变是某一特定时间具有主导性的历史观、世界观，文学在时间的长河中被不断重写和调整，文学作品被不断淘洗和钩沉，经过反复筛选评估，形成较为稳定的和客观的评价与定位。学者于树军在文章《"边缘"境地的别样风景——林莽早期诗歌创作及其与新时期文学话语关系探究》中历时性地梳理了林莽诗歌创作的轨迹，以及其不同时期作品中呈现出的审美价值。林莽在早期诗歌创作过程中，采用"一种温和、真挚、坦诚的对话方式倾诉内心悲苦、焦虑，表达对时代的思考与人生命运的感悟。"① 将古典审美传统与现代主义的精神向度融为一体，但又不乏现代派色彩和思想锋芒，"更加切近诗歌本身，兼顾了诗歌的思想内涵与审美特质"②，具有独特的艺术个性和审美价值，弥合了古典审美传统与现代审美价值体系的裂缝。然而在新时期诗坛，林莽走向了一个"边缘"化的境

---

① 于树军：《"边缘"境地的别样风景——林莽早期诗歌创作及其与新时期文学话语关系探究》，《学术月刊》2021年第11期。
② 于树军：《"边缘"境地的别样风景——林莽早期诗歌创作及其与新时期文学话语关系探究》，《学术月刊》2021年第11期。

地，"深层原因在于其诗歌创作与新时期文学诉求之间的错位和断裂"①。这使得诗人对新时期文学话语范式的局限性进行深刻的反思，他以"边缘"的视角去关注个人命运与时代的纠缠，从而见证了时代的发展演变，也为新世纪诗歌史呈现出更丰富的面貌。

1986年《深圳青年报》和安徽《诗歌报》联合举办了"现代诗群体大展"，给中国诗坛带来巨大震荡，它被认为是对"第三代诗歌运动"的一次艺术展示和阶段性总结，打破了国家主流刊物对现代诗民间写作的禁锢，完成了一次由民间到体制的转折，却也损伤了诗歌写作自由的民间精神，"'民间'在当下仍然有拒绝主流、排斥体制的意味，同时也不可避免地要承受着'寂寞和孤独'的煎熬，这也是'民间'本质的规定所在"②。当我们回溯"第三代"诗歌的浪潮时，可能会将同时期的所有诗人量于此背景下进行考察，但我们应当发现，许多诗人在当时仍然坚持自己的诗歌理念和创作，小海就是这样一位诗人。宋宝伟在《为现实寻找语言——小海诗歌的启示意义》中肯定了小海对日常性写作的诗意坚守，"摆正了诗歌与日常生活的关系，置身于生存的现场，建构日常化的诗歌美学"。③ 其诗歌中另一母题是自己的"家乡"，浓浓的原乡情节和生命意识的个性表达成为小海诗歌中非常鲜明的特征。诗歌生命力的表达不仅取决于它所表述的态度，还取决于对经验的传达程度，即诗人对语言的掌控能力，小海运用口语化和戏剧化的表达，重新调整了语言与现实的关系。在创作之外，小海还是一位诗评家，诗人的身份使其能够从"内视角"切入，拉近距离去观察诗人和诗歌文本，对诗歌的生产过程进行详细解读，又保持了节制、理性、客观的批评立场，形成自成一体的批评范式和文论风格。"带有个人'小传统'气息

---

① 于树军：《"边缘"境地的别样风景——林莽早期诗歌创作及其与新时期文学话语关系探究》，《学术月刊》2021年第11期。

② 宋宝伟：《民间写作到主流写作的位移——反思1986"现代诗群体大展"与"第三代诗歌运动"的关系》，《哈尔滨师范大学社会科学学报》2022年第5期。

③ 宋宝伟：《为现实寻找语言——小海诗歌的启示意义》，《苏州教育学院学报》2022年第3期。

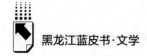

的个人化诗歌史书写，与跃动着大时代脉搏的公共话语诗歌史书写，成为当代诗歌史的两个翅膀、两张面孔。"①

（二）西方审美经验影响下的中国诗歌

无论是中国诗人的创作风格还是诗歌作品的审美价值，都在很大程度上受到西方诗歌的影响，20 世纪 60 年代出生的诗人凭借外语学习、诗学积淀和创作经验，成为国外诗歌输入中国的主要译介力量。邵波在《西方诗歌的摆渡者——中国 20 世纪 60 年代出生诗人的诗歌翻译研究》中写道："诗人翻译家以读者身份长期浸渍在'欧风美雨'中，借鉴、吸取原作精华的结果，它间接地延长了原著的生命，并通过重写、改造生成了一种与原文相互指涉、互为补充的潜在对话关系。"② 将译作与创作巧妙结合起来，创造出中西合璧的佳作。作为当代最知名的华裔美国诗人，李立扬作品则反映了全球化视角下最为典型的流散经验。《李立扬诗歌的叙事时间与时间意识》中，董晓烨认为他的诗歌连接了不同的文化和历史，既追求中国的意识或者记忆，"又强调诗人个人流散的历史和移民的记忆"③，从这一视角入手，诗人错落的时长设计表现记忆的艺术，以具有时间含义的意象表述向后的时间意识，为研究华裔美国作家的时间意识和诗歌叙事学的建构提供了有效方法。

（三）地域诗学研究的开拓性进展

在哈尔滨诗歌创作领域，哈尔滨诗人冯晏具有十分突出的代表性，不同于女性诗人作品中强烈的自白或者怨诉，而是偏向于内省的，对此，冯晏说道："女诗人和职业女性应该是一个相近的词义，当进入一个专业，所研究的就应该是通过自身的经验，去关注人类共性的东西。这是确立方向的常

---

① 叶红：《诗人的言说——以小海诗论为例》，《苏州教育学院学报》2022 年第 3 期。
② 邵波：《西方诗歌的摆渡者——中国 20 世纪 60 年代出生诗人的诗歌翻译研究》，《文学评论》2022 年第 6 期。
③ 董晓烨：《李立扬诗歌的叙事时间与时间意识》，《外国语文》2022 年第 1 期。

识，也是专业规则。所以在面对个性和共性之间的冲突问题时，需要的是理性。"[1] 学者金钢在《风景：复杂的思维轨迹》中对其以"风景"为媒介所创作的新世纪诗歌进行思考和阐释。冯晏的作品自 20 世纪 80 年代初开始便在内地和香港地区引起了一定反响，其创作特点以新世纪为界大致分为两个阶段，前期语言较为浅白，偏重抒情，自 2000 年重新开始创作后，作品中抒情成分逐渐减弱，而哲思性却不断增强。在她的作品中，"风景"成为一种媒介，实现诗歌中地理图景、空间经验与精神场域的结合。她通过运用高强的思维能力和灵活运用潜意识，将"风景"的内涵由名词扩展为一个动态的过程，将"风景"的空间拆解为符号的世界，为读者构筑了一个充满好奇和想象的空间。然而，在哲思性之外，冯晏的诗歌世界融入了哈尔滨城市文化和城市精神，或者将文化空间的现实经验打碎，组合成超验的、具有神秘色彩的诗句，或者将地方时势寓于风景之中。诗人通过个体经验，展开独特的想象与思考，在城市书写中展现城市风景、历史脉络和现代化进程，"以其起伏跳动的词语想象，为新世纪城市诗歌写作提供了难得的范本。"[2]

四　地域性写作的新开拓

（一）关于"新东北作家群"的讨论

在历史谱系的延续和新变中，东北文艺从文化场域的边缘走向中心，开始改写关于东北形象的刻板认知和印象。这种重塑的过程蕴含着漫长的历史经验和复杂的情感体验，在振兴东北老工业基地的重大时代命题面前，东北的新锐作家体现出他们敏感的时代触觉和眼光，以及对东北老工业基地曾经的辉煌与衰落的反思与期望。金钢在《后工业时代的文学突围：东北新锐四作家论》中讨论了贾行家、双雪涛、班宇、郑执四位东北青年作家具有

---

① 张桃洲、冯晏：《安静的内涵——关于〈冯晏诗歌〉的书面访谈》，《诗探讨》2008 年第 1 期。

② 金钢：《风景：复杂的思维轨迹》，《学习与探索》2022 年第 10 期。

突破性和冲击力的创作特点，不仅突破了东北地域文学，也形成了对当今汉语写作的冲击。振兴东北老工业基地战略的实施，使东北的经济取得了一些成果，但社会中仍然存在诸多问题，在这样的时代背景下，东北青年作家群体的创作反映出童年记忆与对东北老工业基地衰落的困惑和思考，重新构建父辈下岗工人穷困的人生，却也证明了他们人生的价值与尊严；同时对改革开放后东北社会现代化进程中不合理现象进行批判，表达了个体意志对社会成规的嘲讽与反抗。青年作家擅长强调现实的细节，用词质朴，多用短句，极少使用直接引语，看似普通却能准确表达平凡的人和事，使他们的创作具有一种朴实又惊人的力量。东北新锐作家一直在努力维持对纯文学的追求，在面临大众文化和娱乐市场的冲击时又紧跟时代潮流，他们的写作极大地改变了文化界对"东北"的想象，"展现出能够打动人心的真实的情感与人性"①。在这样一场关于"东北"的创作中，"东北"也将被极大地推向世界的舞台。

（二）黑龙江流域的生态写作

对自然生态的关注，是一个历史悠久的文学主题。黑龙江丰饶的物产和自然环境滋养了生活在这片土地上的居民，产生了人与自然和谐共生的文化，同时为当地作家的创作提供了丰富的参照图景。在尼古拉·阿波隆诺维奇·巴依科夫的生态写作中，黑龙江流域的自然景物与风土人情得到了充分展现，其诸多作品以黑龙江流域的自然与人类之间的关系为探讨对象，表现出他对人与自然关系的反思，从而建构了巴依科夫独立的生态伦理观和强烈的自然主义意识。文章《论尼·巴依科夫的黑龙江流域生态写作》详述作为自然科学家的他对这片土地的观察、热爱与反思，猎人与野生动物，采参者与森林，诸多自然元素，等等。巴依科夫同时以科学家的清醒预见性提醒人们保护自然环境和生态平衡，明确提出尤为迫切的环境问题。其创作

---

① 金钢：《后工业时代的文学突围：东北新锐四作家论》，《天津师范大学学报（社会科学版）》2022 年第 6 期。

"既表现出俄罗斯文学的生命救赎意识，又蕴含着中国传统文化的天人合一思想"①，向我们传达着由大自然所启迪的美和哲理。

五　古代文学研究从纵深向细微处延伸

（一）古代文论体系传统的深入挖掘

中国古代文论通常以一种感悟式、形象化的方式表达文学理论问题，给人一种缺乏体系性的印象，在《从刘勰到叶燮：中国文论的体系性追求与诗性化品格》中，理论家刘勰与叶燮在努力建构宏大的理论体系，同时采用骈体化、诗意化的表达方式，形成体系性和诗性化的二重品格。学者张奎志认为，刘勰既受到儒家"立言"说的影响，认为君子在世要立言立德，又从"立家"的角度出发，表明试图建立一种系统性文论的决心。相比而言，叶燮有着更强烈的建构体系性，他也从这一角度出发，否定了前人以形象化、拟人式评诗以及"攻瑕索疵"的考评式批评，在《原诗》中加大了对文学理论的哲学沉思。二者所表现出的具有诗意性或者说用诗性语言表达的体系性，既代表着中国古代文论的特色，也体现着中国文论的发展走向。

由于儒家文化的强大统摄力，"艺以载道"成为中国艺术哲学的重要原则与核心信仰。《中国艺术学的"艺以载道"传统》讨论了这一传统的发生发展。作者眼光独到地提出："艺"对"天道"的展示和遵循构成"艺以载道"命题的终极追求。作为中国艺术学的基本母题，"艺以载道"与道德、技艺、天道水乳交融，中国艺术在具体实践中借助对天道的模仿，达到了对现实的指引。

（二）民族史诗中的文明形态

中国古代历史进程中，不同文明形态碰撞与融合，形成不同的文化观念

---

① 金钢：《论尼·巴依科夫的黑龙江流域生态写作》，《黑龙江社会科学》2022 年第 2 期。

与内涵，也会以大量的篇幅书写对文明的热爱和历史文化的变迁，形成清晰的民族史诗脉络。学者傅道彬在《两种文明形态与周民族迁徙的史诗路径》中认为，历史学家们从历史道德主义角度出发，对民族迁徙进行简单的解释，但是这种复杂动荡的过程背后，存在着草原文明与农耕文明两种不同文明形态碰撞的历史动因，正是通过两种文明的相互吸纳和相互补充，共同构成了中华文明的壮丽景观。

民族的史诗书写，不仅体现在对文明变迁的记录，还体现在具体故事和情节中的建构规律与叙事风格，后者同样值得深入研究，并且能够更加深入考察民族史诗历久弥新的灵魂所在。在文章《赫哲族史诗伊玛堪的母题意蕴》中，学者才小男对赫哲族英雄史诗书写中的母题表达进行了细致深入的研究。文章以伊玛堪作品中蕴含的四大母题为分析案例，详细解构母题的设定、叙述特征以及叙述手段。只有民族文化逐渐走进大众视野，弱化边缘地位，探讨历史环境和文化交流的多元碰撞，才能为民族传统文化的传承和保护带来新的希望。

（三）小说理论研究维度的扩展

从小说研究方面，陈才训发表文章《唐代小说研究七十年——以研究的维度与问题为考察中心》，唐代小说尤其是传奇在中国古代小说史上占有重要地位，与唐代科举及古文运动等关系紧密，相关研究从科举制度、古文运动、诗歌关系、传奇文体、叙事艺术、传播与接受等维度展开，作者强调应当立足于唐代文学生态，以古代小说为参照，加强对唐代小说的研究关照。学者迟鲁宁、关四平在《论唐代鬼魂题材小说的审美特征》中以唐代鬼魂题材小说为对象，"从审美意境角度出发，探析学界较少关注的唐代鬼魂题材小说注重营造的虚与实的结合、雅与俗共赏、情与景交融的具有突破性新质的审美特征"。[1] 陈才训又以明清小说为例，讨论了其作为知识载体

---

① 迟鲁宁、关四平：《论唐代鬼魂题材小说的审美特征》，《求是学刊》2022 年第 3 期。

宣扬近代知识的工具性，"这些新小说的知识性几乎完全消解了其文学性"①，审美特质也被削弱，但明清一些小说家也努力通过传递知识，赋予小说经世功能，来挽回被娱乐化、消遣化冲击的中国古代小说尤其是白话小说日渐式微的地位。

此外，侯敏以《庄子》中的"卮言"为研究对象，发表文章《〈庄子〉卮言再辨》，对《庄子》"三言"中分歧最大的"卮言"概念内涵进行再考证。"卮言"在《庄子》中不是不可或缺的语言，虽然去掉也不影响庄子哲学思想的表达，但影响艺术的感染力和诗意的表达，"少了庄子不同于其他诸子的独特性"②，可见"卮言"对《庄子》文学意义是十分强大的。在礼乐构建及变革方面学者韩伟的研究成果颇多，在《元代礼乐构建及内在张力》中，他与柯丽娜共同研究了元代礼仪建设和雅乐建设情况，作为审视元代文化建设和审美样态的重要窗口，礼乐的构建也同样经历了一个渐趋知礼的过程。通过"礼"与"乐"的相互碰撞，表现出元代统治者"重乐轻礼"的倾向。通过对明代礼乐文明的考察，韩伟在《明代礼乐变革与通俗文艺的关系脉络》一文中指出，"礼乐是明代建构统一性国家想象的主要媒介，借助这个媒介，民族国家、民族文艺获得合法性"。③ 礼乐对文艺产生了复杂影响，为之后的礼乐建设和文艺走向定下基调。形成了"礼乐—通俗文艺""礼乐—心学—通俗文艺"④ 的双线结构。

六　历史语境更迭下文艺的新表达

在历史的真实与文学的想象中发掘新时代文学的美感与价值成为文学理论和文艺批评界应当主动承担的时代使命，在《从"中国神话"到"神话中国"——神话重述与中国形象重塑的文化反思》中，学者马汉广、肖成

---

① 陈才训：《作为知识载体的明清小说》，《天津社会科学》2022 年第 6 期。
② 侯敏：《〈庄子〉卮言再辨》，《古籍整理研究学刊》2022 年第 4 期。
③ 韩伟：《明代礼乐变革与通俗文艺的关系脉络》，《贵州社会科学》2022 年第 8 期。
④ 韩伟：《明代礼乐变革与通俗文艺的关系脉络》，《贵州社会科学》2022 年第 8 期。

笑从现代社会的生活方式、思维习惯、生存状态等维度，对原始神话以及古典神话如何进行神话重述展开讨论。他们认为"现代作家重述神话，并非借用神话重演古老的故事，而是借对现代文明发展的理性思考批判其过程中的畸形与弊端"。① 通过神话重述的过程，中华民族精神与文化价值也在这个变量中不断演绎和变化，实现了从中国神话到神话中国的转变，实现神话重述与中国形象重塑有机融合。网络玄幻作品及其影视剧改编为神话的重述提供了最为直观的佐证，这些作品改变了我们对于文学传统乃至文化的思维方式和审美范式。从中国神话到神话中国的改变，是在中国文化"走出去"这个新的历史阶段对中华优秀传统文化的创新性阐释与科学的解读，为世界人民了解中华文化提供了立足点。

作为古老而常新的信息交流方式，口头传统"发挥着知识传承和文化赓续的作用"，历经口语、文字印刷、广播诸多传播媒介的更迭，当互联网飞速发展时，由于新媒体的介入，口头传统的演述场域也实现了从传统社区向新媒体的转移。学者王威在《新媒体语境下口头传统的主体与受众》一文中关注到：当媒介发生改变时，口头传统的演述主场完成了从物理空间到网络空间的转移，口头传统中演述主体歌手与受众之间的关系同时发生了改变。作为高度依赖语境的信息交流方式，从传统社区到新媒体，口头传统越来越多地呈现出跨文化的趋向，更多地被视为娱乐，其中蕴含的文化底蕴被淡化甚至是消解，"新媒体语境下的口头传统实践代表了数字媒体口头传统的新形态，也印证了口头传统能够随着媒介迭代而不断被赋予新的意义"。②

此外，在新的历史语境下，乡土文学与乡村现实之间的关系也发生了微妙的变化。《重构乡土文学与乡村现实的有效关系》中，学者徐志伟提出，要及时把握当下乡村社会的新变化和复杂性，强化乡土文学的现实介入能力，探索与时代相匹配的文学形式，通过作家的"能动性"③ 激活乡土文学

---

① 马汉广、肖成笑：《从"中国神话"到"神话中国"——神话重述与中国形象重塑的文化反思》，《学习与探索》2022 年第 10 期。

② 王威：《新媒体语境下口头传统的主体与受众》，《民族文学研究》2022 年第 3 期。

③ 徐志伟：《重构乡土文学与乡村现实的有效关系》，《北方论丛》2023 年第 1 期。

与乡村具体社会历史的互动关系，实现文学与历史的双重启发和关照。

张珊珊在《"延安风格"与早期东北抗联电影（1949-1950）》中持续关注追求历史真实的现实主义艺术精神，旨在拍摄政治性和艺术性高度融合的"延安风格"影片。时代在更迭，弘扬伟大爱国情怀，用电影艺术赓续英雄精神却是恒久不变的。王璐在《当代华语女性电影导演的艺术话语逻辑》中认为，随着社会开放与多元化发展，当代华语女性导演将女性作为重要对象，从女性视角出发，表达女性情感，关注女性群体生活表象下的现实内核，以此为基础将指涉女性的性别叙事深入社会结构，从而表达出女性意识的觉醒与抗争，强调女性的独立自主，用以完成女性导演特有的艺术话语逻辑，这"与当代中国社会性别意识的转变、女性主义思潮的涌现、女性权利的平等化发展息息相关"。①

2022 年，龙江学者对于文学理论和文学批评探索的脚步从未停止。坚持把文学理论与文学批评同经典马克思主义基本原理相结合、同中华传统文化相结合、同与时俱进的人工智能技术相结合，以更开放、更包容的姿态，研究中国问题、时代问题，积极构建黑龙江区域特色文学研究体系，其主体意识、文化自觉和地域特色愈发鲜明。

---

① 王璐：《当代华语女性电影导演的艺术话语逻辑》，《电影文学》2022 年第 3 期。

热 点 篇
Hits

B.13
年度热点作家：秦萤亮的无限空间形构

郭淑梅*

摘　要： 2022 年，秦萤亮的短篇小说《眉峰碧》《春水煎茶》《狐狸哥哥
与杜梨妹妹》，童话作品集《时间的森林》同时推出。这些作品
涉猎不同题材体裁，汇聚起万花筒般的艺术空间，现实与超现实
自如转换，人物与动植物随意通约，招之即来挥之即去的生命奇
观，如同洞开了大千世界，令其跻身年度热点作家行列。2022
年，秦萤亮比较明显的创作动态是《眉峰碧》转向写实空间，
她以女孩口吻讲述奶奶故事，而将东北抗联宏大叙事寓于奶奶生
命历程，一改以往现实与超现实自由往返的空间形构，专注于特
定历史空间写作，这一转向令其潜在的写实能力浮出水面。

关键词： 无限空间　超现实转换　写实空间

---

* 郭淑梅，黑龙江省社会科学院二级研究员，研究方向为现当代文学、少数民族文学、文化艺
术与产业。

秦萤亮是大庆儿童文学作家，笔者久闻其名，但并不熟悉其人。第一次见到秦萤亮是在 2022 年 8 月举办的省作家协会中青年作家作品研讨会上，其纤弱文气而不失锋芒的发言令我印象深刻。及至 2023 年，省作协举办第六辑"野草莓"丛书作品研讨会，笔者才系统地阅读到她的作品。按以往作协规则，中青年作家作品研讨会，采用作家与评论家"一对一"对话模式，分到笔者手中的正是秦萤亮的童话作品集《时间的森林》。阅读过程中，笔者为她那种无与伦比的幻想力所震动，也为她忧伤深切的人文情怀所刺痛。对未知领域的无限幻想并形构成功的艺术才华，并非每个作家都能拥有，是非常稀缺的心灵资源。

多年来，每当笔者参加省作协"一对一"研讨时，都非常认真地阅读。笔者始终认为作家是在编码而评论家是在解码。这种关系令我小心谨慎地对待作品。笔者尽可能地通过阅读接近作家，还原其隐藏在作品中的真实语码，也即意义。因此，研讨现场秦萤亮偶尔会插话，并认为某种解读恰好与她写作初衷对应。这可能是一种心灵契合，犹如弹琴。

一 在无限空间里诠释成长

从 2005 年创作儿童幻想小说《狐狸的故事》，迄今为止，她以超乎寻常的幻想力为文坛奉献了难得一见的艺术珍品。她善于运用梦境语汇形构无限空间，调动起无数生命乃至幽灵角色，无所顾忌地穿梭于人魂之间，不经意间叙事隐含的哲学内核会狠狠地撞击读者心灵。她善于将幽灵作为回望现实的一个机会，不断通过幽灵的反思将时间拉长，让戛然而止的生命用另一种存在方式启迪人生，从而使创伤与疗愈成为一个不断述说的主题，使成长付出的惨痛代价有了缓冲回旋的余地。在文坛引发很大反响的小说《天国烟花》就是这一类型的代表作。

《天国烟花》发表于《儿童文学》2010 年第 6 期，获首届儿童文学金近奖。《天国烟花》讲述了一个女孩站在六楼纵身一跃结束生命，而在另一个世界她的思维仍然在继续。在等待天国列车的三天里，她开始清理原以为与己无关天人永隔的后果，她与人世间的牵涉流淌着甜美心酸和青涩，成长的过往有爸爸、妈妈、阿树、小町等亲人和朋友陪伴。实际上，生命还应该有另一个版本，在天国接引者老妇人为她放映的电影中，她看到了自己因任性放弃的后半生。"经过长长的、宛如隧道般寂寞荒凉的少女时代，我终于成为开朗、成熟、内心坚强的人，遇到了能够打开我心扉的人，组成了幸福的家庭。"① 看到后半生的成长，尽管已释然，但大错铸成，她想用身体保护父母也成为难以企及的奢望。老妇人在亲人燃烛送葬的时刻，为她聚集起无数流星将她身形勾勒出来，那一瞬间烛光之上她留给亲人的是灿烂笑容，所有的不快、亲人的愧疚都得以释怀。尽管这篇评论不讨论语言，但笔者还是要说她对语言的运用达到炉火纯青的地步。由于作者心是透明的，是唯美的，以至于她所要制造的温暖，仅用不夹任何杂质的语言，就可营造出干净通畅的气场。温情款款始终包裹着小说，足以抚平所有心灵创伤。

多年后，经常有长大成人的小读者在作者微博上留言，认为在自己生命最低谷时，因看到《天国烟花》而决定再坚持一下。抚慰和疗救，为陷入黑暗的人掌灯，正是文学的作用，也是文学的伟大之处。

《时间的森林》2022 年由人民文学出版社出版，作为第六辑"野草莓"丛书的一种，集结了包括童话、幻想、科幻小说等 17 部中短篇作品，是秦莹亮近些年创作汇总。在这个集子里，你所阅读的故事几乎有一种坚硬的幻想质地不时地冲撞心灵。如同置身 3D 影院，戴上 3D 目镜后一切都放大了。万山沟壑、电闪雷鸣、烈焰血海扑面而来，青草、露水、花朵、溪流、方冰、雪洞更加晶莹剔透，纺织娘、兔子、狐狸幻化成人形或变身为与人通约的精灵，千万年难得一见的生命景观万般奇妙地毫发毕现，而你并不觉得违和。梦与现实交相互动的舞台，此一番彼一番，轮流上演着一出又一出成长戏剧。在失去后不断寻找的路上，在少年探秘的过程中，在精灵和魔族的战争中，在女孩与机器人的互动中，在美与丑、真与假的境界里，秦莹亮为你

---

① 秦莹亮：《天国烟花》，载《〈儿童文学〉金近奖获奖文集（2010-2011）》，中国少年儿童新闻出版总社、中国少年儿童出版社，2022，第 152 页。

演绎出一个个难以脱离的超现实梦境，令你身陷其中不可自拔，你总想知道结局，这种渴望让阅读持续下去。而梦境与现实的转换就是故事的终结。那些成长主题叙事，会让人体验到生命困境以及终极追问的切肤之痛。当故事告一段落时，作品灵魂仍在飞升，在无限空间里上下翻飞，拖拽着时间的印章，投身哲学领地。

（一）被囚禁与走出囚禁

成长小说往往揭示出主人公不可逆转的现实冲突、叛逆甚至粗暴的破坏，从而使人物在破碎的价值观中建构起新的主体意识，推动故事走向终结。然而，在秦萤亮小说里，成长不是叛逆，甚至说不上是矛盾冲突，而是忧伤，是难过，是厌烦，是不快，是压抑。这些细小的情绪如何能够掀起翻天巨浪从而实现成长的蜕变？对于成长的突围，她开辟了梦、变形等天马行空的写法。

通过梦与现实的转换，小主人公成功解决了被情绪困扰的成长危机。《雪之国》初刊于 2020 年第 11 期《十月少年文学》，获第二届"小十月文学奖"童话组二等奖，写住在北国的小灯经常生病，总是难过。在昼短夜长的冬季，她只能看着窗户上的冰花度日。梦里哥哥为她做冰灯挖雪洞。为追逐多年未见的哥哥，小灯进入雪洞拱门和一群孩子玩冰雪。雪国在天上，有些方冰储存来自亲人思念的梦，哥哥告诉她"这些梦，会从梦湖的泉眼冒出来，冻结在冰里，我们就去把梦开采出来，保存在这里。这是大家最珍贵的东西"。[①] 而小灯家里窗上的冰花是天上雪国孩子们画出来的。通过对亲人梦的开采，小灯终于寻找到当年哥哥在破裂冰湖下把她托举出水面而自己却永远没能上来的真相，从而走出内心难以言喻的困境，远离了病痛和难过。

《时间的森林》是写"我"因厌烦母亲与班主任打电话谈及中考成绩及"我"与凯文早恋的事与母亲争吵，而繁重家务和孩子叛逆让母亲倍感厌

---

① 秦萤亮：《时间的森林》，人民文学出版社，2022，第 38 页。

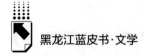

倦，于是母亲消失了。在寻找母亲过程中，"我"穿铁鞋、走家具坟场、过破木桥、进隧道、洗河里堆满的碗碟，历尽千辛万苦终于"在妈妈的房间里醒来。厨房里传来煎鱼的香气，我翻过身，把脸贴在枕上静静地回想。我知道，妈妈回来了，她就在我身边"。通过梦中寻找失去的母亲，经历母亲所遭遇的一切世事艰辛，成长起来的女孩也会帮助母亲做家务，抑或与母亲聊天，终于建立起彼此分享的母女关系。

此外，通过被囚禁心灵的顿悟，找到突破心魔包围重新上路的机遇。

《礼物》，初刊于上海《少儿文艺》，获第九届"周庄杯"全国儿童短篇小说大赛一等奖。小说讲述一个在商场里偷衣服的少女死于商场并成为游荡商场的幽灵的故事。多年后游荡在商场的幽灵发现父母是爱她的，才摆脱禁锢融入大千世界，说出"这世间的爱，常常会迷失方向，经历长久的流浪。最终站在你面前时，它穿着敝旧的衣衫，满身尘土，苦涩辛酸，让你碰一碰就流下泪来"[1] 的话，这种历遍痛苦的沧桑感真正触及灵魂。《精灵图书馆》，讲述在为他人服务中幽灵重获新生的故事。在《偷身高的男孩》中，因不断地长高而备受折磨，"滚滚的白云像波涛一样环绕着这个孤独的星球。他的头孤独地矗立在云海之上，高处的冷风吹在脸上结了冰，他才发现自己流下了眼泪"[2]，男孩终于顿悟，他利用身高找到一份把天空擦亮的事做。这些都是突破心灵禁锢而融入更广阔世界的例子。

《莫比乌斯少女》在某种意义上是人物更为主动的出击，大胆地突破被设计的人生。作为一款游戏人物，阿瞳一直生活在某公司开发的游戏中，二次元命运已被设定。但她得知真相时并未退缩而是给出慷慨激越的答案，"只有17分钟的登场也好，只有一句台词也罢，不管身在哪个次元之中，不管具有什么样的设定，在命运的舞台上，我们都要全力以赴，演出最好的脚本"[3]。因此可以看出，人物无论怎样被预设，无论受到哪种禁锢，突围

---

① 秦萤亮：《时间的森林》，人民文学出版社，2022，第62页。

② 秦萤亮：《时间的森林》，人民文学出版社，2022，第128页。

③ 秦萤亮：《时间的森林》，人民文学出版社，2022，第88页。

也即成长，这是秦萤亮为人物设定的目标选择，是众多人物所具有的生命亮色。

（二）变形是一种心灵唤醒

在古老的神话故事中，常会看到变形手法的运用，这源于原始思维认为人与自然生命之间并没有特别差异。在原始思维里，动植物和人可以互为转换，也就是人与自然领域之间并未设限，在种科属之间并无严格意义上的区别。古老神话的变形是故事情节发展的必然取向，而变形是神话世界的支配法则。

在现代派作家中，变形是用来批判现实的手段，如卡夫卡《变形记》，当葛里高尔一夜醒来发现自己变成甲壳虫时，他实际上已经面临与生存世界疏离并孤独死去的局面。秦萤亮在童话故事中引入变形机制，遵循的是古老神话法则，所以，变形为叙事带来随意切换、异趣丛生的效果，也将自然界爱与被爱置于其中。

在《秋弦》中，变形是为唤醒阿薰关于父亲的记忆。阿薰被妈妈管教着练手风琴非常寂寞而且反感。百无聊赖的她用喇叭形南瓜花打电话寻找音乐同好，游戏很快就有回应。赴约少年在电话中演奏了他的乐曲，充满田园风味。一个秋天，身穿玉绿色毛衣的少年教阿薰变成如父亲那样明朗喜悦的人，"即使只能活上短暂的时光，也要把心里的歌，全部唱出来"。① 而少年正是生命短暂爱唱歌的秋虫纺织娘的变形，他用仅有一秋的性命改变了阿薰，把爱给她。

《月之丘》赋予变形更具启迪性的功能，兔子小吉因害怕狐狸和狼的入侵而自习魔法变身为人，逃离月之丘领地，到城市开店谋生。而狐狸和狼也跑到城市且混得比小吉更好。与狐狸和狼在城市的遭遇让小吉不再逃避任何挑战，他内在的勇敢被唤醒，成长起来的小吉选择回到故乡月之丘。

《狐狸的故事》是作者处女作，创作于2005年，发表于《儿童文学》。

---

① 秦萤亮：《时间的森林》，人民文学出版社，2022，第189页。

这篇幻想小说出手不凡，有令人惊艳的卓越想象力。狐狸在作者笔下虽然没有变形，但具有与人通约的智慧。他性情高冷，唤醒了女孩内心隐秘的情感，这是一段凄美的接近爱情的经历。女孩不快乐，她的天空总是灰色帆布做的并滴着水，但偶遇一只漂亮的金红色狐狸，一切都明亮了。在《狐狸的故事》中，女孩与狐狸若即若离，与狐狸对话水平保持着超高段位。天气太冷，狐狸说，月亮坏了，否则月亮也是能发热的。月亮没出来，在应该出来的地方被遮蔽了，像块补丁。狐狸说，是因为磨损的缘故。智力的较量让女孩与狐狸的相处非常愉快，然而快乐抵挡不住本质差异。造成这一尴尬处境的是女孩进入了狐狸梦，她成为狐狸梦中的一道风景。狐狸的梦是在旷野里奔跑，那个在山坡写生的女孩子坐在她窗旁。故事很美也忧伤，这种接近爱情的人狐关系，让女孩忘记来路。然而分别时刻终将到来，狐狸很大方地放女孩走。在拿到狐狸为她准备的月光石——一面镜子时，她恢复了记忆。同时，也变回城里普通女孩。后来成为风景画家的女孩，再也找不到通往山坡上的写生路，她的绘画永远散发着一种忧郁情调。临别时，女孩向狐狸索取的那个拥抱，成为她一生最凄美的爱情记忆。

（三）镜子所带来的时间颖悟

镜子是日常生活中最寻常的物品，具有反射光线的功能。在艺术社会学中，惯常所说的艺术反映社会，即指艺术如镜子般的投射功能。作者在《幻镜之国》中所用的镜子，并不是只具有简单的映照功能，镜子在此承担起与人具有同等价值的主体资格，作者将镜子置于庞大的社会化系统里，每种镜子都承担不同的运转功能。赋予镜子人格化后，作者围绕女孩阿瞳偶然陷入镜国展开了一系列错综复杂的叙事。

镜国叙事共分为九个篇章。从镜子里的另一个"我"到进入镜中世界、遇见雪山战争和古神、掉进满是星星的小世界、宝石切片与寂寞剧场、走上加冕之路、爸爸讲的故事等篇章，展开了神秘的探险之旅。进入镜国，从阿瞳渴望变美的心愿展开故事，在学校里相貌平平有些自卑的阿瞳在镜国里却可以成为美丽公主，享有万众追捧的待遇。这也让她在切换回现实生活时产生强烈自信，尽管现实生活中的镜子仍然映照出她的平平相貌。而她在镜国却享受新世界建造、镜子魔法、统治镜中世界等种种美好。她参与镜国战争，以现代科技知识指挥凸透镜聚集太阳热能融化冰川，平定黑曜岩等古镜神的入侵，受到镜国万神崇拜。镜国和现实双面生活不可能持久，镜国需要一位公主举办加冕仪式。偶然一次失误，阿瞳在体育课上丢失随身佩带的星星小镜，再进入镜国她才发现真相，陷入一体两面的矛盾挣扎中。

秦萤亮运用镜国与现实生活互为转换的叙事策略，以一个有公主病的女孩阿瞳，触及了美与丑、真与假、现实与虚幻的哲学命题。阿瞳在游历过天文望远镜神、显微镜神、西洋镜神、将其扭曲地映照成丑陋模样的球形透明小店后，选择从加冕仪式中退出，她悟到了美与丑的真谛。储藏室里那面通往镜国的镜子，是她失踪多年姑姑的遗物。当阿瞳为寻找同学天宫和姑姑失踪真相而再次回到镜国时，她已成为冲锋陷阵的战士。

"镜子的背面"一节，讲述了她对灰色矿山、雾谷、谎湖和遗忘森林的挑战，她终于见到姑姑，找到传说中的镜中之镜，探得镜子真相。镜子存在的最终目的是让人类贡献时间，封印在镜中之镜的时间已无法归还，阿瞳砸碎了镜中之镜，完成了探秘之旅，回到现实。醒来后，她隐隐地知道梦中经历的事情非常重要，但是阳光下这段镜国历程已难以辨认。所幸的是，经过这段探秘之旅她已经找到自己，不会再丢失时间。

《幻镜之国》足以考验作者天马行空的艺术才情。仅是将笔触探伸到镜子这一寻常物件，就可形构出一部小说，其想象力发挥到令人叹为观止的地步。在步步紧逼、步步为营的叙述节奏里，在跌宕起伏险象环生的情节埋伏里，在美与丑、真与假的二元对立中，在现实与镜国的不停切换中，制造出目不暇接的镜界盛况。这些可以发展成长篇的故事浓缩到 7 万字的作品里，其厚度和复杂性可想而知。

对时间的颖悟，在《幻镜之国》中被反复地提及，她用"封印"强调时间永不复返。时间再次成为秦萤亮永恒述说的主题，正如她在省作协第六辑"野草莓"丛书作品研讨会上"一对一"对谈时所讲到的《洪荒故事》。那是一篇对远古生命的幻想，在故事里，时间是如此洪荒如此无情的存在，把一切都推向虚无，并不在意谁是否记载了它。这对于理解《幻镜之国》中所砸碎的那面镜中之镜，理解再也无法归还被其"封印"的时间非常重要。她一而再再而三地强调时间，实际上试图尽可能地在作品中形构无限空间，让生命更长久一些，假如不能拖住时间，那么就在彼岸空间接续下去。作者赋予其创作时空自由转换功能，基于其力挽流逝生命而不肯轻易认输的决绝，她赢得的不仅是时间，还有人的尊严。

（四）机器人的情感预热

收入 2022 年出版的童话作品集《时间的森林》中，有一部关于人工智能的科幻小说《百万个明天》，初刊于 2018 年第 6 期《儿童文学》，此小说一出版即斩获 2019 年陈伯吹国际儿童文学奖、第十届全球华语科幻星云奖少儿组金奖、第五届《儿童文学》金近奖，是名副其实的获奖"大户"。

人工智能不可避免地进入人类生活各个方面，而对身边随时可能涌入家庭的机器人，最为棘手的伦理问题如何解决，机器人陪伴过程中产生情感如何应对，托幼助老承担保姆角色的机器人将在家庭中处于什么位置，这些问题都将浮现出来。《百万个明天》通过机器人与 6 岁女孩安的共处，将这个时代提前预演了一遍，在女孩成长中注入了崭新的情感元素。

作品用第一人称讲述，用安的视角去建构叙事，所以叙事呈现出安自身隐秘的独白色彩。尽管这并不是一出戏剧，我们并不能够在舞台上看到演员心无旁骛地述说内心感受，但在安的自我陈述过程中，在不能对他人讲述的既定情境中，安强制迂回地述说了自己和机器人爸爸的故事，使叙事独白色彩愈加浓重。在孩童视角与科幻迷思交相辉映下，叙事生动而严肃，而温情，而余音绕梁。

安的爸爸出远门时，为安准备了机器人爸爸来取代他。作为研究机器人的科学家，爸爸为安提供了科研福利。安不得不接受机器人爸爸进入生活，她开始佩服机器人爸爸，比如他脑中三维地图、修理手机只需三秒钟。尽管机器人爸爸把全部时间用在她身上，但安仍然思念原来的亲爸爸。在经历更多相处后，她向机器人爸爸索取爱并心疼他的孤独。对于机器人来说，陪伴照顾、奋不顾身保护安就是爱，爱有几万种表达方式，对他而言爱只是一种算法。所以，当机器人爸爸出现走神、在夜里独守黑暗待机时，社会调查官对安讲，机器人不能永远保持初始设定的服务功能，也就是说不能解决永动机问题，如果涉及不安全就要消除隐患进行回收。爱对机器人来讲是不恰当的运算，为多爱一点需要大量耗能。为阻止机器人爸爸回收，安冒着极大风险寻找新能源块，在经历失败后，她仍然保留了机器人爸爸的记忆芯片。

《百万个明天》用最纯净的孩童目光讲述了人与机器人为爱而成就彼此的故事。在未来智能社会到来之前，在机器人融入家庭生活中，这里所设定的程序尤其是关于爱的呼唤，让机器人显得不那么冰冷机械，带有人类所固有的情感温度。这是作者通过小说赋予未来智能社会的想象和愿景。

综观童话作品集《时间的森林》，可以肯定地说，尽管叙事的主题是时间是成长，但作者叙事方式的与众不同，成就了其空间形构的独特之处，她的故事非常明显地区别于其他儿童文学作品。她对梦境无与伦比的制造能力，对宇宙和人间丰富多元的探索维度，都使其主题有了更加千姿百态的立体呈现，为叙事提供了无限延展的空间，让童话故事注入更严肃的社会内涵和更深刻的哲学命题。

《莪妮的旅途》是一篇关于精灵莪妮突破命定程序、走向远方进而逼停战争的故事。莪妮从会织梦造梦的边缘化精灵，从永远不死的幻梦精灵，到进入现实世界经历千辛万苦，寻找到与魔族战斗的精灵莫洛斯，这个过程就是创作过程，也是作者提供给读者的价值所在。回避战争边缘化的造梦精灵莪妮为找到受伤的战士莫洛斯，踏入让自身饱受摧残的真实世界。那曾经被梦包围的无拘无束自由的过往不复存在，她变得更加勇敢，终于用生命经历的一切编织出巨大梦网笼罩住战场，使战火熄灭，而她也将很快归于无形。莫洛斯托住即将消失的莪妮，莪妮心满意足："遇见你之前，我的生命很长很长，但我却没有活过。为了寻求答案，我走上这条漫长的旅途；我经历的一切，把我和你，和世界紧紧连在一起。我是这个世界的一部分，如今，这世界也留下了我的痕迹。这是我用无尽的生命，交换来的答案。我已找到了生命的意义。"① 突破自身命定的菾妮，用牺牲换来和平拯救人类，其选择与盗火的普罗米修斯并无二致，也与古代神话世界的女神如出一辙。无论远古还是今朝，女神作为一种精神象征都将不朽。

很显然，菾妮的故事从某种意义上也印证了作者创作上的成长，她从最初很不善于与世界相处活在一片幻想森林并不断制造梦幻故事，到逐渐置身于可以触摸的现实与历史空间，携带着她精心打造的独门武器披挂上阵，去开辟新的空间领地，建构新的叙事场域。

二 2022年：大开大阖的空间转折

2022 年，除童话作品集《时间的森林》，秦萤亮还推出了小说《春水煎茶》、《狐狸哥哥与杜梨妹妹》和《眉峰碧》。很明显，她在向现实题材和特定空间的历史叙事靠近，她从幻想和梦想中跳脱出来再次出发，一如她从旧体诗创作转向儿童文学表达，而为了一次又一次再出发，她以往所进行的创作尝试都不会白费，都将在未来某一时刻以某种方式为她提供助力。

对现实题材的写作，2021 年有一部比较重要的成长小说《相逢在黑夜的海上》面世，初刊于 2021 年第 2 期上海《少年文艺》，收入《2021 年儿童文学选粹·探索》，获第十届"周庄杯"全国儿童短篇小说大赛二等奖。小说聚焦于当代少年成长困境，揭示应试教育压力，讲述当这种以排山倒海之势扑面而来的压力击垮心理时，同学所施以的援手与自救。女主微微高一考试成绩排名下降，导致其非常焦虑。"日漫和综艺也好久没追了。心里慌慌的，提不起兴趣。这是竞争惨烈的教育大省，每次考试都要用 App 做数据分析，榜单直接发到家长手机上，一科科成绩后面都有升降曲线和百分比，像股市 K 线图一样一目了然，谁看了都陡增焦虑。"② 初中考试成绩排名没出过前三，高一三角函数却出了问题，从此微微阵脚大乱，期中考试年

---

① 秦萤亮：《时间的森林》，人民文学出版社，2022，第 146 页。
② 秦萤亮：《相逢在黑夜的海上》，载崔昕平主编《2021 年儿童文学选粹·探索》，山西出版传媒集团·北岳文艺出版社，2022，第 341 页。

级总排名在一千二百名开外成了差生。失眠抑郁找上门来。在微博上她灰心丧气一通哀号，曾经失眠的校友白夜闯进来告诉她，三角函数"在四中的教室里，它显得很枯燥，可如果你是在古希腊测量土地，或者是在古埃及观察星星，说不定就体会到它的简单、实用和有趣了。回头把我的笔记拍照给你看，也许对你会有启发"。微微在白夜帮助下恢复了睡眠回归校园，并坚持晚自习前跑步，排名慢慢回升并顺利升入高二。她与白夜在微博上分享进步，终于白夜在微博上告诉她，他就是四中总分排名第一却因压力退学的学长，马上他就与微微同学年了。"我曾经鼓起勇气，回到校园，遥遥地看着你在操场上跑步。那个在夕阳中奋力奔跑的身影，将永远刻印在我脑海中。我的价值，并不在于永远跑在第一名。只要在奔跑就够了。只要朝着自己选择的方向就够了。"这是白夜与自己的和解，也是开启微微成长的钥匙。作者赋予应试教育压力下少年最大限度上的彼此提点，相携而行，同声同气，悲壮有如战友。小说无疑是励志的，满满的正能量，一如她以往的作品触动人心。尽管作者洗尽幻想和梦境的铅华，揭示青少年失眠抑郁等现实生存困境，读者仍然可以在叙事中感受到她所精心营造的唯美气蕴。

《狐狸哥哥与杜梨妹妹》初刊于 2022 年第 2 期上海《少年文艺》，小说仍然选择 6 岁儿童的视角，女主离离是一个小才女，认识三千汉字，还会看《红楼梦》《西游记》《聊斋志异》《封神榜》，寂寞日子她想象着有一个狐狸哥哥作伴。偶然母亲朋友的儿子晴川从南京来家里小住，离离就叫晴川狐狸哥哥并向小朋友炫耀自己有了哥哥。儿童的小情小趣在与晴川相处过程中表露无遗，诸如离离说长大要嫁晴川之类。晴川返回南京病逝前，为离离寄来毛绒玩具狐狸。离离始终认为狐狸哥哥回山里了，以后还会回来。直到长大读到"最是人间留不住，朱颜辞镜花辞树"时才伤心起来。这段起于 6 岁相遇而生发出来的伤感故事，伴随着 6 岁孩童想象力和稚弱心理的呈现，将读者带到童年往事，尽管落笔于现实却分明带着幻想印记。

《春水煎茶》讲述了少女小山得知母亲患癌症不久于人世后，她自身的变化也即成长的故事。她要学习着在没有母亲的时候怎么活下去。小说初刊于 2022 年第 5 期上海《少年文艺》，斩获第十一届"周庄杯"全国儿童短篇小说大赛特等奖，2022 年入选陈伯吹国际儿童文学奖年度推荐榜作品。《春水煎茶》也是一篇美文，若不细究很可能会认为这是南方作家的作品。小说以茶为题，语言简约，仅用白描就将一派温婉风情不着痕迹地呈现出来，很有一股子南方气蕴的润泽感。在人物语言、表情、动作等综合因素表达过程中，作者将分寸拿捏到位，对生长在北国的作者来说，提供给读者这种纯南方味道的作品，不能不说是一个奇迹。

这恐怕还与她以往对旧体诗创作颇有心得有关。小说以母亲经营的"春水茶楼"为背景展开，通过两条线索推进故事。一条主线是小山与母亲的故事，另一条副线是小山与父亲继女唐果的纠葛。母亲风格清劲的书法作品挂在墙上，内容是元人张可久的《人月圆·山中书事》"数间茅舍，藏书万卷，投老村家。山中何事？松花酿酒，春水煎茶"。这幅字的力道及内涵将母亲外柔内刚的性子勾画出来。母亲还是一位明理包容的女性。小山每遇难以排解的事情，母亲总会柔声开解，比如小山问为什么让父亲继女唐果寄住在自己家里，母亲说大人的事跟小孩子无关。又如嫉妒唐果"夺走了爸爸的爱"，小山说自己才是爸爸的女儿，爸爸怎么跟别人的孩子在一起，母亲说人和人之间是讲缘分的。再如母亲交代后事，小山很害怕，母亲说怕也没有办法，现在怕过了以后就再也不怕了。母亲在离世前还是把小山的未来落在茶道上，"小山在茶楼长大，却不爱茶，总觉得茶道太繁缛、太形式化。在这迢迢长夜，她初次觉得了茶的安慰。跟妈妈相对而坐，抿一口暖香的奶茶，吃一口零食，无边的焦虑和恐惧退潮了"。[①] 母亲告诉她，以后的日子也要这么过，要学会给自己当妈妈就没有什么过不去的。在舒缓的节奏里，小说以茶道完成了小山的成人礼，她提前长大成人了。而雁姐、唐果也都各有自己的艰难故事，但这些难处总会过去的，人总要告别，人生总归要离别。一切原有的秩序都要崩塌，而人则会在废墟上重生，小山后续如何，那应该是作者的另一篇故事了。

---

① 秦萤亮：《春水煎茶》，载孙建江编选《世界上最大的被窝：2022 年中国儿童文学年选》，花城出版社，2023，第 116 页。

　　《春水煎茶》讲述的是小山成长的故事，其实另一个重心还是母亲，那个活得清高隽永的榜样，仅靠茶道就可以支撑起她的不急不躁，不争不抢，端得一副大家闺秀的仪容，这不仅与诗词有关，也与茶道契合。无论诗词还是茶道都是一种文化传承，是死亡也无法带走的精神资源。对于女人那种淡淡的来自生命内在的特质，作者一向是以珍重敬畏的心意去表达。女人柔性力量环绕着她的作品，而《眉峰碧》中的奶奶，就是这种女性力量的深化。

　　秦萤亮对于女性柔性力量有着天然的敏感，她尽可能地淡化人物形象的外在力量，让女性内心更为充盈丰满，提升人物心灵的自在自为程度。因此，那些细润无声的故事由女性来完成就顺理成章。《眉峰碧》发表于《儿童文学》2022年第5期头题，还有李秋沅的评论《以锦绣文笔，书写大气文章——读秦萤亮短篇小说〈眉峰碧〉》，用于推荐此期佳作。

　　《眉峰碧》写的是我奶奶孙毓珍错嫁的故事。1939年的东北初冬，奶奶出嫁。奶奶是大户人家的小姐，因为父亲守旧她没能念书，她很羡慕读书的表姐妹。听说东兴屯里秦家有个秦二先生能写会画，又会拉琴，还懂中医，在中学里教书，所以东兴屯秦家来提亲她就答应下来。出嫁时，毓珍的嫁妆装满四马车，谁知新郎并不是清秀文气的秦二先生凤鸣，而是喝酒赌钱家暴的秦家老大凤翔，奶奶在艰难中度日如年。秦二先生经常住校，偶尔回来给奶奶讲外面发生的大事，如武昌起义、上海大罢工等，告诉她"别看日本人现在势力大，将来东北一定会回到中国人手里。在'东边道'铁路那边，密林子里藏着抗日联军"。[①] 偶尔她会在心里唱凤鸣教给她的抗联军歌，还有古老的南音。1940年腊月，唱蹦蹦戏的来村里唱戏，唱的是秦二先生写的戏《东北救亡歌》。日本人抓劳工秦家兄弟都被抓去，凤翔跑回来，而凤鸣再也没有回来，是因为他抗日被宪兵队密捕杀害。秦二先生死后奶奶开始自学识字，阅读他留下的书，一张夹在书中的纸条也是他留下的唯一手迹，写有"絮语闲针别有情，江天南北寄生平。千重岭似眉峰碧，万家月如肝胆横"。当她学会了这些字，弄懂了其中的意思，就忍不住流泪，"那些做

---

①　秦萤亮：《眉峰碧》，载《儿童文学》2022年第5期，第7页。

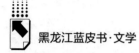

着针线听二先生讲闲篇、拉胡琴的日子，那些帮他打点行装，看他披星戴月出门的日子，原来不光她一个人记得真、记在心"。① 她继续读秦二先生留下的书。"识字了，她觉得眼明心亮，像黑屋子开出一扇窗，读书能知事，能明白道理，渐渐地，毓珍人前也敢开口说话。后来村里办起妇女识字班，毓珍就是班长，有时乡邻吵骂了，还会找她评理，凤翔也不敢再随便打她。"②

奶奶的故事貌似短篇，却包含着巨大的容量。其外在线索是东北沦陷国破山河碎的特定历史时期，抗日志士秦二先生等人，壮怀激烈拯救国家民族于危难的宏大叙事；而内在线索是五四启蒙时代尚未完成的任务，由于战争中断却在奶奶身上接续下来。奶奶是蒙昧的，忍受着凤翔的欺压，而她也是自觉的，追随着秦二先生，通过阅读和书写走进秦二先生的启蒙世界，从而完成了从家庭妇女到知识女性的蜕变，成长为有独立思考的人。

作为奶奶的引路人秦二先生，不仅是那个时代可歌可泣的抗日志士象征，更是走在时代前列的思想者，这是作品的深层意义。尤其奶奶是旧式妇女，能够有尊严地活着，靠的是对秦二先生精神遗产的传承。五四新文化启蒙、抗日救国，还有秦二先生留下的南音，意味着彼此心心念念却无法得到的爱情。秦二先生死后，奶奶身上所发生的变化，正是成长的叙事。成长在此并非只发生在孩子身上，而是从蒙昧向启蒙的迈进，这种精神上的成长，是小说精华所在。在特定的历史空间，作者让我们看到了女性柔软而潜在的力量，这种持久的力量才让秦二先生的精神生生不息，超越了时代和特定的历史空间。

---

① 秦莹亮：《眉峰碧》，载《儿童文学》2022 年第 5 期，第 14 页。
② 秦莹亮：《眉峰碧》，载《儿童文学》2022 年第 5 期，第 14 页。

B.14
年度热点作品：闫语散文集
《你自己就是每个人》

郭淑梅*

摘　要： 2022 年，闫语散文集《你自己就是每个人》获首届黑龙江文艺大奖，是该届文学类别中唯一获奖的散文集。其散文作品充满哲学省思，情感丰沛，语言独特，展示出作者与时间庸常对抗的写作风格。2022 年，她延续了对古典音乐的心得，推出音乐随笔《在遮蔽我们的情感梦幻里慢跑》，以探秘手法求证坊间流传的杰奎琳·杜普蕾大提琴演奏曲《殇》是否为其原曲，质疑和辨析让散文更具戏剧性，其与古典音乐共舞的精神取向，成就了散文灵魂飞升。

关键词： 哲学省思　宏大叙事　古典性　音乐随笔

2022 年，在首届"黑龙江文艺大奖"评审中，闫语散文集《你自己就是每个人》是唯一获奖散文集。多年来，省级文学类大奖中很少有散文集获奖，而此次闫语散文集《你自己就是每个人》无疑让评委眼前一亮。这是一部非常严肃而郑重的散文集，思绪绵密，情感丰沛，满满的真诚让伪饰无处藏身。这是一部充满哲学省思的散文集，从内而外洋溢着人类对自身的认识和思考，哪怕细微的心理活动也提示着人类所处的地位。丰富而缜密的

---

* 郭淑梅，黑龙江省社会科学院二级研究员，研究方向为现当代文学、少数民族文学、文化艺术与产业。

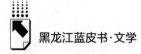

精神活动很容易导入沉浸式阅读，一种看不见的力量扑面而来，如诗如画，如泣如诉。

在闫语所制造的语境里，一股内在的不绝如缕的激情暗流涌动，坚韧顽强地支撑着一篇又一篇创作。她试图用语言的魔法创造出生命的一次又一次璀璨，用语言的耀眼光华去搏击世俗生活的庸常，提升生命的潜在价值。从某种意义上讲，闫语所进行的是一种运用超拔的语言逻辑，不停地追索生活意义，反复地与时间和庸常对抗的艺术活动。

笔者与闫语的首次谋面，是在2022年8月黑龙江省作家协会举办的中青年作家作品研讨会上。这次研讨会也是作家与评论家"一对一"对谈，闫语散文集《你自己就是每个人》被安排在第一位发言，而笔者随后对她的这部作品进行解读。研讨结束时，闫语很诚恳地希望笔者提几条意见，类似有什么不足。说心里话，对于散文创作这种貌似寻常而很难出新的领域，闫语已经用实力证明了她的独创性，而笔者也只是希望她再把路子拓宽一下而已。

一　与时间和庸常对抗

（一）"我说你听"的叙事策略

对于思辨式写作，会存在一种独自攀登险峰的风险，也即曾经被快餐文化熏陶的大众，能否在第一时间被作品吸引并且继续完成阅读活动，是作者所面临的创作与接受对接问题。在艺术社会学看来，如果艺术创作没有接受者，不可能形成闭环，不可能达成完整的艺术活动，也就不可能对社会产生影响。在一个终日奔跑的快节奏社会里，闫语希望以她所能控制的慢镜头播放，唤醒人们停下来品味生活。一景一物，一风一雨，一哭一笑，均是生命的一部分，这些存在均有意义，点点滴滴都不要错过。

为此，她选择了从主观视角展开陈述。在散文集《你自己就是每个人》里，面对读者，她很坦诚，先是打开自己。其中《说给你听》开宗明义，采用的是口头叙事方式。不论作者面对的是谁，故事的主角抑或是读者，抑或是不具体的某个人，她都将作为一个主观叙事者，坦荡地打开心扉。因此，"我说你听"叙事策略的先定，作为整个故事布局中的非客观立场限定，拉近了作者与读者"说与听"的距离。

《说给你听》是家族叙事，是写给女儿的故事。该篇放在散文集的开篇，足见作者的重视程度，也确实可以撑起散文集的门面。事实上，对于许多女性来说，创作往往从写自己开始，对内心的倾听和诉说成为通往创作的一条必由之路。女性天生的敏感和直觉使之对艺术的把握拥有深刻的洞悉力，这在许多著名作家身上都体现过。

与前辈女作家不同，闫语既没有经历战争迫害也没有经历20世纪90年代经济大潮引发的失业下岗，女性生育带给她的思考源自生命本身的伟大，源自女性内在力量自然而然的生发，源自孕育生命的母性开蒙。人类的进化成长就像一粒种子，从栽种、发芽，到开花、结果，每个阶段都是神奇过程。《说给你听》面对的是女儿，对女儿的脉脉温情并不是从她出生坠地开始，而是始于胚胎时期。这种观察事物的角度和方法，让闫语的叙述平添了几分深谙医学的当代人的冷静清奇。"我是在看到B超屏幕上那个不断闪烁的'点'的瞬间，决定为你拍下这张照片的。是的，我看到的只是一个点，一个极其活跃、电波信号一样闪动着的点，一个兴奋而执着闪动的点。医生说，那是你的心跳。这是一张十二周胎儿的照片。"[①] 从此，闫语开始对胎儿观察，并想象着胎儿如何生长为女人或是男人，两种不同性别所呈现的样貌和面对未来的境况。细致入微的观察记录，为孕育过程插上无边无际的想象翅膀，带领读者体味生命进化的分秒必争，足见作者对生命的挚爱。三十天、一百天、一百四十天、二百一十天、三百天，就这样数着日子记录。一件女人生育之事，对大多数人来说再普通不过，她却从生命萌芽长成的过程中，创造出神奇的天翻地覆的故事，让读者循着生命从无到有的过程，对自然造物以及人这个伟大的物种产生由衷敬畏。

---

① 闫语：《你自己就是每个人》，作家出版社，2020，第4页。

《我说你听》是家族叙事，是对身边亲人的倾诉，融入了对人世间的观察和理解，一些经验转化为关心呵护。《爱的方式》也是如此，从十六个月大的女儿玩抽屉时夹到手，引申出她未来将要面对的生活。"第一次感受到了疼痛和委屈，她用哭声来抗议。往后的日子里，她会遇到各种各样的疼痛和委屈，我希望她都可以坚强地面对。"① 这些日常生活琐碎，在闫语语言表述中都点石成金，幻化为神奇故事。身为母亲的缘故，她循着家族亲情血脉进行着自然而然的文化传承，在《从左到右的温暖》中，她对母亲展开饱含深情的描述，而故事是从两人的矛盾写起，"我和妈妈刚刚因为一种传销药品争吵起来，一个哭了，另一个在生气。妈妈经常会在看过一个新的广告之后，就去买一堆的药回来，不管对症不对症吃下去再说"。② 对于有些老年人来说，对药品广告的执着信任有时会让其深陷其中不能自拔，这是一种对死亡恐惧的病态，也易引发亲子之间的代际冲突。开篇的争吵过后，回忆却完全是另一种风向，是对母亲爱的满满的回忆。实际上，两人争吵是因为母亲衰老头脑不灵光，经常上当受骗，但在饱满的爱面前所有的不快都销声匿迹了。在《写在夏天》里，她亲昵地直呼爸爸，对七十岁父亲倾情诉说，勾勒出父亲生命中最重要的时刻，那是父爱如山的高大形象，也是女儿从来不曾忘怀的记忆。作者对往昔的追溯，是源自家族血脉的自觉认同。对于家族人物的叙述，使闫语在很大程度上承担着家族口述史的传播角色，她很像是饱经风霜的智者，用讲述记录下家族的生生不息。

（二）旧物的承载与定格

闫语的许多散文都有怀旧内容，对于过往生活，她不忍割舍，其文字随处可见的是努力"打捞"，一些陈年旧物就此浮出水面。闫语的写作也可划归为念旧行列。她在讲述过往时，常有不经意间抖出的震撼细节。

《倏然，悠然》中，她写喜欢翻看旧照片，那些逝去岁月在照片里显得

---

① 闫语：《你自己就是每个人》，作家出版社，2020，第12~13页。
② 闫语：《你自己就是每个人》，作家出版社，2020，第15页。

格外超凡脱俗，闪着光泽。有一张旧照片，一对夫妇正襟危坐，身后三个孩子笑得天真。然而当她写下这张照片来历时，你就会觉得不可思议。"照片的背面写着 1923 年。我曾经不止一次地问过妈妈照片上的人是谁，妈妈说她也不知道，是一次搬到新家后在抽屉下面看到的，应该是一张全家福，妈妈就一直留着，心里想，也许会有人来找呢。"① 散文中这个莫名其妙的情节就发生在作者日常生活里，却是戏剧化的素材。多年来，并没有谁到家中寻找这张照片，妈妈也没有更多地解释什么。可是几次搬家都没有把这张照片放弃，一直都放在家中相册里，非同寻常的做法让人不免心生疑窦。旧照片故事，闫语讲来漫不经心，却直击灵魂。陌生人的照片，在另一个家庭里代际传承，甚至成为传家之物，这个家庭的笑容究竟承载了多少灿烂的岁月，又有多少未解之谜呢？有关旧照片的构思精妙，以及运用素材形成的推拉力和爆发力都给人以不小惊喜，也见出其深厚语言功力。

还有一个非常打动我的故事《人间烟火》，所讲述的是家里将要拆迁的老房子的故事。老房子故事许多人都讲过，但是让她讲起来就别致得多。依然娓娓道来，漫不经心，一幅幅风景在眼前闪过，但分明感受到的不是风景，而是一大段历史定格。"我的家藏在一大片老房子里，院子被邻居的高墙挤成窄窄的一小撮，又被一张靠椅、一棵樱桃树和一条窄窄的甬道分割着。院子是我最喜欢的地方，我时常静静地坐在靠椅上，目光散漫地看着灰色的天空。"② 关于家，关于院子，尽管是写空间局促，在她的语言描述中却找不到尴尬，读者从中感受到的是丝丝缕缕的情愫。老房子也有渊源，来自四面八方操着不同口音的人以第一批地质勘探队员的身份在此落脚为生，百余户人家拉开生存大幕。这段本该多说上几句的宏大历史，作者仅用一两句话捎带出来，这是她散文的特点，在气氛晕染中画龙点睛地来上一笔，而这不仅需要凝练语言的本事，还依赖于她所要表达的观念，她所具有的立场以及她为表现她的视界所运用的方法。对于读者来说，这一两句话不多也不

---

① 闫语：《你自己就是每个人》，作家出版社，2020，第 67 页。
② 闫语：《你自己就是每个人》，作家出版社，2020，第 47 页。

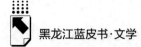

少，实实在在地抓住这片老房子由来就足够了。接下来，她所描绘的眼中风景，是她真实希望读者进入的领地。比如开心坊的秃头老板是作为老房子没落背景出现的，老房子对面高楼里走过来遛狗的气质不凡的女人，衬托出这种没落的必然。那座具有现代化气息的高楼小区，已将老房子的一些住户吸引过去。在新旧两种力量的对比中，老房子显然败下阵来。

闫语却从这片老房子看到另一番风景，她站在对面楼群天台观看，角度大不相同，竟然有了水墨晕染效果。"这片老房子很符合中国画里的散点透视，可以说，老房子就是一幅浑然天成的水墨风景画。不过，我更喜欢雨天里老房子的景色。雨天，走在老房子的街巷里，炊烟和雨雾弥漫在屋顶上，低低的，潮湿给予了它们足够的质量。青苔和偶尔出现在院墙上的小草被雨线编织，凄然的背后是感人的顽强。"① 在雨中，她读出老房子破败中的顽强。这是她个人的写作视角。更可贵的是，她并没有就此止步而是将生活在其中的人，也一道纳入风景中，呈现出一种历史变迁的必然选择。"那个每天坚持早起跑步的大哥哥，已经去了体育学院。那个能够在黄昏里拉出美妙旋律的邻家女孩，也考取了音乐学院"。② 这是老房子街巷历史变迁，是客观陈述，就如讲到第一批地质勘探队员到来一样，画龙点睛地给出了变迁理由。

在读过全篇后，读者可以更深切地感受到老房子承前启后的作用。作为历史见证，老房子滋养出一批进入新生活的年轻人。作为过往生命的载体，老房子在年轻人转入新生活后可以体面地退出历史舞台，经年之后可以作为生于斯长于斯的年轻人的记忆，传承着第一批地质勘探队员扎根于此的故事。

（三）疼痛的打捞与解析

直觉和感受力往往是抵达事物内核具有决定性意义的特质，对于思辨式

---

① 闫语：《你自己就是每个人》，作家出版社，2020，第48~49页。
② 闫语：《你自己就是每个人》，作家出版社，2020，第49页。

作家来说这一点尤其重要。闫语在经营散文时，面对的是熙熙攘攘的充满紧张忙碌的世界。过往日子倏忽即逝，创作素材捕捉起来相当困难，更遑论纳入中长期创作规划了。她以大隐隐于市的能力，将一些被许多作家放弃的小素材拿来为己所用，并以其超乎寻常的冷静，将其风格化，演绎成惊人事件。关于疼痛的书写体现出她与众不同的眼光和直抵生命本真的深刻。

《疼痛之年》写的是一位为国参战而负伤的荣誉军人。在他六十岁那年，他被疾病和伤残折磨得痛不欲生，疼痛已经成为他恒久的职业。"在1969年的珍宝岛，在零下四十度的寒冷天气里，他曾多次长时间地在雪地里潜伏，他的双脚被严重冻伤了。后来，在断断续续的治疗中，双脚却开始溃烂，而长时间的卧床又导致了双膝的大筋膜粘连，他的双腿也僵直了。"① 这种客观叙述并没有对读者产生更大的冲击，享受着国家荣誉的老兵经常会有朋友探望，首长、战友甚至还有小朋友都向他诉说牵挂和敬佩，他也表现得很好。"亲切地聆听，微笑着谈心，认真坦诚地对待来人提出的每一个问题，完全不像是个重残重病多年的老人。"② 真正让人震撼的是每到夜晚来临，伤口疼痛却是另一番窒息景象。他号啕大哭，楼上年轻夫妇用力敲打暖气管子警告他并宣泄不满时，他"冒着再次胃出血的危险，加大止疼药的剂量，实在坚持不住的时候，还要用头狠命地撞墙，或抽打自己的嘴巴"③，直到昏厥过去。然后他会醒来，有时还产生死亡临界的感觉。对疼痛的书写，实际上于作家来说并不轻松。她冷静陈述的语言中带着许多无奈，甚至悲伤也不足以解释她的痛心。然而，她仍然能够狠下心来记录这残忍的时刻。"他不知道自己这次的清醒到底是生命的幸运还是不幸的再次延续。但是有一点他知道，自己活得已经极其不容易了，并且还将这样继续不容易地活下去。"④ 当闫语能够抽离痛苦而在人类灾难的大盘子里去打捞顽强生命力时，尽管痛苦和悲哀超乎想象，尽管失能与赋能冲破存在界限，其思考已

---

① 闫语：《你自己就是每个人》，作家出版社，2020，第35~36页。
② 闫语：《你自己就是每个人》，作家出版社，2020，第37页。
③ 闫语：《你自己就是每个人》，作家出版社，2020，第38页。
④ 闫语：《你自己就是每个人》，作家出版社，2020，第39页。

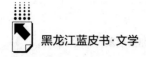

经触摸到人类一次次艰难重生，一次次凤凰涅槃了。

《清洗疼痛》继续写他，写关于疼痛的故事。夜晚老人痛得号啕大哭，在绝望中他费劲巴拉地站起来写诗。诗歌在此成为疼痛的拯救者，一种帮助他于疼痛中超升的精神力量。闫语将肉体疼痛不可思议地升华再升华，在她的语境里，竟然出现了"清洗疼痛"这个词。这个汉语词语的出现凸显出作者对于疼痛无与伦比的想象力，就如同身体的浮尘，只需要除尘就可以了，而诗歌是可以做到的。试问哪位作家能够将诗歌治愈功能生发到如此境地，能够清洗疼痛？"他果真把诗歌倾倒在房间里，然后挽起衣袖，用一条病残的胳膊，哗哗哗地冲洗着。那声音仿佛不是诗歌发出的，也不是疼痛发出的，而是多年前蛰伏在他腿部和背上的冰雪在房间里的回响。……每次，他都是擦干眼泪，扛着疼痛，迎接着无望的希望；每次，他都是用诗文诠释着一个军人的意志和品格。"① 看到这里，我不得不佩服闫语赋予语言的内在力量，她的语言确乎有一种魔力，一种在灾难中起死回生的力量。由疼痛陷入绝境的西绪弗斯式抗争，终于为主人公赢得了尊严。闫语以夜晚降临的语码，揭开的不仅是月亮背面，也是浩瀚星空中那一束光，那一束人类追逐的无望而又充满希望的精神之光。

二　宏大叙事书写

2022 年 8 月，在省作协会议室里，闫语提供了《底片上的泰山》《黄河书笺》《风格练习》《航班降落，旅行箱里的冬日与海》《收音机往事》5 篇散文。其中写名山大川的作品《底片上的泰山》《黄河书笺》，除语言的风格化外，更增添了一种宏大叙事气度，一种历史感油然而生。

《风格练习》是由写作引发的故事和思考，是与诗人的对话，"这个秋天，我在文字里和你相见，而在文字之外，我们就是毫不相干的两个人"。闫语往往有一种跨越时空的想象力，把不相干的人和事联系在一起，她经常

---

① 闫语：《你自己就是每个人》，作家出版社，2020，第 52~53 页。

在写作中实践她的一个观点"你自己就是每个人"，通过联想将另一个时空里的诗人拉近，在时空交错中讲述诗人与我的故事。这种跳跃性非常生动活泼，让叙事染上了季节和自然的温度。在日记部分，记载对写作的思考包括情绪对写作的影响，如"听到一首曲子，是我喜欢的主题，很有启发。我的小说也有了它对应的节奏和情节"，"一段时间以来，我一直被文字挤压着，动弹不得"。坦诚地将写作习惯、写作困境讲给读者听，的确别有一番新意。此外，她将虚拟空间社交平台拆解成轮廓清晰的秀场，是专为陌生人演一出亲热戏临时搭建的，因此虚拟人际关系的建立以及崩塌映照出网络世界作为"秀"场与现实世界难以跨越的鸿沟。

《航班降落，旅行箱里的冬日与海》写了海天对视的壮观。立冬之日作者在蓬莱岱山街头行走，望见海边落日挥洒在沙滩上，海浪"吞吐着蓝色、白色、黄色、橙色和红色，似乎瞬间就化身为彩虹之蝶"，而后便剩下一片空荡荡沙滩。海天对视无异于一场生死相依的自然盛景，惊动了作者，而另一位南方人却是想着如何逃离南方到北方去看雪。由此散文主题再次回到存在和意义的追问，"发生在日常生活之中的事实将成为每一个人的事实吗？"作家在此确信，"你自己就是每个人"，这种个人化书写使之将文字力量最大化，使其融入生活甚至作为一种跨越时空的交际手段，勾连起每个人。

《收音机往事》是一篇忆旧散文，思绪很多，从小时候通过半导体收音机听评书、听电影，几年前在出租车里听交通广播，到时下可以用手机下载听书软件听评书和小说。里面讲了好几个小故事，有严峰，有女儿，有消失很久的笔友信息，有"我与广播"的征文获奖，以及最终找到严峰送给我的礼物收音机等。这些看似散漫互不相干的叙述，却都指向了作家对新旧的看法，与代际有关，与时间有关，与逝去的岁月有关，与珍藏的记忆有关。写作中，她仍然在用文字与时间抗衡，这一点并没有改变。

《底片上的泰山》《黄河书笺》，相对于其他作品而言，是两篇主题稍为宏大的个人书写。《底片上的泰山》对泰山的讲述郑重其事，从等一个住在泰山脚下的"你"的电话开始。先是你说我听，交代"你"主观印象中的泰山。而后，进入宏大主题牵涉历史名人名篇以烘托泰山伟大。杜甫评价泰山，有"会当凌绝顶，一览众山小"的名句，显然是远大抱负的自况。李白登临泰山后奉诏进京也应该与泰山神启有关。庞德也会把泰山纳入诗中。甚至有朋友坐火车路过泰安，对泰山的描述也很奇异，他在车里看见了泰山的头和肩膀，不觉骤然一惊，后来连上半身和下半身也看见了，整个车厢里的人似乎都在一瞬间变得肃穆起来。从对泰山历史的回顾跳到现实空间，让读者结结实实地感受了泰山穿越千古的不朽。作者设想如果打破时空界限，澳大利亚画家费尔韦瑟登上泰山那天，在山脚会不会遇到孔子，在半山腰会不会遇到吟诵《望岳》的杜甫，当他们结伴而行走到山顶时，会不会看到李白已经在那里了。闫语将古今中外名人荟萃、机缘巧合都集中在登临泰山，不也是一种对泰山的讴歌吗？

《黄河书笺》也是一些跳跃性很大，荡开去又如风筝般拉回来的推拉性写作。开篇讲述李白与黄河的故事。李白与朋友登山宴饮借酒豪歌，黄河却似助兴般奔腾跳跃应和美妙的诗句，"黄河之水天上来，奔流到海不复回"。当某年某日作者坐在车厢里，看到窗外"长河落日圆"的盛景时，又想起王维去西北边塞慰问边关将士的故事。黄河岸边风陵渡口的险要，依然可以在《题风陵渡》中提取名句。"一水分南北，中原气自全。云山连晋壤，烟树入秦川。"这些衬托着黄河历史感的名篇佳句，瞬间将黄河推上人文山水之巅。回到现实，与作者记忆相关的是殷承宗演奏的钢琴协奏曲《黄河》和电影《黄河之恋》，在前者那里听到黄河风声雨声马蹄声，在后者那里得见壶口瀑布，纯真年代和奔向新世界的勇敢。车厢里有一位去看黄河的男人诉说着母亲遗愿。母亲在梦里见到黄河有各种形状、五颜六色的鱼，排着三排托着她飞上云彩。兰州朋友说起黄河则有一种乌沉沉的久违的沧桑感。甘肃诗人说兰州段的黄河，水面不宽水流平缓，就像刚刚学步的孩童牵着母亲双手，而当黄河走出兰州以后，就迅速成长为朝气蓬勃的少年开始加速奔跑了。

闫语游走在历史与现实之间，一山一水仰俯之间将历史召唤到前台，也将现实比肩而立。泰山黄河，无论在伟大诗人还是在平民百姓身上，所发生的故事，一样的饱满，一样的轰轰烈烈。可以想见的是，遵循和秉持着个人化书写的闫语，其创作观念和视角很可能弥补以往宏大叙事所忽略的那些生动活泼的细部，而这些细部，尽管是某人母亲的梦，某人记忆中的曲子或电影，某人饮食中的舌尖感受，不仅不会损伤泰山黄河的伟大，而且将其人格化平民化日常生活化。因此，闫语对于泰山黄河的个人化书写，足以证实自然山水自古以来就被文人墨客人文化了，而被人文化的自然山水足以留传千古，滋养后人，并为现实所景仰。

三 在古典音乐中飞升

2022 年，闫语推出了大提琴家杰奎琳·杜普蕾的音乐随笔《在遮蔽我们的情感梦幻里慢跑》，以探秘手法求证坊间流传的杜普蕾大提琴演奏曲《殇》是否为其原曲，质疑和辨析让散文更具戏剧性，其与古典音乐共舞的精神取向，成就了散文灵魂飞升。

在此之前，闫语因对古典音乐痴迷，写下多篇音乐随笔。如果说写作不仅需要生活提供素材而且需施加营养的话，那么古典音乐很有可能就是闫语不断获取的滋养并超越自身的力量。收入《你自己就是每个人》集子中的一些随笔，诉说着作者对音乐的无边沉浸，与其个人心境和精神很契合。

她听到安东·德沃夏克《母亲教我的歌》时，对德沃夏克的理解与心中升腾起对母亲的感情交织一起，两位母亲恍惚间重叠了。另一篇《纽约东 17 号大街 327 号》说起德沃夏克的《新大陆》，曾经长时间地温暖过她，对乡愁有过治疗作用。《最初的爱情，最后的仪式》是写德国作曲家约翰·帕赫贝尔的《D 大调卡农》，这是一首关于爱情故事的曲子，作者听到这首曲子就会想象出许多爱情场景，譬如执子之手，与子偕老。《落入针眼里的一场大雪》源自与舒伯特声乐套曲《冬之旅》的偶然相遇，朋友在德国音像店里淘到这张唱片，某个夏天放给作者听，"当打击乐器的声音在阿卡佩拉的那对大耳朵里极其微弱地展开时，我仿佛看到了雪花在天空中簌簌地飘落，一个身影由远及近地走来。……从此那场下在我耳朵里的雪在时间里慢慢漂移，从石子路、土墙，到陌生的庭院和塔楼，有悲伤，有往事，仿佛沉

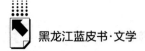

没，仿佛忘却，仿佛刺耳的鸟鸣在杜撰一个细节，仿佛落叶在弹奏金属的古琴"。① 篇名中的"针眼"，显然是指老式唱片机唱针划过唱片时，音乐的响起。大雪从天而降，舒伯特的冬天故事就这样在作者耳朵里开启了诉说。关于维瓦尔第的《需要多少个四季才能迎来维瓦尔第》，她是这样定义维瓦尔第小提琴协奏曲《四季》的，在阴晴不定的天气里，这是必听的保留曲目，"昨天阳光很好，今天电闪雷鸣，明天又会在天气预报的大风降温中等待着。好像一年中的前三个季节不露声色地潜伏在了一周的日历上，余下的时间，更像是在借用一个地址，去加深一场雪的白"。② 许多音乐人对维瓦尔第的演绎赋予更丰富的内涵。所以，在艺术视界里，四季是用来听的而不是用来看的。

对于大提琴家杰奎琳·杜普蕾，她的叙述感情色彩更为强烈，情节也格外引人注目。由于作者长期浸润于古典音乐，她对杰奎琳·杜普蕾深入骨髓的感知，使其写下了一篇纠错随笔《在遮蔽我们的情感梦幻里慢跑》，这种敏锐听觉的能力源自对杰奎琳·杜普蕾独特琴声身心交互的敏感。

收入《你自己就是每个人》的音乐随笔《杰奎琳的眼泪》是更早的一篇，用第二人称"你"来讲述杰奎琳·杜普蕾的年少成名继而声震乐坛的经历，演奏始终被激情笼罩着，"你的音乐是永恒的。你演奏时，大提琴正直坦率地斜靠在身前，当你深深沉醉其中，你会俯下身子，时而摇头时而甩发时而挥臂，就像那是竖琴或者古筝，亦或是大提琴变得越来越矮，完全被你的激情重塑"。③《杰奎琳的眼泪》也讲述其患多重硬化症后的痛苦无奈，"渐渐地，你也不再和那些一起演出的朋友外出，因为你的手脚在慢慢地失去控制能力，最后，浑身上下都不听使唤。你的眼前总是双重影像，头一直严重地颤抖，使你无法专心看书和看电视，日常生活必须有人照料，生活圈子也局限于病床和轮椅"。④ 甚至作者能够在想象的

① 闫语：《你自己就是每个人》，作家出版社，2020，第 194 页。
② 闫语：《你自己就是每个人》，作家出版社，2020，第 202 页。
③ 闫语：《你自己就是每个人》，作家出版社，2020，第 208 页。
④ 闫语：《你自己就是每个人》，作家出版社，2020，第 210 页。

房间里见到她，生怕惊扰了她，并听到她说一声"坐"。这种与天才的对视，在某种意义上拉近了彼此之间的距离，很像是一对久别重逢的知己，不必多说什么，只一个"坐"字就足以说明关系匪浅。2014 年，作者在雨夜收听到杰奎琳·杜普蕾所演奏的《杰奎琳的眼泪》，如泣如诉，如梦如幻，便在琴声包裹中写下这篇同名的音乐随笔。

2022 年，闫语以《在遮蔽我们的情感梦幻里慢跑》为题再次书写杰奎琳·杜普蕾，源自网上热传的《殇》并非杰奎琳·杜普蕾演奏的作品，关键在于二者琴音不同。杰奎琳·杜普蕾与她那把著名的斯特拉迪瓦里琴已合为一体，生病后这把琴就被收起，十二年后的 1983 年，病中的杰奎琳·杜普蕾把她的斯特拉迪瓦里琴借给马友友，经过长时间磨合，"马友友第一次使用这把琴在舞台上演奏时，禁不住全身战栗，因为他演奏的《埃尔加大提琴协奏曲》与杜普蕾的演奏录音几乎一模一样，他感觉演奏的那个人根本不是他，而是斯特拉迪瓦里琴对杜普蕾的记忆"。[1] 这位 28 岁就因病告别乐坛的天才，经过十几年病痛折磨在 1987 年辞世，留下为数不多的唱片录音成为乐坛绝唱。某日闫语听到冠名杜普蕾演奏的大提琴曲《殇》时非常惊喜，不过她"很容易就听出了《殇》这首曲子里蕴含的现代因素，这和杜普蕾的古典琴音是有出入的。或许正是因为杜普蕾悲情的一生，很符合《殇》这首曲子的情境，人们才会把《殇》误听为是杜普蕾的作品吧！"[2] 接下来，她开始寻觅《殇》的出处。从电视剧《倩女幽魂》《乌龙闯情关》《穿越时空的爱恋》等处她都听到了同样旋律，几经周折终于发现，《殇》源自徐嘉良作曲的歌曲《太多》，后由他将这首歌的旋律改编为大提琴曲，再由韩慧云演奏。《殇》的琴音低沉舒缓，也如杰奎琳·杜普蕾一样如泣如诉、如梦如幻的人生，带出一片无穷大又无穷小的心灵空间。

这一趟古典音乐的寻觅之旅，让闫语再次投身到杰奎琳·杜普蕾的

①　闫语：《在遮蔽我们的情感梦幻里慢跑》，载《嘉应文学·仲凯文艺》2022 年第 11 期，第 110 页。

②　闫语：《在遮蔽我们的情感梦幻里慢跑》，载《嘉应文学·仲凯文艺》2022 年第 11 期，第 110 页。

琴音世界，尽管文中又加入了她对诗歌误读的故事，但大提琴曲却激活了纷飞思绪，可以独自坐在深夜跟着音符和词语来一次长途慢跑。闫语的音乐随笔与其心灵写作哲学思辨有着千丝万缕的联系，对于散文作家来说，这终将成就其情感丰沛语言超拔的写作，从而区别于沉滞而无法飞升的叙事。

B.15

年度热点现象：黑龙江文学馆
萧红故居纪念馆文学惠民行动

丁　媛*

摘　要： 黑龙江文学馆、萧红故居纪念馆在省委省政府的领导下，坚定拥
护党的文化惠民方略，努力践行党的文化惠民政策，为黑龙江全
面振兴和全方位振兴做出了积极的贡献。黑龙江文学馆用丰富多
彩的文学惠民活动为龙江民众奉献文学盛宴，也为党的二十大的
胜利召开发挥了宣传导向的作用。萧红故居纪念馆围绕着"喜
迎党的二十大　革命薪火代代传"这一主题开展文学惠民活动，
不负文化工作者的使命担当。

关键词： 黑龙江文学馆　萧红故居纪念馆　文学惠民

习近平总书记在文艺工作座谈会上的讲话中这样深刻强调了文艺之于国
民精神世界改造的重要意义："鲁迅先生说，要改造国人的精神世界，首推
文艺。举精神之旗、立精神支柱、建精神家园，都离不开文艺。当高楼大厦
在我国大地上遍地林立时，中华民族精神的大厦也应该巍然耸立。"① 他同
时对文化工作者提出殷殷期望："紧紧围绕举旗帜、聚民心、育新人、兴文
化、展形象的使命任务，加强社会主义精神文明建设，繁荣发展文化事业和
文化产业，不断提高国家文化软实力，增强中华文化影响力，发挥文化引领

---

* 丁媛，黑龙江省社会科学院文学研究所助理研究员，研究方向为影视文化、地方文化。

① 《习近平在文艺工作座谈会上的讲话》，党建网微平台，https：//www.qhjgdj.gov.cn/content
Child.jsp? contentId=20341，2014 年 10 月 15 日。

风尚、教育人民、服务社会、推动发展的作用。"① 黑龙江文学馆、萧红故居纪念馆作为黑龙江省具有标志性意义的文化单位，在省委省政府的领导下，坚定拥护我们党的文化惠民方略，努力践行党的文化惠民政策，并取得显著成效，为黑龙江文化振兴、全面振兴和全方位振兴做出了积极的贡献。

一　黑龙江文学馆：文学志愿服务活动精彩纷呈

2021年7月，黑龙江文学馆正式开馆。开馆一年以来，黑龙江文学馆充分发挥自身馆藏和场地优势，用实际行动呼应着党的文化建设理念。2022年6月，龙江文学志愿服务队在文学馆正式成立，黑龙江金融作协部分成员、哈尔滨学院文法学院部分师生，以及部分文学爱好者共同构成了这支队伍的首批成员。哈尔滨学院副教授杨藻代表龙江文学志愿者郑重表态：随时听从组织召唤，为龙江文学绿色生长全力以赴！一年以来，黑龙江文学馆面向广大文学工作者和爱好者开展服务，相继推出龙江文学大讲堂之大众汇、名家坊、会客厅等大型重要活动，引起了社会的广泛关注。文学志愿者们走进基层、下移重心，推进开放共享，扩大文学惠民覆盖面，发掘文学惠民服务纵深度，通过文学志愿服务的形式，用丰富多彩的文学惠民活动、积极而有成效的文学惠民服务为龙江民众奉献文学盛宴，也为二十大的胜利召开发挥了宣传导向的作用。

志愿者们的志愿活动同时也是黑龙江文学馆龙江文学讲堂·大众汇系列活动之一。志愿队开展的首次进基层活动面向的服务对象是龙江儿童。志愿者们在7月8日走进省直机关第三幼儿园，为小朋友们奉上科普阅读大餐。在这次活动中，作为龙江文学志愿服务队的一员，哈尔滨学院副教授、中国儿研会会员、全国师范院校儿研会副秘书长、黑龙江省作协会员杨藻以"让科普阅读帮孩子插上飞翔的翅膀"为题，给小朋友们上了一堂生动的阅

---

① 《习近平在教育文化卫生体育领域专家代表座谈会上的讲话》，党建网微平台，https：//www.qhjgdj.gov.cn/contentChild.jsp？contentId=20341，2022年9月27日。

读课。杨教授以《万物由来的秘密》和《神奇校车》这两本儿童读物为范本，现场向小朋友们讲授关于阅读的方法和奥义。在活动中，志愿者们与小朋友亲切互动，并通过线上线下相结合的方式在一问一答的趣味中感受阅读的价值和意义。同时，志愿者们围绕着阅读兴趣的激发、阅读氛围的营造、阅读方法的采用等阅读方面的问题与幼教教师和小朋友家长进行了热烈的讨论和交流。这场生动的阅读授课激起了小朋友的阅读兴趣，也令在场聆听的父母和幼师受益匪浅。活动结束后，志愿服务队还向省直机关第三幼儿园赠送了著名儿童文学作家黑鹤的作品集以及科普绘本。

八一建军节来临之际，黑龙江文学馆龙江文学志愿服务队走进中国人民武装警察部队哈尔滨支队执勤一大队执勤一中队，为官兵们讲述龙江文学中军旅题材作品的发展流变及经典故事。志愿者现场为官兵们进行了题为《黑龙江文学中一抹军营绿》的文学讲座，从文学层面向官兵们阐释了军旅题材作品的价值和意义。在此次活动中，关于红色经典《林海雪原》、剧本文学《悬崖之上》、黑龙江省作家王忠瑜创作的军旅题材"鹰之歌"系列小说《鹰击长空》、"80后"女作家沐清雨的军旅作品的解读，不仅向官兵们展示军旅题材文学作品的丰富性，同时也将爱国主义、理想主义、英雄主义等精神宣传带给广大官兵。因此，这次文学惠民活动更是一场爱国主义教育的盛宴，受到在场官兵的一致好评。讲座过后，黑龙江文学馆馆长何凯旋代表龙江文学志愿服务队向部队赠送了龙江文学中的经典作品——迟子建的长篇小说《额尔古纳河右岸》和全勇先的剧本《悬崖之上》，用文学的方式向广大官兵表达节日的祝福和崇高的敬意。

盛夏八月，黑龙江文学馆开展了龙江文学志愿服务系列活动之"沉浸式阅读体验"。这一活动通过专题形式开展，举办儿童文学展览，并在文学馆打造沉浸式阅读实验室。在活动中，志愿者们向参与者介绍了黑龙江儿童文学的发展脉络、优秀作品，再通过分级阅读体验的方式，保证各个学段的儿童都可以找到适合自己阅读的文学书目。"沉浸式阅读体验"活动自8月初启动以来至9月开学前结束，接待大小读者超500人次，为龙江儿童奉献了精彩的文学盛宴。在此次"沉浸式阅读体验"文学志愿服务活动期间，还特别举办了为期三天的光明小记者沉浸式阅读体验暨文学讲解活动。在这一活动中，龙江文学志愿服务队成员、黑龙江文学馆讲解员将龙江作家创作的优秀儿童文学作品推介给参与活动的小记者们。约50名小记者在此次活动中受益，他们在与志愿者的互动中，不仅获得了知识，而且增强了对阅读的兴趣，提升了自身的文学修养。尤其是在专职讲解员的带领下，这些小记者还充分把握机会，学习并实践了讲解员的工作，在心里埋下了参与文学志愿服务活动的种子，使龙江文学志愿服务活动后继有人。

龙江文学志愿服务活动作为黑龙江文学馆龙江文学讲堂·大众汇系列活动之一，并同时作为中国作家协会2022年度文学志愿服务示范性重点扶持项目，在2022年走进学校、军营、大小中学等单位，开展公益讲座。这些志愿服务活动以推介符合主旋律、讴歌正能量的文学作品为主，致力于向龙江民众展现激情昂扬、振兴发展的时代风貌，体现出龙江文学蓬勃向上的发展面貌，为文学爱好者搭建起走进文学、畅享文学的平台，为城市文化面貌的提升贡献积极力量。在未来，这些丰富多彩的龙江文学志愿服务活动仍要秉持持续文学赋能的原则，不断扩大和开掘文学惠民的广度和深度，让公共文学品牌继续发光发亮，使文学走入百姓生活的日常，让文学信仰成为生活的力量。

二　萧红故居纪念馆："喜迎党的二十大革命薪火代代传"

萧红故居是黑龙江籍女作家萧红的出生地，包含青砖青瓦建筑30余间。1986年时逢萧红75周年诞辰成立萧红故居，2011年建成萧红故居纪念馆。馆中展陈以纪念萧红、评介萧红为主要内容的萧红遗作、遗物、生活照片、参加活动照片，中外名人怀念萧红的书画作品、传记、小说、评论文章等共计456件展品。此外，萧红故居纪念馆还收藏文物1215件，其中既有中外名人名家的墨宝，也有呼兰的历史文物。萧红故居纪念馆作为国家三级博物馆，同时也是国家级德育教育基地、省级爱国主义教育基地、市级优秀爱国主义教育基地，是黑龙江省委省政府重要的惠民工程。萧红故居纪念馆每年接待参观人数 20 余万人次，是黑龙江爱国主义宣传的重要窗口，肩负着继承革命传统、绵延红色精神血脉、弘扬龙江红色文化的重要责任。同时，它所展现出的萧红文化也是与哈尔滨冰雪文化、黑土文化、欧陆文化齐名的独具魅力的文化名片。

2022 年，萧红故居纪念馆的惠民活动基本是围绕着"喜迎党的二十大革命薪火代代传"这一主题而开展的。截至上半年，萧红故居纪念馆通过线上线下相结合的方式举办活动二十余次，线下活动惠民约上万人次，线上活动参与也十分热烈，超万次浏览量，且活动内容异彩纷呈，受到龙江民众的一致好评。

4 月，萧红故居纪念馆推出"喜迎党的二十大 革命薪火代代传"系列活动之"4.23 世界读书日"线上精品展，此次展览针对青少年的经典读物《呼兰河传》，旨在丰富上网课的孩子们的业余生活，使其能够领略萧红作品的魅力。与此同时，针对学生群体，纪念馆联合呼兰区第八中学、呼兰区图书馆举办了"书香满校园 阅读伴成长"主题活动。在此活动中，近百名师生参与其中，他们采用自选方式将经典作品的诵读视频、读后感受上传至网络。这些视频既有革命文章，也有歌颂我们党和国家的诗词歌赋，还有萧红的经典作品，体裁包括散文、小说、诗歌等。之后，对上传作品还进行了优秀成果的评奖。此次活动极大地丰富了疫情期间学生们的课余生活，也令学生们更为了解萧红这位家乡的女作家。而经典作品的诵读，也激发了学生们对国家和民族的热爱，同时为他们培养阅读习惯、提升语文素养提供了契机。而此次主题活动也为七月开展的"走进故居 体验经典"活动拉开了序幕。

5 月 18 日是国际博物馆日。萧红故居纪念馆举办了以"博物馆的力量"为主题的纪念活动，与往来的观众一起感受博物馆的磅礴力量。纪念馆的工作人员制作了精美的宣传彩页和展板，向前来参观的游客们免费发放宣传彩页，并同时讲解普及"国际博物馆日"的相关知识，使人们加深了对博物馆的了解和认知。

在流光溢彩的七月，萧红故居纪念馆举办了"喜迎党的二十大 革命薪火代代传"系列活动之"走进故居 体验经典"活动。这一活动同时也是"人人读城"活动的一部分。"人人读城"活动始于 2022 年 5 月，其目的在于推动全民阅读工作的精细化和深入化。这一活动具体计划每一个月走进一座城市，以城市读书作为契机，激发全民读书热情，鼓励群众参与读书活动。"走进故居 体验经典"是"人人读城"活动的第三期，即哈尔滨站《呼兰河传》亲子共读。7 月 17 日，以"致敬萧红 传诵经典 亲子共读"为主题的"人人读城"活动正式开始。活动中，纪念馆馆长赵东凯介绍了萧红的文情和才情，以及她在中国现代文学史上的地位。希望参加活动的群众能够认识萧红、了解萧红、爱上萧红的作品。之后，由讲解员带领观众们参观了萧红故居纪念馆，让人们身临其境地感受萧红悲凉坎坷的人生和在后花园中与祖父一起度过的快乐童年。参观过后，母亲互助成长读书会的 12 位母亲带领孩子们在萧红故居的后花园和磨坊里，现场朗诵与场景相关的《呼兰河传》中的"祖父的后花园"和"冯歪嘴子"节选内容，令广大民众身临其境地感受阅读的快乐。随后，参加活动的家庭现场体验了黑龙江省非物质文化遗产——呼兰剪纸，感受剪纸魅力的同时，一睹龙江非遗品牌的风采。最后，随心涂鸦俱乐部的孩子们共同绘制长卷画作——《我心中的呼兰河》，作品留念于纪念馆中。"走进故居 体验经典"活动也自此成为纪念馆文学惠民的长久活动，每逢节假日，包括线下参观、场景阅读、精品研学等环节的活动还会持续。

7 月 25 日，萧红故居纪念馆举办了"喜迎党的二十大 革命薪火代代传"系列活动之"青春心向党 奋进新时代"诗词朗诵会。参加此次朗诵会的朗诵者是来自哈尔滨金话筒艺术中心的孩子们，萧红故居纪念馆未来的"小小解说员"就来自其中。在活动中，孩子们将歌颂祖国、歌颂党的诗词作品激情洋溢地朗诵出来，不仅锻炼了自己登上舞台的勇气，而且能够在朗读实践中切实感受到对我们的国家和党的热爱，达到了此次活动的预期目的，也实现了萧红故居纪念馆作为爱国主义教育基地的责任担当。

9 月 18 日，萧红故居纪念馆特举办"喜迎党的二十大 革命薪火代代传"系列活动之"铭记历史 勿忘国耻"诗文朗诵会，以此纪念九一八事变，这一令华夏儿女痛彻心扉并从此齐心抗战的事件。这次活动也提醒着广大民众，唯有国家强盛，国民才不会任人宰割，唯有民族团结，中华儿女才能凝聚不屈力量。因此，要勿忘国耻，牢记历史，发愤图强，早日实现中华民族的伟大复兴。

"十一"期间，萧红故居纪念馆特举办"喜迎党的二十大 革命薪火代代传"系列活动之"党的光辉历程"图片展。此次图片展以习近平新时代中国特色社会主义思想为指导，深入贯彻党的十九大和十九届历次全会精神，包括 27 块展板、两大项内容，全景式展现了中共一大至十九大的伟大成就，宣传和弘扬了红色文化精神，引导广大青年爱党、爱国、爱家乡，为中华民族伟大复兴中国梦的早日实现凝聚起青春力量。

2022 年 10 月 15 日，萧红故居纪念馆主办，呼兰剪纸学会承办了"喜迎党的二十大 革命薪火代代传"系列活动之剪纸作品展。此次展览共展出由呼兰剪纸传承人翟文秀及其学生历经半载完成的作品六十余幅。这些剪纸艺术以热爱祖国、热爱党、喜迎党的二十大为主题，将中国共产党百余年来筚路蓝缕的艰辛奋斗、奋勇探索用独特的艺术形式真实地展现出来。赞颂了百年大党不改为人民服务的初心和矢志不渝践行使命的伟大功绩。通过剪纸艺术的精美风采和独特魅力，不仅为群众提供了独具特色的视觉盛宴，而且普及革命传统、红色文化，以实际行动迎接了党的二十大的胜利召开。

党的二十大报告对于文化工作提出了新的目标和要求，那就是："全面建设社会主义现代化国家，必须坚持中国特色社会主义文化发展道路，增强文化自信，围绕举旗帜、聚民心、育新人、兴文化、展形象建设社会主义文化强国。发展面向现代化、面向世界、面向未来的，民族的科学的大众的社会主义文化，激发全民族文化创新创造活力，增强实现中华民族伟大复兴的精神力量。"① 萧红故居文化馆以此为工作前进和奋斗的方向，点文学星火，传文学经典，用文学凝心聚力，怡养民众情志、涵育社会文明，不负文化工作者的使命担当。

---

① 习近平：《高举中国特色社会主义伟大旗帜 为全面建设社会主义现代化国家而团结奋斗——在中国共产党第二十次全国代表大会上的报告》，https://www.12371.cn/2022/10/25/ARTI1666705047474465.shtml。

专题篇
Monograph

B.16
黑龙江文学院：培育文学后备力量
赋能公共文化服务

任诗桐*

摘 要： 作为服务全省专业作家、合同制作家，培育文学后备人才，全面
展陈龙江文学成就，为广大人民群众提供文学服务的专业机构，
2022年黑龙江文学院紧紧围绕学习贯彻党的二十大精神，贯彻
落实省委以及省委宣传部、省作协关于宣传思想和文学工作的安
排部署，找准结合点，力求新突破，通过层次丰富的活动、立体
化的传播，构建公共文化服务体系，优化文学产品供给，探索提
高文学服务质效路径；繁荣龙江文学创作，加大中青年作家培养
力度，着力推动龙江文学高质量发展。

关键词： 文学创作 文学培训 公共文化 服务效能

---

* 任诗桐，黑龙江文学院主任记者，研究方向为文学传播与中国现当代作家作品。

2022 年，黑龙江文学院围绕举旗帜、聚民心、育新人、兴文化、展形象的使命任务，踔厉奋进、勇毅前行，着力培育文学新力量，推动文学惠民新供给，努力开创新时代文学创作新局面，奋力推动新时代龙江文学高质量发展。

在公共文化服务方面，黑龙江文学院（黑龙江文学馆、黑龙江诗词社）大力丰富群众文化产品供给，广泛开展群众文化活动，通过多种方式和渠道探索提高服务效能的路径，取得了新进展，迈上了新台阶。"公共文化服务"这一概念在我国于 2005 年首次提出，从服务载体、内容和对象看，公共文化服务指的是"政府兴办的图书馆、文化馆站、博物馆、纪念馆、体育场馆等公共文化设施，公民可以享受其提供的各种文化艺术服务"①。作为博物馆领域的一种新兴产物，文学馆除具有收藏、展览、研究、教育等博物馆基本属性外，同时还兼具图书馆、档案馆功能，其所具有的功能和场所能够满足受众的文学需求，是构建公共文化服务体系的重要维度。

一　围绕中心　凝聚奋进力量

党的二十大报告对文化事业发展做出了详细表述，体现了党对文化建设的高度重视，指出要"健全现代公共文化服务体系，创新实施文化惠民工程。"文艺是时代的号角，文学馆作为面向广大人民群众开放的文学场所，应坚持围绕中心，服务大局，凝聚奋进力量。2022 年，黑龙江文学馆龙江文学志愿服务队入选全国文学志愿服务示范性重点扶持项目。该项目以"喜迎二十大"为主题并贯彻活动始终，切实发挥公共文化服务和社会教育职能，倡导志愿服务精神，传播志愿服务理念，宣传志愿服务活动，培育志愿服务文化。6 月 25 日，黑龙江文学馆邀请著名作家孙且为黑龙江金融作协部分会员、省内高校教师及学生代表、文学爱好者等群体，从阅读与创作

---

① 稽亚林、李娟莉：《公民文化权利与公共文化服务》，载《艺术百家》2006 年第 7 期，第 121 页。

的关系出发，重点阐释了阅读对文学创作的意义；2022年7月8日，龙江文学志愿服务队走进省直机关第三幼儿园，以"让科普阅读帮孩子插上飞翔的翅膀"为题，给小朋友们上了一堂生动的阅读课，并向服务单位赠送了著名儿童文学作家黑鹤的作品集以及科普绘本；在"八一"建军节前，龙江文学志愿服务队走进中国人民武装警察部队哈尔滨支队执勤一大队执勤一中队，讲述龙江文学中军旅题材作品的发展流变及经典故事，并向部队官兵赠送了龙江文学中的经典作品；暑期，借助文学馆场馆和临展优势，充分利用暑期亲子游大幅增加的契机，开展了为期一个月的沉浸式阅读体验活动，通过阅读指导、领读等方式累计服务千余人次，在增强孩子阅读兴趣、培养孩子发散式思维、提升孩子文学修养等方面发挥了积极作用。

黑龙江文学馆还借助展览的形式，为党的二十大胜利召开汇聚文学力量，于10月13日线上线下联合启动龙江经典文学展，盘点新中国龙江文学经典，精选10部作品，用文学阅读的方式迎接党的二十大。党的二十大胜利闭幕后，围绕学习贯彻党的二十大精神，黑龙江文学馆举办了"龙江抒怀"诗歌朗诵会，朗诵篇目选自"龙江抒怀"诗歌征文、"党旗在龙江大地飘扬"主题征文获奖作品，征文作品从所见所闻或所亲历的细节出发，以小角度呈现大视野，多维度触及百年辉煌党史和新时代以来的巨变，以真情实感抒发对新时代经济发展、社会进步、生活幸福、生态变迁的切身感受。

二 立足文学 丰富活动层次

作为省级文学馆，黑龙江文学馆切实承担起传播主流文学价值的责任，坚守文学立场，立足文学本位，深挖馆藏文化内涵，丰富文学活动举办形式，提高服务效能。2022年北京冬奥会成功举办，龙江健儿驭雪驰冰，为国争光，不负众望。黑龙江文学馆于2月25日成功举办了龙江文学讲堂·会客厅之"冬奥精神的文学表达"活动，邀请专家、学者就黑龙江冰雪资源优势、冰雪运动现状和成就、黑龙江冰雪题材文学创作成就及未来发展方向等话题展开深入探讨。2022年5月23日，省文学馆参与黑龙江广播电视台极光新闻 App 推出的"全民悦读 邀您共度《人世间》"活动，通过网络直播形式，向广大网友推广黑龙江省优秀文学作品，累计观看 15 万余人次，点赞量超过 20 万。2022 年 6 月 10 日，省文学院（馆）与春风文艺出版社、《北方文学》杂志社、大庆市文联在大庆市联合举办王鸿达长篇小说《父亲的入党申请》作品研讨会。来自省内外的评论家、作家、编辑共计四十余人参加了研讨会。与会评论家对作品进行了充分研讨和精彩点评，认为该作品是红色题材领域近年来不可多得的精品力作。8 月 5 日，著名作家、学者，中央文史研究馆馆员、北京语言大学教授、茅盾文学奖获得者梁晓声做客龙江文学讲堂·名家坊，在黑龙江文学馆主展厅与黑龙江省的作家和评论家，以"黑土文学中的人间况味"为题对话文学发展。8 月 19 日，国家一级作家、黑龙江省作家协会名誉副主席张雅文以"创作使我认识世界"为题，在黑龙江文学馆分享了自己的创作经历，并与省作协报告文学委员会部分成员展开研讨。

三　聚焦人才 加大培养力度

习近平总书记指出："我国文艺事业要实现繁荣发展，就必须培养人才、发现人才、珍惜人才、凝聚人才。"[1] 面对推动龙江文学创作队伍薪火相传的使命任务，黑龙江文学院着力发掘文学后备力量，传承龙江历史文脉。

延伸教学内容，优化教学体系。为了让培训发挥更好的作用，黑龙江文学院紧密结合学员的创作特点和实际需要，精心设计教学内容，优化教学体系，合理规划课程设置，指引学员掌握文学的发展脉络和未来走向，从政治引领、文学理论、历史资源、写作技巧等方面，为学员们提供极具专业性的点评，解决创作中的困惑。2022 年 8 月中旬举办的黑龙江文学院第 22 届中青年作家培训班，共开设了 10 门精品课程，并进行了 1 次作品研讨和 2 次社会实践。培训通过省情时政课、文学理论课、交流研讨课的科学搭配，满

---

[1]　习近平：《在中国文联二十大、中国作协九大开幕式上的讲话》，人民出版社，2016，第 20 页。

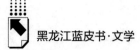

足了学员的学习研修需求，丰富了知识储备，开阔了艺术视野，提升了文化素养和创作水平。9月下旬，黑龙江文学院带领省内外知名作家、学者、编辑深入基层，与鸡西市文联、作协联合举办"黑龙江文学院鸡西文学骨干培训班"，培训采取专业课、恳谈、研讨、观摩四位一体的教学形式，使基层作者在视野胸襟、思想认识、创作水平等方面都获得了新的提高。

结对培养人才，提携青年作家。青年作家是文学事业的后继力量，为促进龙江文学薪火相传，加速打造一支德才兼备、开拓创新，在发展繁荣龙江文学事业中勇担重任、在全国具有影响力的龙江青年作家队伍，省作协于2022年启动了青年作家"一对一"培养工作，制定了《黑龙江省作家协会青年作家"一对一"培养工作方案》，选拔黑龙江省有丰富经验、在全国文学界有一定影响力、德艺双馨的知名作家，与年龄在45周岁以下、创作成绩较为突出、具有良好发展潜质的青年作家，根据创作方向、创作题材等因素，结成培养对子。结对方式秉持双向选择、滚动发展的原则，采取一对一指导、线上线下结合的方式对青年作家开展点对点个性化培养。首批11对培养对子，已进入辅导创作阶段。

2022年黑龙江文学院专业作家和合同制作家坚持以人民为中心的创作导向，努力创作精品力作，共出版各类体裁文学作品20余部（集），期刊发表作品122篇，其中3篇被转载，54篇作品入选了各类作品集，荣获各类文学奖项15项。

B.17
《剧作家》：深耕戏剧沃土
反映伟大时代

王彩君*

摘　要： 2022年，《剧作家》杂志依旧践行立足黑龙江、面向海内外，弘扬黑土文化、反映伟大时代，为繁荣黑龙江戏剧提供园地和平台的办刊宗旨；坚持戏剧文学与戏剧理论并重，黑土文化与域外文化交融，高雅凝重、雅俗共赏的艺术风格，在突出专业性、学术性和创新性的同时，紧扣迎庆党的二十大这一主题主线，精心扶持剧本创作，反映创作成果，强化理论研究，开展主题出版。

关键词： 戏剧创作　戏剧理论　主题出版

2022年，尽管依然受新冠肺炎疫情影响，但黑龙江戏剧人以饱满的创作热情坚守在戏剧领域，默默耕耘，用戏剧作品喜迎党的二十大，以精品剧目为党的二十大献礼，显示出黑土戏剧强大的内在动力。6月，黑龙江省龙江剧艺术中心创排的大型现代龙江剧《萧红》精彩上演；7月，省评剧艺术中心以"全国优秀共产党员"张桂梅老师为原型的评剧《女儿》正式与观众见面；8月，大兴安岭艺术剧院创排的反映铁道兵生活的话剧《八百里高寒》完成三省五地巡演；9月，省京剧院弘扬冬奥精神的现代京剧《冰道》首演成功；10月，哈尔滨话剧院以两院院士刘永坦为原型创排的话剧《坦先生》为党的二十大献礼；11月，佳木斯市演艺有限公司创排的话剧《大

---

* 王彩君，黑龙江省艺术研究院《剧作家》编辑部主任，研究方向为戏剧理论。

粮仓》云端隆重献映。这些作品涵盖了革命历史、社会发展、生态文明、民族团结等多个领域，为黑龙江省储备了一批讴歌党的辉煌历史、体现民族精神、彰显时代风貌、弘扬传统文化、展现地域特色的优秀文艺作品。①

2022年，黑龙江戏剧领域取得了一些标志性成果，推出了一些重大艺术活动。省歌舞剧院的歌剧《铁人三重奏》成功入选第十三届中国艺术节展演剧目，并获得第十七届"文华大奖"提名剧目奖。哈尔滨话剧院的《坦先生》入选文化和旅游部"新时代现实题材创作工程"，于2023年4月代表黑龙江省进京参加全国"新时代舞台艺术优秀剧目展演"。黑龙江省委宣传部和辽宁省委宣传部联合出品的舞剧《铁人》在第十六届精神文明建设"五个一工程"表彰座谈会上受到表彰，荣获了"优秀剧目奖"。"菊苑流芳"——辽吉黑蒙四省区地方戏曲优秀剧目展演成功举办，来自辽宁省的凌源影调戏《百合芬芳》、吉林省的吉剧《小村故事》、内蒙古自治区的评剧《赵锦棠》以及黑龙江省龙江剧《萧红》相继在龙江舞台展示亮相，龙江戏迷过足了戏瘾。"喜迎二十大 永远跟党走"——全省新剧目调演圆满落幕，齐齐哈尔的话剧《国之重器》、双鸭山的龙江剧《我和我的村庄》等九部现实题材舞台艺术作品汇聚一堂，为迎庆党的二十大胜利召开营造了浓厚氛围。

《剧作家》作为黑龙江省唯一的戏剧期刊，在紧密关照黑龙江戏剧领域发生的重大事件和新创剧目的同时，坚持戏剧文学与戏剧理论并重，以好的作品鼓舞人、引导人，充实剧本储备；以前沿的理论研究为创作提供理论支持；以针对性较强的评论有效引导创作实践。

一 戏剧创作：用情讲好中国故事 用心书写人民史诗

俄国作家托尔斯泰说过："艺术不是技艺，它是艺术家体验了的感情的传达。"2022年《剧作家》全年刊发了19部戏剧作品，其中大型作品9部，

---

① 何晶：《在2023年全省艺术创作工作会议上的讲话》，《剧作家》2023年第2期。

小型作品 10 部，包括话剧《东方破晓》《走在火焰上的女人》《鹤归》、戏曲《玉殒烽火台》《思归》《亲生女》《鲁镇旧事》《追随朱德上井冈》《坚守》、歌舞剧《最后的部落》、小品《得失》《有事好商量》《往事如风》《山里红》《站地歌声》《今夜你会不会来》《新兵不忿》《纠结朋友圈》《活着》。这些作品都是剧作家用心用情体验生活、升华感情的传达，情感真挚，题材丰富，有书写和记录人类文明的发展、社会的进步和人民的伟大实践的题材，有围绕抗击新冠肺炎疫情等重大风险挑战的题材，也有实现人民对美好生活的向往、实现中华民族伟大复兴的中国梦、决胜全面建成小康社会等的时代主题；形式多样，包括话剧、歌舞剧、京剧、评剧、越剧。

　　戏剧是一个国家文化建设的前沿，反映了一个国家文化繁荣的程度，衡量一个时代的文艺成就最终还是要看作品。习近平总书记指出剧作家要从时代的脉搏中感悟艺术的脉动，把艺术创造向着亿万人民的伟大奋斗敞开，向着丰富多彩的社会生活敞开，从时代之变、中国之进、人民之呼中提炼主题、萃取题材，全方位全景式展现新时代的精神气象。2022 年《剧作家》刊发的剧作，就是从中华民族几千年的发展史中取材，书写中华民族在这片广袤深邃的大地上绘就的壮美的画卷和恢宏的史诗。艺术以形象取胜，那些在历史长河中经久不衰的经典作品，都跃动着一个个生动丰满的人物形象，《哈姆雷特》中的哈姆雷特，《死魂灵》中的乞乞科夫，《雷雨》中的繁漪、周朴园，《茶馆》中的王掌柜、常四爷、松二爷，《窝头会馆》中的田翠兰、苑国钟……经典文艺形象会成为一个时代文艺的重要标识。《走在火焰上的女人》《鹤归》《玉殒烽火台》《思归》《鲁镇旧事》中塑造了不同类型、不同阶层、不同年龄的女性形象，作品中流露出女性思维，为不同时代的女人画像。

　　话剧《鹤归》（发表于《剧作家》2022 年第 1 期，编剧梁西）塑造了淳朴善良的姑娘徐秀娟的舞台形象。"走过那条小河你可曾听说 \ 有一位女孩她曾经来过 \ 走过那片芦苇坡你可曾听说 \ 有一位女孩她留下一首歌……为何片片白云悄悄落泪 \ 为何阵阵风儿为她诉说……还有一群丹顶鹤 \ 轻轻地轻轻地飞过"。这首歌中的主人公就是剧中的主人公中国第一位驯鹤姑娘、首位环保烈士——徐秀娟，牺牲时年仅 23 岁。1964 年，徐秀娟出生在齐齐哈尔市一个养鹤世家。她的父亲是一位鹤类保护工程师，母亲是养鹤经验丰富的老师傅。受家庭环境的影响，徐秀娟从小就与鹤很亲近。为了能更好地驯养小鹤，她自费去东北林业大学学习；为了减轻家里的经济负担，她上学期间节衣缩食，在完成学业的同时尽可能缩短学程；为了建立一个不迁徙的丹顶鹤野外种群，毕业后她只身来到盐城，这意味着要攻克一个世界级的难题；为了事业，徐秀娟说服了家人，带着 3 枚鹤蛋踏上了离家路。当时的技术有限，即便是世界上最先进的孵化器，也不能保证百分之百孵化出丹顶鹤。而徐秀娟用简陋的装备和超出常人的细心，耐心地将 3 枚鹤蛋全部孵化出丹顶鹤，难度可想而知，毅力无比顽强。该剧一开场就将场景设置在一个雷雨交加的夜晚，被孵化出的两只丹顶鹤黎明和牧仁走失，拖着病体的娟子焦急地寻找，开头就为该剧奠定了悲剧的基调。这两只丹顶鹤对徐秀娟来说意义非凡，是她带着它们的卵来到盐城，是她将它们孵化出来的，它们是她的亲人，她的孩子。观众在紧张的氛围中，紧绷神经来了解这个驯鹤女孩的故事。该剧作者用倒叙、插叙等手法结构故事，交代娟子短暂平凡、真实又有意义的一生，使剧情跌宕起伏，扣人心弦，塑造出这个既平凡朴实又坚强勇敢的女孩形象，同时也将丹顶鹤拟人化，赋予人的性格，让人们在悲剧中感受到温情。

话剧《走在火焰上的女人》（发表于《剧作家》2022 年第 4 期，编剧常晓华）伴随着歌声"我的家在东北松花江上，那里有漫山遍野的大豆高粱……"拉开帷幕。随着这首饱含热泪、悲愤交加的歌曲，我们回到了备受煎熬、饱受战争之苦的年代，偾张血脉，唤醒了民族之魂。话剧《走在火焰上的女人》以日本国际主义战士、女作家绿川英子为创作对象，塑造了绿川英子心中有大爱，反对战争、呼吁和平、献身革命的艺术形象，书写了她为反侵略战争作出的重大贡献。在 1938 年 6 月 8 日《新华日报》上，绿川英子在《爱与恨》的文章中这样写道："我爱日本，因为那里是我的祖国，在那儿生活着我的父母、兄弟姐妹和亲戚朋友——对他们我有着无限亲切的怀念。我爱中国，因为它是我新的家乡，这儿在我的周围有着许多善良和勤劳的同志。我憎恨，我竭尽全力憎恨正在屠杀中国人民的日本军阀。"编剧选取了绿川离开日本又随丈夫刘仁来到中国这十年结构故事，将绿川英子积极参加中国共产党领导的抗日爱国斗争、全力以赴地向世界揭露日本帝国主义对中国人民犯下的滔天罪行、报道中国人民抗日斗争的英雄事迹，和她与刘仁的爱情、与萧红的姐妹情、与儿时同窗的友情和家人的亲情结合起来，串起为我党的《新华日报》《解放日报》《群众》等报刊撰写文章，改名为绿川英子，在中国播放对日广播，向日本人民和日本军队控诉他们的罪行，让他们放弃侵略，去战俘营争取日本兵参加"反战同盟"等事件。在塑造人物时，编剧采用类比手法，将绿川和萧红作对比，将绿川和她儿时的同学作对比，写出了她们不同的生命历程。同为日本女子的绿川和良子，一个参加反法西斯战争，为全世界和平而战，英勇无比；一个盲目信奉自己的国家，为国家牺牲，沦为慰安妇。造成她们不同境况的根源，是她们不同的世界观。同为女作家的绿川和萧红，她们都是特立独行的女人，背叛家庭、远离亲人、离开故土，为了理想和爱情，飞蛾扑火般投入，哪怕在火焰中毁灭。然而绿川更为了大爱——援助中国反抗侵略，消灭种族歧视和争取全人类和平。编剧还有意设计两位女作家的弟弟都为各自的国家上战场参加战争，一个为了自己的国家侵略他国，一个为了守护自己国家反抗侵略者。两位女作家牵挂自己的至亲，不想看到他们在战场上刺刀相向，无比痛心。战争改变了人们，连鸡都不敢杀的善良的茨郎，手上沾满了鲜血，清纯的良子任人践踏，昔日的爱侣在他国相见，再也回不到从前，实现不了诺言。是战争带给人们无尽的痛苦，摧毁了美好的一切。编剧独具匠心，还用细腻的笔触将两位女作家优美、柔软的文字穿插在剧中，使全剧呈现诗意的基调。

无场次越剧《鲁镇旧事》（发表于《剧作家》2022年第5期，编剧沈建波）讲述了清朝末年，绍兴鲁镇发生的故事。鲁镇姑娘方春芸与堂妹方秋芸同一天出嫁，春芸嫁给有志青年鲁英韬，秋芸嫁给普通农夫，虽同一天结婚，但两个女人的命运不同。新婚之夜，方春芸便被正在日本留学而被母亲骗婚回来的丈夫冷落一旁。三天之后，鲁英韬便离开家乡去上海，走上了革命的道路，而方春芸从此独守空房。三年后，鲁英韬在一封书信中说他在上海已有新的伴侣并让方春芸另嫁他人，于是，方春芸只得忍痛回到了娘家。在娘家含辛茹苦两年之后，方春芸终于获悉鲁英韬在上海并投身革命，因此对鲁英韬抛弃她的怨恨也渐渐化解。数月后，堂妹方秋芸为她觅得了一桩好婚事，方春芸也期盼着人生能有新的转机。但就在即将再婚时，一天清晨，方春芸突然捡到一弃婴，并了解到这个孩子应该就是因革命事情败露已被清政府砍了头的前夫鲁英韬之遗腹子，面对再婚追求新的生活还是收养这个孩子继续含辛茹苦的两难抉择，最后，方春芸毅然做出了选择……该剧唱词优美，对白简练；故事曲折流畅，情节引人入胜；人物性格鲜明，特别是剧中的四个女性人物，代表当时不同类型的贤良女子，各有各的心路历程。春芸、秋芸和鲁母同为传统女性，但她们因年龄的差距，性格的不同，观念的差异和命运的造化，呈现出不同的生活轨迹，但她们都是受中华传统文化沁润的优秀女性的缩影。而鲁英韬的革命伴侣刘静忆则是新时代女性的典型。剧中女性形象既丰满生动，又都真实可信。

京剧《思归》（发表于《剧作家》2022年第5期，编剧张强）中塑造了一位在父权制度下牺牲终身幸福的女性形象。北宋建国初年，大家闺秀柳思自幼被许配给郑观，后因郑观家道中落，柳父反悔，背弃婚约，在柳思的极力反对下，父亲答应等郑观考取功名后再行婚约以作权宜之计。郑观从柳家出来的途中遇到了垂涎柳思美貌已久的纨绔子弟孙胜，他骗取郑观的信任要一同去军中建功立业，于是二人一同去边塞参军。孙胜寻找一切机会铲除郑观，并骗得郑观与柳思的定情信物，设计得到柳父的信任，骗取婚姻。柳父看上孙胜家财丰厚，要柳思嫁给孙胜。柳思再次反抗，但柳父以死相逼，柳思最终从之。当郑观建功立业从战场上回来迎娶柳思时，发现一切都已改变，昔日的青梅竹马和同窗兄弟已经结为夫妇，柳思看见昔日的爱侣归来肝肠寸断，拔剑自刎。郑观痛不欲生。该剧是典型的传统戏中的才子佳人题材，剧中塑造了柳思这位有些反抗精神和自我意识的大家闺秀形象，但在当时的父权夫权制度下，她仍未能冲出藩篱，依旧是当时制度的牺牲者。剧中围绕女主展开设置的其他人物丰满真实，如柳母像天下所有母亲一样，疼爱女儿，但缺少主见，没有话语权；三个男人——柳父、郑观、孙胜也都各具特色，性格鲜明。郑观虽能文善武，但优柔寡断，不识好坏；孙胜为人阴险狡诈，为达目的不择手段；柳父不讲信义，趋炎附势，忘恩负义。他们作为柳思的对立面存在，更加凸显了柳思的美好品质，但柳思的悲剧可以说是命运和时代双重因素造成的。

大型历史京剧《玉殒烽火台》（发表于《剧作家》2022 年第 6 期，编剧张瑶）改编自历史人物褒姒和烽火戏诸侯的事件，以女性的视角有力地回击了红颜祸水、祸国殃民的论断。编剧在剧中结构了两条线，一是褒姒和有褒国世子褒洪德的爱情线，二是周朝如何一步步走向衰落的家国线。褒姒本是一村姑，与世子褒洪德相遇相知，情投意合。当二人私定终身之时，周幽王抓走有褒国老侯爷，以此相威胁，指名褒姒入宫。正在此时，养父告诉了褒姒真实的身世，她的亲生父母就是被昏君周幽王害死的。原本可以与爱侣牵手相伴，但为了报杀父之仇，也为了能救百姓于水火之中，褒姒答应进宫做内应，从此相爱之人咫尺天涯。待时机成熟推翻昏君，复仇后，庆凯歌，再与世子成婚。如此一花季少女，只因其姿容绝代，却得接受与常人不同的命运。这能说是红颜祸水？只叫人感叹红颜薄命！该剧虽以女性视角为女性正名，但也蕴含着深沉的家国情怀，以褒姒和褒洪德爱情的悲欢离合来写周朝的衰落。剧中塑造了机智勇敢、红颜薄命、有血有肉、有情有义的挚情女子褒姒形象。围绕褒姒，编剧写了众多人物，这些人物有的浓墨重彩，有的稍加点染，但各有不同的面貌神态。既写了周幽王昏庸无道、无心朝政、沉迷美色、听信小人，也写了虢石父、尹球等一干奸臣祸乱朝纲；写出了人物的阶级属性、本真人性、先天秉性，也写出了关乎周朝兴亡朝野上下的芸芸众生相。戏剧结构精巧缜密，唱词诗化，编剧有机地将爱情和家国情怀编织在一起，有主有次，有详有略，描画出一幅生动的社会图卷。最后发出"红颜玉碎江山尽，骊山烽火传古今。君王重色轻朝政，寻常一笑成祸根。千秋功罪应公论，倾国缘何责妇人"的感叹，给人留下深思。

艺术形象源于生活但又高于生活，生活离不开人民，人民就是生活。要不断发掘更多代表时代精神的新现象新人物，要以现实主义和浪漫主义相结合的美学风格，塑造更多吸引人、感染人、打动人的艺术形象，为时代留下

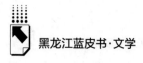
令人难忘的艺术经典。

　　茅盾说过:"一个做小说的人不但须有广博的生活经验,亦必须有一个训练过的头脑能够分析那复杂的社会现象。"剧作家亦如是,要能从纷繁复杂的社会生活中择取最能代表中国变革和中国精神的题材。如果说以上剧作以塑造人物取胜,塑造了鲜明、丰满、独特又极具共性的艺术形象,那么《最后的部落》《追随朱德上井冈》《东方破晓》都是写共产党带领各族人民、各阶层人民冲破黑暗、奔向幸福生活的剧目,这些剧目各有侧重,以不同的结构方式结构了真实生动的故事。

　　歌舞剧《最后的部落》(发表于《剧作家》2022年第1期,编剧何苍劲)在风起云涌、乌云吞食夕阳、透射残辉余光,以及女人惨叫声中拉开帷幕,鄂伦春族毕拉尔部落世袭族长莫昆达盘坐在树前祈祷,求神保佑女儿阿丽玛能顺利产下婴儿。该剧甫一开场就为我们奠定了悲情的基调,让我们共同感受这个多灾多难的民族在共产党的带领下,冲破层层阻力,战胜天灾人祸迈向新生活的故事。编剧并没有正面描写共产党如何带领鄂伦春民族走向新生活,而是将其置于暗处,集中笔力结构鄂伦春族人面对的重重困难——阿丽玛难产,希尼尔被杀,弹尽粮绝、饥寒交迫,阿丽玛和小阿西被毒害,魏皮子控制族人,以族人的性命威胁共产党等,不仅表现了游猎民族动荡不定的生活方式和近现代社会战争频繁带给他们的坎坷经历,还表现了鄂伦春族人民"满山都是命,去哪都能活"的顽强的生命力,塑造了粗犷豪放、英勇刚强、崇拜自然、崇拜图腾和崇拜祖先的鄂伦春族人民群像。鄂伦春族世居我国东北部地区,在长期的狩猎生产和社会实践中,鄂伦春族创造了丰富多彩的精神文化,信仰具有自然属性和万物有灵观念的萨满教。这种宗教与该民族特有的原始观念是紧密地结合在一起的。编剧在剧中有意设计了接生舞、占卜舞、红果舞、熊斗舞、请神舞、送魂舞、拜神舞等鄂伦春民族歌舞和抹黑节、比武选头领、送魂等浓郁的民族传统民俗,极富鄂伦春族传统文化特色,将思想性艺术性和民俗性融于一体,为我们呈现了一幅充满神秘色彩的鄂伦春民族风情画卷。

　　话剧《东方破晓》(发表于《剧作家》2022年第2期,编剧阴法勇、何苍劲）由鸡西艺术发展中心排演，在经过二度创作和打磨后改名为《燃烧的黎明》搬上舞台。该剧改编自陈慕华同志在鸡西穆棱煤矿生活的真实经历，剧中故事情节参照了王新普编著的《陈慕华同志在穆棱》一书，真实再现了陈慕华同志从1946年10月到1948年8月在鸡西穆棱煤矿担任东北铁路局工会特派员，领导矿区群众恢复生产、支援前线，带领大家冲出黑暗的燃情岁月。1946年6月，国民党反动派撕毁停战协议，悍然发动反革命内战。紧要关头，陈慕华临危受命，作为东北铁路总局总工会特派员，与丈夫钟毅带领两个女儿来到穆棱煤矿，执行组织矿工完成保矿护矿促进煤炭稳产增产的任务。陈慕华在率领工人阶级重获新生的道路上，突破重重险阻，组织开展矿区民主运动。从与白俄矿长据理力争保护矿工合法权益、在我国率先实行八小时工作制，到召开鸡西第一届矿工代表大会、成立鸡西第一个中共矿工党支部，经过两年多的艰苦奋斗，穆棱煤矿发生了天翻地覆的变化，煤炭产量连续翻番，有力支援了解放战争，为新中国成立立下了殊勋。

该剧以生动感人的故事情节，既彰显了共产党人面对反动派的威胁恐吓临危不惧、勇于斗争的大无畏革命精神，又细腻刻画了共产党人关爱贫苦百姓团结矿工的高尚情操。"请大家相信，共产党一定会让大家过上好日子的……我们要团结一切可以团结的力量"，道出了以陈慕华同志为代表的共产党人的初心和使命，表达了他们热爱人民、对党忠诚、对工作执着热情的崇高精神，刻画出了一代传奇女性陈慕华在发动群众恢复生产时思想敏锐、行事干练的人物性格，以及她关心矿工疾苦、生活简朴、舍小家为大家、一心为群众的优良作风。陈慕华同志是中国共产党的优秀党员、忠诚共产主义战士、无产阶级革命家。新中国成立后，她曾经担任国务院副总理、中国人民银行行长，第七届与第八届全国人大常委会副委员长、全国妇联主席等职。该剧的成功演出，不仅表达了鸡西人民对陈慕华同志的深切缅怀，也歌颂了鸡西人民在共产党领导下对解放战争的贡献、对中国革命的贡献。

如果说上部剧作《最后的部落》从侧面描写共产党带领鄂伦春族人民奔赴新生活，将共产党的功绩隐于故事背后，而该剧则是正面直接描写共产党团结群众、带领劳苦大众冲破重重枷锁和层层阻力迈向新中国。

无论是过去还是现在，好的文艺作品在思想上和艺术表达上必然是有机统一的。作品的灵魂，是将美的价值注入美的艺术后产生的，只有有灵魂的作品在思想和艺术上才能相得益彰，才能成为传世之作。灿烂辉煌的中华文明，是中华民族独特的精神印记，是当代中国文艺的根基，也是文艺创新的宝藏。

二 戏剧理论：为创作提供理论支持 有效引导创作实践

在坚持戏剧文学与戏剧理论并重的基础上，2022 年，《剧作家》除了发表一些思想性和艺术性俱佳的剧作外，还刊发了一些有一定影响的戏剧理论评论文章，刘平的《新突破、新进展、新成就——2021 年话剧创作演出综述》（发表于《剧作家》2022 年第 3 期），围绕突破、进展、成就三个关键词，从以艺术传承革命传统、以艺术塑造英模人物、以艺术展现生活内涵、以艺术开创民营话剧新局面四个方面全面分析总结了 2021 年全年全国戏剧创作和舞台演出；郭玲玲的《新时代 新篇章——从建党 100 周年全省优秀剧目展演看我省舞台艺术创作》则立足黑龙江省，从剧目创作数量、剧目创作题材、剧目创作体裁、重视宣传和评论上阐述黑龙江省建党 100 周年优秀剧目展演呈现的新气象和新格局，指出了展演活动中暴露出来的创作需回归本体、选材需创新突围、困难需克服解决、剧目需打磨提高等黑龙江省戏剧创作中存在的问题，提出了要以选题论证为依托、以夯实剧本为基础、以组织领导为保证、以健全机制为保障、以打造精品为目标，对黑龙江省的剧目创作和演出做出了中肯的评价，给出了可实施的建议。此外，还有一些文章对戏剧某一领域做了较为深入的研究，其中包括对古今中外戏剧研究成果的展示，对当今戏剧舞台上演作品的分析，以及反映当下世界各地不同风格流派的新剧目和戏剧理论前沿的新思维、世界戏剧的未来走向等的文章，选题独特，观点新颖，有较高的学术性。《将死亡哄骗成悲剧——评偶剧〈厄舍古屋崩塌记〉》、《路遥，圣徒般的文学殉道者——话剧〈路遥〉观后》（发表于《剧作家》2022 年第 1 期）、《门楼与戏台——评陈佩斯喜剧〈惊梦〉》、《艺术的底线与传承——评陈佩斯〈惊梦〉》（发表于《剧作家》

2022 年第 2 期）、《传统悲剧的当代新解——评伦敦阿尔梅达剧院版〈麦克白的悲剧〉》（发表于《剧作家》2022 年第 3 期）、《成人童话——评越剧现代戏〈钱塘里〉》、《眷眷不忘的"家"——谈〈宝岛一村〉的舞台实现》（发表于《剧作家》2022 年第 4 期）、《书信体小说的当代剧场化叙事策略探析——评舞台剧〈给一个未出生孩子的信〉》（发表于《剧作家》2022 年第 5 期）、《打开属于你的莎剧匣子——从开心麻花版〈威尼斯商人〉看当代审美与表达》（发表于《剧作家》2022 年第 6 期）等是对舞台上演热度较高的剧目的精彩评析，实现了戏剧理论评论关照创作现实，推动戏剧创作的发展。

三　主题出版：为黑龙江省新剧目创作和戏剧人助力

2022 年全年《剧作家》封面、封二、封三分别是黑龙江省新创剧目龙江剧《弘治私勘》《萧红》、相声剧《树》、话剧《燃烧的黎明》《坦先生》、音乐剧《大泽鹤恋》、现代京剧《冰道》、评剧《女儿》和传统复排剧目京剧《铁弓缘》《红灯记》、评剧《花为媒》优秀剧目的剧照，以及黑龙江省北疆文化艺术奖第七届小品比赛的照片。关注黑龙江省剧目创作和活动，具有较强的时效性。

"剧人茶座"栏目的《缅怀王靖兄》《躬耕戏苑 德艺流芳》是对黑龙江省已故老剧作家王靖、戏曲音乐家靳蕾沉痛深切的悼念；《戏剧人生》是黑龙江省著名戏剧家梁洪杰先生对自己戏剧人生的回顾。"艺术视界"栏目的《走进新时代 起航新征程 努力构筑龙江舞台艺术创作新高地》是 2022 年全省艺术创作会议讲话，不仅回顾了黑龙江省 2021 年艺术创作工作，而且对 2022 年全省艺术创作工作做了部署，使文艺工作者明确工作方向，切实推动全省舞台艺术繁荣发展；《追寻律动的舞台秩序》通过黑龙江省著名舞台美术设计师车承滨老师的代表作品来分析他的创作思路和作品中所呈现的艺术特色，对他在剧场空间的艺术规律、语言秩序和表达方式等方面做出的探索进行深入研究。"剧作评介"栏目的《小戏曲大格局》从省龙江剧艺术中心

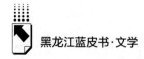
新创小戏《弘治私勘》入手谈了龙江剧的剧种建设和人才培养，针对性较强。以上从新剧目创作、剧作人和艺术创作工作等方面为黑龙江省戏剧助力。

四 参评田汉戏剧奖的作品全部获奖

田汉戏剧奖是以田汉先生命名的，是由田汉戏剧奖组委会、全国戏剧期刊联盟主持，全国约三十家戏剧期刊参与的学术评奖活动，参评作品均由各期刊社推荐，专家评审，在全国戏剧界有较大影响。从创立开始，评奖便坚持理论与创作兼顾、思想性与艺术性统一，鼓励创新与探索。评审坚持公平、公正、公开的原则，发掘出一批具有全国影响力的剧本和理论评论文章，切实推动戏剧事业发展。

第36届田汉戏剧奖评选活动由上海戏剧学院、全国戏剧期刊联盟、田汉戏剧奖组委会、广东省艺术研究所联合主办，佛山市艺术创作院、《广东艺术》杂志承办，上海戏剧学院编剧学研究中心、上海戏剧学院创作中心、人文松江创作研究院协办。因为疫情原因，2022年田汉戏剧奖评选以网上评选方式进行，有26家期刊参评，参评作品107篇（部），评出理论、评论、剧本、剧目奖四类奖项。《剧作家》推选的戏曲《大医悲歌》和音乐剧《白茶青青》分别获剧本奖二等奖和三等奖，论文《情不知所起，一往而深——以〈牡丹亭〉为例浅析"至情"》和《人与周遭的关系——以〈奥瑞斯特斯〉为例浅析古希腊三联剧》均获理论奖三等奖。

2023年，《剧作家》会始终坚持办刊宗旨，牢记戏剧艺术的初心和使命，坚持"二为"方向、"双百"方针和"两创"要求，彰显中国审美旨趣，传播当代中国价值观念，为广大作者构筑起飞的平台，为广大读者提供高质量的戏剧作品和戏剧理论研究与评论。

B.18
《诗林》：探索诗学多元价值
繁荣新时代文学

安海茵*

摘　要： 《诗林》作为黑龙江省唯一的专业性诗歌刊物，一直以来坚守专业化高质量发展理念，秉持"当代性 艺术性 专业性"办刊方针，力求深度探索诗学的多元价值，2022 年求新求变，垂直深耕，依托自身特色，观照现实生活，推动新时代文学高质量发展，用文学力量撑起新时代的理想主义。

关键词： 专业性　多元价值　观照现实

2022 年，《诗林》以习近平新时代中国特色社会主义思想为指导，坚持正确的政治方向和原则立场，围绕党和国家的工作大局，紧贴实际，紧跟时代步伐，关注弘扬正能量，注重文学性与可读性，传递主流文学价值观，打造健康有序的龙江诗歌生态。每一期刊物均精心编排诗作、调整版式结构，坚持纯文学格调和版面的艺术性。

一　深度探索诗学对话　提升诗学理论水准

《诗林》弘扬社会主义先进文化，全面领会习近平总书记关于文艺工作的新要求、新指示，刊物导向正确、格调明亮，力推精品。在中共哈尔滨市

---

* 安海茵，《诗林》副主编，研究方向为诗歌创作。

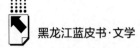

委宣传部的季度审读中，《诗林》因"内容格调高雅，文字优美流畅、版式精巧悦目"得到通报表扬。

《诗林》围绕党和国家重大决策部署、重大热点问题和重大活动，积极策划、组织、实施、创新主题出版。《诗林》于 2022 年第 5 期推出了"诗心向党"专栏，以诗寄情书写忠诚，绘就乡村振兴新画卷。2022 年，《诗林》着力落实哈尔滨市"十四五规划"发展要求，为推进文化繁荣发展、提升城市软实力推出了"龙江歌吟""哈尔滨诗人""冰雪诗章"专栏，培养扶持本土诗人，力推龙江诗坛中坚力量，深耕哈尔滨冰雪文化，着力打造哈尔滨的冰雪名片。《诗林》一直以来注重本土作者的培养与扶持工作，在 2022 年推出了剑东（哈尔滨）、姜坦（哈尔滨）、古剑（哈尔滨）、梵可（哈尔滨）、梁梓（青冈）、时玉维（大庆）、宋心海（绥化）、邢海珍（绥化）、梁久明（肇源）、小岛（佳木斯）、张静波（哈尔滨）、水子（齐齐哈尔）、桑克（哈尔滨）、王长军（哈尔滨）、左远红（哈尔滨）、杨喜波（绥棱）、林建勋（呼玛）、陈陈相因（大庆）、艾明波（哈尔滨）、郑建强（哈尔滨）、墨痕（依安）、李一泰（佳木斯）、郭富山（哈尔滨）、冯爱辉（尚志）、窦宪君（尚志）、曹立光（大庆）等人的作品，为农民诗人刘涛、打工诗人剑东等修改并刊发诗作，为繁荣本埠文学做了大量的默默的工作，提升了本省诗人的美誉度和影响力，彰显了龙江独特的诗歌美学。

2022 年，《诗林》经过之前的长时间酝酿，以及与诗坛名家的交流调研，新推出了"对话"和"素读——走进一首诗"两个重点专栏，深度探索诗学对话，提升诗学理论水准。"对话"栏目是由两位成熟资深的诗人就当下的某些诗学现象和话题所进行的深度探讨交流，问题有来有往，开放性强，而非简单的一问一答。"素读——走进一首诗"则是三姑石主持的针对著名诗人的特定某首诗作所阐释的理论评述和读后随感，接地气，又可读，在当下诗歌评论普遍以捧为主的诗评界，宛如一股清流。

二　严格执行"三审三校"　稳固文学期刊品质

《诗林》编辑部 2022 年实行"三审三校"制度上墙的举措，并在编辑工作中严格落实执行。在审核过程中对于有导向隐患的选题进行重点把关，对于不符合出版条件的选题与稿件不予刊发，积极与作者沟通关于稿件的修改等问题，充分发挥审读前置的作用，从源头把好选题关。《诗林》严格履行校对工作的相应要求，加强对政治性、科学性、知识性等校对中重点环节的把握。在确认校样中字词、句段的精准性，行文的准确性、唯一性及完整性，版式的规范性和统一性的同时，重点检查校样中的政治性、思想性、科学性、知识性、语言文字、逻辑等方面的错误。编辑在校对过程中认真纠正版式错误，对文稿中的疑问予以处理，填补遗缺，统一体例，及时与作者沟通，对文章、版式的综合校样均予以通校、核红。

2022 年，《诗林》每期都组织审读专家进行印前专项审读，责编对阅评专家的审读意见能够做到认真研讨，必要时联系作者本人，将诗稿作适当编校后再出版。阅评专家还对全年 6 期刊物进行了抽查阅评，均未发现存在政治导向问题。《诗林》期刊编审组现有固定和特邀阅评专家近 10 人，聘请的阅评专家都是在业内有广泛影响的资深出版家，多在出版单位从事过编辑工作，有丰富的出版工作经验，在阅评工作中发挥了积极作用。

三　提升城市文化自信　入选国家级选刊数量创新高

文学期刊的终极竞争，说到底还是其核心产品优质文学作品的竞争，坚守和深耕仍是文学期刊的关键词。2022 年，《诗林》编辑部沉潜生活，扎根人民，不负时代、不负使命，积极寻求社会共识、创造新的文学成果，为提升城市的文化自信贡献了力量。全年共出版《诗林》6 期，发表 260 余位诗人的作品，刊发的新诗、古体诗词、散文诗、访谈、评论共计 1200 余篇（首）。在《诗林》发表作品的应红梅、范明、禾青子、邢海珍、刘益善、

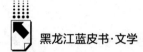

张洪波、东方惠、罗曼、郁葱、森子、离离等人的 48 首（篇）诗作，被《诗选刊》《新诗选》《青年文摘》《2022 中国精短诗选》《2021 中国年度诗歌大展专号》等国家级选刊及年度选本转载收录，创近年来入选选刊及选本的数量新高。

2022 年第 6 期《诗林》推出了"一首诗背后的诗"专栏，将叶文福老师在 20 世纪 80 年代发表于《诗林》的诗作《我的心在北方》重现在全国读者的眼前，记录了一位诗歌爱好者关于这首诗的三十年的情愫和追寻。《今年中秋月真圆》《一首诗背后的三十年》两篇文章由中诗网"中诗头条"予以转载后，点击量达到 7 万余次。著名诗人叶文福专程打来电话，感谢《诗林》三十年前的采风活动，相约适当的时机再来参观感受新时代哈尔滨的新风貌。"一首诗背后的诗"有效提升了城市美誉度和城市文化自信，也体现了期刊本身的能量和吸引力。

习近平总书记强调，意识形态工作是党的一项极端重要的工作，是为国家立心、为民族立魂的工作。做好意识形态工作，事关党的前途命运，事关国家长治久安，事关民族凝聚力和向心力。[①] 2022 年，《诗林》始终积极响应习近平总书记的号召，把握正确的政治方向，培养良好的学识和作风，树立和践行社会主义核心价值观，加强对期刊的质量管理，稳扎稳打，提升品位，为繁荣社会主义文艺孜孜以求，发挥了文学阵地应有的作用。2023 年，《诗林》作为专业性诗歌刊物，将继续坚守纯文学阵地，进一步提高出版质量，通过精神产品为建设具有强大凝聚力和引领力的社会主义意识形态做出贡献，有效巩固文学期刊的品质和影响力，为龙江的全面振兴全方位振兴提供有力的精神文化支撑。

---

① 习近平：《意识形态工作是党的一项极端重要的工作》，新华网，2013 年 8 月 20 日。

B.19
《北极光》：坚守纯文学阵地
实现高质量发展

敖建梅*

摘　要：　《北极光》文学双月刊是在大兴安岭地委宣传部领导下，地区文联主管主办的大兴安岭地区唯一向国内外公开发行的纯文学期刊。《北极光》已出版296期，始终坚守办刊宗旨，实施精品战略，多部作品被各大网站、选刊选载，不仅入选BIBF"2022中国精品期刊展"，还成为黑龙江省唯一入选中宣部第六届"期刊主题宣传好文章"的期刊。微信公众号加大宣传力度，抢先推出目录及社内重大信息，始终把社会效益放在首位，荣获2022年度省期刊社会效益评价考核优秀等级期刊。

关键词：　《北极光》　精品　主题好文章

　　《北极光》文学双月刊是在大兴安岭地委宣传部领导下，地区文联主管主办的大兴安岭地区唯一向国内外公开发行的纯文学期刊。截至目前《北极光》已出版296期，始终坚守办刊宗旨，实施精品战略，不仅入选BIBF"2022中国精品期刊展"，还成为黑龙江省唯一入选中宣部第六届"期刊主题宣传好文章"的期刊，实现出版高质量发展，培养了大量优秀作家、诗人，促进中国冻土带森林文学的繁荣。

---

*　敖建梅，大兴安岭《北极光》文学杂志社编审、编辑部主任。

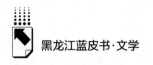

一 严守办刊宗旨 勇担时代使命

《北极光》始终恪守办刊宗旨，坚定文化自信，认真践行党的二十大精神和习近平总书记在中国文学艺术界联合会第十一次全国代表大会、中国作家协会第十次全国代表大会上的重要讲话精神，出精品力作，培育文学新人，坚定用文学的力量滋养读者。

一是出版一期题为"献礼二十大 兴安著华章"增刊。设置"诗歌""歌词""散文"栏目，刊发55篇（首）优秀征文作品。二是举办"喜迎党的二十大"征文。为迎庆党的二十大胜利召开，营造浓厚的爱党爱国的文化氛围，《北极光》第3期刊登征稿启事，于第4期设置专栏隆重推出"最北期刊心向党 喜迎党的二十大"征文作品选，刊发本土作者作品9篇（首）；第5期设置专栏"大美兴安心向党"文艺兴安行采风活动作品选，刊发11篇（首）。三是设置"中华魂"栏目，弘扬中华优秀传统文化。遴选11篇优秀小学生作品，旨在发扬中华优秀传统文化，培养文学新人从娃娃抓起的理念，激发孩子们的积极性，帮助其树立正确的人生价值观，切实担当一个文学刊物的使命。培育和践行社会主义核心价值观，倡导社会主义荣辱观，增强民族自尊、自信和自强精神，进而为文化强国贡献一分力量。四是刊发公益广告，注重社会效益。利用封二重磅推出公益广告，把社会效益放在首位，第2期封二刊发"知识产权"、第5期刊发"廉洁文化"及第4期刊发"喜迎二十大 永远跟党走"公益广告及文字、封三刊发5幅美术作品"献礼二十大 大美兴安心向党"，被省委宣传部新闻出版局授予"2022年度全省期刊社会效益评价考核优秀等级期刊"。

通过严守办刊宗旨，勇担时代使命，《北极光》成绩斐然，影响持续扩大。多篇作品被国内各大选刊选载。闫善华原刊在《北极光》的散文《生命是一盏灯》被2022年第5期《散文选刊》选载；项建新的诗歌《回乡》被《诗选刊》2022年第4期选载；于德北的散文《老赵哥》《稻子》入选花城出版社的微型小说年选；廉世广的《雪屋子》入选漓江出版社《2021

年年度微型小说》，作家网在"书摘随读"中转发了《雪屋子》片段，并入选"2021年中国微型小说排行榜"（2022年1月由百花洲文艺出版社出版）；于博的小说《雕神》被《民间故事选刊》2022年6月（下）选载；邢庆杰《漫天飞舞的草》被《微型小说选刊》（2022年第4期）选载；李青松《三个朋友》分别被"学习强国""中国作家网"平台选载。《北极光》正逐步向国内文学名刊挺进。

二　培养文学人才　扩大文化影响

　　文学是人类进步的灯塔，《北极光》作为国内重要的纯文学期刊，自然承担着重大的社会责任。随着新时代网络技术进一步走入人类社会，文学受到一定程度的冲击，培养文学人才、扩大文化影响，提高文学的历史地位，成为《北极光》新的历史任务。

　　一是打造平台，培育新人。《北极光》连续三期为本土作者设置专栏"颂党情感党恩 党在我心中——学党史、促转型、开新局——建兴安"，选登21部获奖优秀作品；2022年第1期、第6期，邀约名家梁衡、李青松、王宏波以写刊首语、寄语等方式对外宣传《北极光》。2022年第6期封三大力宣传推介本土作家林建勋、朱明东富有家国情怀、地域特色的作品。二是举办"文艺担使命 奋进新征程"文学摄影采风笔会。与地区文联联合召开"文艺担使命 奋进新征程"文学摄影采风笔会，一行6人，深入祖国北陲漠河，大力挖掘其真、善、美等人文资源，助力漠河创建全国文明城市；6月27~29日，和地区文联联合主办"喜迎二十大 礼赞新时代"采风创作系列活动（文学沙龙等形式），深入基层一线送文化下乡。三是加强编辑队伍建设。《北极光》不断加强编辑队伍建设，认真参加全国宣传干部学院的继续教育网络学习，并组织编辑人员参加了中国文联网络云平台的学习，贯彻落实国家新闻出版署、省新闻出版局对专业技术人员的管理规定。4~8月连续考入三名大学生，输进新鲜血液，编辑队伍不断壮大，保障了刊物的高质量发展。四是完善公众号管理，加强与博看网等网络平台合作。充分利用微

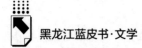

信公众号的网络优势，扩大线上宣传，与线下管理紧密结合，打造一个更为方便快捷的新媒体平台，扩大社会影响力与关注度。同时，加强与博看网网络平台的合作，加大发行力度。

三　打造精品期刊 荣获国家级奖项

一分耕耘，一分收获，《北极光》经过不断地打磨与淬炼，不断荣获国家级行业奖项及荣誉，连续 3 年入选 BIBF "中国精品期刊展"；编审敖建梅策划的《忠诚，写在北纬 53 度的祖国》一文入选第六届"期刊主题宣传好文章"。同时，国内重要媒体报道中多次提及《北极光》，10 月 13 日，《中国新闻出版广电报》报道黑龙江省新闻出版工作《聚合出版力量 助力文化振兴》，提到《北极光》荣膺中宣部出版局"第五届期刊主题宣传好文章"。11 月 30 日《中国新闻出版广电报》、中国期刊协会同步重磅宣传 91 篇（组）文章入选"第六届期刊主题宣传好文章"，《北极光》荣列其中。

B.20

《黑龙江日报》副刊：
人文关怀与地域书写

杨 铭 毕诗春 陆少平*

摘　要：《黑龙江日报》副刊一直以刊发优秀原创文学作品，引领读者阅读、审美，为读者提供心灵的诗意栖居地为办刊宗旨，版面关注现实生活、坚持人文关怀，注重体现文字之美、思想之美。2022年，《黑龙江日报》副刊仍是由《天鹅》《北国风》《读书》三个版面组成，但在内容与呈现方式上较之2021年有了较大的调整。同时，龙头新闻客户端的副刊《妙赏》频道，并入《龙江文旅》频道。

关键词：《天鹅》《北国风》《读书》 地域书写

一　《天鹅》副刊：关注个体生命　讲述龙江故事

《天鹅》作为《黑龙江日报》刊发原创文学作品的副刊，一直坚守文学品格与文化品位，关注大时代背景中的人的命运，2022年《天鹅》副刊推出的"非虚构|龙江故事"专栏，旨在讲述黑龙江人独特的个体生命故事，以个体生命体验书写时代历史记忆。

2022年，《天鹅》副刊"非虚构|龙江故事"专栏策划、刊发了《漠

---

* 杨铭，黑龙江日报报业集团高级编辑；毕诗春，黑龙江日报报业集团编辑；陆少平，黑龙江日报报业集团高级编辑。

河舞厅和〈漠河舞厅〉的故事》（郭俊峰）、《张海涛 从"唢呐王子"到玩转三十余种乐器的"音乐鬼才"》（陈思雨）、《于冰 种下一颗叫书店的种子》（石琪）、《虎尔虎拉站的"草原五班"》（徐亚娟）、《缀满星星的衣衫》（朱宜尧）、《挂在山腰上的小站人家》（韩玉皓）、《超越时空的音乐对话——刘峤和他的音乐故事》（杨宁舒）、《透过云层的霞光"视障阅览室"的故事》（丰伟）、《9 年救护鸳鸯的车春虎》（李涛）、《王腾飞和〈哈尔滨〉那首歌的故事》（石琪、陈思雨）、《亚民兄的丰收》（徐亚娟）、《何树岭与尚志碑林的不解之缘》（刘镝）、《冰上逐梦，从这里开始》（齐志）等作品，生动可感的人物形象和他们的故事，是这个时代的历史初记录。其中既有在业界影响力很大的学者伊永文的故事《触摸千年的柔软时光》（张长虹），也有被《中国副刊》等转载的普通铁路员工的故事《老魏和他的那些铁路小站》（徐亚娟）。

　　而在迎冬奥之际，随着央视开年大剧《超越》的热播，《天鹅》副刊推出专版，崔英春的《赵小兵的"月亮"》讲述《超越》原型之一——七台河市少儿短道速滑女教练赵小兵几十年坚守"冰上"执教的感人故事，同时配发剧评文章《〈超越〉体育竞技电视剧的励志书写》（陈敬刚），与崔英春的非虚构文字相辅相成。2022 年 3 月，黑龙江省出台了关于创意设计等四大产业的发展政策，石琪的《一个释放好故事的盒子》，讲述了张小盒团队扎根龙江，释放能量，助力龙江创意设计产业发展的故事。

　　发布优秀文艺作品，用文艺作品传播龙江自己的声音，给读者提供心灵的诗意栖息地，2022 年《天鹅》副刊刊发了许多"关乎世道人心，见诸个人性情"的好文章，比如《男孩子的河流》（任永恒）、《韩石山著书致敬林徽因》（蒋力）、《变化》（艾苓）、《想象金剑啸》（闫语）、《麻雀、我们与城市》（安石榴）、《讲台上的锦池先生》（罗振亚）、《中央大街"脸谱"随想》（杨伟东）、《朋友圈里的朋友们》（陈晓林）、《使世人知齐璜能诗》（萧林）、《对门儿的鱼》（廉世广）等都反响很好，廉世广的《对门儿的鱼》被《小说月报》《小小说选刊》《微型小说选刊》等选刊转载。《天鹅》副刊在虎年正月初一推出《虎娃画虎》专版，刊发一组属虎的小学生创作的虎年题材版画，既展示黑龙江省版画创作风采与希望，也深得读者喜爱，他们纷纷表示"心都被萌化了"。

展示黑龙江的文艺创作，引导读者欣赏文艺佳作，也是《天鹅》副刊一直在着力做的，比如策划、刊发的对全国儿童文学短篇小说大赛特等奖获得者——黑龙江省作家秦萤亮的访谈：《直面生命 聚焦成长的故事》（李涛）。黑龙江省作家刘勇（耳根）获得"茅盾新人奖·网络文学奖"，史鑫阳（沐清雨）获得"茅盾新人奖·网络文学奖"提名奖时，《天鹅》副刊策划刊发了评论文章《由"茅盾新人奖"看龙江网络文学闪光点》（郑薇）。第18届国际摄影艺术展览中，黑龙江省摄影家协会会员谢剑飞的组照《只有老师的教室，只为屏幕那端的你》入选"我和你"主题单元，《天鹅》副刊推出了作者的创作谈《记录与见证》。《冬奥精神的文学表达》，是黑龙江省文学界、体育界人士关于黑龙江省冰雪文学创作的研讨。《晁方方系列摄影作品〈窗外〉——同一视角下的独特生命状态》（陈晓媛）、《呼吸新鲜的艺术空气——看王丕的近期油画写生》（桑克）、《杜伟的黑白灰世界》（林学伟）等文章，为读者带来了"观看之道"。

2022年4月23日是第27个世界读书日。在这一天，《天鹅》副刊推出"世界读书日感受读书之乐"专版，展示4位不同年龄段、不同阅历的读书人的读书生活，一位是在黑龙江省图书馆借阅排行榜中三年文史类借阅次数排第一的老读者付洪瑞，一位是爱读书爱写作的龙江本土作家何凯旋，一位是享受淘旧书之乐的大学历史老师高龙彬，还有一位是以读书为友的在读研究生梁佳，希望借此鼓励世人尤其是年轻人去发现阅读的乐趣，享受阅读的乐趣。

二 《北国风》副刊：传播龙江文化 宣传大美龙江

《北国风》副刊也是《黑龙江日报》历经近40年经营的品牌专栏，版面宗旨：关注北方地域文化、书写北方山川风物、追溯北方历史文明、寻找北方风情故事、记录北方社会文明风貌，主要刊发以此为内容的散文、随笔

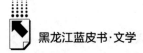

和报告文学作品。版面刊发过的作品曾获得全国报纸副刊年度精品一等奖、三等奖奖项，多个作品获得黑龙江省新闻一、二等奖。

2022年，《北国风》副刊重点增加了北方风物、人文内容比重，深耕龙江得天独厚的自然资源和古老厚重的人文资源，以当下流行的美文随笔和优美图文、视频等形式，对大美龙江进行全方位记录。配合"北国好风光、美在黑龙江"等黑龙江省文旅融合的整体宣传口径，特设"呼吸龙江""玩转龙江""品味龙江"等栏目，强调地域符号、地域景观和地域文化，突出独具北方特色的自然和人文审美体验，弘扬了北国风俗文化。

发布优秀文学作品，用纪实文学形式传播龙江文化、宣传大美龙江。《北国风》副刊，拥有多个重要栏目："北方故事"专栏，陆续刊发了《"安字片""光字片"的老故事》《一炉柴火暖寒冬》《三次结缘 感受哈尔滨魅力》《母亲留下的老物件》《小兴安岭冬打鱼》《乡村流水席》《难忘童年冰雪爬犁》等作品；"红色故事""红色记忆"等专栏，刊发了很多追寻红色遗迹、讲述党史故事的作品，丰富版面的同时，也为广大读者提供了大量充沛的党史教育学习内容。

2022年《北国风》副刊陆续刊发了《孔罗苏和他的著作》《一张珍贵的照片》《再访故居品萧红》《由门齿化石"追溯"猛犸象》等追溯北方历史文化的优秀文学作品。新增设的"呼吸龙江""玩转龙江"两个栏目，陆续刊发了《太平鸟落脚的地方》《欢声笑语 冰雪世界》《穿越雪谷》《雪 静落大剧院》《春寒料峭嫩江春》《小城集市》《最忆乡间柳色青》《小城松岭"伊山多水"》《兴安岭上红杜鹃》《赫哲风情别亚湾》《空山新雨后 晨景入镜来》《徜徉在丁香绽放的城市》《呼兰河断想》《"小兴安岭第一漂"大丰河追溯》《诗意扎龙：大湿地 鹤家乡》《瑷珲乡野的柔软时光》《富裕有个观鸟胜地》《虎峰岭下的老镇新韵》《绵绵兴安 美成童话》《努敏河畔的"曲麻菜"》《北国红豆雅格达》《闲看庭前马齿苋》《后三村的红樱桃》《黑瞎子岛最好的模样》等作品；"品味龙江"栏目宣传、传承龙江美食文化，陆续刊发了《故乡特有的美食》《兰西蛋肠美味飘香》《至味开江鱼》《蝲蛄豆腐》《阁山脚下农家乐》《杜尔伯特的火锅》《走进大庆坑烤一条街》等作品。

另外，《北国风》副刊重点强调地域符号，挖掘地域资源和地域文化，突出独具北方特色的自然和人文审美体验，比如推出《古风悠远漫话"八里城"》《村里的民间艺人》《寻踪溯源"玛瑙之乡"逊克》《值得一说的双城风筝》《日暮出河店》等作品。

《北国风》副刊拥有一支由300余人组成的稳定作家队伍，多数为省级、国家级作家协会会员。自2021年初以来，《北国风》副刊重点培养了一批很有潜质的中青年作家，多数为省级以上作协会员。2022年，《北国风》副刊多篇稿件被《人民文学》、《散文》、《大家》、《北方文学》以及人民网、光明网、学习强国平台等多次转发。

三 《读书》副刊：打造"书香龙江"推荐精品图书

《读书》副刊的办版宗旨是：坚定文化自信，弘扬社会主义核心价值观，讲好中国故事，用精神力量激励人、鼓舞人。源源不断推荐好书，为打造书香龙江贡献力量。《读书》副刊开办以来，把为广大读者提供精神食粮作为己任，把推荐优秀图书、精品经典和优秀的图书评论作为读书版的特色，几年来，《读书》副刊以其推荐优秀图书的种类繁多、覆盖面广，满足了各个阶层和年龄段的广大读者需求，成为好书推荐的风向标，彰显了作为党报媒体的权威性和公信力。此外，《读书》副刊邀请的国内著名评论家所撰写的精彩书评备受社会各界好评，很多读者表示，好书+好书评，如同有美文引导，在欣赏美文的同时，得到了美的享受，然后，再读好书甘之如饴。

《读书》副刊每周一期，开设"品鉴""序跋选""试读""心香一瓣""书斋""开卷书单"等十余个栏目，除每期固定在"开卷书单"栏目中推荐四部最新出版的人文社科类图书外，还有科普类、文学类、纪实类、自然科学类最新出版的优秀图书及重点书评，深受读者欢迎。在《读书》副刊里，特别注重中国传统文化的传播和红色文化的赓续。《读书》副刊推出的

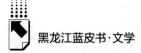

好书《刘永坦传》《重生——湘江战役失散红军记忆》《我在一颗石榴里看见了我的祖国》等，被人民网、网易、新浪、搜狐、学习强国等各大门户网站纷纷转载，受到各界好评。

2022年，每周一期的《读书》副刊除了"品鉴""序跋选""试读"等十余个栏目外，又新增了传播优秀传统文化的书籍栏目，推出了一大批弘扬传统文化的图书，如《看展去：博物馆里的中国与世界》等，还推荐了一大批优秀图书，比如《大国重工》《被思想照亮的夜晚》等，其中，《每一篇文字都是云水襟怀》《寻找源头活水》《再现中国古代气象观测之美》《人间充满热望》《绘本里的"大家小书"》等优秀书评被各大网站转载。此外，《读书》副刊还策划了《近距离了解历史本真》《藏在画里的四时之美》《书写古籍里的文字》等弘扬中国优秀传统文化的读书专版，受到各界好评。

2022年，《读书》副刊还加大了对黑龙江省出版集团出版的优秀图书和黑龙江省优秀作家发表的优秀作品的介绍。其中，集中重点介绍了《中国饭碗》（黑龙江教育出版社）、《1945—1949年东北解放区文学大系》（黑龙江大学出版社）、《故巷暖阳》（北方文艺出版社）、《中国东北药用植物资源图志》（黑龙江科技出版社）等一大批优秀图书。此外，读书版还策划了吴宝三、鱼人二代、沐清雨等一大批黑龙江省优秀作家作品推介，其中，关于黑龙江省网络作家鱼人二代现实主义长篇小说《故巷暖阳》的长篇书评《乡村振兴场域下的生活画卷》在2022年读书版头条推出，被各大网站转载，阅读量达到百万+。这些作家的作品在《读书》副刊上大放异彩，受到欢迎，使《读书》副刊在为读者推介优秀图书上更具有公信力和影响力。

2022年《读书》副刊把越来越多的好书和高水平的书评奉献给广大的读者，使读书成为人们生活中不可缺少的一部分，为黑龙江省打造"书香龙江"做出了应有的贡献。黑龙江日报报业集团被省委宣传部、全省全民阅读领导小组评为全民阅读先进单位，《读书》副刊编辑陆少平被评为全省全民阅读先进个人。

2022 年 11 月，《黑龙江日报》的龙头新闻客户端重新整合，副刊频道《妙赏》并入《龙江文旅》频道，在《天鹅》《北国风》之外，还有《星期日 20：00》《读书》《妙读》《画苑》《光影》《艺文消息树》等子专栏。《星期日 20：00》是作家包临轩的个人专栏，每周日晚八点更新。他的书写很受读者喜爱。《读书》专栏推介新书，给爱书的读者以参考。《艺文消息树》集聚国内外文学艺术界新闻，信息量很大。

《妙读》专栏秉承"北方风物黑土乡愁，佳诗同品美文共情"的宗旨，一度成为龙头新闻唯一达到日更的"有声平台"。每日精选精品美文，组织朗诵爱好者诵读作品，每天推送。这一栏目成功上线以来，使原本文化气息浓郁的副刊端媒《妙赏》，更增添了一分灵气，真正打造成了图文并茂、有声有色的新媒体专栏。该专栏赢得了广大读者的青睐，特别是赢得了广大音频爱好者的欢迎，栏目邮箱中陆续收到来自全国各地的诵读者作品，甚至旅居澳大利亚、新西兰、美国等地的音频爱好者也寄来了音频作品，这一喜人的势头是出乎意料的。目前该专栏联合省朗读协会、大连有声阅读协会以及多家朗读培训学校，成功建立了"妙读专栏"诵读专业团队，固定优秀诵读者 200 余人，其中长期驻站诵读者有杨松涛（大庆）、沭清（大庆）、轻语（上海）、泓雅（哈尔滨）、天晴（北京）、云在飞（大庆）、战玉杰（黑河）、夜雨芭蕉（大庆）、婧暄（大连）、方竹（新西兰）、超然（大庆）、原雪（澳大利亚）等，这些诵读者多数为地方电视台、电台节目主持人，也有铁路客运列车上的播音员、大型企事业单位的播音主持人等，还有一些是网络当红主播。

《画苑》专栏，刊发书画艺术作品及其赏析文章，2022 年以专题形式推出艺术作品欣赏，诸如《春心蠢蠢动｜朱森林漫画》《五月丁香｜赵云龙水彩画作品欣赏》《繁花盛开的哈尔滨｜王焕堤水彩画作品》《田园一日｜周冬华黑白木刻作品》《画点小画，挺好｜王丕的油画风景》《山岭上的人｜张士勤版画作品》《金色交响曲：向日葵系列｜刘广海油画作品》《时间的记录｜赵庆忠油画写生作品》《刘玉龙水墨人物画》《悠悠岁月｜张静梅版画作品》《藏在刻印之前的完美：品鉴刘德才的版画画稿》（张雪）等，王

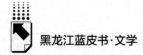

鹏程的国画作品系列、张海东的国画作品系列、小老丁彩绘冰城系列、蔡茂友水墨作品系列等，也都是以这样的方式分辑推出的，轻松而别致，获得作者和读者的肯定。

《光影》专栏吸纳了国内诸多摄影爱好者。该栏目是一个以摄影艺术欣赏为主的专栏。主要刊发国内一些有影响力摄影爱好者的摄影作品，目前还在积极发展中，已经固定一些职业摄影人、新华社签约摄影家、上海外滩画报等杂志特约摄影作者，其中有一些人，都是中国摄影家协会、省级摄影家协会会员。这一专栏，旨在促进摄影家不断地将祖国的大好河山之美向世界各地有效传播。

B.21
绥化日报社：传承城市文脉
践行文化使命

文可心 *

摘 要： 2022 年，绥化日报社为赓续城市文脉，广泛传播高雅文化，提升职工文学素养，繁荣文艺创作，立足本土，启动猛犸象文学馆建设项目，精编《猛犸象诗刊》，坚持以纯文学品格办党报文艺副刊，大力丰富职工书屋内容，深度践行了"以文化人、以文育人、以文培元"的文化使命。

关键词： 猛犸象文学馆 《猛犸象诗刊》 城市文脉 文化使命

作为捕捉时代之变的最敏锐的触角，文学与新闻工作始终承担着价值引导、精神引领、审美启迪的责任与使命，特别是新时期以来，文学与新闻工作成为时代前进的号角，反映着时代的风貌，引领着时代的风气，为时代发展提供着强大动能。作为重要的意识形态阵地、新闻与文化宣传部门，绥化日报社主动思考，积极实践，以创造与创新之举，深度融合文学与新闻工作，为推动新时代文学与新闻事业繁荣发展走出了一条独具特色的探索与开拓之路。

一 启动猛犸象文学馆建设项目

距今 1 万至 4 万年间，位于西伯利亚世界大陆冰川中心的绥化，生存着

---

* 文可心，绥化日报社副总编，高级编辑，绥化文联副主席。

大量猛犸象等古生物，由此形成了数量众多的古生物化石。因物种特殊性、重大学术意义及化石种类之多全国罕见，"猛犸象"成为宣传推介绥化的一张闪光名片。2019 年，由《绥化日报》主办的《猛犸象诗刊》创刊。为承载文学记忆，感受文学力量，传承城市文脉，猛犸象文学馆亦因此诞生。

（一）传承城市文脉，扛起文化担当

"文化自信是'更基本、更深沉、更持久的力量'""中华优秀传统文化是'中华民族的根和魂'"——以习近平同志为核心的党中央始终深刻理解并把握着中华民族最深沉的精神追求，从开创人类文明新形态的高度和"飞入寻常百姓家"的广度开展着涵养文化自信、传承中华优秀传统文化的宏大实践。

文学馆是地区文化发展水平的重要标志，是滋养民族心灵、培育文化自信的重要场所，也是宣传、展示当地文学的重要窗口，更是推动本土文学传承发展的重要设施。特别是黑龙江省第十三次党代会报告提出，要更好发挥文化产业的作用，把社会效益放在首位，大力推动文化产业创新，增加先进文化产品和服务供给，提升文化产品的供给质量，改善人民群众的文化生活，丰富人民群众的精神食粮，实现社会效益和经济效益有机统一。

为落实黑龙江省文化产业高质量发展的总体要求，发挥黑土文学资源优势，绥化日报社于 2022 年启动猛犸象文学馆项目实施。它的建设，既是绥化践行文化使命的重要举措，也是文化强省的重要承载，更是绥化落实国家文化发展规划的具体实践。猛犸象文学馆项目将会同黑龙江文学馆、萧红文学馆、丁玲文学馆等大型区域文化项目，共同推动龙江文化产业链条形成及文化形象塑造，打造辐射黑龙江省的文化旅游产业新高地。

猛犸象文学馆项目根植深厚的黑土文学历史，以展现黑土文化底蕴、涵养本土文化自信、传承优秀文化为具体目标。

据考，绥化本土文学创作滥觞于清朝光绪年间，几百年来，大批作家扎根绥化沃土，创作了大量优秀文学作品，特别是新时期以来，多位作家以充满赤子情怀的丰富书写，形成了万里平畴之上璀璨夺目的文学景观，并以鲜

明的地域性与艺术性完整了寒地黑土独特的文学地理。

在传承中创新，在传承中发展，猛犸象文学馆不独代表了黑土文化的精神标识，更是彰显新时代绥化本土文化事业发展的新地标。

凝聚黑土文学精华，感受黑土文学情韵。猛犸象文学馆集展览展示、收藏保护、创作交流、学术研究等功能于一体，梳理绥化文学发展脉络，展陈重要作家文学成就，建立优秀作家档案，交流传播多元文化，于文学殿堂、诗意故乡之中，让作家走向群众，让文学走向人民。

（二）推介本地文学大家，弘扬黑土特色文化

猛犸象文学馆择址于绥化日报社，计划投资 55 万元，申请财政支持 55 万元，装修及布展面积约 300 平方米。

该项目以本土文学为重心，包括文学成就展示区、文学创作交流区、文学资料收藏区、文学服务区等几大板块，拟建成集公共服务、展览展示、文学体验、创作交流、收藏保护、学术研究等功能于一体的文学中心。

文学馆展陈以本土文化人物作为基本主题，突出文学大家和经典著作，如重点推介王书怀、韩作荣等著名绥化作家。

在 20 世纪五六十年代，王书怀与当时享誉文坛的公刘、贺敬之、郭小川、闻捷、严辰等诗界名宿交相辉映，曾被智利诗人聂鲁达称为"黑头发的高产作家"。王书怀自 1961 年起，在中国作家协会黑龙江分会从事专业创作，同年到绥化县宝山公社安家落户，挂职深入当地体验生活，直至 1978 年 11 月调回省作家协会。在此期间，王书怀创作了大量诗歌作品，有十几首被改编为歌词并被谱曲演唱。《越走越亮堂》《串门》《我爱这帮年轻人》等歌词由歌唱家郭颂谱曲演唱，受到农民群众的广泛欢迎，绥化宝山镇也因此名声远扬。

王书怀的诗歌创作追求清新朴实的风格和民歌特色，他的许多诗作都创作于绥化，绥化的人文风物对诗人的创作具有重要影响。

作为在绥化工作过的黑土文化名人，王书怀把一生最好的光阴和卓越的诗歌才华献给了绥化这片多情的、英雄的土地，做好有关他的文图与实物资

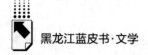

料保护和展陈工作对留存历史、弘扬黑土特色文化有着重要的文化价值与历史价值。

绥化是盛产诗歌与诗人的地方，许多诗人从黑土地走出去，以独具个性的艺术风格加入中国诗歌"大合唱"，充分显示出不俗的实力和特色。在众多绥化籍诗人中，毫无疑问，韩作荣是其中极为耀眼的一颗星。

韩作荣离开绥化后从军数年，在部队期间成为有影响力的军旅诗人，转业后，他到《诗刊》当编辑，后调至《人民文学》编辑部。作为当代中国诗坛的一位重要诗人，尤其在担任《人民文学》诗歌编辑、主编期间，他对于推动中国新诗现代化、多元化的快速发展，都起到了重要的作用。猛犸象文学馆重点推介韩作荣，纪念这位诗坛赤子，无疑具有格外重要的文化意义。

同步推出的绥化文化名人还有绥化籍或在绥化工作过的沙鸥、贾宏图、吴宝三等人及生活工作在绥化的文化名人邢海珍、陈力娇、艾苓等人。

几百位在不同的文学创作领域取得了较高成就的绥化本土作家构成了猛犸象文学馆的主体框架，也组成了独具黑土特色的绥化文化景观。宣传推介他们，既可展现绥化文化底蕴，涵养本土文化自信，也可传承优秀文化、推动本土文学传承发展。

（三）展陈文学亮点与文学活动，打造黑土文学品牌

从清朝光绪年间有文学活动发生，到新时期的文学创作，绥化文学创作始终生机勃勃，不仅产生了影响力较大的文学名家，也涌现出众多的文学新星，以林记出品的家庭写作与"传奇奶奶"姜淑梅为代表。

"林记出品"系望奎籍林超然一家人于2018年创办的文学公众号，被誉为"全国首个家庭文学写作工坊"。祖孙三代发表了大量作品，产生了较大影响。存在密切亲缘关系的20位主笔里，有中国作家协会会员2人、黑龙江省作家协会会员5人、中国文艺评论家协会会员2人、黑龙江省文艺评论家协会会员3人。该公众号订阅者涉及全国所有省份400多个城市、世界30多个国家。公众号被100余家媒体关注，多篇论文对"林记出品"现象

进行专题学术探讨。

　　而"传奇奶奶"姜淑梅则是当之无愧的绥化本土乃至全国的文化传奇。姜淑梅六十岁学认字，七十五岁学写作，八十岁学画画，已经出版了五本书，被媒体称为"传奇奶奶""文化奇迹"。新华社、中央电视台、凤凰卫视等知名媒体曾专题报道她的事迹。姜淑梅以民间草莽的腔调讲述了一部分被忽视、被隐藏的中国民间史，具有打动人心的力量，而这力量同样令绥化的本土文学呈现出别样动人的面貌。

　　更值得宣传与推介的是《猛犸象诗刊》。《猛犸象诗刊》由绥化日报社主管、主办，与《绥化晚报》同时编发。原中国作协副主席、著名诗人吉狄马加题写刊名。《猛犸象诗刊》弘扬诗的时代精神气象，追求汉语诗歌开放的现代性与中国传统诗学底蕴的契合，打造高端、前卫诗歌品牌。《猛犸象诗刊》创刊以来，推出了一大批实力诗人的力作，所及范围覆盖了大江南北、长城内外，形成了一个广泛而稳定的高质量作者群体，受到诗人们的广泛认可。

　　除了这些极具绥化本土特色的文学人才外，绥化还以其对文学的重视及本土的人文魅力，吸引了众多有分量的文化单位或组织到绥化举办各类文化活动，如《诗探索》杂志社在猛犸象的故乡——绥化青冈县举行第17届人天·诗探索"华文青年诗人奖"颁奖典礼暨研讨会；中国作家协会《诗刊》社在绥化肇东举办中国诗人采风活动等。这些活动均成功地塑造了根植丰厚文化底蕴的开放多元的绥化新形象，对进一步打造绥化的知名度、美誉度，提升绥化的文化软实力起到了积极的推动作用。

　　猛犸象文学馆还对绥化本土的网络作家、诗词作家、影视剧作家加以推介。同时还借助现代多样化展示手段，如音频、视频等，使文学资料的展陈更生动、更活泼。

　　猛犸象文学馆向人们展示了绥化本土作家在绥化这块丰饶的土地上多彩的文学实践、巨大的文学成就，并以此为引领，让黑土文学成为一面永远高扬的旗帜，和时代一起进步，与人民一道前进。

　　"城市让文学活化，文学为城市赋能。"猛犸象文学馆的建成，不仅能

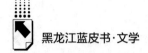

进一步盘活绥化文化资源，有力提升区域文化可辨识度，更能成为龙江文化产业链条中一颗独具特色的明珠，为推动龙江文化产业繁荣发展做出贡献。

二　继续精编《猛犸象诗刊》，出版《猛犸象诗刊选粹》

2022 年，绥化日报社继续坚守纸媒文化，积极拓展文化视野，精心编辑《猛犸象诗刊》，出版《猛犸象诗刊选粹》，推出更多高品位原创诗歌作品，打造了独有的副刊品牌优势及本土外宣名片。

作为目前全国唯一一个地级党报主办的诗歌类报刊，该刊自 2019 年 1 月 4 日创刊以来，始终坚持"与时代同步伐""以人民为中心""以精品奉献人民"的文艺方针，扎根本土、深植时代，在着力挖掘地域性的"猛犸象"文化内涵、培养本地优秀诗歌作者的基础上，向全国诗人敞开大门，构建多元、个性、现代、包容的良性诗歌生态，既形成了独具特色的绥化本土文化，也为中国新诗创作拓展了一方风清气正的园地。

《猛犸象诗刊》打破只刊发本土作者作品的局限，以好稿为唯一标准，每月出版两期，每期 8 版，目前已出版 87 期（2022 年共出版 20 期）。该刊作者来自全国各地及部分国家、地区，从"鲁奖"诗人到诗坛耆宿，从黑龙江本土诗人到全国各地诗界翘楚，从七旬老人到年轻的"00 后"，从专职诗歌创作者到业余诗歌作者，创刊以来，共推出 1500 余位优秀诗人，发表诗歌作品近万件。

该刊开设头条诗人、诗地理、民间好诗、诗选本、北方诗话、诗坛传真等十余个栏目。其中，于 2022 年重点推出由著名诗人三姑石主持的诗歌赏析专栏《读首好诗》。此专栏截至目前已发出一百余期，总阅读量近 20 万，由于选诗精准，赏析深刻且特色鲜明，目前已成为《猛犸象诗刊》的拳头栏目。

同步在新媒体平台推出的"猛犸象诗刊公众号"，粉丝已超七千人，覆盖全国三百余个城市和台湾、香港、澳门地区，也涉及美国、德国、澳大利亚等国家。截至目前，《猛犸象诗刊》总阅读量近千万，已成为党报文艺副刊在融媒体时代一个独具特色的文化符号。

由《猛犸象诗刊》编辑部编选的《猛犸象诗刊选粹》于 2022 年由上海文艺出版社出版。该书收录了 297 位诗人在《猛犸象诗刊》（2019 年 1 月至 2020 年 10 月）上发表的优秀诗作，每人一首。

三 坚持纯文学品格办副刊，大力加强职工书屋建设

《绥化日报》的"黑土"文学副刊作为党报文艺副刊，肩扛主流意识形态传播的文化旗帜，肩负舆论引导、价值引领、文化熏陶的重要责任，多年来，紧紧围绕党对文艺宣传工作的核心要求，坚守副刊品牌，坚守纯文学品格，在编辑思路、栏目设置、内容选择、版面编排上，以读者为出发点，紧紧把握住文学性、时代性、贴近性、艺术性原则，追求内蕴深刻、形式精致的人文精神和文化品格，刊发了大量扎根现实的文艺作品，2022 年有多篇文章被国家级文学类刊物选载。如《大医》（《绥化日报》2022 年 4 月 27 日）被《民间故事选刊》（2022 年第 5 期）选载。《撒欢》（外一章）（《绥化日报》2022 年 8 月 10 日）入选《2022 年中国散文诗年选》（花城出版社）。《老妈的抠门》（《绥化日报》2022 年 10 月 9 日）被《小说选刊》（2022 年第 11 期）选载。

为积极提升职工阅读兴趣，拓展阅读范围，养成阅读习惯，引领重视阅读、热爱阅读、享受阅读的文化风尚，绥化日报社 2022 年大力加强职工书屋建设，让广大职工把读书作为一种生活方式、一种工作责任、一种精神追求，逐步在全社形成了爱读书、多读书、善读书的浓厚阅读氛围。

绥化日报社近年来非常重视职工文化素养的提高，于 2018 年创建职工书屋，并有奖征集书屋名称，最后定名为"知行书屋"，以此号召并激励广大职工在新闻实务工作中，重视文学素养的生成与提高，以此助力新闻稿件的采写与编辑。

自创建以来，绥化日报社与绥化市北林区图书馆合作，购买、引进大量新闻学书籍与期刊，并在此基础上，订阅了大量文学期刊及报纸，以期让优

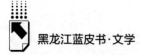

秀的文艺作品涵养职工情操，激发职工创新活力。特别是 2022 年，报社扩大订阅范围，将国内 140 余种涵盖小说、散文、诗歌及文学评论、报告文学等体裁及涉及科技、新闻、摄影、生活等内容的期刊与报纸纳入书屋，培育了丰厚的文化土壤，为广大职工提供了极为丰富的选择。

在良好的文化氛围中，报社职工文学素养得到了大幅提高，并取得了喜人成果。编辑刘福申的报告文学作品《唐家岗，一个透过鲜花开满月亮的地方》发表于《北方文学》2022 年第 3 期，2022 年他还获得了第四届全国届原杯诗歌大赛三等奖、第四届中国粮食中国饭碗全国文学征文大赛二等奖等 9 项文学创作奖。

把握时代脉搏，聆听时代声音，回答时代课题。绥化日报社将继续以传承中华优秀传统文化、满足人民日益增长的精神文化需求为使命，举旗帜、聚民心、育新人、兴文化、展形象，坚持走创新之路，坚持新闻事业与文化工作紧密融合，为推动新时代新闻与文化事业的繁荣发展不断奉献更多扎实的工作和优秀的作品。

B.22

基层作协：与时俱进　迸发创作热情

杨　勇　孙代君　赵秀华　邹本忠　赵国春*

摘　要：　黑龙江有大批省作协团体会员，地市作协、产业行业作协团体会员，他们长期驻守在黑龙江基层一线，他们挚爱文学创作，以满腔热忱投身到反映伟大时代和黑龙江人文精神的书写中来，成为一支充满创新创造活力的基层力量。绥芬河市作家协会立足边陲口岸火热现实生活，在文学创作、学术研讨、作品获奖、作家队伍和平台建设等方面都取得了很大成绩。佳木斯市作家协会抓队伍、抓人才、抓创作、抓精品，激发会员创作积极性，培养了一批文学新人，2022年是近年来发表作品和获奖最多的一年。齐齐哈尔市作家协会在争取项目、作品发表、获奖、思想建设、队伍建设以及文学活动等方面投入很大精力效果显著。鸡西市作家协会以"打基础，全方位培训会员；上水平，引进平台恳谈点评；深研讨，创新追问研讨机制；推作者，在省刊发表作品"等一系列举措推动文学创作发展。北大荒作家协会作品发表获奖数量比往年显著增多，协会为基层会员搭建创作平台，文学活动办得有声有色有亮点。

关键词：　地市作协　产业行业作协　文学活动　文情概览

---

* 杨勇，绥芬河市作家协会主席；孙代君，佳木斯市作家协会主席；赵秀华，齐齐哈尔市作家协会主席；邹本忠，鸡西市作家协会主席；赵国春，北大荒作家协会主席。

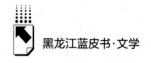

一 绥芬河市文情概览

绥芬河是一座百年口岸城市，多元文化的交织和碰撞，赋予了绥芬河市独特的地域魅力。一方水土，一方风华。2022 年，绥芬河市作家立足于边陲口岸火热的现实生活，积极参与文学创作工作，同时开展了思想政治建设、队伍建设和学习党的二十大精神等多种形式的文学活动，取得了可喜的成绩，现将全年工作总结如下。

（一）文学创作情况

一年来，绥芬河市作协会员在《清明》、《天津文学》、《西部》、《北方文学》、《星星诗刊》、《当代人》、《世界文学》（香港）、《博览群书》、《石油文学》、《海外文摘》、《西湖》、《散文选刊》、《鹿鸣》、《散文诗》、《诗选刊》、《黑龙江日报》、《三峡文学》、《岁月》、《格调》等国家级省级报刊发表小说、诗歌、散文作品 126 篇（首）。在地市级报刊发表各类文学作品 110 余篇。有 5 人的组诗、小说、散文等 12 篇文学作品获省级文学征文赛事奖项。有 3 人的小说和诗歌作品入选《世界文学》（香港）、《猛犸象诗刊》（上海文艺出版社）、《2021 年中国精短诗选》等权威诗歌选本。出版长篇历史小说《风眼》（中国言实出版社）一部、散文集《时间的故事》一部。

1. 小说创作情况

一年来，小说保持了良好创作状态。张伟东历时三年创作的长篇历史小说《风眼》于 2022 年 5 月由中国言实出版社出版发行，这部长达 30 万字的小说，以细腻的笔触描写了在世界反法西斯战争胜利的前夜，我党隐蔽战线上的情报员，坚守崇高理想和革命信仰，至死不渝，最后用生命和热血，铺就一条红色通道，谱写了一段可歌可泣的铁血传奇。小说出版后，受到广泛的关注和好评。

一年来，葛均义在《北方文学》第 2 期发表短篇小说《老梧桐树》并被香港《世界文学》（中华国际传媒集团、世界文学联合会主办）第9期选载。邢淑燕在《北方文学》第8期发表乡村振兴题材的短篇小说《山花路》。杨勇在《北方文学》第9期"金小说"栏目头题发表短篇小说《水中的马良》。陈华在河北《当代人》第11期发表反映农民工题材的短篇小说《白茫茫的穆棱河》；在浙江《西湖》第12期发表城市题材的短篇小说《欧石楠的日记》；在《浔阳江》第3期发表短篇小说《矮墙边的树》；在南宋文华专辑《小白菜》5月号杂志上发表短篇小说《南宋御街》。张伟东在《岁月》第12期发表历史题材的短篇小说《我的特工爷爷》。陈华的《寒葱河》《悲伤的茄子》《你的村庄》《更年》《后街》5部短篇小说被中国作家网选载。

2. 诗歌创作情况

舟自横一年来在省市级报刊发表诗歌和散文诗50余（篇）首。其中在《北方文学》第9期发表组诗《大岭诗篇（5首）》；在《星星诗刊》发表《我是植物虚无的部分（七章）》；在《西部》发表《冬雾（外一首）》；在《诗选刊》发表《幽居》；在《牡丹》发表《乌苏里斯克夏至节》；在《格调》发表《在成都（六首）》；在《散文诗》发表《非命名（十四章）》。杨勇在《天津文学》第3期发表组诗《自然而然（6首）》；在《清明》第2期发表诗歌《奔向老年的诗艺》《在期待之中》《登高》3首。许薪婷在《诗选刊》发表诗歌《人间》1首。广东诗刊《蓝鲨》集中推出绥芬河市作协8位诗人的诗歌专辑。

3. 散文和评论创作情况

杨勇在《石油文学》双月刊散文评论专栏发表散文锐评6篇；在《博览群书》第8期发表近万字的诗歌评论《简洁的诗句与戴冰的沉重》；在《鹿鸣》第7期发表文学随笔《自然与沉思的笔记》。张多奎在《散文选刊》第2期发表散文《跨国倒包历险记》；在《海外文摘》第7期发表散文《我在俄罗斯当倒爷》；在《散文选刊》第11期发表散文《破灭的阴谋》。杨拓在《三峡文艺》第11期发表文学访谈《欧阳江河：书法是血脉里的东西》。舟自横在《青少年文学》第6期发表散文《动物四题》；在《文艺生活》第

6 期中旬刊发表散文《像土豆那样呼吸》。徐景财在《老年日报》《黑龙江日报》等发表散文十余篇。张丽英的散文集《时间的故事》，收入散文近百篇，已由天津人民出版社出版发行。

4. 作品受省作协扶持情况及作品获奖情况

郭婷的长篇小说《雪落契河夫》（20 万字），被黑龙江省作家协会列为 2022 年重点作品扶持选题。杨勇的组诗《萦绕在风景中》，获安徽省第八届"李白杯"全国诗歌大赛二等奖。7 月 14 日，由省委宣传部、省作家协会、省广播电视台主办，省音乐广播、《北方文学》编辑部承办的"党旗在龙江大地飘扬"主题征文活动评奖结果揭晓，绥芬河市有 4 位作家的作品获奖。其中，邢淑燕的短篇小说《山花路》获一等奖，金鲲的短篇小说《续命》获三等奖，徐景财的散文《三枚党员徽章》和曲香泓的报告文学《赵毅敏：绥芬河红色通道上的"小裁缝"》分别荣获优秀奖。此次征文活动中，绥芬河市作协获得黑龙江省"党旗在龙江大地飘扬"主题征文"团体会员最佳组织奖"。在 2022 年召开的省作协七届三次全委会议上，绥芬河市作家协会以创作实绩、创新能力、昂扬状态荣获省 2021 年度"文学队伍建设奖"。

（二）思想政治学习情况

绥芬河市作协一年来采取各种学习形式，组织会员深入学习了习近平治国理政精神和党史。特别是党的二十大召开，及时组织会员收听收看，会后开展了党的二十大会议精神的学习活动，深入领会习近平同志的文化强国理念。通过学习，会员们坚定了中国特色社会主义文化自信，明确了增强自身"脚力、眼力、脑力、笔力"的方法，更加自觉、更加主动地投入文学创作和为人民大众服务实践中。

推荐绥芬河市作协会员参加黑龙江省作家协会举办的"喜迎二十大"培训班学习。2022 年 6 月 21～22 日，绥芬河市作协张多奎、徐景财、时俊玉、姚继丽、齐锡武、金鲲、张丽英 7 名作家参加了"喜迎二十大"省作协新会员、基层文学工作者和新兴文学群体培训班线上学习。学员们表示，通过这次培训，进一步加深了对习近平新时代中国特色社会主义思想、党的十九届六中全会精神、中国作协十代会精神和省第十三次党代会精神的理解和认识，坚定了中国特色社会主义文化自信，思想上得到了进一步升华，文学上得到了进一步提高。

推荐绥芬河市作协会员参加了黑龙江省作家协会举办的学习贯彻党的二十大精神省作协会员培训班学习活动。2022 年 12 月 9 日，绥芬河市作协 12 名会员参加了线上学习。通过集中学习，作家们进一步领会了党的二十大精神，增进了对维权法律知识的了解。作家们表示，要把学习成果转化为创作实践，学以致用，为绥芬河的文学繁荣发展贡献自己的一份力量。

（三）作家队伍培养以及文学阵地建设情况

2022 年，绥芬河市作协会员张丽英加入黑龙江省作家协会，作协会员杨拓加入中国作家协会。2022 年，绥芬河本地作协会员发展至 100 余人，共有黑龙江省作家协会会员 26 人，中国作家协会会员 5 人。

积极向上推荐有潜力青年作家，争取更大的文学培养空间。2022 年省作家协会开展青年作家"一对一"培养工作，首批确定 11 对培养对子。绥芬河市青年作家郭婷入选。一年来，通过与知名作家结对子的学习活动，郭婷提升了创作水平，取得了良好的创作成果。

向黑龙江省文学院推荐优秀学员，参加文学创作培训。2021 年 8 月 11~16 日，黑龙江文学院第二十二届中青年作家培训班在哈尔滨举办。作协会员张善华参加了学习培训，另有邢淑燕、黄彬、时振明、孟祥超、金鲲、姚继丽等参加了线上培训学习。通过学习，学员们丰富了知识储备，提升了文化素养和创作水平，增进了交流与理解，艺术视野得到拓展，思想境界得到升华，进一步明确了自己的创作方向。

加大对本地文学社团和文学爱好者的培养力度。通过《远东文学》阵地发表会员作品，通过举办小范围的文学座谈会和改稿会提升会员们的创作水平。绥芬河市作协下设的航帆文学社经过文学培训和参加各种文学活动，表现突出。一年来，航帆文学社与黑龙江电视台极光新闻栏目组沟通联系，在极光夜读栏目发表作品 109 篇，并且成立了主播团，朗诵相关文学作品。

在"金土地文化传媒"开辟相关文学阵地，发表文学社成员作品 80 余篇。目前，航帆文学社队伍壮大到 30 多人。张多奎、徐景财、赵薇等文学创作成绩突出。张多奎在《散文选刊》《海外文摘》等省级刊物发表散文作品 3 篇。徐景财在《黑龙江日报》"龙头新闻"发表新闻作品 47 篇，在黑龙江电视台发表新闻作品 3 篇，在《老年报》发表散文 2 篇，在《绥化晚报》发表散文和诗歌作品 17 篇，在《北方诗刊》发表诗歌作品 4 篇。

作协主办的内部交流刊物《远东文学》继续出刊，2022 年总计出刊两期，引发了文学界的好评。

（四）协会活动开展情况

1. 大力弘扬和普及中华诗歌文化

一年来与市群众艺术馆合作，充分发挥文学作品引导人鼓舞人的艺术功能，利用微信公众号平台，全面开展文学作品进入寻常百姓家活动。一年来先后围绕"以艺战'疫'""网络中国节""喜迎二十大 奋进新征程""清风润口岸 喜迎二十大""学习二十大 奋进新征程""我们的中国梦 文化进万家""冰天雪地 美好生活"等主题活动，大量发表诗歌、散文、散文诗、歌词、小说、古诗词等文学作品，宣传抗击新冠肺炎疫情事迹、宣传中国传统节日、宣传党的二十大精神、宣传中国传统文化、宣传冰雪旅游事业。一年来，发表相关文学作品 110 余篇（首），极大地丰富了绥芬河市人民群众的文化生活，激发了绥芬河市人民群众热爱生活、热爱家乡和祖国的美好情怀，展现开拓创新的良好精神风貌。

2. 举办"我的文学观"文学研讨活动

2022 年 4 月 25 日，在契诃夫咖啡馆会议室，组织了"我的文学观"文学创作研讨活动。有 11 位作家参加并现场发言，作家们结合自己的生活和创作，围绕人生观、价值观、世界观，谈了自己的创作体会，此次文学讨论活动，对今后的创作具有启示意义。

3. 成功举办绥芬河市第五届端午诗会

2022 年 6 月 3 日，为喜迎党的二十大，贯彻落实省第十三次党代会精神，庆祝绥芬河市沿边开放 30 周年，在红花岭抗联小镇，举办了绥芬河市第五届端午诗会，有近 30 位作家和诗人参会。在诗会上，作家和诗人们以饱满的深情朗诵了 17 篇文学作品，涉及诗歌、散文、散文诗、红色故事等题材，内容极为丰富，有对中东铁路的溯源，有对红色通道的演绎，有对沿边开放三十年的赞颂，有对端午和传统文化的歌吟。作家们将特殊的地域文化和对新时代的感受诉诸笔端，以朗诵的形式将心中的真挚情感传达。此次诗会的举办，为增强城市文明素养、提升城市文化品质做出了贡献。

4. 举办"强国复兴有我"主题征文活动

从 2022 年 6 月 9 日起，绥芬河市作协与市图书馆和航帆文学社联合开展了"强国复兴有我"主题征文活动。作品陆续在网络平台展出，受到好评。为喜迎党的二十大胜利召开，引导广大干部群众树立社会主义核心价值观、坚定理想信念，激发市民爱祖国、爱家乡的情怀。

5. 举行了长篇小说《风眼》新书发布会

2022 年 8 月 30 日，作家张伟东的长篇小说《风眼》新书发布会暨签赠仪式在东北抗联小镇举行。此次活动上，参会的市领导与作家们观看了赵兴东烈士英勇事迹宣传片。赵兴东烈士后代赵华讲述了爷爷赵兴东的红色人生，《风眼》作者张伟东分享了创作历程并现场签名赠书。市委常委、宣传部长李永良出席发布会。李永良表示，绥芬河不仅是百年口岸，更是一块红色基因的沃土。在这片沃土上，孕育出了具有鲜明特色的红色文化，涌现出了像赵兴东烈士这样为坚守崇高理想和革命信仰至死不渝的仁人志士。绥芬河红色故事和革命先烈事迹，值得我们去挖掘、记录和书写。希望全市广大文艺工作者深入生活、贴近生活，潜心创作，用好红色资源，讲好红色故事，为绥芬河市文艺事业繁荣发展做出新的更大的贡献。张伟东历时三年，创作的长篇红色历史题材小说《风眼》，是绥芬河市文学艺术界创作的丰硕成果之一。

6. 举办了张伟东长篇小说《风眼》作品研讨会

9 月 4 日，作家张伟东长篇小说《风眼》作品研讨会在绥芬河市图书馆举行。绥芬河市本土作家近五十人参加了研讨会。张伟东在研讨会上分享了自己的创作过程。与会作家、评论家围绕《风眼》的艺术特色、思想内涵、文本叙述、文化和历史价值等方面展开了深入研讨。与会作家认为：绥芬河市素有"百年口岸"之称，红色历史资源丰厚。一条百年风雨中东路，让绥芬河这座火车拉来的城市承载着特殊的历史使命。这里有联结中国共产党与共产国际、建设时期较早、发挥作用时间较长的一条红色国际秘密交通线。作者将文学虚构和历史真实巧妙交织，对当年发生在这条红色国际秘密交通线上暗战的故事进行了精彩演绎，颇具传奇色彩。小说的出版，不仅丰厚了百年口岸绥芬河的红色历史，而且具有较高的文学价值和史学研究价值，更是一部真实且有血有肉的历史小说。

二　佳木斯市文情概览

佳木斯市作家协会带领和团结作家和文学爱好者，高举习近平新时代中国特色社会主义伟大旗帜，坚持抓队伍，抓人才，抓创作，抓精品，激发会员参加文学创作的积极性，培养出一批文学新人。2022 年是 2015 年以来对外发表作品和获奖数量最多的一年，第一梯队和第二梯队的作家队伍已经形成，呈现出蓬勃发展的态势。

在抗击新冠肺炎疫情的三年里，我们没有消极躺平，没有因为困难望而却步，而是不忘文学初心，践行使命，主动出击，迎难而上，利用疫情管控政策允许的空间，组织文学创作，开展文学活动，围绕市委中心创作出大量给予人民精神力量的文学作品。特别是 2022 年，佳木斯市几度经历疫情静默，市作协的各级组织和作家，以鲜明的政治立场和奋发奋进的精神状态，创作出大量的抗疫作品，运用微刊平台、线上朗诵和制作短视频等形式，传递党和政府的声音，用文学的力量鼓舞全市人民在党的领导下，不怕困难，勇于牺牲，赢得佳木斯市抗击疫情的伟大胜利。

（一）十年磨砺，创作彰显新成果

经过十年不懈的努力，坚持抓文学人才培养，坚持抓文学创作和获奖，人才涌现和创作成绩开始显现。

在省作家协会七届三次全委会上，市作家协会荣获 2021 年度文学创作成就奖，这是佳木斯市作协连续七年获得这项奖励。

2022 年省委宣传部、省作协、省广播电视台联合举办的"党旗在龙江大地飘扬"主题征文活动中，在全省 100 篇获奖征文中有 28 篇来自佳木斯市，孙代君的报告文学《对大山的一个许诺》被评为一等奖，市作家协会被评为主题征文"最佳组织奖"。在省版权局、省文联、省作协联合举办的版权作品征集活动中孙代君的《签上自己的名字》获得"最佳版权故事奖"，王善常的小说《装卸工》获深圳第 6 届打工文学优秀奖，王小岛的诗歌作品《心若止水》被《广东文学》杂志评为年度诗歌奖。

王善常被批准为中国作家协会会员。王飞、王永宏、王茂生、邓佳音、田承友、孙俊梅、吴宝全、邵锦平 8 名会员被批准为黑龙江省作家协会会员。

王延才出版的长篇小说《中国名片》被列为中央宣传部主题出版重点出版物选题项目。王智君长篇小说《白月光》，景文玺长篇小说《梦回秋岭》被列为省作家协会年度重点作品扶持选题。咸永彬儿童长篇小说《站在塔头墩子上的鱼》在 2022 年黑龙江省第八届"书香中国·龙江读书月"活动中，从 5400 部书中脱颖而出，被省委宣传部选入"2021 年度黑龙江省'龙江好书'推荐书单"。

在报刊发表作品 235 篇，比往年攀升 25%。并且有作品首次登上全国大刊、核心刊或是被转载，孙玉民的诗歌《赫哲山水》发表在《人民文学》2022 年第 12 期。王善常的小说《海神号》发表在《北京文学》2022 年第 7 期，邵锦平的儿童小说《复活的松花湖》发表在《十月少年文学》，乔桦的小说《原点》《满仓爷的勋章》，郑德强的小说《天上飞着一只鹰》，郭小鸿的小说《月亮湾的故事》发表在《北方文学》上，均被《小小说选刊》转载。已经形成王善常、邵锦平、乔桦、郑德强、李丽杰、咸永彬、刘长春、杨金玉、王小岛、董亚杰等第一梯队的作家队伍，开始涌现出蔡吉功、王飞、李长明、王建岭、金玉丽、王秋霞、王秋燕等一批具有发展潜力的会员。

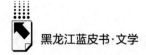

由孙代君主编的黑土作家文萃丛书 9 部，由团结出版社出版，这套文学丛书包括吴宝全的《大森林里的森工人》，王敬祥的《爱在东极》，王宝玥的《宝玥散文》，田承友的《母亲的味道》，于淑娟的《远山达子香》，邓佳音的《愿有岁月可回首》，艾前进、艾佳的《二次追梦》，王飞的《幸福悄悄来临》，郭秀波的《指尖上的匆匆》9 部散文集。

（二）加强学习，提高政治新高度

将加强作家会员的思想建设作为头等大事来抓。深入学习习近平总书记在中国文联十一大、中国作协十大开幕式上的重要讲话，为新时代文学工作指明了前进方向。市作协主席团成员，率先垂范，深入学习，组织全体会员，通过网络进行学习，深刻领会"讲话"精神实质，紧跟时代步伐，写出无愧人民、无愧社会、无愧时代的好作品。在大讨论中，《佳木斯作家》公众号连发会员学习习总书记讲话体会。吴军生的《作家的使命与担当》，迟立英的《用心灵去传递时代的声音》，张静的《讲好中国故事彰显时代风貌》等，掀起学习习总书记讲话的热潮。

2022 年 6 月 18 日，为了庆祝"七一"党的生日，喜迎党的二十大召开，市作协党政领导班子组织党员、入党积极分子和部分骨干会员参观了佳木斯东北抗联雕塑馆，回顾东北抗日联军的发展历史，进一步了解东北抗联英雄的感人事迹，接受东北抗联精神的思想洗礼。大家认真听取了讲解员的详细讲解，共同重温入党誓词，详细了解每个抗联雕塑所蕴含的英雄故事，为抗联将士们的英雄壮举所震撼。

在党的二十大胜利召开之际，市作协下发通知，号召组织广大会员收看收听习近平总书记代表党中央所作的工作报告，组织讨论，撰写心得体会，《佳木斯作家之家》公众号设专栏刊发会员学习二十大精神体会文章。

（三）强化培训，推进人才成长新举措

十年来坚持抓文学人才培训不放手，扎扎实实持久作战，稳步推进，采取两步走新举措见成效。

一是利用会员微信平台，每周六晚上举行文学讲座，名曰"八点相约"，至今坚持了8年，从未停止过。从2015年开始，每周六晚上八点会员相约在微信空间，交流有关文学的感受和知识。从2022年开始将文学讲座改为每月两次，天长日久滴水穿石，对提升作家创作能力起到了重要作用。2022年9月18日佳木斯突发疫情，全城实行了静默。在静默期间，在"八点相约"上举办《名家讲坛》培训班，安排课程表，作协班子成员必讲一课。王延才《永远在路上》，赵仁庆领读阿成短篇小说《望月若香》，王智君《报告文学的故事性》，乔桦《文学创作，要有一点金句意识》，王善常《关于小说创作的若干问题》，王永宏《关于创作的思考》，陈树照《怎样读懂现代诗歌》，舒耘华《小词的世界》等讲座，深受会员的好评。

二是把杂志社编辑和名家请来办班，让会员们大开眼界。《北方文学》改稿班暨文学创作培训班在建三江举行。著名作家、省作家协会副主席王鸿达，著名作家、《北方文学》杂志社特约编辑袁炳发代表《北方文学》杂志社到会改稿评稿。来自佳木斯、汤原、桦川、富锦、同江、抚远等县市区的32名作家会员参加了培训。为了搞好这次改稿班，《北方文学》杂志社事先做了大量的准备工作，把会员创作的40多篇稿子，交到编辑手里，编辑逐篇阅读，在编校中，当着作者的面，逐篇剖析，指出创作的问题。就是要像医生对待一个患者那样对待作者的作品，"开膛破肚"，找出作品的症结来，让作者改进。两位老师一边讲稿、一边评稿、一边传授创作知识，以严肃的文学态度，在客观评价每一篇稿子的同时，不留情面地指出作品存在的问题，让学员学到实战经验。王智君、王善常分别做了投稿方略和《佳木斯作家》微刊投稿注意问题的讲座。

三是深入基层采取召开基层作者作品研讨会的方式指导创作，效果明显。7月20日，邵文斌《雄踞东极》诗词作品研讨会在同江市街津口召开。市作家协会主席孙代君主持了研讨会，文创部和各文学创作委员会都派出了代表参加研讨。深入边境城市同江召开基层作者文学作品研讨会这是首次，也体现作协组织对基层作家的关心和支持，对促进基层作协组织的发展、提高写作水准、推进基层文学人才培养、激发会员文学创作热情都有着积极的

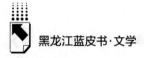

意义。

2022 年 9 月 17 日，吴宝全散文集《大森林里的森工人》研讨会在桦南林业局举行。市作协主席孙代君和桦南林业局有限公司党委副书记张靖宇、桦南林业局有限公司党委宣传部部长何春军参加了活动。研讨会由孙代君主持并讲话，市作协深入林区为一名基层作者召开研讨会，在佳木斯文学史上还是第一次。《大森林里的森工人》是作者吴宝全用一生的精力写出的一部讴歌桦南林区大森林和森林工人的散文作品，在研讨会上有 15 位作家发言。通过研讨鼓励和促进文学的创作，激发基层作者的创作激情，研讨会就是一次学习的过程，也是培养作家的一个重要手段、把文学送到基层的一个渠道。今后要经常组织，把研讨会形成制度，克服形式主义，追求效果。

四是在基层建立文学创作基地，为作家深入基层扎根人民创作精品锤炼队伍创造条件。市作协已经建立了佳木斯大学、新华书店等 7 个文学创作基地，2022 年把触角向基层延伸。7 月 20 日，市作家协会"街津口文学创作基地"在同江市街津口灵秀宾馆正式揭牌。仪式上宣读了市作协对街津口文学创作基地机构组成人员的任命，明确了佳木斯市作协文创部与基地综合部的职责和任务。灵秀宾馆作为文学创作基地，为作协和作家开展创作活动提供了场所和条件。街津口具有丰富的自然和人文景观，蕴藏着丰厚的历史与文化，特别对研究赫哲族文化有着重要的意义。街津口文学创作基地，将成为联结市县两级组织和作家的纽带和桥梁，作家深入生活，研究赫哲族文化，开展采访、采风、研讨、培训等活动。

9 月 17 日，市作家协会在桦南林业局举行"桦南森工文学创作基地"揭牌仪式。这次创作基地落成，为全市文学爱好者搭建了更加广阔的文学创作、文学交流的平台，为佳木斯和桦南两地作家提供延伸服务，也是两地作家辛勤耕耘的家园。两地作家扎根泥土，深入基层，走进群众，创作出传承、弘扬森工精神的精品力作。桦南林业局具有丰富的自然和人文景观，蕴藏着丰厚的历史文化。桦南森工文学创作基地也将成为连接市县两级组织和作家的纽带和桥梁，作家深入生活，研究森工文化，开展采访、采风、研讨、培训等活动。

（四）围绕中心，用力讴歌新时代

市作协始终围绕党的中心工作、围绕党在各个时期的要求组织文学创作，制定创作计划和规划，把组织作家深入生活、扎根基层，写歌颂家乡和人民的文学作品作为活动制度固定下来，开展"写佳木斯故事，讲佳木斯故事"作品征集系列活动。

1. 组织作家主题创作歌颂佳木斯家乡的诗歌

张伟辉《建三江人的骄傲》，李鸿岩《我的名字叫佳木斯》，刘瑞霞《敖其湾，我的家乡》，李长明《我的家乡》，石晓明《佳木斯的故事》两题《油坊胡同》《律动的同江》，王建岭《祖国的黑土地上有个佳木斯》，这些作品在《佳木斯作家》微刊、《佳木斯日报》等媒体网络上发表，达到宣传家乡的目的。

2. 围绕冰雪文化主题开展"冰雪之城我的家乡"征文活动

在《佳木斯作家》《佳木斯日报》副刊专版刊发冰雪文学作品。这次"冰雪之城我的家乡"征文评选活动，激发了广大作家和文学爱好者的创作积极性，写出了一大批歌颂美丽家乡佳木斯的诗歌、散文作品，评委会收到稿件近百篇。其中，散文《春雪飘落》在《百柳》杂志刊发；诗歌《傲雪红梅》在《雪花》杂志发表。2022年11月17日，在市文联会议室举行了"佳木斯市冰雪文化文学获奖作品颁奖仪式"。评选出一等奖作品4篇，二等奖8篇，三等奖12篇。李丽杰的散文《痛快的雪》，金玉丽的报告文学《冰雪丹心》，王小岛的诗歌《雪的光芒或怀念》，黄波的诗词《咏雪（新韵）》获一等奖；王秋霞的散文《南方燕子北方雪》，丁振春的散文《故乡飞雪》，李鸿岩的散文《雪的故乡在北方》，许敬山的散文《大亮子河的冬天》，杨金玉的诗歌《雪落乡村》，石晓明的诗歌《心中的童话》，江勇勋的诗词《雪赋》，申云杰的诗词《鹧鸪天·雪》获二等奖；丁兆贵的散文《雪韵》，于百川的散文《风雪森铁路》，李文湘的散文《春雪飘落》，王淑兰的散文《冬雪》，于连江的诗歌《听，那一夜的雪》，董亚杰的诗歌《雪》，王建岭的诗歌《在一个冰天雪地里》，张利弓的诗歌《雪花还在我的头上》，张静的诗歌《北方以北》，邵文斌的诗词《雪花飞 雪花飞》，李宏林的诗词《沁园春·雪》等获三等奖。市文联党组成员、秘书长胡春阳，市作家协会主席孙代君等作协领导参加了颁奖仪式。

3. 聚焦疫情防控主题，积极创作优秀作品，展现文学工作者在时代大势中的使命和担当

用深情的笔触讲述生动的抗疫故事，定格感人的抗疫瞬间，讴歌伟大的抗疫精神。截止到 2022 年 4 月 8 日，共征集小说 5 部，散文 11 篇，诗歌 26 首。其中，在《佳木斯日报》副刊发表散文 3 篇，诗歌 7 首。在《佳木斯作家》微刊发表小说 1 篇，散文 2 篇，诗歌 8 首。在疫情大考面前，佳木斯市作协积极响应市委、市政府全民戴口罩的号召，朗诵部、读书部、活动部三部门共同推出，由李伟创作的紧扣疫情防护要求的作品《我的名字叫口罩》多人朗诵的视频，用从我做起的"小行动"汇聚疫情防控的"大力量"，起到了非常好的宣传效果。

4. 组织参加省委宣传部、省作家协会举办的"喜迎二十大"征文活动

征文收稿上报共 64 份，其中小说 11 部，散文 23 篇，诗歌、报告文学各 15 篇（首）。全省获奖征文 100 篇，佳木斯获奖 28 篇，市作家协会被评为"优秀组织奖"。孙代君的报告文学《对大山的一个许诺》获一等奖；李振艳的散文《那个用心灵修复民族记忆的人》，金玉丽的散文《开在心头的紫丁香》，谷岩的小说《跨年》，苏晓慧的散文《大荒情》获二等奖；李振科的散文《家有党娘》，李文湘的小说《回家》，喻时林的小说《哦，山花》，姜永明的报告文学《绽放在雪域高原上的桑格花》，田承友的散文《父亲是一名共产党员》，谷春萍的小说《老李家的抗疫春节》，王秋霞的报告文学《"市场督察"的"铁血柔情"》，李洪波的诗歌《大白胸前的那枚党徽》获三等奖；石晓明的报告文学《灼灼芳华待春晖》，姜钟晓的诗歌《家乡颂歌》，董亚杰的报告文学《擦亮古村的"眼睛"》，潘幔的报告文学《红了网 富了民》，刘锐霞的散文《幸福的彩票》，陈雪云的散文《妈妈的劳动节》，孟祥海的报告文学《大白老彭》，臧洋的诗歌《旗帜飘扬》，丁振春的报告文学《一位机修工的初心大爱》，郭宏的报告文学《"傻子屯"

巨变》，李鸿岩的报告文学《情怀》，高胜利的报告文学《生命之歌》，王建岭的诗歌《老党员是一面旗》，王起的小说《党旗下的誓词》，王淑兰的散文《用敬老爱心为党旗增辉》获优秀奖。

5. 与团市委共同举办"喜迎二十大　青春著华章"征文活动

历时一个多月，创作出了 60 多篇反映在党的领导下涌现出来的青年模范人物的文学作品。经评委认真评选，共选出 22 篇获奖作品，其中，选送 2 篇作品到团省委。小说类：李文湘《红盖头》获一等奖；王起的《一起变老》，于百川的《留守的童谣》获二等奖；于孝君的《新星》，丁兆贵的《天使到家》，喻时林的《爱》获三等奖。散文类：姜永明的《老团哥的青春往事》获一等奖；王飞的《是谁让青春的黑发染霜》，李宏林的《边疆团旗红》获二等奖；邓佳音的《读书，让青春无悔》，金玉丽的《这个春天别样暖》，张丽娟的《如桃所愿》获三等奖；诗歌类：王秋霞的《我的青春，站在百年起点》获一等奖；王建岭的《青春种在稻田里》，陈秀华《五月的记忆》获二等奖；温志友的《烈火青春》，陈彩红的《静静的乌斯浑河》，谷春萍的《我踏着祖国的山水寻找你》获三等奖；报告文学类：苏晓慧的《无声世界的爱》获一等奖；石晓明的《铿锵玫瑰绽芳华》获二等奖；田成友的《青春，在事业中熠熠生辉》，张友的《简报有了好例子》获三等奖。

2022 年 6 月 25 日，团市委、市文联和市作协在佳木斯举办了"喜迎二十大　青春著华章"征文获奖颁奖典礼。团市委、市文联、市作协领导出席了颁奖典礼。颁奖典礼上，作家们分别朗诵了他们创作的诗歌作品《用青春照亮未来》、《北大荒之恋》、《中国青年》、《岁月》和《心中的童话》。谷岩、周丽丽、侯慧颖分别演唱了《我的祝福你听见了吗》《烟雨中国》《历史的天空》等歌曲。李鸿岩创作，张丽娟、周生亮朗诵的《我想有枚勋章》和邱志仁演唱的《国泰民安》歌曲将颁奖典礼推向了高潮。

6. 与汤原县引汤工程纪念馆合作开展"作家走进汤原，书写引汤精神"活动

引汤工程，是十几届汤原县委、县政府领导班子带领几代汤原人民，历经 60 多年劈山造渠、引水灌田的一项大型农田水利工程，是在艰苦环境中

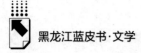

谱写的奋斗凯歌，是用心血和汗水浇灌出的壮丽史诗，孕育形成的"自力更生、艰苦奋斗、万众一心、矢志不渝"的引汤精神，贯穿汤原人民的奋斗史、创业史、发展史，更是荣誉史。

2022年7月9日，组织15名作家深入引汤渠首枢纽工程、引汤工程红土崖子段、引汤工程解放岗段、引汤工程纪念馆，通过实地查看、听取有关介绍、参观游览等方式，亲眼看到如今的引汤工程作为"龙江大地的红旗渠"，发挥着灌溉、发电、生态、旅游、水产等综合效益，成为造福汤原百姓、改变家乡面貌的民心工程，作家们从中深切感受到引汤精神。召开了"同叙奋斗史·感悟引汤情"交流座谈会，引汤工程建设者代表深情讲述"引汤故事"，重温"引汤记忆"，作家们面对面采访了引汤工程建设者代表，挖掘引汤故事，了解引汤工程建设的艰辛历程，以作家特有的视角，用朴实的风格，平实的语言，把引汤工程从历史到现实展现在人们面前，作家用情景再现的手法，全景式呈现当年动人的场面，刻画一个个引汤人大胆进取的生动形象，谱写了一曲汤原人民"敢教日月换新天"的赞歌。2022年11月19日"弘扬引汤精神，讲好引汤故事""引汤杯"报告文学优秀作品颁奖会，在汤原县举行。征文活动自7月中旬开始，历时四个月，创作了高质量的报告文学作品，经过认真评选，评选出12篇获奖作品。王智君的《山巅风景》获一等奖；丁振春的《引汤之花》，李鸿岩的《曾为猛虎战引汤》获二等奖；孙振良的《筑坝》，乔桦的《信仰的高地》，金玉丽的《桂花绽放的时节》，王秋霞的《只为让汤旺河拐个弯儿》，邵锦平的《灌区的呼唤》，田承友的《我们营里的年轻人》，刘颖的《长渠流韵稻花香》，姜永明的《揣在怀里的遗嘱》，姚安德的《血染界墙》获三等奖。

7. 组织骨干作家深入抚远调研边疆文学工作，夯实基层基础

为落实省党的第十三次代表大会、省作协七届三次全委会精神，深入生活，扎根基层，写好龙江故事，2022年5月27、28日，市作协主席孙代君带领骨干作家来到边疆城市东极抚远市，专题调研边疆文学创作工作。孙代君一行看望了抚远市周国、王良、咸永彬等部分作家，了解作家们的生活和文学创作的情况，对如何挖掘和传承边疆文化做了深入的研究和讨论。几年来，抚远市作家在文学创作方面有了很大的进步，创作出一批优秀文学作品，涌现出咸永彬等一批优秀的作家。先后出版了周国的诗集《韵醉东极》和王敬祥的散文集《爱在东极》。2019 年咸永彬创作出版的儿童长篇小说《大草原和小布多》，当年被评为黑龙江省优秀图书；最近出版的《塔头墩子上的鱼》入选省委宣传部"2021 年度黑龙江省'龙江好书'推荐书单"。诗人王良近几年开始尝试散文的创作，先后创作了《干果》《杀年猪》两篇作品，被刊发在《佳木斯作家》微刊后，受到读者好评，获得不俗的点击量。

（五）开展特色活动，激发组织新活力

1. 发挥各创作委员会作用，开展文学研讨活动

报告文学、散文、诗歌、小说、评论等创作委员会非常活跃，开展了各具特色的活动。在佳木斯大学召开了散文创作分享交流会。市作协副主席王永宏、王善常，文创部长郑德强和小说、诗歌、评论、报告文学创作委员会主任、副主任，部分作协会员及佳木斯大学部分爱好写作的大学生，参加了本次分享交流会。王智君从五个方面详细讲解"散文那点事"。他在畅谈写作与人生之后，阐释了散文的概念及分类，对于虚构与非虚构两类散文做了具体分析。其闪光点是散文如何"加故事"，增加含金量。在这里他用了一个形象的比喻：散文创作仅会"搂狗刨"是不够的，必须学会"扎猛子"。分享交流会上，两位会员现场读了王智君的《炉果渣》《乡下酱》两篇散文。王智君就这两篇散文，条分缕析，细讲如何让文章有故事性，如何写好细节。分享交流环节，邵锦平分享了自己在期刊上发表过的每篇作品的写作初衷和感怀，她说真感情才能写出好文章。分享交流会上，散文创作委员会发起"这里没有疫情""谛听秋的声音"二题选一的同题征文活动。散文创作委员会还与评论创作委员会合作，发起"你最满意的一篇散文"征文，征文作品将交由评论委员会撰写评论。

2. 举办一系列的网上朗诵活动，用文学和声音给予人民精神力量

2022 年 1 月 2 日"不忘初心开启新篇"跨年朗诵会，以毛泽东同志 128 周年诞辰和新年祝福为主题，本次朗诵会的作品选材新颖、体裁多样，

本土作家的作品多，参与范围广，本次朗诵会在"佳木斯作家之家"微信群里举办，参与人数之多，受众之广泛，为历来线上晚会所罕见。共有30余名朗诵者展示了24篇作品。2022年4月22日晚7时，举办庆祝世界读书日"阅书耕沃土，抗疫颂情怀"视频朗诵会。当迎来第27个"世界读书日"时，市作协朗诵部，举办了主题为"阅书耕沃土，抗疫颂情怀"的视频朗诵会，本场朗诵会，云集了市作协的优秀主播、朗诵精英，群星璀璨，流光溢彩。18篇各具特色的作品，分为名著名篇、抗疫诗歌和本土作家作品三大板块。这些点亮星火的文字，在21位朗诵者的倾情演绎下，激荡出高山流水般的韵律，弥漫着沁人心脾的墨香。当作品的灵魂和朗诵者的声音交织跌宕时，进入直播间的听众感受到了一种灿然的音符，托起一种无形的能量场，在抗击疫情的特殊时期，振奋人们的信心，为全民抗疫坚守和担当注入强大动力。这场视频朗诵会，引来网友的广泛关注，进直播间的人数不断攀升，达到1100人，热度达到250，直播接近尾声时还有许多人纷纷进入。10月6日19时，市作家协会通过微信视频直播的方式，举办"祝福祖国，携手抗疫"诗歌朗诵会。作家协会和作家，在党和人民需要的时候，冲到最前面，在特殊的时期和关键的时刻，发挥着思想引领作用。在疫情来袭时，作协的各级组织迅速地行动起来，组织作家创作出大量的诗歌、纪实散文和故事等作品，这些作品及时传达了市委疫情管控的政策，反映抗击疫情一线那些动人故事，并通过作家朗诵演绎录制成音频，在《佳木斯作家》和作协《声动三江》音频平台上展示发表，得到了各大网络平台和微信网友的大量转载、转发，产生了广泛的社会影响，激励着人们战胜困难，奋起抗疫。19首诗文，在28名朗诵者的倾情演绎下，如源头活水，荡起声波的涟漪，汇成强磁般的能量场，那看似无形的网络，传递出人间有爱的心声，美文如星光闪耀。礼赞伟大祖国，点亮抗疫之光，传递必胜信心，憧憬党的二十大，把党和政府的关爱、抗疫勇士的坚守、居家静默的自律、兄弟市县的驰援，绽放在小小的手机屏幕，跨越了浩瀚的璀璨星空。这次朗诵会，是向战斗在抗疫一线的无数抗疫英雄致敬，这次网上朗诵会，得到了市作协朗诵部的精心组织，他们事先对外发布了朗诵会的广告，制作了作家和朗诵者的宣传片，朗诵会当场引来 1400 多名网友参与观赏，热评爆满。

3. 送文化进社区举办诗词朗诵会，受到居民群众热烈欢迎

2022 年 5 月 22 日，为了落实市文联开展的"文艺进万家，健康你我他"文艺志愿服务活动要求，市作协组织作家以"致敬延安文艺座谈会""喜迎二十大，文艺进万家"为主题，下发文件发动全市作家积极投身到文学创作中来，创作出一批反映新时代新征程的优秀文学作品。市作协诗词部组织 25 名诗词作家来到佳南社区荣誉家园，把在这次活动中创作的诗词作品以朗诵的方式送到社区群众当中去，受到社区群众的热烈欢迎。社区群众听说市作家来演出，早早地等在大舞台前看演出。作家们深情演绎自己创作的诗词作品，深深地感染了社区群众，社区群众说，市作家给我们送来了一顿文化大餐，希望作家今后多来我们社区。

4. 开展丰富多彩的采风活动，激发会员们的创作激情

深入建三江开展"沿着习总书记的足迹"纪念习总书记视察建三江四周年主题采风活动。喜迎党的二十大召开，2022 年 7 月 31 日，市作家协会组织作家来到建三江开展"沿着习总书记的足迹"纪念习总书记视察建三江四周年主题采风活动。省作协副主席、大庆市作协主席王鸿达，省作协主席团委员、省签约作家袁炳发，市作协主席孙代君等领导与 37 名作家会员参加了活动。作家们走进洪河农业科技园区、洪河艺体馆、洪河国家自然保护区、七星农场有限公司稻田画、农业科技园区、场史馆、廉政警示教育基地、北大荒智慧农业农机中心、水利沙盘、农业物联网指挥调度平台及万亩水稻田考察。通过采风活动，鼓励作家贴近大地深处，投身火热现实，感受时代脉搏；通过组织重点主题创作，以文学精品汇聚磅礴力量，推动文学高质量发展。

开展"醉美小九寨，创作抒情怀"采风活动。7 月 16 日，市作家协会组织"醉美小九寨，创作抒情怀"为主题的柴河小九寨采风活动，旨在让广大会员在观光采风中感知大自然，在壮美的祖国大好河山中陶冶情操，寻找创作源泉，体悟写作真谛。这次采风活动收到会员创作的文学作品 14 篇。

其中诗词3首（幽兰《七律·游小九寨》、丁振春《采风赋》、俊雅《赞柴河小九寨》）；诗歌5首（石晓明《威虎山之泉》、李会萍《醉美小九寨》、关东大侠《仰视小九寨，探视威虎山》、王建玲《牡丹江小九寨走笔》、刘锐霞《这里是中国威虎山》）；散文随笔6篇（花无语《问天问地问九寨》、吴军生《青山不墨，绿水永流》、艳子《小九寨采风有感》、马宝翠《初游威虎山》、高胜利《浪里白条下山来》、姚安德《亲吻威虎山》等）。

5. 举行"解读《民法典》，送法进社区"文学志愿服务活动

为了传播普及《民法典》，让居民和群众了解《民法典》的社会实践意义，提高居民懂法用法的意识，市作家协会组织作家走进社区举办"解读《民法典》，送法进社区"文学志愿服务活动。2022年8月13日，由市作协法律顾问刘汉虹主讲《民法典》，前进区春光社区居民和部分作家40多人参加了听讲。刘汉虹长期工作在最基层人民群众中间，具有丰富的法律援助实践经验，特别是在庭前调解化解矛盾等方面成绩非常突出，多次被司法系统评为优秀法律工作者。她重点讲解了《民法典》颁布实施的重要意义和在人们生活中的重要性，并就作协会员最关心的《著作权法》问题进行了全面讲解，刘汉虹以案说法，列举大量真实案例，居民在深入浅出、生动形象的讲解中加深了对《民法典》的理解，明白了运用好《民法典》对生产、生活和处理各种法律关系都大有好处。在互动环节，大家提出许多遇到的问题，如"假如文章被抄袭如何保护和维权"，"再婚老人去世双方子女如何继承财产"等方面的问题，刘汉虹都一一进行了解答。

6. 市作协各部委办和作家会员组发挥各自的特点积极开展活动

读书部、作品管理部在佳木斯大学联合举办"品读佳木斯本土作家作品"读书会，由大学生和作家会员同台朗诵本土作家作品，宣传黑土地文化。《佳木斯作家》微刊每十天一期，从未拖延过更新，出版45期发表会员作品318篇，《佳木斯作家》微刊成为会员们发表作品的平台，作家成长的摇篮。各县市活动开展得有声有色，会员队伍不断地壮大，文学创作的实力不断增强，文学创作扎实推进。桦南县、富锦市、桦川县、汤原县、抚远市都开办了网络作家微刊，发表会员作品，《富锦作家》年发稿量达50多

篇（首），《抚远作家》年发稿 300 多篇（首），抚远的《东极魂》纸刊 2022 年发刊 7 期，《同江作家摇篮》开设新人新作栏目，发表新人作品 40 多篇（首），纸刊和网刊对带动会员创作、发现新人、提升创作水平起到重要作用，在基层涌现出许多有潜力有创作热情的文学人才，各作家会员组在组长的带领下都有新的发展。

三　齐齐哈尔市文情概览

（一）争取上级项目情况

市作协"送文学进梅里斯达斡尔族区志愿服务活动项目"入选中国作家协会 2022 年文学志愿服务示范性重点扶持项目，成为全国入选的 35 个项目之一。项目主要包括"送文学知识进课堂"、"送文学书籍杂志进学校"和"喜迎二十大　深情书达乡"采风创作活动，为繁荣少数民族地区文化、宣传少数民族地区新时代发展的新成就加油助力。向梅里斯区实验小学赠送文学名著、本土作家著作等书籍杂志 200 余册。齐齐哈尔市作家刘家琴、芦森分别为同学们讲授文学课《寻找美、发现美、歌颂美》《文学的故乡》，受到学校师生的欢迎。组织作家深入梅里斯区经济、文化、旅游等领域采风，创作文学作品 13 篇。并向莽格吐乡"红石榴"项目传承保护基地捐赠齐齐哈尔市少数民族作家等著作 20 册，丰富乡历史文化馆藏。活动消息在省作协、市委宣传部等网站或公众号等媒体上发表。

市作家协会入选中国作协文学志愿服务联席会议非常任成员单位。

文学创作项目争取工作。剧本《斗酒》《剑啸》获 2022～2023 年黑龙江省重点电影项目之扶持优秀电影剧本项目。

（二）作品发表和获奖情况

1. 获奖情况

（1）齐齐哈尔市作家协会荣获省作家协会颁发的"2021 年度文学创作

成就奖"。

（2）作家杨知寒荣获第十二届丁玲文学奖小说类新锐奖。其短篇小说《水漫蓝桥》荣获 2021 年度青花郎·人民文学奖新人奖、省委宣传部首届"黑龙江文艺大奖"，并荣登青年文学杂志社 2021 年度"城市文学"排行榜。小说集《一团坚冰》入选"新浪好书推荐——2022 年 7 月文学类好书"、"腾讯好书八月十大文学好书"榜。

（3）作家吴琼的现实题材长篇小说《冰峰》，入选中国作家协会网络文学中心举办的"喜迎二十大"优秀网络文学作品展示活动。

（4）齐齐哈尔市作家的 12 个作品在省作协"党旗在龙江大地飘扬"主题征文活动中获奖。

（5）作家张港的《海布楞》入选《微型小说选刊》"2021 年中国微型小说排行榜"。

2. 作品出版和发表情况

（1）作家杨知寒创作成绩突出。出版小说集《一团坚冰》。小说《起舞吧》《虎坟》《美味佳药》《百花杀》等在《小说月报》《小说选刊》《大家》《中国作家》等国家重要文学刊物发表或转载 16 次。

（2）齐齐哈尔市作家文学专著创作情况。创作出版《一团坚冰》《警察与小偷》《本色》《向有梦的坐标集结》文学著作 4 部；编印内部书号的安铁忠、刘祥平《梅里斯区著名作家中短篇小说集》，张景春的《诗说龙江》。

（3）文学刊物发表作品情况。周贵玉的长篇小说《那山 那水 那人》在《北方文学》杂志发表。水子、李建华、刘心惠、墨痕、乔迁、蒋先平、张港、秦勇、祁海涛、夏董财等作家分别在《诗刊》《小小说选刊》《北方文学》《黑龙江日报》《解放军报》《散文家》等媒体上发表作品 30 余篇。天津画家邸天行根据齐齐哈尔市作家蒋先平的小说《照片》改编创作的漫画在人民日报《讽刺与幽默》上发表。

（4）作品在网络平台发表情况。创作音画剧《梦鹤·云鹤》，作为齐齐哈尔市鹤文化节开幕式节目在线上演出。刘海生的长篇小说《人情》、张港的著作《抗日第一枪》在喜马拉雅平台以有声作品播出。

（5）网络文学创作取得成效。吴琼的冬运速滑题材网络小说《冰锋》已完成，在番茄文学网上发布，被网站推荐申报国家新闻出版署组织的国家重点出版物评选。梧桐私语完成网络长篇小说《我的右脑搭错线》初稿，《我带魔君做捕快》完成20多万字，在咪咕文学网上发布。其现实题材长篇小说《嵘归》已完成创作大纲；孙博男的中篇小说《天青色等烟雨》创作完成3万字。

（6）文学作品新闻宣传情况。中国作家网专题推出杨知寒创作谈《江湖夜雨》，《文学报》专题推出杨知寒《一团坚冰》创作谈《当坚冰里透出火光》。

（三）文艺思想建设情况

加强政治理论学习，协会开展活动和创作始终做到把握正确的政治方向和导向。利用齐齐哈尔文艺公众号、作协微信群、腾讯会议等平台组织作家学习，组织作协班子和广大作家深入学习、宣传、贯彻习近平新时代中国特色社会主义思想和党的十九届六中全会、党的二十大、中国文联十一大和中国作协十大、省市党代会精神等。在齐齐哈尔文艺公众号《高举旗帜 勇毅前行》《奋进新征程 再创新辉煌》栏目中刊发学习党的二十大精神、省十三次党代会精神体会，提升政治意识。组织作协会员线上收看省文艺界学习贯彻省第十三次党代会精神座谈会、省文艺界"弘扬德艺双馨精神 营造天朗气清行风"座谈会、省文艺界学习宣传贯彻党的二十大精神座谈会、市文艺界学习宣传贯彻党的二十大精神宣讲报告会。组织21名会员通过线上线下的形式参加"喜迎二十大"省作协新会员、基层文学工作者和新兴文学群体培训班。举办"胜利与荣光"、"建功新时代"喜迎二十大等征文活动，讴歌党和人民，带领广大作家听党话、跟党走。组织10名会员参加省作协"学习贯彻党的二十大精神会员培训班"。

严守意识形态工作责任阵地，严格落实意识形态工作责任制，认真执行

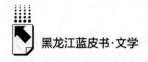

文联的文稿审核、信息发布等制度。加强对齐齐哈尔文艺公众号阵地中文学作品的把关，没有发生意识形态方面的问题。强化作协会员微信群管理，群内秩序良好。

（四）队伍建设情况

树立会员意识，扶持会员发展，加强会员培训，推荐会员作品和争取项目扶持。

1. 会员发展情况

2022年，有1名作家（周贵玉）加入中国作家协会。周微、刘祥平等10名作家加入省作家协会。发展市级会员16名。

在新一届黑龙江省作家协会专门委员会中，市作协有3位作家任副主任、20位作家任委员。

富拉尔基区作家协会完成换届工作。

2. 会员培训情况

积极参加省作协的培训活动。吴琼入选省作家协会青年作家"一对一"培养计划，由著名作家孙且对其开展点对点个性化培养，培养周期为三年。推荐7名作家通过线上线下的形式参加黑龙江文学院第22届中青年作家培训班。积极推荐作家吴琼参加鲁迅文学院高研班。赵欣郁在市文联"说文解艺"公开课上举办剧本创作知识讲座。

市作家协会主席赵秀华参加全国地市级作协负责人线上专题培训活动、中国作协国家级数字文创规范治理生态矩阵成立大会暨国家级版权交易保护联盟链启动仪式线上培训活动。

3. 扶持推荐工作情况

推荐宋成君等4位作家的作品参评鲁迅文学奖。推荐杨知寒、吴琼参加黑龙江省作家协会第七届合同制作家评选工作。推荐吴琼的冬运速滑题材网络小说《冰锋》申报中国作家协会定点深入生活项目。推荐刘海生等8位作家的作品参加"黑龙江省首届文艺大奖"评选。推荐14位作家诗歌作品参加省作协诗歌专业委员会的"龙江抒怀主题征文"活动。

4. 利用平台推介文学作品

共编发市文联"齐齐哈尔文艺"公众号文学作品226期。组织策划"我们的节日""一起向未来""关于春天的诗""文艺赏评""鹤城文艺家""鹤城故事"等多期文学专题作品，引领作家创作。

（五）全年活动开展情况

1. 举办"飞鹤杯"第十一届中国（齐齐哈尔）扎龙诗会活动

征集诗歌作品近千首，在齐齐哈尔文艺公众号上发表27期，拟于2023年2月在青年文学家杂志出版扎龙诗会优秀作品专号。

2. 开展作品研讨活动

举办"弘扬法治文化 传播法治文明"长篇小说《警察与小偷》研讨会、"喜迎党的二十大 赤胆丹心写忠诚"程子长篇小说《本色》研讨会。

3. 充分利用齐齐哈尔文艺公众号平台开展活动

组织开展"一起向未来——齐齐哈尔市作家祝福新春活动"，共有107位作家参与活动，浏览量5000余次，凝聚了作家队伍，活跃了节日氛围。该活动被列入市委宣传部"网络过大年"行动计划，活跃了疫情常态化下齐齐哈尔市春节文化生活。

4. 举办征文活动

围绕宣传奥运精神、学习宣传党的十九届六中全会精神、喜迎二十大、弘扬廉洁文化、助力齐齐哈尔市烤肉产业链发展等，举办"激情冬奥 鹤城冬韵"、"胜利与荣光"、"建功新时代"喜迎二十大、"清风·正气"廉洁文化、"国际（烤肉）美食之都"5个征文活动，与市社科联等共同编印反映齐齐哈尔地域烧烤文化文集《论烤》，弘扬主旋律，讲好中国故事、龙江故事、鹤城故事。

5. 承办诗歌朗诵会

与市朗诵家协会共同承办"唱响新时代 奋进新征程——喜迎二十大诗歌朗诵会"。

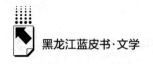

四 鸡西市文情概览

2022 年，鸡西市作家协会在省作家协会和市文联的正确领导下，认真学习贯彻习近平新时代中国特色社会主义思想和党的二十大会议精神，深入学习习近平关于文艺工作的重要论述，积极主动作为，充分调动广大作家的积极性和创造性。打基础，全方位培训会员；上水平，引进平台恳谈点评；深研讨，创新追问研讨机制；推作者，在省刊发表作品。鸡西广大作家焕发了创作的积极性。据不完全统计，2022 年鸡西作家共在省级及以上报刊发表作品 25 篇（首），在地市级发表稿件 138 篇（首），出版专著 3 部。

（一）认真学习贯彻党的二十大会议精神和市文联六次全会精神

党的二十大召开期间，市作协及时在《墨都作家》刊登全会报告、会议解读材料，为会员及时准确学习二十大会议精神提供文本。会议闭幕后，市作协同地域文化研究会等部门一起组织学习活动，一年来，还多次组织会员学习习近平关于文艺工作重要论述。组织作家代表，参加市文联第六次代表大会，聆听了市委书记鲁长友的讲话和林静主席代表五届文联所作的工作报告，并认真学习讨论。市文联高度重视市作协工作，给予大力支持，市作协主席邹本忠当选为第六届文联兼职副主席，八名作家当选为文联委员。

（二）举办大规模高水平培训，全方位提高会员写作能力

为了提高会员的写作水平，实现全员培训，2022 年 9 月 20 日，黑龙江文学院鸡西文学骨干培训班开班仪式在兴凯湖宾馆举行。培训班由黑龙江文学院、鸡西市文联、鸡西市作家协会、黑龙江日报社鸡西分社主办。对此次活动市委市政府高度重视，给予了大力支持。鸡西市委常委、宣传部部长郑野岩，黑龙江省作协副主席、文学院院长何凯旋，鸡西市革命老区建设促进会会长、鸡西市老科协会长徐振林，鸡西文联党组书记、主席林静出席了开班仪式。开班仪式由黑龙江省文学院副院长周静主持，郑野岩、何凯旋讲

话，林静致欢迎词，来自全市的作家、文学爱好者线上线下120余人参加培训开班仪式。

文学院精心设计教学内容，采取了专业课、恳谈、研讨、观摩四位一体的形式，邀请了何凯旋、俞胜、全秋生、李轻松、鲁微、杨燕、桑克、林超然、袁炳发、滕宗仁等当前活跃在国内文坛上的实力派作家、诗人、评论家授课。培训内容包括《中国现代诗简史与五种类型诗的写作技术研究》《游走于故乡与异乡之间——散文创作之浅见》《繁荣龙江文艺 助推国家文化软实力提升》《我的小小说创作之路》《在现实与虚幻之间》《编辑眼中的好作品》《鸡西文化名片〈红灯记〉和发生在红色交通线上的故事》《"林记出品"的成长经验与创作者的可行性选择》等。培训后，八位作家在《北方文学》第10期、第11期、第12期发表小说散文诗歌10篇（首）。孙立清担任摄像撰稿，邀请周红朗诵，所制作的视频《金秋硕果 恩在雨露》在今日头条刊登。

市作协主席邹本忠参加了中国作协举办的为期十五天的线上培训班，聆听了中国作协党组书记张宏森、书记处书记邱华栋等二十多位老师所做的专题讲座。市作协推送秦凤芹、鲁日昌、藏秀颖到省文学院举办的全省培训班参加学习。同时吴洪伟、陈焱、阳娟、于秀玲四人在线上参加了学习。高翠萍等8人线上参加了省作协举办的学习二十大精神和著作权保护培训班。

（三）《黑龙江日报》副刊编辑与鸡西作者举办恳谈会

组织召开《黑龙江日报》副刊编辑与鸡西作者恳谈会。会上，《黑龙江日报》专副刊出版部副主任、高级记者曹晖就《黑龙江日报》"天鹅""北国风""读书"等文学副刊版面及黑龙江日报客户端龙头新闻"妙赏频道"的编辑出版做了全面细致的介绍。高级编辑杨铭重点谈了《天鹅》副刊版面的编辑工作和用稿要求：具有时代感，短小精悍，图文并茂，并谈了龙头新闻客户端"妙赏"的发展态势。黑龙江日报鸡西分社社长孙伟民畅谈了省报副刊对鸡西作者的影响与作用。三位编辑、记者在轻松愉悦的氛围中与培训班的鸡西作者进行了面对面的交流恳谈。鸡西文学骨干班学员踊跃发言，恳谈会形式新颖活泼，气氛轻松热烈。学员们纷纷表示，面对面交流收获很大，副刊编辑坚持"三贴近"办报方针，职业操守感人。

（四）《北方文学》与鸡西作家举办作品点评会

组织了精彩的点评会，省作协全委会委员、《北方文学》杂志社主编鲁微对鸡西每个作者创作中出现的问题以及创作中如何构建一个合理有效的情境提出了中肯的有建设性的意见，并对年轻作者的作品给予充分的肯定。他们声情并茂的朗诵、真情流露的评价让与会作者倍感亲切，也充满了力量，省作协主席团委员、《北方文学》编辑、著名小小说作家袁炳发诚恳地对鸡西作者小说中存在的问题提出了具体修改建议。他们面对面，一对一地对鸡西作家的小说、散文、诗歌等作品做了精彩的点评，这种沉浸式的互动畅通了文学期刊与作者的沟通渠道，一些困扰作者的问题得到了解决。

（五）举办了小说创作专题研讨活动

2022 年 8 月 19 日，市作协举行小说创作研讨会，邀请知名作家、编辑张笛，网络写手、作家马丽红进行小说创作和网络文学创作辅导。针对小说写作，大家畅所欲言，受益匪浅。在热烈的讨论中解决创作问题。

（六）全方位抓文学创作不松劲，写作成果不断突显

一是小说创作热潮涌动。小说创作形成了"鸡东现象"。孙立清长篇小说《大弯垄的黑白道》、中篇小说《荒火铸魂》，李娟的中篇小说《方格人生》《木槿时光》，包振波的中篇小说《喋血李家集》，张景和的中篇小说《浓浓乡情》，惠相海的长篇小说《雪谷传奇》，邓书元中篇小说《风雨彩虹》，表明了鸡东作家创作的向好势头，其中邓书元的中篇小说《风雨彩虹》在香港《文学月报》期刊首篇隆重推出。密山孙丙杰中篇小说《我属于谁》在《检察文学》刊登头条。王多军的中篇小说《老姜头和他的保姆》完成了初稿。

小小说创作取得突出成绩。由田洪波组织编辑出刊《雪花》2022年第1期小小说专号，共有7篇作品被《小小说选刊》《微型小说选刊》《文摘周刊》《南方农村报》等转载。《野草甸子》等3名鸡西作者的作品，刊发于《北方文学》2022年第11期"黑龙江鸡西骨干作家培训班"小辑中。田洪波着手打造作品品牌，以"旧日时光"为题，陆续创作了20余篇作品，刊发于《小说林》《海燕》《中国铁路文艺》等刊，被《小小说选刊》《作家文摘》《喜剧世界》《中国当代文学选本》等期刊和年选转载，并获得"筑路高峰"全国小小说征文优秀奖。由小小说权威理论家杨晓敏撰写的评论《寻找光明和救赎——田洪波小小说简论》刊发于《黑龙江日报》《黑龙江作家》。11篇作品被选用于全国各初、高中语文试题。第八本小小说集签约完毕，正式进入出版程序。李艳娟小小说《稻米飘香》在《北大荒日报》发表。

二是散文创作稳步推进，作品异彩纷呈。一批优秀散文作家扎根人民，围绕采风主题，作品取材于生活又高于生活，创作出立足于本土历史文化的优秀作品。著名散文作家王晓廉的《从源头奔向大海——黑龙江旅行记》2022年5月由北方文艺出版社出版。省作协散文学会会长王宏波为他撰写的评论《充满诗意的远方——读王晓廉〈从源头奔向大海〉》，发表在《中国绿色时报》2022年10月21日和全国侨联《海内与海外》杂志2022年第11期。《从源头奔向大海》这部新著则是作家对于自己的一次挑战和超越，使同类题材升至新的高度，生发出新的意境。这部近20万字的厚重之作，以游记和日记相交织的表现形式，灵动鲜活地展现了黑龙江的若干支流和形成过程，描绘了黑龙江的两岸风光和民俗风情，演绎了这个流域所承载的历史、现实和未来。王晓廉的散文作品《草原诗情》在中国散文学会、深圳市龙华区文学艺术界联合会举办的第二届"龙华杯"全国"奋斗之城"散文征文大赛中被评为二等奖。散文作家沈晓密的散文及文学评论被十八个省级文学期刊以及《人民日报》"大地"副刊编发。他的《母亲与我的写作》《我的干爹干娘》分别发表于2022年的《四川散文》《陕西文学》。

成立女作者散文沙龙，编辑品牌栏目，一批女作家脱颖而出。以高翠萍、李连荣、王德英、靳银环、吴洪伟等散文作家为代表，作品中呈现出个性鲜明的人物形象、平实细致的回忆记事，借此来展现她们的人生体验和独特的精神风貌。2022年，高翠萍的散文分别在《散文选刊》《北方文学》《西部散文》《当代旅游》等刊发表，其中《母亲与她的朋友》在《北方文学》"品美文"栏目以头题刊发；李连荣的散文在《北方文学》《黑龙江日报》刊发；靳银环、秦玲、李娟、阮文杰、蒋兴莲的散文分别刊发在《北方文学》《雪花》《鸡西日报》等报刊。品牌栏目"女作者散文专号"，从2018年《雪花》设计至今，每年一期，至今已刊发百余位来自全国各地的女散文作者的作品，产生了广泛的社会影响，带动鸡西作者散文创作水平提升，培养了一大批有实力的女散文作者。2022年，高翠萍、姜玉敏等4位女作家的散文分别在《雪花》头条位置刊发，这是鸡西女作者的荣誉。

坚持文学创作，写好鸡西故事，在促进精神文明建设、积极参加主题征文活动中斩获佳绩，获大奖。孙钰、林兆丰、魏树金等一批中青年作家在《北方文学》《生活报》《鸡西日报》《雪花》《鸡西矿工报》等省、地市报刊发表散文40余篇。邹本忠的散文《强国有我，再创辉煌》获得全市征文大赛一等奖。孙钰的散文《兴凯湖松》在市委宣传部、市文联举办的"鸡西之恋"主题征文大赛中获一等奖，王德英、吴洪伟获二等奖，刘和春获三等奖，秦凤芹、孙立清、钱建明等15位散文作家获优秀奖。何学明作品《老张》获省委宣传部征文优秀作品奖。编辑出版肖毅散文集《最可爱的人——虎林老兵》、郭兴安的散文集《走遍鸡西》、薛云峰的散文集《读书笔记》。参与编写市政府、市老促会重点课题《兴凯湖志》《鸡西红色历史文化图志》。

三是诗歌创作与时俱进，反映时代和人民心声。在党的二十大即将召开之际，以鸡西为底色，以诗歌为牵引，为时代邀约，为人民而歌，举办"诗意鸡西·迎庆党的二十大"优秀诗歌成果展活动，组织鸡西地域20位诗人组成诗歌方阵，用一场诗歌的盛宴，一场观念的碰撞，唱响鸡西新时代主旋律，努力打造鸡西的"诗歌之城"，表达时代和人民的心声，向党的二十大胜利召开献礼。活动结束后，还邀请牡丹江诗人高万红撰写评论《诗意栖居的大地——"诗意鸡西·迎庆党的二十大"鸡西地域优秀诗歌成果展作品赏析》并在《龙电文苑》等多个网络平台发表，引起强烈反响。其中在中诗网阅读量达 15767 次。办好鸡西市作家协会诗歌会刊《墨都诗刊》文学平台，努力打造鸡西诗歌的新形象，新高度，新模式。向域内全体作家、诗人及文学爱好者征稿，作品在平台推出后择优推荐纸质期刊发表，为打造鸡西诗歌新高地，培育鸡西诗歌新力量，提供平台和机会；同时通过展示和征文评选，致力提升鸡西诗歌创作的整体水平。为积极挖掘鸡西诗人潜能，激发鸡西诗人创作激情，打造过硬的诗歌创作队伍，努力开创鸡西诗歌创作新局面，举办了"端午诗会"主题笔会，展示了鸡西新老诗人的精品佳作，为鸡西地域诗歌发展写下浓墨重彩的一笔。按照市文联要求，举办了以"人到中秋明月好，欲邀同赏意如何"为主题的"中秋诗会"。沙龙成员围绕"中秋"主题开展创作活动，遴选优秀作品在《墨都诗刊》刊登，并推荐市文联公众号集中展示。在已出版《诗人四重奏》《四个人的山冈》两部结集基础上，组织编辑了第三部《诗人四重奏：行走的时空》，继续打造"诗人四重奏"诗歌品牌。鸡西实力派诗人邹本忠、鲁学民、江宗皓、李玉兰的"诗人四重奏"作品特刊将在 2022 年 12 月底前《北方文学》出版一期，继续打造龙江诗歌品牌，展示了鸡西地域诗歌的创作实力，助力鸡西诗歌从高原向高峰攀登，将诗歌现象助推为诗歌发展潮流。何学明《我有一间房子》组诗被《诗选刊》刊登，这是鸡西诗歌取得的突出成绩。诗歌《鸡西之恋》获得市委宣传部、市文联举办的"鸡西之恋"征文一等奖。何学明出版诗集《爬上屋顶的阳光》，王福信出版诗集《远方》，并致力于用新媒体传播诗歌。邹本忠诗歌《共和国的那一片蓝》获得全市税务征文一等奖。很多诗歌在《绥化日报》、《雪花》杂志、《鸡西日报》、《鸡西矿工报》发表。

四是散文诗创作新人辈出，佳作涌现。散文诗沙龙按照"强队伍，带新人，出佳作，推精品，推动鸡西散文诗的回归与中兴"的总体部署，积极开展交流、培训、同题创作等工作。大家在沙龙里虚心学习，热情交流，勤奋钻研。老会员热心指点，潜心创作，以老带新，形成了稳定的散文诗创作梯队。沙龙成员现已发展到五十余人。同题碰撞，活跃交流，提升创作实力。为了实现成员间的有效交流和互动，散文诗沙龙坚持定期开展同题创作，以同题写作碰撞创作灵感，互相启发，互相借鉴，互相学习，取长补短。组织了五期同题作业，创作出"走近新年、北方春天、伴夏而行，我心中的万里河山"等同题作品，活跃了交流学习的氛围，也带动了新会员创作能力的提升。搭建平台，推介佳作，丰富创作成果。沙龙在《鸡西日报》副刊、《雪花》杂志开辟同题散文诗专栏，在《鸡西矿工报》争取版面，推介展示成员作品，激发了创作积极性，一批成员的散文诗作品在报刊发表，在省、市征文比赛中获奖，展示了创作实力。李玉兰散文诗《过滤时光》在《星星》诗刊发表，《立春，日子在一张饼中生出想象）收入2022年中国魂散文诗选，《在生日的枝头打开春天》收入《中国散文诗年选》；何学明散文诗《伴夏而行》在《鸡西日报》发表。《税务所，我就这样守着你》获鸡西文联、税务局征文二等奖，并收入征文集。冯福君散文诗《过滤时光》等在《雪花》杂志、《鸡西日报》发表。冯福君作品分别在"鸡西之恋"和"我的税收 我的奋斗"主题征文活动中获奖，作品被收入征文集。刘凤玲散文诗《爱在东方红（组章）》在"鸡西之恋"主题征文大赛中获三等奖，散文诗《过滤时光》《伴夏而行》在《鸡西日报》发表。李艳娟散文诗《我从春天里来》《夏日的风》《过滤时光》《北方的春天》在《鸡西日报》发表。王文秋散文诗《北方的春天》等在《鸡西日报》《鸡西矿工报》发表。刘雨馨散文诗《五月的怀念》《北方新年》等在《鸡西日报》《鸡西矿工报》发表。陈岩岩、周静散文诗《过滤时光》《雪》等同题作品在《鸡西日报》发表。

五是剧本创作和报告文学创作，初见成效。李载丰创作的40集电视剧剧本《反掠夺者》被《黑色火焰》剧组选中，纳入2023年拍摄计划；孙立清、高翠萍电影剧本《秘制对决》完成了初稿，纳入市老促会创作计划。李载丰主攻红色文学创作，创作的中篇纪实文学《一位前苏联女特工和她的男人们》已经完稿。李载丰、李玉兰、何学明报告文学在黑龙江省委宣传部、省作家协会举办的"党旗飘扬在龙江大地"征文中获奖。李玉兰为虎林市撰写的城市形象专题片《生态强市 美丽虎林》，在央视频、黑龙江电视台等多家官方媒体播出。

六是开展文艺评论工作，促进作品上台阶。举办了四次评论会，共评论作品五部。开展非虚构散文的评论，为评论家的文学创作喝彩。滕宗仁先生是省评论家协会会员，从事文艺评论四十余年，出版多部文艺评论专著，并有三部蝉联鸡西市社会科学优秀成果一等奖，是省市著名评论家。他在进行文艺评论的同时，也在进行自己的文学创作，2022年推出了一部三十多万字的非虚构散文《回雁兼程溯旧踪》，记载了一部家史，抒发家国情怀，感悟个人成长。此书出版后，受到读者的一致好评。因此在2022年6月召开了这部作品研讨会，与会的作家、评论家从不同角度对作品给了高度评价，同时也指出了不足之处。开展游记散文的研讨，为黑龙江的美景宣传。王晓廉是鸡西籍的散文大家，中国作协会员。虽旅居京城，但对家乡极其眷恋，写了很多歌颂家乡、赞美家乡的散文。近两年连续出版了两部游记散文《水阔天高》《从源头奔向大海》，都是写黑龙江美景的美文。2022年7月鸡西市作协举行了《从源头奔向大海》的王晓廉游记散文研讨会。参会的作家、评论家从作品的知识性、美学性、探索性、旅游性等方面进行了充分的讨论，肯定了此书的美学价值、百科全书价值、旅游手册宣传价值，认可了作者在宣传黑龙江人文美景与传统文化、探索历史渊源等方面做出的努力和贡献。举办纪实散文和摄影纪实的研讨会，扩大了评论工作的领域。虎林的媒体人肖毅以影像记录健在的百名虎林老兵的现状以及他们的回忆和讲述，充分发挥自己的美术专长，为百名虎林老兵配以一幅幅素描肖像。撰写了一部接近70万字的英雄人物访谈录，凸显出历史凝重感，现实的价值感和后人的踔厉奋发感。2022年的"八一"建军节前夕，鸡西市作协召开了《最可爱的人——虎林老兵》一书研讨会；同时，研讨了摄影纪实图册《鸡西大地飞彩虹——鸡西高铁建设纪实》。它是牡佳高铁鸡西段建设纪实摄影专集。作者马广祥从事摄影艺术40余年，摄影作品多次在国家和省部级各类大赛中获奖，从2018年到2021年，深入高铁建设工地四五十次，进行拍摄采访，摄影照片万余幅，从中筛选出200幅图片组成了这组"日新月异，大地飞虹"的系列组照。在研讨会上，评论家们认真深刻地对此部摄影专集进行了深入的研讨。举办中篇小说《风雨彩虹》的研讨，开创了读者作者互动的新模式。2022 年 8 月，召开了邓书元先生的中篇小说《风雨彩虹》作品研讨会，这部小说以农机战线的改革发展为题材，描写了 63 年间三家三代农机人，在北大荒这片热土上，经历了农机战线的风风雨雨，终于研制成功了"彩虹"农作物联合收播机，解决了千百年来农业大发展的一个难题。这篇作品充满了正能量，提振了人民向科学技术要生产力、向数字经济要赋能的勇气和信心。这次研讨会既有评论家充满真知灼见的理论点评，又有作家对作品中的故事情节、人物刻画、环境描写小说三要素展开讨论、批评和建议。这是一种开展作品研讨的新模式、新方法，值得提倡，有利于促进文学创作发展和繁荣。

七是基层作协发挥作用，为区域文学繁荣发展做贡献。为喜迎党的二十大胜利召开，2022 年 7 月，虎林作家协会举办了《盛世虎林》原创诗歌朗诵会。朗诵会会员以"生态活力城 美丽新虎林"为主题，创作 12 首反映虎林地域文化、各业发展的诗词作品。朗诵会共分《生态虎林》《活力虎林》《幸福虎林》三个篇章。采用音诗、歌舞画、旗袍等元素，每个篇章以情境舞蹈导入。立体呈现虎林生态风光、人文历史、发展脉动，用诗歌的语言赞美虎林，讴歌时代，为虎林发展注入文化的力量，协会邀请朗诵名家金玉泉、夏云来虎林参加了《盛世虎林》原创诗歌朗诵会，为朗诵会增加了亮点。协会还开展了《爱祖国，颂家乡》征文活动，并于 2022 年 6 月举办了颁奖仪式，将获奖作品收入第四期《虎林文学》。鸡东县作协先后于 10 月"党的二十大"召开前后，组织文学采风小分队到"滴道矿史馆"、"哈达红色历史陈列馆"、部分"红灯记"故事复原广场、"鸡冠楼"等地，进行了采风活动，并撰写了一批文学作品。通过编印 2022 年《鸡东文艺》，引导广大作家以精品奉献人民，用明德引领风尚，用文学服务基层。精心创作的音乐快板"践行党的二十大奋力谱写新篇章"和三句半《二十大赞歌》，贴近群众，贴近实际，贴近生活，受到五个乡镇热烈欢迎，村民们主动学习传诵，在欢快的氛围中宣讲了党的二十大精神。

（七）打造优质品牌，为作家提供发表作品的平台

鸡西作家协会微信公众号《墨都作家》《墨都诗刊》创刊以来，得到了市文联领导的高度重视和亲切关怀，市作协主席邹本忠对两个平台提出了站高位、推精品、创名牌、站前排的指导思想，以高度的政治站位、使命担当和高度的责任心、洞察力，对作协文学平台的发展提出了高标准创刊、高质量运行的工作思路，对平台发展起到了助推和把握方向的作用。分别安排两位作协副主席高翠萍、江宗皓担任平台主编，带领鸡西作协会员开展了丰富多彩的创作、采风、研讨活动；选派副主席兼秘书长李载丰任平台编审，对平台每期作品把好思想关、政治关、质量关，选派责任心强、有平台编辑经验的会员担任编辑和平台制作，期期设计精良精美，在塑精品、强创作、推新人的实践中，确保了鸡西作协平台始终贴近人民群众，与党中央保持高度一致；确保了每一部文学作品无差错，无敏感词汇，无政治问题。

《墨都作家》出刊 60 期，《墨都诗刊》出刊 116 期，发布作品 1300 余篇，其中黑龙江文学院鸡西文学骨干培训班发表作品 12 期、发布党的二十大学习材料 10 期，市文联第六次代表大会 4 期，喜迎二十大鸡西地域优秀诗歌成果展 8 期，鸡西之恋作品 6 期，滕宗仁散文集《回雁兼程溯旧踪》研讨会 5 期，山乡巨变乡村行采风 1 期，散文诗《我心中的万里山河》《夏天的故事》《映山红》25 期，中秋诗会、端午诗会、七夕诗会 19 期。一年来，鸡西作协平台按照市作协的要求，认真开展工作，编委会人员工作很繁杂也很辛苦，他们从不为这繁忙的付出叫苦叫累，按时准确地完成了作协的工作。

（八）组织"山乡巨变乡村行"文学采风活动

2022 年 8 月 21 日，为迎庆党的二十大胜利召开，鸡西市作家协会组织 18 名作家开展"山乡巨变乡村行"文学采风活动，感受十九大以来鸡西市农村发展变化。在作家廖兴华的安排下，采风团一行到恒山区红旗乡艳丰村

果树场和香猪养殖场，了解农户承包荒山种植果树、发展林下经济等情况。参观后，大家进行了座谈，围绕"山乡巨变"这一主题谈创作情况，畅谈鸡西文学发展。老作家王晓廉、王少连、谭英凯、王润生等畅谈了 20 世纪 80 年代以来，鸡西文学发展取得的丰硕成果。市作协顾问、评论家滕宗仁畅谈了鸡西市打造红灯记广场、红灯记小镇等情况，强调了文学对于文旅发展的重要性。市作协副主席田洪波畅谈了小小说发展情况，对市作协抓小说创作，尤其是激励长篇小说创作，给予了肯定，认为抓到了点子上，并对廖兴华创作长篇小说给予鼓励。市作协副主席蒋兴莲对鸡西长篇小说创作成果进行了梳理，几十部长篇小说构成了鸡西文学的多姿多彩，并回顾了前一日邓书元中篇小说《风雨彩虹》研讨会采用解剖式辩论方式研讨取得的突破性成果。廖兴华介绍了自己目前致力于长篇小说创作，并汇报了小说的故事梗概、创作思路。市作家协会主席邹本忠作了总结，指出今后要多组织作家深入生活，鼓励作家就某一领域进行深层次体验生活，尤其是要响应中国作协提出的创作反映山乡巨变的文学作品的号召。只有丰富的体验和积累生活，才能创作出好作品。

（九）加强党建工作和班子队伍建设

市作家协会隆重召开会员大会。这是自 2020 年末新一届作协班子换届以来首次召开的全体会员大会。市文联党组书记、主席林静，副主席聂书春、李炜出席会议，来自全市各条战线的 120 名作家分别在线上线下参加会议。会上林静主席作了讲话，对市作协过去两年工作给予了高度评价，对今后工作提出了要求。李炜副主席领学了习近平总书记在中国文联十一次代表大会、中国作协十届代表大会开幕式上的重要讲话。市作协主席邹本忠作工作报告，对培训工作和今后创作提出了要求。市文联、市作协表彰了高翠萍、田洪波、李载丰、蒋兴莲、李玉兰、刘建民、袁颖、滕宗仁、李连荣、吴洪伟、何学明、林兆丰、秦玲、孙立清、孙丙杰、邓书元、滕范杰、王德英、孙钰、张丽东同志，他们在组织活动和文学创作上做出了突出成绩。2022 年，邹本忠加入了中国作家协会，高翠萍被省文艺评论家协会吸收为会员，刘建民、娄德平、田凤君、陈焱、宋莲姬发展为省作协会员。

会员大会也总结了小说创作的不足：对小说创作培训不够，作者向高端研究不够，低水平创作导致作品的冲击力不强；散文创作要向全国大刊进发；诗歌后劲不足，年轻诗人较少；散文诗还要向高端进发，形成团队冲击；文学评论队伍老化，青黄不接的现象令人担忧；所写的评论文章也鲜少向省内外大平台投放，所以在外地发表稿件很少。

五　北大荒文情概览

2022 年，在北大荒集团党建工作部的关怀下，在省作协的正确指导下，北大荒作协围绕培养文艺人才、繁荣文艺创作，以"壮大队伍、培养人才、打造精品、讲好故事"为目标，紧密结合实际，扎实开展各项工作，取得了可喜成绩。荣获省作协年度"文学工作创新奖"。

（一）组织开展了"喜迎党的二十大"系列活动

一是 8 月中旬，北大荒作协与省作协联合开展"喜迎党的二十大"主题调研采风活动。在省作协党组书记李红带领下，历时 4 天，行程 2000 公里，深入农垦建三江、牡丹江分公司及 10 个农场开展调研活动，亲身感受北大荒现代化大农业的发展。参加此次活动的 5 名北大荒作协人员写稿 12 篇，并发表在《黑龙江日报》副刊《黑龙江作家》《北大荒文化》等报刊和各大网络平台。二是在北大荒集团党建工作部组织指导下，开展了"北大荒开发建设 75 周年文学作品征集活动"，编辑出版了《北大荒开发建设 75 周年优秀文学作家集"绿野颂"》。三是赵国春主席当选为省散文委员会副主任、廖少云副主席当选为省儿童文学委员会副主任。四是推荐赵亚东、廖少云两名会员申报省文学院第七届合同制作家。五是推荐北大荒作协会员姜军良、孙海燕拟创作的长篇小说《金色原野》，并获省作协 2022 年重点作品扶持选题。六是按照省作协要求组织北大荒作协负责人及各基层作协负责人共 10 人，参加了省作协组织的党的二十大精神专题辅导和作家维权专题辅导的线上会员培训班的学习活动。七是编辑出版内部刊物《北大荒作家》两期，重点发表新会员作品。第一期为了追思老作家郑加真，开辟了《怀念郑加真》专栏，选登了贾宏图等 5 人的作品。第二期为了喜迎党的二十大召开，开辟了《喜迎二十大》采风作品专栏，发表了 6 篇采风作品。八是推荐发展中国作协会员 1 名，中国散文作协会员 2 名，省作协会员 3 名，北大荒作协会员 13 名。九是赵亚东、王青松、陶孝民、何学明等全年出版文学作品集 10 部。十是 5 月 25 日，赵国春应哈尔滨工业大学计算学部邀请，进行了《北大荒开发历史和北大荒精神》的线上讲座。

（二）各种文学创作活动，有声有色有亮点

结合实际，扎实开展有影响力的文学活动。一是建三江作协联合佳木斯作家协会和《北方文学》在建三江举办了文学创作计改稿班，40 余名作者参加了培训和改稿，并举办了习近平总书记视察建三江 4 周年"中国粮食中国饭碗"全国文学征文大赛，收到稿件 600 余篇，评出了入围奖 50 篇。

二是红兴隆作家协会所属文学社团，积极组织开展丰富多彩的活动。五九七农场《双柳》文学总社先后组织了三次采风活动。在"九一八"事变发生距今 91 年之际，协会负责人组织文学社 20 名会员，一同去吉祥山抗联纪念馆参观，创作诗歌、诗词作品 21 首，编发了《双柳文学》微刊，并为吉祥山抗联纪念馆捐款 2200 元。八五二农场的凌寒文学社、北兴农场的毓秀文学社等社团组织也开展了活动，为文学弘扬主旋律、传递正能量发挥了积极作用。

三是九三作家协会与九三分公司党委工作部等部门联合举办了"九三红粱杯"诗文大赛，对评选出的优秀作品进行了表彰，同时，积极组织会员采风 4 次，深入荣军、建边、七星泡等农场，了解农场的发展变化及发展新思路新目标，汲取创作灵感，创作了大量的文学作品，其中有写建边农场的 3 篇散文和 1 首诗歌、10 篇写荣军七彩农业打卡地的散文、9 首写高粱的诗歌，发表在《北大荒文化》杂志、北大荒公众号等报刊网络平台。

会员王洪庆、王文秋和何学明自发创建 7 个微信公众号，专门刊发文学作品。王洪庆创建《东北亚创意坊》，目前已编发 70 期，发表文学作品 270 篇；王文秋创建的《乌苏里双忆坊》，发表个人文学作品 350 余篇，为基层文学爱好者提供了展示才华的舞台。

（三）创作成绩显著增强，各种奖项精彩纷呈

全年各级会员发表了一批有影响力的作品。赵国春的散文《梦回故乡佳木斯》入选中国出版集团华文出版社出版的《2021 年中国文学佳作选散文卷》；在中国丁玲研究会第八次全国会员代表大会上，赵国春当选第八届理事会理事。在《北方文学》、《中国农垦》、《黑龙江日报》、天津《滨城时报》《岁月》等报刊发表作品 12 篇，在《奋斗者》《北方文学》《龙头新闻》等公众号发表作品 180 余篇。赵国春 30 万字的纪实文学作品集《北大荒记忆》，6 月 1 日，经省委宣传部批准被黑龙江人民出版社列为 2022 年省精品出版工程拟资助项目（精品图书），计划 2023 年出版；根据这本书稿由黑龙江人民出版社推荐的数字项目《黑土地上的精神丰碑——传播北大荒精神融媒体资料库》，同时入选 2022 年省精品出版工程拟入库项目（数字入库）。

作为"《诗刊》2020 年度陈子昂诗歌奖获奖诗人作品集"之一，赵宝海著诗词集《象外》由长江文艺出版社出版，此集选入诗词作品近三百首。《心潮诗词》《北大荒文化》以及"中国诗歌网""《诗刊》公众号""黑龙江作家网"等报刊和媒体发表关于《象外》的出版、评论文章等 20 余篇，上百家报刊、电子媒体转载；"《诗刊》公众号"等媒体多次转载《象外》中的作品，产生良好影响。赵宝海应邀赴四川射洪参加"《诗刊》2020 年度陈子昂诗歌奖"颁奖典礼。赵宝海还在《中华诗词》《诗刊》《当代诗词》《天下美篇》《小楼听雨（诗词集）》等纸媒以及《诗刊》《中华辞赋》公众号、"中国诗歌网"等网络媒体发表、转载诗词 100 多首以及诗歌评论一篇，诗词点评七十多则。李一泰在《诗刊》《诗林》《海燕》《当代诗人》发表组诗，并被授予 2022 年度"十佳当代诗人"称号；长篇纪实作品《大

国粮仓》被列为省重点扶持作品选题。刘宏发表在《北方文学》的小说《秘方》2022年5月授权北京影视公司；小说《北有南岛》发表在《短篇小说》第5期头题，并附创作谈《我瞬间心生慈悲》，受到广泛赞誉；小说《老班长索三能》发表在《北方文学》第10期；小说《地下600米》发表在《短篇小说》第12期，在《黑龙江日报》天鹅副刊发表散文《秋风起蟹脚肥》。王征雁的短篇小说《寻找阿格隆》发表在《温洲文学》2022年秋卷，并被《海外文摘》2022年第11期转载。王立国在《中国诗人》等刊物发表诗歌多首；张碧岩在《微型小说选刊》《天池》发表小说2篇。岳静华的散文《影集里的故事》《清雅的豆腐房》《水韵墨香》等作品发表在《漳河文学》《西部散文选刊》等报刊；《荷塘秋韵》《挑夫》《生命之河》三篇散文分别入选上海教育出版社出版的中学《语文主题学习》一书。张广玲在《北方文学》《北大荒文化》《雪花》等文学期刊发表短篇小说《云归处》《太阳花的眼泪》等作品。

付宇创作的反映哈尔滨模特生活的电影剧本《冰城180》，受到导演姜永波的肯定和好评；同时完成了40万字的纪实长篇小说《萧红》的第一稿。孙佰臣的《顺其自然》《也许的结果》等4首诗歌分别发表在《诗歌月刊》《启明星·校园文学》等报刊。王春慧的组诗《一起向未来》和散文《我的母亲》等作品发表在《西部散文选刊》《青海湖》等报刊。郭阳在《北极光》《中国诗影响》等刊物发表作品10篇（首）。高殿文在《中国乡村》《双鸭山日报》等报刊上发表诗歌、诗词50余首。邹仁武在《中国辞赋》《长白山诗词》等刊物上发表诗词50余首。杨再利在《双鸭山日报》等报刊上发表诗歌、诗词50余首。袁晓红、朱海清、迟欢等会员也有多篇散文、诗歌发表在《浓情黑土地》《作家在线》等公众号上。齐长春的《登山随想》外一首、王菲的《桃花水》《重塑自我》组诗，分别在《岁月》杂志的第二、三、五期发表。

在创作取得较好成绩的同时，也荣获了部分文学奖项：赵国春的纪实文学《与鹤共舞的人》荣获《作家文摘》报社与中国言实出版社共同举办的"筑梦新时代，奋进新征程"主题征文优秀奖，赵亚东荣获第二届黑龙江省文学艺术英华奖萧红青年文学奖，廖少云的短篇小说《白雪浇在黑琴键上》《古驿站》发表在《读友》杂志，并荣获"读友怀"全国短篇儿童文学大赛优秀奖；中篇小说《群山静寂》获得第二届大自然原创儿童文学大赛二等奖。吴继善的纪实文学《丝路画旅》，荣获黑龙江省少数民族文学奖三等奖。刘宏的小说《我的老班长》，荣获省"党旗在龙江大地飘扬"大型主题征文二等奖。

垦区 10 名作家的 27 部作品入选《黑龙江省志·文学志》。由黑龙江省地方志编纂委员会编纂的《黑龙江省志·文学志》（1986~2005），2020 年12 月由黑龙江人民出版社出版。全书分《文学创作》《文学评论与文学活动》《机构队伍》三篇，主要记述黑龙江省 1986~2005 年的文学创作、文学思潮、文学事件、文学理论、文学期刊等情况。综合运用述、记、志、图（照）、表等体裁，以志为主，横排门类，纵述史实。垦区的 10 位作家 27部作品入选该志。垦区作家韩乃寅的《远离太阳的地方》等 5 部、窦桂萱的《暮雨潇潇》、刘凤山的《浊浪》选入长篇小说部分；郑加真的《高高的天线》，窦桂萱的《无名河上的桥》选入中篇小说部分；任歌的《雪影游丝》，选入诗歌部分；平青的《微笑的眼睛》、丁继松的《北疆散记》、赵国春的《珍藏的记忆》等 6 部散文集，宋晓玲的《往事如烟》，选入散文部分；郑加真的《北大荒移民录》等 2 部、吴继善的《通天时刻》、赵国春的《荒野灵音》2 部，选入纪实文学部分。《北大荒文学》《北大荒作家》，都选入《文学期刊》部分，垦区 14 部荣获丁玲文学奖作品，列入国家级获奖名录。北大荒作家协会组织机构列入"机构队伍"篇。

（四）因地制宜，建立多种多样的作品发表平台

一是结合实际，有效建立创作平台。目前，北大荒作协及各基层作协共有内部杂志 9 个，为基层会员，特别是新会员搭建了发表作品、展示才华的有效平台。宝泉岭分公司作协的刊物《岭上风》全年共发表作者作品 75 篇（首）；建三江分公司作协形成了以《建三江文学》杂志为龙头、以《创业者》《乌苏里江文化》为两翼、以《江柳文学》为基础的大文化格局，创建

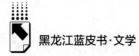

了建三江作协公众号、建三江作协微信群、建三江作家大视野、建三江作协博客等平台，为广大作者提供了广阔的平台。2022年四种刊物出版14期，发表文学作品600余篇，在微信公众号、网站发表文学作品900余篇。

二是大力推动年轻会员作品走出去。通过以内部刊物锻炼新会员的写作能力，发现和培养有潜力的好苗子，在推荐他们参加各种文学培训活动的同时，及时了解他们的创作状态，对他们的作品进行分析指导，选出优秀作品向地市级或省级刊物推介发表，增强年轻会员的创作信心，提升创作水平。

三是采取传帮带措施，发挥老作家作用。根据从事的不同创作体裁和领域，每个协会结合自身实际，开展以老带小，强化指导，以共同提高为目标，提倡自愿拜师学艺，有效提高与开拓了年轻会员的创作水平和创作视野。目前，各基层协会"作家结对子，携手共创作"已经蔚然成风。

附录一 2022年黑龙江省作家协会大事记

刘瑗源 整理*

1. 2022年1月22日，黑龙江文学院举办萧红逝世80周年纪念活动。在呼兰区举办祭扫萧红墓、专题讲座、馆藏名人名家书画作品展等一系列纪念活动，以此缅怀萧红，传播萧红文化，弘扬萧红精神。黑龙江文学院组织黑龙江省部分作家赴呼兰萧红故居与文学爱好者等社会各界代表参加了此项活动，向呼兰区图书馆捐赠文学图书百余册。

2. 2022年2月24日，省作协机关召开会议，传达学习全省机关"能力作风建设年"工作会议精神。省政协副主席、省作协主席迟子建出席会议并讲话。省作协党组书记李红，一级巡视员司兆国，党组成员、副主席赵儒军，党组成员、副主席陈永恩及机关全体干部参会。

3. 2022年2月25日，由黑龙江文学馆、黑龙江日报报业集团、黑龙江广播电视台联合主办"龙江文学讲堂·会客厅"之"冬奥精神的文学表达"活动，黑龙江省文学界、体育界人士齐聚黑龙江文学馆，就黑龙江冰雪资源优势、冰雪运动现状和成就、黑龙江冰雪题材文学创作成就及未来发展方向等话题展开深入探讨，并以此作为黑龙江省文学领域对北京冬奥会成功举办的献礼。

4. 2022年3月2日，为了发现和扶持更多有潜质的优秀中青年创作人才，黑龙江文学院与《北方文学》杂志社联合征集第21届中青年作家培训

---

* 刘瑗源，任职于黑龙江省作家协会。

班学员优秀作品，在《北方文学》2022年第2期杂志推出黑龙江文学院第21届中青年作家培训班学员作品选萃专辑5篇作品。

5.2022年4月12日，省作协机关党委举办了"业务大讲堂"首讲。省作协党组成员、副主席陈永恩主持学习会，秘书长姜超作了题为"文学与现实伦理的艺术选择"的讲座。省作协全体机关干部、黑龙江文学院工作人员以线上线下两种形式参加学习。

6.2022年4月29日，黑龙江省全民阅读工作领导小组发文表彰2017~2021年度全民阅读工作先进典型，黑龙江文学院"龙江文学讲堂"系列活动被评为全民阅读优秀项目、黑龙江文学院被评为全民阅读工作先进单位、培训部主任周静被评为全民阅读工作先进个人。

7.2022年5月19日，召开省作协七届三次全委会、主席团会。会议深入学习贯彻习近平总书记在中国文联十一大、中国作协十大开幕式上的重要讲话精神，学习贯彻黑龙江省第十三次党代会精神，总结回顾2021年文学工作，部署2022年重点工作任务，动员全省广大作家为黑龙江省文学事业高质量发展做出更大的贡献。全委会前召开了主席团会议和主席办公会，增补、变更了省作协第七届全委会委员，讨论发展了新会员，审议通过了《黑龙江省作家协会七届三次全委会工作报告》，评选出了2021年度先进团体会员。主席办公会讨论发展了73名省作协会员。

8.2022年5月23日，黑龙江文学馆参与黑龙江广播电视台极光新闻App推出的"全民悦读 邀您共度《人世间》"活动。通过网络直播形式，向广大网友推广黑龙江省优秀文学作品，累计观看15万余人次，点赞量超过20万。

9.2022年5月25日，举办了省作协"送文学进乡村"文化惠民活动，向五常市拉林满族镇正黄村捐赠图书100余册。

10.2022年6月10日，由黑龙江文学院、春风文艺出版社、《北方文学》杂志社、大庆市文联联合举办的长篇小说《父亲的入党申请》作品研讨会在大庆市举行。黑龙江省作协副主席、黑龙江文学院院长何凯旋，春风文艺出版社综合编辑室主任姚宏越，《北方文学》杂志社主编鲁微，黑龙江省社会科学院文学研究所二级研究员郭淑梅，黑龙江省作协主席团委员袁炳发等来自省内外的评论家、作家、编辑共计四十余人参加了研讨会。

11. 2022年6月21~22日，省作协举办了"喜迎二十大"省作协新会员、基层文学工作者和新兴文学群体培训班。本次培训班以线上线下相结合的形式进行，200余人参加培训。

12. 2022年6月25日，龙江文学志愿服务队在黑龙江文学馆正式成立，黑龙江文学院签约作家、黑龙江金融作协部分会员、省内高校教师及学生代表、文学爱好者等成为首批志愿者。活动当天还举行了龙江文学讲堂·大众汇暨文学志愿服务活动首场讲座，著名作家孙且以《阅读——生命存在的方式》为题，为现场观众讲授阅读的意义，黑龙江省作家协会副主席、黑龙江文学馆馆长何凯旋，黑龙江金融作协主席陶化玺出席活动。

13. 2022年7月1日，中国作家协会公布了2022年度重点作品扶持项目入选篇目，黑龙江省作家协会推荐的张雅文《追梦人生——走进冬奥冠军的世界》、吴志超（笔名吴半仙）《丰碑》入选。

14. 2022年7月1日，省作协开展了"光荣在党50年"纪念章颁发活动。省作协一级巡视员司兆国、秘书长姜超到退休老党员吴宝三同志家中，为他颁发"光荣在党50年"纪念章。

15. 2022年7月8日，黑龙江文学馆龙江文学志愿服务队走进省直机关第三幼儿园，以"让科普阅读帮孩子插上飞翔的翅膀"为题，为小朋友们奉上科普阅读大餐，并赠送了著名儿童文学作家黑鹤的作品集以及科普绘本。活动采取线上线下结合方式，30位小朋友以及部分幼教教师现场聆听，学生家长线上参加。

16. 2022年7月12日，中国作家协会社会联络部（权益保护办公室）在京召开文学作品影视转化评估座谈会，围绕文学作品影视转化展开讨论交流，从影视转化角度对85部作品进行了评估推荐，评选出15部适宜影视转化的文学作品。黑龙江省推荐的2位作家作品入选，分别是王晶莹的《你不来，花不开》、于析的《法医河阳》。

17. 2022年7月15日，全国政协副主席刘奇葆率全国政协调研组到黑龙江文学馆参观。全国政协文化文史和学习委员会副主任张昌尔、丁伟、吕世光、钱小芊、胡纪源、何平等一同参观，黑龙江省政协主席黄建盛，中国作协副主席、黑龙江省政协副主席、省作协主席迟子建陪同参观。

18. 2022 年 7 月 27 日，黑龙江文学馆龙江文学志愿服务队走进中国人民武装警察部队哈尔滨支队执勤一大队执勤一中队，讲述龙江文学中军旅题材作品的发展流变及经典故事。向部队赠送了龙江文学中的经典作品，以致敬武警官兵并送上节日的祝福。

19. 2022 年 7 月 26~28 日，省作协与哈尔滨市作协联合开展了"龙江作家看龙江"主题调研采风活动。采风团由省作协一级巡视员司兆国带队，带领省作协各专门委员会成员和哈尔滨市的作家代表共计 24 人，走进哈尔滨新区的深圳（哈尔滨）产业园实地走访多家企业，到双城、尚志等地的工农业生产一线，深入了解哈尔滨及周边区县的经济社会发展情况，在双城区希勤满族乡希勤村、尚志市元宝镇元宝村，感受"中国农业合作化第一村""中国土改第一村"的今昔巨变。

20. 2022 年 8 月 3 日，2021 年度青花郎·人民文学奖颁奖典礼在四川古蔺郎酒庄园隆重举行。黑龙江省作家杨知寒凭借短篇小说《水漫蓝桥》荣获 2021 年度青花郎·人民文学奖新人奖。

21. 2022 年 8 月 5 日，著名作家、学者，中央文史研究馆馆员、北京语言大学教授、茅盾文学奖获得者梁晓声作客龙江文学讲堂·名家坊，在黑龙江文学馆主展厅与黑龙江省的作家和评论家，以"黑土文学中的人间况味"为题对话文学发展。活动开始前，梁晓声在中国作协副主席、黑龙江省政协副主席、省作协主席迟子建陪同下参观了黑龙江文学馆。

22. 2022 年 8 月 8 日，省作协召开专门委员会工作会议，交流研究专门委员会工作。省作协党组成员、副主席赵儒军主持会议，党组成员、副主席陈永恩出席并讲话，各专委会主任、副主任 12 人出席会议，省作协各部门及所属事业单位负责人列席会议。

23. 2022 年 8 月 10 日，省作协开展青年作家"一对一"培养工作。制定了《黑龙江省作家协会青年作家"一对一"培养工作方案》，选拔黑龙江省有丰富创作经验、在全国文学界有一定影响力、德艺双馨的知名作家，与年龄在45周岁以下、创作成绩较为突出、具有良好发展潜质的青年作家，根据创作方向、创作题材等因素，结成培养对子。经省作协党政办公会研究，确定首批11对培养对子。

24.2022年8月11~16日，黑龙江文学院第二十二届中青年作家培训班在哈尔滨举办。省作协党组成员、副主席赵儒军出席开班式。经过基层作协推荐，文学院遴选审核，来自全省各地，线上线下近百名中青年作家参加了学习。《北方文学》第9期推出"黑龙江文学院第22届中青年作家班学员作品"专栏，发表了6位学员的优秀作品。

25.2022年8月19日，由黑龙江文学馆、黑龙江省作家协会报告文学委员会联合主办的龙江文学讲堂·名家坊在黑龙江文学馆主展厅举行，国家一级作家、黑龙江省作家协会名誉副主席张雅文以"创作使我认识世界"为题分享了自己的创作经历，并与省作协报告文学委员会部分成员展开交流。

26.2022年8月23日，省作协在哈尔滨召开黑龙江中青年作家作品研讨会。黑龙江省作家协会党组成员、副主席赵儒军主持会议。

27.2022年8月23~26日，省作协联合北大荒作协举办"喜迎党的二十大"调研采风活动，组织省作协合同制作家、重点会员、获奖作家、网络作家与北大荒作家代表十余人，由省作协党组书记李红带队，深入北大荒集团建三江分公司、牡丹江分公司所属农场调研采风，深入学习领会北大荒精神，感受在党的领导下改革开放与脱贫攻坚给人民生活带来的翻天覆地巨变。

28.2022年8月31日，中国作家协会社会联络部通报了全国25个文学志愿服务示范性重点扶持优秀项目。黑龙江省3个项目入选，同时3家项目实施单位入选中国作协首批"文学志愿服务重点联系单位"。

29.2022年8月，黑龙江文学馆发挥场馆优势，利用暑期亲子游大幅增加的契机，开展了为期一个月的沉浸式阅读体验活动，通过阅读指导、领读等方式累计服务千余人次。

30. 2022 年 9 月 7 日，中央宣传部办公厅发布通知，公布 2022 年主题出版重点出版物选题，黑龙江省作家王延才作品《中国名片》入选。

31. 2022 年 9 月 20~23 日，为期四天的"黑龙江文学院鸡西文学骨干培训班"在兴凯湖宾馆举办，来自鸡西市、各县（市）区线上线下 100 余位学员圆满完成本次学习研修任务。《北方文学》杂志第 11 期推出"黑龙江文学院鸡西文学骨干班学员作品"专栏，发表了 7 位学员的优秀作品。

32. 2022 年 10 月 1 日，黑龙江文学馆国庆节期间举办经典文学云展览活动。黑龙江文学馆微信公众号策划推出龙江经典文学云展览，通过盘点中华人民共和国成立后龙江文学经典，精选十部作品，用文学阅读的方式献礼国庆，迎接党的二十大。

33. 2022 年 10 月 10 日，省委常委、宣传部部长何良军到哈尔滨博物馆群和黑龙江文学馆调研展馆开放运行及文物保护利用情况。

34. 2022 年 10 月 24 日，省作协举办"送文学进校园"文学志愿服务活动，邀请著名诗人桑克为哈尔滨师范大学附属中学师生 50 余人举办文学讲座，提高文学欣赏水平，丰富高中生校园文化生活。

35. 2022 年 10 月 28 日，由黑龙江省作家协会诗歌委员会、黑龙江文学馆联合主办的"龙江抒怀"诗歌朗诵会在黑龙江文学馆举行。朗诵篇目选自"龙江抒怀"诗歌征文、"党旗在龙江大地飘扬"主题征文获奖作品，中国作协副主席、省政协副主席、省作协主席迟子建，省作协党组书记李红，党组成员、副主席赵儒军、陈永恩，省作协副主席包临轩，省作协副主席、黑龙江文学院院长何凯旋出席。

36. 2022 年 12 月，第六辑"野草莓"丛书由人民文学出版社出版，其中包括韩文友散文集《我的江山雪水温》、秦萤亮童话作品集《时间的森林》、杨知寒短篇小说集《借宿》、曹立光诗集《喜鹊邻居》、陆少平诗集《练习曲》五位黑龙江中青年作家的五部作品。

37. 2022 年 12 月 2 日，国家新闻出版署公布了 2021 年"优秀现实题材和历史题材网络文学出版工程"入选的 7 部作品，黑龙江省作家鱼人二代的作品《故巷暖阳》入选。

38. 2022 年 12 月 9 日，黑龙江省作家协会举办了学习贯彻党的二十大精神省作协会员培训班。本次培训班以线上线下相结合的形式进行，参加线上培训的学员有省作协会员、新文学群体代表、部分基层文学工作者和省作协作家权益保障与职业道德委员会全体成员，省作协机关、文学院全体干部线下收听，共计 200 余人参加。

39. 2022 年 12 月 25 日，黑龙江省作家协会创研室、省作协报告文学委员会、北大荒作家协会共同举办黑龙江重大战略题材（粮食安全）作家、专家线上恳谈会。省作协报告文学委员会主任、《北方文学》主编鲁微主持恳谈会。

40. 2022 年 12 月 23 日，黑龙江省作家协会与黑龙江八一农垦大学联合举办"新世纪黑龙江儿童文学创作研讨会"（线上）。会议由省作协创研室、儿童文学委员会及八一农垦大学人文学院、大庆市儿童文学协会承办。

附录二 2022年黑龙江省文学领域主要创作成果及获奖情况

纪 丽 整理*

一 长篇小说

梁晓声

《中文桃李》，作家出版社，2022。

《父父子子》，中信出版社，2022。

申长荣

《生根》，中国言实出版社，2021。

贾新城

《单行道》，北岳文艺出版社，2022。

葛辉

《警察与小偷》，群众出版社，2022。

库玉祥

《幕后真凶》，群众出版社，2021。

《弹壳》，群众出版社，2022。

徐敏、乔柏梁

《北京故人》，北京燕山出版社，2021。

---

* 纪丽，黑龙江省社会科学院文学研究所研究习实员，研究方向为当代文学、少数民族文学。

何久成

《白桦林中的誓言》，燕山大学出版社，2016。

安世元

《老街往事》，华龄出版社，2017。

朱维坚

《生死使命》，作家出版社，2022。

张伟东

《风眼》，中国言实出版社，2022。

任明珠

《我的六十一个脚印》，当代文艺出版社，2022。

王延才

《中国名片》，黑龙江教育出版社，2022。

二 中篇小说

迟子建

《白釉黑花罐和碑桥》，《钟山》2022年第3期，《北京文学·中篇小说月报》2022年第7期转载。

梁小九

《撞墙》，《湖南文学》2022年第5期。

《马迭尔拾遗录》，《大益文学书系·且行》2022年12月。

薛喜君

《阳光灿烂》，《石油文学》2022年第3期。

《布包里的日子》，《朔方》2022年第8期。

杨中华

《刍狗》，《四川文学》2022年第7期。

杨知寒

《美味佳药》，《山西文学》2022年第4期，《小说选刊》2022年第

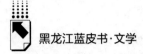
5 期、《小说月报》2022 年第 5 期、《北京文学·中篇小说月报》2022 年第 5 期转载；上榜 2022 中国小说学会年度短篇榜，《扬子江文学评论》2022 年度短篇榜。

三 短篇小说

贾新城

《打金枝》，《啄木鸟》2022 年第 1 期。

《关于郭来喜我能说的不多》，《北方文学》2022 年第 3 期。

《对花枪》，《啄木鸟》2022 第 3 期。

《铡美案》，《啄木鸟》2022 年第 5 期。

《西厢记》，《啄木鸟》2022 年第 8 期。

梁小九（梁帅）

《到城里》，《北方文学》2022 年第 1 期。

田洪波

《邻家九章》，《北方文学》2022 年第 1 期。

孙戈

《接风家宴》，《西部》2022 年第 1 期。

于博

《对枪》，《鲁北文学》2022 年第 1 期。

阿成

《碎片中的花样人生》，《作家》2022 年第 1 期。

《农民进城》，《小说林》2022 年第 3 期。

《身缠谜障》，《北方文学》2022 年第 2 期。

《爱情外传》，《长城》2022 年第 2 期。

于秋月

《强子外传》，《青岛文学》2022 年第 10 期。

乔迁

《大病》，《牡丹》2022年第4期。

《冷饭》，《北方文学》2022年第10期。

孙彦良

《叼窝村好人》，《胶东文学》2022年第8期。

刘波

《另一条河》，《石油文学》2022年第2期。

陈华

《寒葱河》，《陕西文学》2022年第8期。

《白茫茫的穆棱河》，《当代人》2022年第11期。

《矮墙边的树》，《浔阳江》2022年第3期。

李睿

《遥远的主持人生涯》，《满族文学》2022年第5期。

《冰雕的马拉多纳》，《北方文学》2022年第3期。

申志远

《1910年抗疫往事》，《金山》2022年第2期。

赵仁庆

《当我们谈论女神时》，《延安文学》2022年第1期。

杨勇

《水中的马良》，《北方文学》2022年第9期。

张伟东

《我的特工爷爷》，《岁月》2022年第12期。

木糖

《少女罗娟的画像》，《飞天》2022年第2期。

王立红

《大树》，《海燕》2022年第12期。

葛均义

《老梧桐树》，《北方文学》2022年第3期。

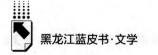

杨知寒

《归人沙城》,《西湖》2022年第2期。

《起舞吧》,《西湖》2022年第2期,《小说选刊》2022年第4期转载。

《月涌大江流》,《湖南文学》2022年第3期。

《虎坟》,《中国作家》2022年第3期,《长江文艺好小说》2022年第8期转载。

《百花杀》,《当代》2022年第3期,《小说月报》2022年第7期转载。

《晚灯》,《北方文学》2022年第5期。

《金手先生》,《上海文学》2022年第6期。

《塌指》,《民族文学》2022年第6期。

《妖言惑众》,《大家》2022年第4期。

短篇小说集《一团坚冰》,译林出版社,2022。

四 小小说

袁炳发

《无痕》,《作品》2022年第3期,《微型小说选刊》2022年第8期转载。

《旅伴老柳》,《小说月刊》2022年第12期,《小小说选刊》2022年第24期转载。

《小小说二题》:《恋》《蓝》,《湘江文艺》2022年第3期,《微型小说选刊》2022年第2期转载,《小小说选刊》2022年第16期转载。

阿成

《干部体检》,《作家》2022年第1期,《小小说选刊》2022年第7期转载。

《人间烟火(三题)》:《长把的大伞》《表哥的电话》《人间烟火》,《百花园》2022年第10期,《小小说选刊》2022年第21期转载。

《梨树街0号》，《作家》2022年第1期，《小小说选刊》2022年第9期转载。

陈力娇

《海的眼泪》，《小说月刊》2022年第1期。

《洗澡的夫妻》，《小说月刊》2022年第3期。

《复仇》，《小说月刊》2022年第5期，《中国当代文学选本》2022年第4辑转载。

《羞愧》，《小说月刊》2022年第7期。

《出嫁》，《小说月刊》2022年第9期。

《生死站台》，《小说月刊》2022年第11期。

《为自己送终》，《小说月刊》2022年第12期。

《选妈妈》，《天池小小说》2022年第9期。

安石榴

《好兄弟》，《百花园》2022年第2期。收入《尘世疆界：2022中国小小说精选》，辽宁出版社，2023。

《在卧铺车厢》，《作品》2022年第4期，《小小说选刊》2022年第13期转载。收入《2022年中国小小说精选》，长江文艺出版社，2023；收入《我曾经截留过一个眼神——2022年中国微型小说年选》，花城出版社，2023。

《中秋忆旧》，《北方文学》2022年第6期，《微型小说月报》2022年第8期、《港台文学选刊》2022年第4期转载。

《那一天老张坐上了天台外沿儿》，《芒种》2022年第7期，《微型小说选刊》2022年第13期、《小小说选刊》2022年第16期、《作家文摘报》2022年11月1日转载。

《祝福三题》，《广西文学》2022年第9期，《小小说选刊》2022年第20期选载《豆腐坊》《蔬菜店》两题，《微型小说选刊》2022年第19、20、22期分别选载《豆腐坊》《蔬菜店》《馒头铺》，《微型小说月报》2022年第12期选载《馒头铺》，《传奇·传记文学选刊》第11期选载《馒头铺》，

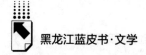

百花洲出版社微型小说选刊杂志社编选《2022 年中国微型小说排行榜》收入《豆腐坊》。

《小说素材》，《百花园》2022 年第 10 期。

《参悟》，《小说月刊》2022 年第 12 期。

《密江》，《天池小小说》2022 年第 9 期。

《豆腐店》，《广西文学》2022 年第 9 期，《微型小说选刊》2022 年第 19 期转载。

《馒头铺》，《广西文学》2022 年第 9 期，《微型小说选刊》2022 年第 22 期转载。

《蔬菜店》，《广西文学》2022 年第 9 期，《微型小说选刊》2022 年第 20 期转载。

田洪波

《邻家九章》，《北方文学》2022 年第 1 期。

《污点》，《小说月刊》2022 年第 3 期。

《旧时光（二题）》，《当代人》2022 年第 7 期，《小小说选刊》2022 年第 16 期转载。

《旧日时光之稻草》，《小小说月刊》2022 年第 5 期。

《旧日时光二题》，《青岛文学》2022 年第 5 期。

《旧日时光之血肠记》，《海燕》2022 年第 7 期，《小小说选刊》2022 年第 16 期转载。

《旧日时光之万元哥》，《百花园》2022 年第 7 期。

《旧日时光之抢购》，《天池小小说》2022 年第 17 期。

《旧日时光之战苍穹》，《小说月刊》2022 年第 8 期。

《旧日时光之打食》，《小说月刊》2022 年第 9 期。

《长贵再见》，《百花园》2022 年第 12 期。

《旧日时光之挤车》，《荷风》2022 年春夏卷。

《不差钱》，《中国铁路文艺》2022 年第 4 期，《微型小说选刊》2022 年第 12 期、《作家文摘》2022 年 5 月 27 日、《微型小说月报》2022 年第 7 期创刊号转载；入选《尘世疆界——2022年中国小小说精选》，辽宁人民出版社，2023。

《瑟瑟的夜》，《大风》2022年第1期，《文摘周刊》2022年3月4日摘选。

《苏雅的过去》，《小说林》2022年第2期，《微型小说选刊》2022年第7期转载。

《冷面斩》，《雪花》2022年第1期，《小小说选刊》2022年第4期转载；入选《尘世疆界——2022年中国小小说精选》，辽宁人民出版社，2023。

《她说》，《小说选刊》2022年第3期。

《暗夜》，《小说月刊》2022年第11期。

《铃儿响叮当》，《民间故事选刊》2022年3月（上）。

《纠结》，《民间故事选刊》2022年10月（上）。

《两先生》，《喜剧世界》2022年第6期。

《莽昆仑》，《中国当代文学选本》，中国言实出版社。

柴雅娟

《平衡》，《小小说月刊》2022年第7期，《微型小说选刊》2022年第15期转载。

《老穆》，《小说林》2022年第3期，《微型小说选刊》2022年第11期转载。

《纪念》，《小小说月刊》2022年第1期，《微型小说选刊》2022年第13期转载。

《老大》，《小小说月刊》2011年第1期，《微型小说选刊》2022年第4期转载，《小说选刊》2022年第3期转载。

《重生》，《海燕》2022年第12期，《小小说选刊》2022年第23期转载。

《一头猪的婚姻》，《雪花》2022年第1期，《小小说选刊》2022年第8期转载。

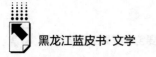

廉世广

《对门儿的鱼》，《黑龙江日报》2022 年 8 月 5 日，《微型小说选刊》2022 年第 18 期转载。

《第一书记的扫帚》，《中国纪检监察报》2022 年 3 月 4 日，《小小说选刊》2022 年第 7 期转载。

王哲

《冬季的爱情》，《海燕》2022 年第 12 期，《微型小说选刊》2022 年第 18 期转载。

《快乐的记忆》，《澳华文学》2022 年第 1 期，《微型小说选刊》2022 年第 16 期转载。

王立红

《东北女人（二题）》：《放排的女人》《鹰冢》，《北方文学》2022 年第 5 期，《小小说月刊》2022 年第 8 期转载。

《天空》，《小说月刊》2022 年第 1 期，《小小说选刊》2022 年第 7 期转载。

《蝴蝶的女孩》，《北方文学》2021 年第 10 期，《小小说选刊》2022 年第 3 期转载。

警喻

《掌鞋的杨底》，《北方文学》2022 年第 7 期，《微型小说选刊》2022 年第 19 期转载。

于秋月

《锅炉工老王和老高太太》，《百花园》2022 年第 1 期，《小小说选刊》2022 年第 5 期转载。

《土霉素加去痛片》，《百花园》2022 年第 1 期。

《中医老赵》，《百花园》2022 年第 1 期；入选《尘世疆界——2022 年中国小小说精选》，辽宁人民出版社，2023。

高振霞

《三儿与小木匠》，《红玛瑙文艺》2022 年。

隋荣

《麻杆的云朵》，《岁月》2022年第4期，《微型小说选刊》2022年第18期转载。

《云上的羊群》，《安徽文学》2022年第10期，《微型小说选刊》2022年第20期、《小小说选刊》2022年第20期转载。

孙戈

《风景》，《中国铁路文艺》2022年第4期，《小说选刊》2022年第6期、《微型小说选刊》2022年第11期、《小小说选刊》2022年第13期转载。

《天真》，《北方文学》2022年第9期。

《煎蛋》，《安徽文学》2022年第12期，《微型小说月报》2023年第1期转载。

于博

《面事》，《小小说月刊》2022年第1期，《微型小说选刊》2022年第13期、《读者报》2022年3月9日转载。

《奎县记忆二题》，《广西文学》2022年第4期。

《茶事》，《小小说月刊》2022年第4期。

《最成功的手术》，《安徽文学》2022年第8期，《作家文摘》2022年8月9日、《小说选刊》2022年第9期、《微型小说月报》2022年第9期、《小小说选刊》2022年第19期转载。

《招手》，《中国铁路文艺》2022年第11期。

《金马驹》，《荷风》2022年秋季卷（团结出版社出版）。

《山里红》，《三门峡日报》2022年12月14日。

《于博小小说三题》，加拿大华文报纸《七天》2022年9月1日。

《油事》，《广西文学》2022年第4期，《微型小说选刊》2022年第7期转载。

《"神探"张根据》，《小小说选刊》2022年第17期转载。

《对枪》，《寻找蓝色的眼睛》，北方文艺出版社，2021；《小小说选刊》2022年第7期转载。

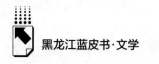

五　诗歌

安澜

《给你（组诗）》，《岁月》2022 年第 8 期。

《在夜色的光影里》，《诗歌月刊》2022 年第 12 期。

安海茵

《着迷于莫名的飞翔（组诗）》，《诗歌月刊》2022 年第 9 期。

《豆角花的蓝色屋顶（三首）》，《星星·诗歌原创》2022 年第 11 期。

《白雪草图（组诗）》，《中国诗人》2022 年第 1 期。

布日古德（张黎明）

《石子（外一首）》，《山东文学》2022 年第 5 期。

《大兴岛》，《诗刊》2022 年第 11 期。

《冰凌花》，《北京文学》2022 年第 5 期。

《瓢虫》，《猛犸象诗刊》2022 年第 72 期。

《婆婆丁（外一首）》，《诗歌月刊》2022 年第 8 期。

《若有一天，我还是回到兰沙（组诗）》，《莽原》2022 年第 5 期。

曹立光

诗集《喜鹊邻居》，人民文学出版社，2022。

《最想叫你姐姐》，《中国好诗年选》2022 年秋。

《黑龙江畔（组诗）》，《岁月》2022 年第 8 期。

《无限江山（组章）》，《星星·散文诗》2022 年第 5 期。

陈陈相因

荣获第十二届复旦"光华诗歌奖"。

《"她者"的启示》，《诗刊》2022 年 7 月（上半月"诗学广场"栏目）。

《陈陈相因的诗》，《南方诗歌》2022 年 4 月。

陈树照

《陈树照诗歌》，《绥化晚报》2022 年 9 月 30 日。

《屠夫（长诗）》，《中诗网》2023年5月11日。

崔修建

《像草木对光阴那样钟情（组诗）》，《牡丹》2022年第3期。

冯晏

《现象学·灰喜鹊》，《新大陆》2022年第10期。

《体内的词》，《新大陆》2022年第6期。

《尝试碎片》，《新大陆》2022年第4期。

《低处的声音》《距离》，《新大陆》2022年第12期。

《位置（组诗）》，《作家》2022年第10期。

冯振友（舟自横）

《春天涌向绥芬河》，中国诗歌网，2022年1月2日。

郭富山

《叮嘱（组诗）》，《北方文学》2022年第5期。

《与世说（组诗）》，《猛犸象诗刊》2022年第58期。

谷莉

《我的小村庄（组诗）》，《星星·散文诗》2022年第10期。

葛宴君

《宿命》，《中国好诗年选》2022年秋。

红雪

《一则发生在春天的新闻》，《中国好诗年选·净诗》2022年秋。

《不可言说（组诗）》，《北方文学》2022年第7期。

《在崇高的信仰之下（组诗）》，《岁月》2022年第7期。

《北二十里泡听蛙（组诗）》，《中国诗人》2022年第2期。

姜超

与赵亚东合著《追根溯源——新世纪诗学对话》，团结出版社，2022。

《安于不可知的事物（组诗）》，《福建文学》2022年第3期。

《但凭诗酒养精神》（姜超、赵亚东），《绥化晚报》2022年4月29日。

《单面人》《青年别》《惨事》《荒村记事》《婆婆丁或者蒲公英》《说

世道》《联合湾东望》《一到晚上李白就复活》《会议室的钟摔下来了》《白雪旷野》《某种现实》《孤独的屠夫》《听剪草机轰鸣有感》《大雪中穿行一座城市》《早秋的蜻蜓》《中年而已》《中年该如何描述》，《南方诗歌报》2022 年 4 月 5 日。

姜坦

《姜坦的诗》，《诗林》2022 年第 2 期。

贾胥

《母亲（组诗）》，《都市头条》2022 年 4 月 29 日。

《剑桥听水》，《诗人地理周刊》2022 年第 13 期。

剑东

《苹果（九章）》，《星星·散文诗》2022 年第 9 期。

李琦

《病中的母亲》，《2022 中国年度诗歌》，漓江出版社，2023。

《雪落之夜》，《新诗选》2022 年第 4 辑。

《大雪七帖》，《诗刊》2022 年 11 月。

《李琦诗歌》，《猛犸象诗刊》2022 年第 63 期。

《致双亲》，《扬子江诗刊》2022 年第 4 期。

鲁微

《天台七日（组诗）》荣膺第四届中国徐霞客诗歌奖特等奖。

《多布库尔河传说》，中国诗歌网，2022 年 2 月。

陆少平

诗集《练习曲》，人民文学出版社，2022。

梁久明

《乡下的事物（组诗）》，《北方文学》2022 年第 2 期。

《遇上猫头鹰》，《新诗选》2022 年。

《做木头》，《诗林》2022 年第 1 期。

《高出水稻的是稗草（组诗）》，《岁月》2022 年第 9 期。

《当冬季来临（外一首）》，《星火》2022 年第 5 期。

《留下几棵葵花》，《2022 中国微信诗歌年鉴》，（台湾）甘露道出版社，2023。

《蒲公英举着黄金的灯盏》，《中国校园文学》2022 年第 5 期（总第 620 期）。

《梁久明的诗》，《大荒山》2022 年第 23 期。

《乡村物事（组诗）》，《燕都晨报》2022 年 4 月 9 日。

《观鱼（外一首）》，《朝阳日报（副刊）》2022 年 7 月 20 日。

林建勋

《生肖之诗（组诗）》，《北方文学》2022 年第 6 期。

冷雪

《生命的温度（组诗）》，《北方文学》2022 年第 4 期。

逯春生

《绥化放歌》，《绥化晚报》2022 年 10 月 18 日。

梁甜甜

《傍晚的餐桌（外二首）》，中国作家网，2022 年 8 月 24 日。

梁潇霏

《梁潇霏的诗》，《绥化晚报》2022 年 5 月 13 日。

李一泰

获 2022 年第五届中国"十佳当代诗人"荣誉称号。

荣获第十届白天鹅诗歌奖全国诗歌大赛"十年功勋奖"。

《与黑土地相伴（组诗）》，《中国作家在线（微刊）》2022 年第 206 期。

《稻田，狂奔的马群》一诗入选第三届诗经奖"2022 诗经一百首"。

《苏醒的黑土地（组诗）》，《当代诗人》2022 年第 3 期。

《亲情帖（组诗）》，《海燕》2022 年 12 月。

《李一泰的诗》，《诗刊》2022 年 5 月。

蓝格子

《莲花山（组诗）》，《北方文学》2022 年第 4 期。

《柚子遇见柠檬》，《中国校园文学》2022 年 1 月（上旬刊）。

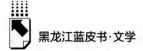

《谜底（组诗）》，《星星·诗歌原创》2022 年第 6 期。

《落叶落下的秋天（组诗）》，《朔方》2022 年第 6 期。

《还乡即景》，《2022 中国年度诗歌》，漓江出版社，2023。

潘虹莉

《安德烈的小镇》，《北方文学》2022 年第 4 期。

潘永翔

《弟弟》，《北方文学》2022 年第 2 期。

《意愿（组诗）》，《天津文学》2022 年第 3 期。

《通过》，《中国好诗年选》2022 年秋。

《身后之后（组诗）》，《北方文学》2022 年第 11 期。

《冬天诗篇（组章）》，《星星·散文诗》2022 年第 8 期。

《微光（组诗）》，《中国诗人》2022 年第 3 期。

宋心海

诗集《卜水者》荣获首届"黑龙江文艺大奖"（2022）。

《响水湾札记》，《中国校园文学》2022 年 1 月上旬刊。

《宋心海的诗》，《作品》2022 年第 3 期。

《在杜甫草堂（组诗）》，《封面新闻》2022 年 12 月 9 日。

《玻璃人》，《川江诗刊》2022 年 2 月。

《废弃的铁轨》，《2022 中国年度诗歌》，漓江出版社，2023。

《祭品》，《新诗选》2022 年第 4 辑。

桑克

《我站在奥登一边》，中国友谊出版公司，2022。

《桑克的诗》，《西湖》2022 年第 2 期。

《人物（二首）》，《新大陆》2022 年第 10 期。

《戴眼镜》《没指望》，《新大陆》2022 年第 6 期。

《阴雨天》《巴威来了》，《新大陆》2022 年第 4 期。

《在早晨的薄雾中》，《北方文学》2022 年第 1 期。

《看穿了》《全球快乐计划》，《新大陆》2022 年第 12 期。

孙道真

《被风所治愈的（组诗）》，《北方文学》2022年第6期。

霜扣儿

《故乡的白月光（组诗）》，《岁月》2022年第3期。

《杏花村三贴》，《中国诗人》2022年第4期。

田海君

《如约而至（组诗）》，《北方文学》2022年第9期。

王长军

《沸腾（外三首）》，《文学港》2022年第5期。

王国良

《草木人间（三章）》，《星星·散文诗》2022年第7期。

王平

《小镇上（三章）》，《星星·散文诗》2022年第3期。

文可心

《圈行记》，《星星·散文诗》2022年第3期。

雪鸮

《一小块铁（组诗）》，《北方文学》2022年第8期。

《街灯（外二首）》，《猛犸象诗刊》2022年第68期。

《亲人的关联（组诗）》，《诗林》2022年第3期。

《路》，《新诗选》2022年第4辑。

《老路上（外一首）》，《中国诗人》2022年第3期。

邢海珍（诗论）

《由草木身躯，而响满血肉魂魄——王鸣久诗集〈苍耳垂风〉阅读感言》，《中国诗人》2022年第2期。

《因瞩望中的凝神而诗思向远——读李皓诗集〈时间之间〉》，《中国诗人》2022年第3期。

《惊艳的玫瑰开得刻骨铭心——读刘福中的爱情诗》，《中国诗人》2022年第4期。

《以内敛之心在些微处放大自我——读雪鸮组诗〈一小块铁〉》,《中国诗人》2022 年第 5~6 期。

肖凌

《肖凌:诗二首》,《中国作家在线》2022 年 6 月 25 日。

杨河山

《诗人五线谱音符跳跃(二首)》,《新大陆》2022 年第 10 期。

《影子》《雪》,《新大陆》2022 年第 6 期。

《雨中的一面玻璃(二首)》,《新大陆》2022 年第 4 期。

《星星在星星的后面(组诗)》,《星星·诗歌原创》2022 年第 3 期。

《杨河山的诗(组诗)》,《诗潮》2022 年第 4 期。

《六十一岁自画像》《银发的感觉》《在一条大河边》,《新大陆》2022 年第 12 期。

袁永苹

《袁永苹的诗(组诗)》,《诗潮》2022 年第 2 期。

《袁永苹的诗》,《猛犸象诗刊》2022 年第 61 期。

《我看见的一切》,《星星·诗歌原创》2022 年第 6 期。

《雪的承诺(组诗)》,《湖南文学》2022 年第 10 期。

杨勇

《奔向老年的诗意(组诗)》,《清明》2022 年第 2 期。

《自然而然(组诗)》,《天津文学》2022 年第 3 期。

《三月的风》,《当代人》2022 年第 6 期。

阎逸

《火车安魂曲》《松花江上》《春天简史》《卡尔波斯时代》《创造大脑》《亲爱的白纸》《1940 年的十日谈》《阳本(或小赋格曲)》《阴本(来自计算机的若干注释)》,《都市头条》2022 年 3 月 30 日。

杨明军

《东北秧歌》,《岁月》2022 年第 7 期。

张静波

《北纬45°的哈尔滨（组诗）》，《北方文学》2022年第2期。

《寒冷地带的诗歌写作——哈尔滨"剃须刀"诗人印象》，《诗林》2022年第4期。

赵亚东

诗集《稻米与星辰》，长江文艺出版社，2022。

《告别》，《诗刊》2022年1月下半月刊。

《梦见卡夫卡》，《特区文学·诗》2022年第2期。

《清明九帖（组诗）》，《黑河日报》2022年4月1日。

《陷落》，《新诗选》2022年。

《真实的触碰》，《扬子江诗刊》2022年第2期。

《照见你（组诗）》，《星星·诗歌原创》2022年第2期。

《虎啸》，《猛犸象诗刊》2022年第72期。

《荒芜》《我在这世间两手空空》，《2022中国年度诗歌》，漓江出版社，2023。

张永波

《春天的心跳》，《北方文学》2022年第1期。

《入冬（外一首）》，《山东文学》2022年第5期。

《流动的词条（组诗）》，《中国诗人》2022年第5期。

《近处的风景（组诗）》，《天津诗人》2022年（秋之卷）。

《匝道》，《诗歌月刊》2022年第7期。

《芬芳让我变得轻盈（组诗）》，《星星·诗歌原创》2022年第1期。

《苏铁花开（组诗）》，《安徽文学》2022年第10期。

《春秋之事（组诗）》，《东方文学》2022年第1期。

《低音区（组诗）》，《东方文学》2022年第3期。

《缤纷的石头（组诗）》，《东方文学》2022年第6期。

张曙光

《美国现代诗14课：从艾略特开始》，广西师范大学出版社，2022。

《张曙光的诗（组诗）》，《诗潮》2022 年第 9 期。

《在快餐店里度过的中午》，《2022 中国年度诗歌》，漓江出版社，2023。

左远红

《站在过道的镜子前》，《新诗选》2022 年第 4 辑。

《若有爱的能力（组诗）》，《微诗刊》2022 年 5 月。

赵宝海

《安葬母亲》荣获第五届"人间要好诗"诗赛二等奖。

《文宗故里行（三十首）》，《北大荒文化》2022 年 12 月 21 日。

"诗林撷英"，《诗刊》2022 年 4 月。

张春宇

《雪落在远方（外一首）》，《北方文学》2022 年第 9 期。

张世忠

《伊春之魂》，《岁月》2022 年第 7 期。

六　文艺理论与批评

于文秀　姜慧博

《现代作家的戏曲之缘》，《中国社会科学报》2022 年 4 月 8 日。

韩　伟

《中国艺术学的"艺以载道"传统》，《甘肃社会科学》2022 年第 6 期。

《"音象"论》，《中国文学批评》2022 年第 4 期。

《明代礼乐变革与通俗文艺的关系脉络》，《贵州社会科学》2022 年第 8 期。

《中国古代整体性阐释的基础、边界及要件》，《西北大学学报（哲学社会科学版）》2022 年第 4 期。

《古代汉语诗歌语感想象论》，《社会科学》2022 年第 7 期。

柯丽娜　韩　伟

《元代礼乐构建及内在张力》，《文艺评论》2022 年第 4 期。

《"音乐之乐"与清代诗学》，《中国社会科学报》2022年7月4日。

《"中道"与中国早期建筑的审美意识》，《艺术评论》2022年第5期。

姜旻玥　韩　伟

《论海德格尔存在论诗学观中的音乐性》，《玉林师范学院学报》2022年第5期。

马汉广　肖成笑

《从"中国神话"到"神话中国"——神话重述与中国形象重塑的文化反思》，《学习与探索》2022年第10期。

于锦江　马汉广

《异托邦、身体与僭越的文学——论〈一座幽灵城市的拓扑学结构〉》，《江苏海洋大学学报（人文社会科学版）》2022年第4期。

张奎志

《从刘勰到叶燮：中国文论的体系性追求与诗性化品格》，《社会科学战线》2022年第11期。

《文学：写实，还是隐喻——西方文学隐喻观念的演进与评述》，《学术交流》2022年第6期。

邵　波

《西方诗歌的摆渡者——中国20世纪60年代出生诗人的诗歌翻译研究》，《文艺评论》2022年第6期。

傅道彬

《两种文明形态与周民族迁徙的史诗路径》，《文学遗产》2022年第3期。

《酒神精神与"兴"的诗学话语生成》，《中国文学批评》2022年第1期。

《卮言与〈庄子〉的酒话》，《名作欣赏》2022年第1期。

田刚健　赖思危

《动画电影〈雄狮少年〉的现实主义美学》，《中国社会科学报》2022年4月27日。

冯毓云

《西方马克思主义艺术生产方式理论的创新性》，《马克思主义美学研

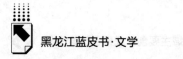

究》2022 年第 1 期。

《文艺学理论的改造与重塑》,《北方论丛》2022 年第 3 期。

《文学理论的跨学科性》,《廊坊师范学院学报（社会科学版）》2022
年第 1 期。

金　钢

《后工业时代的文学突围：东北新锐四作家论》,《天津师范大学学报
（社会科学版）》2022 年第 6 期。

《风景：复杂的思维轨迹》,《学习与探索》2022 年第 10 期。

《坚持守正创新　开拓文艺新境界》,《奋斗》2022 年第 7 期。

《论尼·巴依科夫的黑龙江流域生态写作》,《黑龙江社会科学》2022
年第 2 期。

王朝阳　金　钢

《口述史视域下伊玛堪歌手"再语境化"传承研究》,《边疆经济与文
化》2022 年第 1 期。

于树军

《论刘绍棠早期小说的双重文本现象——以〈运河的桨声〉〈夏天〉为
例》,《当代文坛》2022 年第 3 期。

宋宝伟

《民间写作到主流写作的位移——反思 1986"现代诗群体大展"与"第
三代诗歌运动"的关系》,《哈尔滨师范大学社会科学学报》2022 年第 5 期。

《为现实寻找语言——小海诗歌的启示意义》,《苏州教育学院学报》
2022 年第 3 期。

侯　敏

《〈庄子〉卮言再辨》,《古籍整理研究学刊》2022 年第 4 期。

《传承与超越：曹植、庾信与杜甫游侠诗比较分析》,《文化创新比较研
究》2022 年第 6 期。

迟鲁宁　关四平

《论唐代鬼魂题材小说的审美特征》,《求是学刊》2022 年第 3 期。

陈才训

《作为知识载体的明清小说》，《天津社会科学》2022年第6期。

《唐代小说研究七十年——以研究的维度与问题为考察中心》，《文学遗产》2022年第4期。

刘建欣　陈才训　孙　南

《"中国古代文学"课程思政教学改革探赜》，《黑龙江教育（理论与实践）》2022年第11期。

林超然

《在一粒稻米中藏身》，《中国社会科学报》2022年11月4日。

《永远感念自然的恩赐——李琦诗歌论》，《关东学刊》2022年第3期。

《曾经怒放，百世流芳》，《中国社会科学报》2022年5月13日。

王宇洁　林超然

《萧红与迟子建苦难书写对比》，《延安职业技术学院学报》2022年第4期。

王　威

《新媒体语境下口头传统的主体与受众》，《民族文学研究》2022年第3期。

王　璐

《当代华语女性电影导演的艺术话语逻辑》，《电影文学》2022年第3期。

张珊珊

《"延安风格"与早期东北抗联电影（1949—1950）》，《电影文学》2022年第11期。

蒋　叶

《立足地域特色 重塑文艺批评精神——2021年度黑龙江文艺理论与批评检视》，《黑龙江社会科学》2022年第3期。

董晓烨

《〈蝴蝶君〉中的情节漏洞与叙事伦理》，《解放军外国语学院学报》

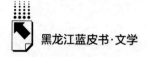

2022 年第 2 期。

《李立扬诗歌的叙事时间与时间意识》，《外国语文》2022 年第 1 期。

曹颖哲

《阿多诺文艺观的伦理指向》，《学习与探索》2022 年第 2 期。

《从三部古代俄罗斯文学作品看俄罗斯民族的政治思维》，《俄罗斯研究》2022 年第 3 期。

叶　红

《诗人的言说——以小海诗论为例》，《苏州教育学院学报》2022 年第 3 期。

叶　红　任钰镯

《中国现代文学史中的卞之琳书写》，《唐山师范学院学报》2022 年第 4 期。

王宏波

《如营之闪小说》，闪小说集《马说》序言，山东画报出版社。

《大岭嘹亮放歌 颂赞时代精神——简论近两年文学期刊〈北极光〉的八个关注》，《北极光》2021 年第 11 期。

《岭上报春第一枝》，《北极光》2022 年第 1 期。

《她一闪而过，却是善良的化身——梁晓声〈人世间〉郑娟母亲的形象简析》，《黑龙江日报·天鹅》2022 年 3 月 22 日。

《打开一扇门，让我们回到记忆中的故乡》，《黑龙江日报·读书》2022 年 9 月 4 日。

《脚踏坚实土地的文学攀登者——评朱明东的散文创作》，《黑龙江日报·天鹅》2022 年 11 月 10 日，《中国税务报》2022 年 12 月 19 日、《北极光》2023 年第 1 期转载。

《充满诗意的远方——读王晓廉〈从源头奔向大海〉》，《中国绿色时报》2022 年 10 月 21 日，中国归国华侨联合会主办《海内海外》月刊 2022 年第 11 期转载。

《把握时代脉搏 书写壮阔历史——2022〈北方文学〉发展综述》，《北方文学》2023 年第 1 期。

七 影视文学

1. 电视剧《人世间》

编剧：王海鸰、王大鸥，原著作者：梁晓声（黑龙江籍），首播：2022年1月28日。出品方：中央电视台、中共江苏省委宣传部、中共吉林省委宣传部、中国电视剧制作中心、腾讯影业、爱奇艺、新丽电视文化、弘道影业、上海阅文影视、北京一未文化传媒

获奖：（1）第36届"江苏省文艺大奖·电视奖"，获最佳电视剧奖、最佳编剧奖（2022年7月）

（2）中宣部、国家广电总局"礼赞新时代 奋进新征程"，被评为优秀电视剧展播重播剧目（2022年8月）

（3）2021十大年度国家IP（影视）（2022年9月）

（4）第31届中国电视金鹰奖，获优秀电视剧奖等（2022年11月）

（5）微博视界大会微光荣耀"影响力作品"（2022年11月）

（6）第13届澳门国际电视节"金莲花"奖，获最佳电视剧、最佳编剧奖等（2022年11月）

（7）第59届"亚洲—太平洋广播电视联盟奖" 电视剧特别推荐作品（2022年11月）

（8）2021~2022年度江苏电视剧奖 特等奖（2022年12月）

（9）第十六届精神文明建设"五个一工程"优秀作品奖（2022年12月）

（10）中央广播电视总台第1届中国电视剧年度盛典"年度大剧""年度海外传播剧""年度编剧"等（2023年1月23日）

（11）第三届新时代国际电视节斑彩螺奖 新时代最佳电视剧、新时代最佳编剧（改编）等（2023年3月）

（12）剧耀东方·2023电视剧品质盛典 全媒体热播剧作（2023年3月）

（13）2023首都电视节目春推会 年度突出贡献电视剧（2023年4月）

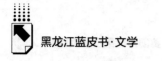

2. 电视剧《超越》

编剧：李嘉，首播时间：2022 年 1 月 9 日，出品方：上海广播电视台、黑龙江广播电视台、上海柠萌影视传媒股份有限公司

获奖：（1）中央宣传部第十六届精神文明建设"五个一工程"优秀作品奖（2022 年 12 月）

（2）中央广播电视总台第 1 届中国电视剧年度盛典"年度优秀电视剧"（2023 年 1 月）

（3）剧耀东方·2023 电视剧品质盛典"品质剧作"（2023 年 3 月 30 日）

3. 电视剧《冬奥一家人》

导演邓迎海（黑龙江籍）、李斌，首播时间：2022 年 1 月 24 日，出品方：北京中奥泰和文化传媒有限公司、北京华鉴新媒文化有限公司、河北华鉴影业有限公司

获奖：（1）入围第 28 届北京电视节目交易会"京榜剧献"新剧推优剧目（2021 年 4 月）

（2）入选国家广电总局 2018~2022 年重点电视剧选题（2021 年）

（3）入选 2021 年度北京市文化精品工程重点项目名单（2022 年 4 月）

4. 电视剧《青山不墨》

编剧：郭云明、宗元、王洛勇（改编），首播时间：2022 年 4 月 6 日，出品方：中央电视台、中共黑龙江省委宣传部、中共伊春市委

获奖：无

5. 网剧《摇滚狂花》

编剧：张建祺（黑龙江籍），首播时间：2022 年 10 月 11 日，出品方：爱奇艺、柏年禾沐影业、自来水工作室

获奖：无

6. 电影《海边升起一座悬崖》

导演：陈剑莹（黑龙江籍）出品方：天浩盛世

获奖：第 75 届戛纳国际电影节 短片竞赛单元金棕榈奖（2022 年

5 月）

7. 电影《永远的记忆之血战黎明前》

编剧：乙福海（黑龙江籍），CCTV6 电影频道 2022 年 9 月 15 日播出 出品方：西安沣镐嘉艺影视文化传播有限公司

八　散文

王宏波

《淬砺人生》，《北极光》2021 年第 3/4 期，红旗出版社载入《回望初心——100 个入党故事》。

《仰望》，《北方文学》2022 年第 3 期。

《舒群，划破暗夜长空的闪电》，《第二届吴伯萧散文奖获奖作品集》，黄海数字出版社，2022。

《〈青山不墨〉里的永恒——回忆电视剧中几位人物的原型》，《中国绿色时报》2022 年 4 月 12 日。

《长春，我深爱的城市》，《吉林日报·东北风》2022 年 6 月 25 日。

《儿是娘的心头肉 娘是儿的一盏灯》，《中国电视报·阅读空间》2022 年 6 月 23 日。

《逆飞》，《哈尔滨日报·太阳岛》2022 年 7 月 2 日。

《我曾在"后花园"耕耘》，《北京文学》2022 年第 8 期。

《松花江北岸，新蓝海浩瀚苍茫》，《黑龙江日报·天鹅》2022 年 8 月 23 日；《我爱哈尔滨》，哈尔滨出版社，2022。

《他的生命融入了金色的秋天》，《"老虎洞"的艺术家——高莽纪念文集》，作家出版社，2022。

《小兴安岭深处的"林家乐"》，《中国绿色时报·生态文化》2022 年 11 月 29 日。

陈杰

《故乡是个奶牛场》，《中国农垦》2022 年第 5 期。

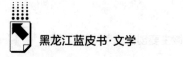

高翠萍

《母亲和她的朋友》,《北方文学》2022 年第 10 期。

孙玉民

《冰凌花》,《民族文汇》2022 年第 6 期。

孙莉

《梦回五国城》,《北方文学》2022 年第 2 期。

《瑞雪兆丰年》,《青年文学家》2022 年第 1 期。

张红艳

《花朵,田野深处的小村庄》,《潇湘文学》2022 年第 11 期。

张丽

《生命里的河》,《雪花》2022 年第 2 期。

张丽

《荒原之恋》,《北大荒文化》2002 年第 6 期。

赵国春

《朝着太阳初升的地方行走》,《北大荒文化》2022 年第 5 期。

《我的母校北大荒》,《北大荒文化》2022 年第 6 期。

《亲亲我的馒头》,《黑河日报》副刊,2022 年 2 月 11 日。

《梦回故乡佳木斯》,《2021 年中国文学佳作选·散文卷》,华文出版社,2022。

朱玉成

《世界上所有的母亲》,《品读》2022 年第 4 期。

《虚构的祖母》,《品读》2022 年第 8 期。

邓佳音

《愿有岁月可回首》,团结出版社,2022。

韩文友

《我的江山雪水温》,人民文学出版社,2022。

王飞

《幸福悄悄来临》,团结出版社,2022。

于秋月

《城里的人们》，黑龙江人民出版社，2022。

刘宏

《此心安何处》，《黑龙江日报》"天鹅"副刊，2022年4月16日。

《家乡的野菜》，《黑龙江日报》"天鹅"副刊，2022年5月29日。

《秋风起蟹脚肥》，《黑龙江日报》"天鹅"副刊，2022年10月21日。

齐光瑞

《寒春暖品开江鱼》，《黑河日报》副刊，2022年5月7日。

于德深

《渐进的鸟影》，《北大荒日报》2022年4月19日。

《葫芦的仙气》，《北大荒日报》2022年5月31日。

《心中的白桦树》，《北大荒日报》2022年6月21日。

张红艳

《我心中的农家小院》，《北大荒日报》2022年8月23日。

《晶莹的露珠里记住乡愁》，《北大荒日报》2022年11月17日。

九　纪实文学

王宏波

《在严寒中，守盼春天》，《中国绿书时报·人物》2020年3月24日。

《情怀》，《中国林业》2022年第5期。

《茫茫林海，两代人的瞭望与相守》，《光明日报·作品》2022年5月13日。

张喜

《最美的木兰花》，黑龙江人民出版社，2022。

齐志

《冬奥冠军之路》，黑龙江人民出版社，2022。

艾苓

《我教过的苦孩子》，北京联合出版公司，2022。

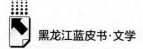
董岐山

《新中国空军从这里起飞》,《北方文学》2022 年第 7 期。

子时

《烽火列车》,《北方文学》2022 年第 3 期。

尹栋

《寻枪北纬 48.3 度》,《北方文学》2022 年第 9 期。

崔英春

《铁人队里的年轻人》,《学习与研究》2022 年第 8 期。

《无限春风来井上》,《石油文学》2022 年第 4 期。

《风展红卷美如画》,《地火》2022 年第 4 期。

《红色草原牛奶飘香》,《北方文学》2022 年第 12 期。

《短道传奇 冰上远方》,《北方文学》2022 年第 2 期。

《坚守"冰上执教"的初心》,《学习与研究》2022 年第 3 期。

《时光深处的"八一村"》,《解放军报》2022 年 3 月 25 日。

《赵小兵的月亮》,《黑龙江日报》2022 年 2 月 8 日。

刘福申

《唐家岗,一个透过鲜花开满月亮的地方——来自乡村振兴一线的报告》,《北方文学》2022 年第 3 期。

孙代君

《对大山的一个许诺——记汤原县食用菌办公室主任许敬山》,《北方文学》2022 年第 8 期。

齐志

《托起冬奥冠军的人》,《北方文学》2022 年第 1 期。

张雅文

《托起冠军的人》,《人民文学》2022 年第 7 期。

罗大全

《赵一曼的家国情怀》,《北方文学》2022 年第 9 期。

胥得意

《杨子荣：生命与春天的绝唱》，《北方文学》2022年第7期。

陈伟忠

《寻找张宗兰》，《北方文学》2022年第3期。

漠北

《忠魂无语昭日月——怀念英雄曹发庆》，《北方文学》2022年第7期。

赵国春

《艾青在八五二农场》，《北方文学》2022年第12期。

姜宏伟

《〈人世间〉作者的成名作》，《北方文学》2022年第3期。

《冰心的龙江缘分》，《北方文学》2022年第6期。

十　儿童文学

首届"黑龙江文艺大奖"：《巨熊卡罗》（左泓）、《男孩子的河流》（任永恒）

常新港

《一万种你》，青岛出版社，2022。

《我心茁壮》《庄稼伟大》，三环出版社，2022。

少年的你·成长派系列《我们》《空气是免费的》《笨狗如树》《伤花落地》，海豚出版社，2022。

《麦山的黄昏》（致敬经典：儿童文学名家精选丛书），辽宁少年儿童出版社，2022。

《狂奔穿越黑夜》（全国优秀儿童文学奖获奖作家书系），长江少年儿童出版社，2022。

《陈土的六根头发》（全国优秀儿童文学大奖书系），北京少年儿童出版社，2022。

《尼克代表我》（新时代儿童文学获奖大系），天天出版社，2022。

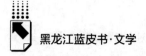

维吾尔文《我想长成一棵葱》（历年《大众喜爱的 50 种图书》文学作品译丛），新疆文化出版社，2022。

朝鲜文"常新港动物小说系列"《了不起的变身虎》《土鸡大冒险》《爱唱歌的大嘴牛》《兔子英雄灰灰》，延边人民出版社，2022。

《开往梦草坊的列车》，青岛出版社，2022。

迟慧

《我和我的家乡》，大连出版社，2022。

常笑予

《多奇的世界》，天天出版社，2022。

初八

《小茉莉的布衣骑士》，长春出版社，2022。

格日勒其木格·黑鹤

《驯鹿营地的驱熊犬》，青岛出版社，2022。

《森林深处的故事》，三环出版社，2022。

《小狗的旅程》，海豚出版社，2022。

《黑龙江正在说》，中国少年儿童出版社，2022。

"黑鹤童年里的动物故事"（全 4 册），《驯鹿的脚印》《我的牧羊犬》《和麻雀做邻居》《草原巧克力》，接力出版社，2022。

"黑鹤给孩子的生命智慧"系列《暴风雪中的等待》《冰上的狼辙》《穿越世界的呼唤》《天鹅牧场》《迎风的白影》，福建少年儿童出版社，2022。

《克尔伦之狐》，中国少年儿童出版社，2022。

《睡床垫的熊》，中国少年儿童出版社，2022。

《驯鹿六季》，中国盲文出版社，2022。

《黑鹤动物小说集》（中小学课外阅读指导丛书），南方出版社，2022。

童话作品集拼音乐园《守护奶奶的狼》，天天出版社，2022。

梁晓声

《老水车旁的风景》，浙江少年儿童出版社，2022。

《慈母和我的书》，浙江人民出版社，2022。

梁晓声亲子半小时美绘本《花花和它的花儿》《葵花王子》《小海燕历险》《草上飞的故事》《一天上午的声音》，山东教育出版社，2022。

盲文版《梁晓声的写作课》（小学生如何写好作文）全2册，中国盲文出版社，2022。

盲文版《梁晓声的写作课》（中学生如何写好作文）全2册，中国盲文出版社，2022。

李少君、林翔

《中国有福》，黑龙江少年儿童出版社，2022。

木糖《闪亮吧，小星星》，吉林出版集团股份有限公司，2023。

秦萤亮

《时间的森林》，人民文学出版社，2022。

《春水煎茶》，《少年文艺》2022年第5期。

任永恒

《表针停摆的世界》，长春出版社，2022。

王如

《大瑶山的孩子，长春出版社，2023。

《"全优小宝"变形记》，吉林出版集团股份有限公司，2022。

王芳

《爸爸的森林》，长春出版社，2022。

《谁来当班长》，吉林出版集团股份有限公司，2022。

左泓

《遇见你》，吉林美术出版社，2022。

社会科学文献出版社

皮 书

智库成果出版与传播平台

✤ 皮书定义 ✤

皮书是对中国与世界发展状况和热点问题进行年度监测，以专业的角度、专家的视野和实证研究方法，针对某一领域或区域现状与发展态势展开分析和预测，具备前沿性、原创性、实证性、连续性、时效性等特点的公开出版物，由一系列权威研究报告组成。

✤ 皮书作者 ✤

皮书系列报告作者以国内外一流研究机构、知名高校等重点智库的研究人员为主，多为相关领域一流专家学者，他们的观点代表了当下学界对中国与世界的现实和未来最高水平的解读与分析。截至2022年底，皮书研创机构逾千家，报告作者累计超过10万人。

✤ 皮书荣誉 ✤

皮书作为中国社会科学院基础理论研究与应用对策研究融合发展的代表性成果，不仅是哲学社会科学工作者服务中国特色社会主义现代化建设的重要成果，更是助力中国特色新型智库建设、构建中国特色哲学社会科学"三大体系"的重要平台。皮书系列先后被列入"十二五""十三五""十四五"时期国家重点出版物出版专项规划项目；2013~2023年，重点皮书列入中国社会科学院国家哲学社会科学创新工程项目。

皮书网

（网址：www.pishu.cn）

发布皮书研创资讯，传播皮书精彩内容
引领皮书出版潮流，打造皮书服务平台

栏目设置

◆ **关于皮书**
何谓皮书、皮书分类、皮书大事记、
皮书荣誉、皮书出版第一人、皮书编辑部

◆ **最新资讯**
通知公告、新闻动态、媒体聚焦、
网站专题、视频直播、下载专区

◆ **皮书研创**
皮书规范、皮书选题、皮书出版、
皮书研究、研创团队

◆ **皮书评奖评价**
指标体系、皮书评价、皮书评奖

◆ **皮书研究院理事会**
理事会章程、理事单位、个人理事、高级
研究员、理事会秘书处、入会指南

所获荣誉

◆ 2008 年、2011 年、2014 年，皮书网均
在全国新闻出版业网站荣誉评选中获得
"最具商业价值网站"称号；
◆ 2012 年，获得"出版业网站百强"称号。

网库合一

2014 年，皮书网与皮书数据库端口合
一，实现资源共享，搭建智库成果融合创
新平台。

皮书网

"皮书说"
微信公众号

皮书微博

法律声明

"皮书系列"（含蓝皮书、绿皮书、黄皮书）之品牌由社会科学文献出版社最早使用并持续至今，现已被中国图书行业所熟知。"皮书系列"的相关商标已在国家商标管理部门商标局注册，包括但不限于LOGO（ ）、皮书、Pishu、经济蓝皮书、社会蓝皮书等。"皮书系列"图书的注册商标专用权及封面设计、版式设计的著作权均为社会科学文献出版社所有。未经社会科学文献出版社书面授权许可，任何使用与"皮书系列"图书注册商标、封面设计、版式设计相同或者近似的文字、图形或其组合的行为均系侵权行为。

经作者授权，本书的专有出版权及信息网络传播权等为社会科学文献出版社享有。未经社会科学文献出版社书面授权许可，任何就本书内容的复制、发行或以数字形式进行网络传播的行为均系侵权行为。

社会科学文献出版社将通过法律途径追究上述侵权行为的法律责任，维护自身合法权益。

欢迎社会各界人士对侵犯社会科学文献出版社上述权利的侵权行为进行举报。电话：010-59367121，电子邮箱：fawubu@ssap.cn。

社会科学文献出版社